NERI POZZA
I NARRATORI
DELLE TAVOLE

Della stessa autrice
Il serpente dell'Essex
La maledizione di Melmoth
Sfacciate. In difesa delle ragazze dell'Essex e di tutte le donne sfrontate e sovversive del mondo

Titolo originale:
Enlightenment

First published in Great Britain in 2024
by Jonathan Cape an imprint of Penguin Random House

ISBN 978-88-545-3157-4

www.neripozza.it

SARAH PERRY

ILLUMINAZIONE

traduzione dall'inglese di
Anna Mioni

NERI POZZA EDITORE

In memoria di
David George Perry
battista osservante
e grande amico

Due son le fami, quella pel pane
E quella dell'animo rozzo
Per la luce della grazia. Ho visto entrambe…
R.S. THOMAS, *The Dark Well*

Prima parte
1997
La legge delle orbite ellittiche

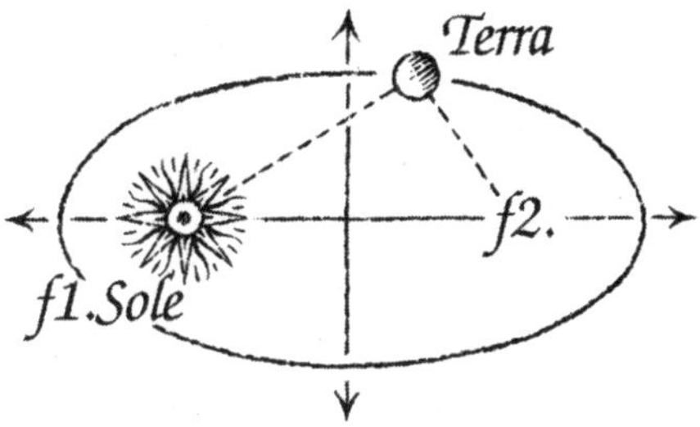

Fig. 1

Lunedì: fine inverno, brutto tempo. Il fiume Alder, ingrossato dalle piogge continue, è straripato attraversando Aldleigh e poi ancora oltre, portandosi dietro le carpe e i lucci e le pagine strappate dalle riviste porno, superando i monumenti ai caduti e i pub e le nuove zone industriali, giù fino all'estuario del Blackwater e poi, a tempo debito, in mare. Sugli argini del fiume brillavano carrelli del supermercato rovesciati; e anche fedi nuziali indesiderate, e lattine di birra, e monete coniate da imperi negli anni del declino. Gli aironi, come infermieri in camice bianco, misuravano a grandi passi i canneti fangosi, e alle quattro e mezzo un pescatore prese all'amo una tazza rimasta intatta dai tempi in cui l'inchiostro della *Battaglia di Maldon* era ancora fresco, sputò due volte e la rilanciò nel fiume.

Fine inverno, brutto tempo: la città oppressa da nuvole basse come il coperchio di una bara. Era un posto di cui, se mai si parlava, lo si faceva di sfuggita: né Boadicea né Wat Tyler l'avevano degnata di uno sguardo quando erano passati di lì, diretti a Londra per compiere la propria vendetta; e la guerra l'aveva raggiunta solo per ripensamento, quando uno Junkers solitario scaricò senza preavviso le ultime munizioni rimaste, uccidendo quattro persone.

Thomas Hart era seduto alla scrivania negli uffici dell'*Essex Chronicle*, a ispezionare la città attraverso un vetro smerigliato. A quell'ora, e da quel punto di vista privilegiato, le luci sembravano falò accesi da viaggiatori che attraversavano un acquitrino paludoso: erano neon dei negozi di calzature e dell'edicola, che non avevano ancora concluso la giornata di lavoro, e del cinema e del bowling che stavano aprendo a tre chilometri dal centro; lampade, invece, al bancone del Jackdaw and Crow e sui pali della luce che costeggiavano London Road.

Era sulla cinquantina, Thomas Hart, ed era un uomo dell'Essex, purtroppo: alto, e con tanti capelli quanti ne aveva a quarant'anni, ovvero più sopra il colletto che sulla fronte. Portava, come d'abitudine, abiti scelti per essere ammirati da chi sapeva notare i dettagli: giacca monopetto in Harris tweed; camicia bianca con gemelli d'argento ai polsini; cravatta di seta grigiastra a maglia stretta. Un viso sulla cui bellezza Thomas non si illude, ma che a quanto gli dicono è indimenticabile: naso asimmetrico, pronunciato ma non troppo; occhi grandi, quasi verdi, sguardo franco. L'aria di vivere in un'altra epoca, nel complesso: sarebbe stato più a suo agio in un salotto edoardiano, per esempio, o sul ponte di un clipper che beccheggiava al largo? Molto probabile.

Thomas stava esaminando un oggetto sulla scrivania. Due dischi di cuoio, all'incirca del diametro della sua mano, sovrapposti e uniti da uno spillo ossidato: il disco sottostante era dipinto di azzurro e chiazzato di annotazioni che non sarebbe riuscito a decifrare nemmeno mettendosi d'impegno. L'azzurro si vedeva attraverso un grosso foro intagliato nella parte superiore, sul bordo del quale erano scritti a lettere dorate i mesi dell'anno, e i giorni del mese, e le ore del giorno. Thomas lo toccò come se fosse portatore di una malattia contagiosa. «E secondo lei cosa dovrei farci con questo?» chiese.

All'estremità della scrivania era seduto un uomo più giovane, che dondolava il piede. A occhi bassi, come un colpevole, fece girare il disco superiore con un dito. Il foro si spostò. L'azzurro era ancora lì. «Era di mio padre» gli rispose. «Credevo che lei avrebbe potuto capirci qualcosa». Nick Carleton, direttore del *Chronicle* e figlio in lutto, passò in rassegna con sguardo palesemente divertito il piccolo ufficio, nonostante le veneziane di plastica e l'hard disk del computer che ronzava mentre faceva il suo dovere arrancando; nonostante il ventesimo secolo che si consumava sui marciapiedi tre piani più giù, sembrava che da un momento all'altro potesse partire un *Lied* di Schubert su un grammofono.

«Le faccio le mie condoglianze per il lutto che l'ha colpita» disse Thomas, solenne. «La morte di un padre rientra nell'ordine logico delle cose, ma al tempo stesso è inesplicabilmente stupida» disse, con una smorfia, rivolto alla finestra.

«Non gliel'ho mai visto usare» disse Carleton, trattenendo le lacrime «e non so come funziona. È un planisfero. Una mappa delle stelle».

«Capisco. E secondo lei cosa ci dovrei fare?»

Calava la sera, con ostilità. Il vento si infiltrava dal davanzale di cemento e un piccione disorientato sbatté sul vetro della finestra e sparì dalla vista.

«Lei è il nostro collaboratore più anziano» disse Carleton, sussultando per il colpo sulla finestra. «E anche il più ammirato. Forse dovrei sbilanciarmi a dire il più famoso». Sto cominciando a parlare come lui, pensò: Thomas Hart è contagioso, questo è il problema. «Spesso ho sentito dire che è di conforto (come ho detto al consiglio d'amministrazione, questa è l'opinione generale) svegliarsi il giovedì mattina e trovare le sue riflessioni sui fantasmi dell'Essex e sulla letteratura eccetera, prima di concentrarsi sulle questioni all'ordine del giorno».

«La letteratura *è* la questione all'ordine del giorno» disse Thomas con gentilezza, rivolto al planisfero.

«Quello che scrive ha un sapore antiquato» insisté Carleton. «Me ne darà sicuramente atto. Ma è quello il suo fascino. Altri giornali magari cercano un autore giovane che sia la voce della propria generazione, ma qui all'*Essex Chronicle* ci vantiamo della nostra fedeltà».

«È difficile che io possa aver chiesto di essere la voce

di una generazione, dato che di me ce n'è uno solo» disse Thomas.

Carleton per un po' esaminò l'altro uomo, che aveva studiato con tanta accuratezza da poter essere nominato professore di Thomasologia all'Università dell'Essex. Per esempio sapeva che Thomas era uno scapolo incallito, come si dice, e non era mai stato visto in compagnia di una persona bella e giovane o di una più anziana e importante; che aveva l'aria malinconica e religiosa di un prete spretato, ed era un noto frequentatore di una strana chiesetta alla periferia della città. Aveva modi cerimoniosi: quelli a cui stava antipatico li trovavano affettati, mentre per chi l'aveva in simpatia erano irresistibili; e, se dire che era strano sarebbe stato scortese, di sicuro dava l'impressione di essere l'unico esemplare della sua specie. Quanto alla famiglia, alle amicizie, alle idee politiche, ai gusti musicali e a come Thomas Hart passasse il fine settimana, Carleton non ne sapeva nulla: si interrogava spesso al riguardo ma non avrebbe mai osato chiederlo. Era facile accertare che Thomas lavorava al *Chronicle* dal 1976, tanto quanto il fatto che da allora aveva pubblicato tre romanzi brevi. Per delicatezza Carleton non gli aveva mai detto che li possedeva tutti quanti, e che li trovava eleganti ed enigmatici, espressi in una prosa con la stessa cadenza della Bibbia di re Giacomo, e che parlavano di sentimenti profondi che venivano repressi fino alle ultime pagine (quando si verificava qualche situazione spiazzante, di solito in un giorno di brutto tempo). Se Carleton fosse stato il suo agente letterario, forse avrebbe supplicato l'uomo di concedersi, almeno quando scriveva narrativa, di dire quello che provava davvero, e non nasconderlo sotto l'atmosfera e le metafore; invece si limitava a lanciare di tanto in tanto un'occhiata ai taccuini verdi di scarsa qualità che seguivano Thomas come delle orme, e ora erano impilati in tripla fila sulla sua scrivania (*Lunedì*, lesse di straforo; *fine inverno, brutto tempo*). Non aveva previsto che Thomas non avrebbe saputo riconoscere un planisfero una volta avutolo per le mani, e nemmeno che un vago suggerimento di guardare le stelle sarebbe stato accolto così male. Sbattendo le palpebre per l'imbarazzo, rivalutò la sua idea di Thomas Hart e diventò più convincente: «La fedeltà per noi è fondamentale» disse. «Ma in redazione c'è sempre più consenso sul fatto che potrebbe giovarle affrontare del materiale nuovo, e mi è venuto in mente che potrebbe piacerle scrivere di astronomia. Vede» – prese il planisfero e lo manovrò – «questa è la data di oggi e quindi troverà Orione a sud».

«Di astronomia» disse Thomas, con l'aria di uno che assaggiava qualcosa di amaro. Girò il disco. Spense le stelle.

«E in effetti» disse il direttore, «mi è venuto in mente che potrebbe scrivere di una nuova cometa». Attinse a piene mani dalle conoscenze ereditate dal padre. «È una Grande Cometa, e si vede a occhio nudo, ha presente? Il pubblico si appassiona molto a queste cose. Una volta la Bird's Custard ha messo una cometa nella sua pubblicità. Forse è un brutto segno, e accadrà una qualche sciagura, e allora avremo qualcosa da mettere in prima pagina» (e a quel punto, immaginando incendi disastrosi, si illuminò subito).

«Quale cometa?»

«Ma Thomas! Non guarda mai per aria? Si chiama Hale-Bopp. Ne hanno parlato al telegiornale».

«Hale-Bopp» disse Thomas. «Capito. Non guardo mai il telegiornale». Alzò il planisfero in direzione del direttore. «Non mi interessa l'astronomia. Quella cometa potrebbe sfondare la finestra e atterrare sulla moquette, e io non avrei niente da dire sull'argomento».

Carleton respinse il planisfero con un gesto. «Lo tenga. Faccia un tentativo. Dobbiamo escogitare qualche idea, Thomas: le copie vendute sono in calo. Vuole scrivere di quella pecora che hanno clonato in Scozia, oppure delle elezioni politiche? Di pettegolezzi vip, forse, o delle tresche sessuali del governo conservatore?» Ricevette uno sguardo ammonitore, come se si fosse macchiato uno di quei polsini bianchi immacolati.

«Sono troppo vecchio per imparare cose nuove» disse Thomas.

«Di questi tempi» disse Carleton, sforzandosi di diventare insensibile, e attingendo di nuovo dal magazzino della sua eredità «un buon binocolo offre un ingrandimento più o meno analogo a quello del telescopio che usava Galileo. Cinquecento parole, per favore. Perché non comincia dalla Luna?»

«Si vede la Luna stasera?»

«E come faccio a saperlo?» Carleton era sulla porta; Carleton era quasi libero. «L'ho sempre trovata inaffidabile. Cinquecento parole, per favore, e seicento se è una notte limpida».

«Di questi tempi le notti non sono mai limpide» disse Thomas. Con malagrazia accostò il planisfero alla luce flebile che filtrava dal vetro e fece girare la parte superiore. I fori scivolarono sul cuoio dipinto e sullo sfondo azzurro comparvero nomi che gli sembrava di conoscere: Aldebaran. Bellatrix. Iadi. E sia. Cinquecento parole, seicento se era una notte limpida; e intanto era rimasto indietro con la corrispondenza da sbrigare. Nel vassoio d'acciaio c'era un'unica lettera, con la linguetta aperta e il francobollo storto: era firmata in grafia decisa, a inchiostro blu:

James Bower
Servizi Museali dell'Essex
17 febbraio 1997

Gentile signor Hart,
ritengo di avere informazioni che potrebbero esserle utili. Come di certo saprà, stiamo conducendo dei lavori di ristrutturazione a Lowlands House che hanno fatto emergere alcuni documenti interessanti. Riteniamo che possano riferirsi a una donna che visse a Lowlands nell'Ottocento, scomparve e non fu mai ritrovata. Ho sempre letto con piacere la sua rubrica e mi ricordo in particolare il resoconto di quando è andato alla ricerca del fantasma di Lowlands;

così ho pensato che forse la leggenda potrebbe essere legata a questa sparizione! Posso invitarla a venire a trovarmi al museo? Siamo aperti ogni giorno dalle dieci alle sedici. Mi trova sempre alla mia scrivania.

Cordiali saluti

James Bower

Thomas posò la lettera. Era possibile che la luce al neon si fosse sfumata per un attimo, facendo uscire dall'ombra l'immagine di una donna scomparsa e ora ritornata? No, naturalmente. Thomas sorrise e guardò di nuovo la finestra. Il piccione stordito aveva lasciato un'impronta sudicia sul vetro, che sorgeva dietro le veneziane come lo Spirito Santo.

Fine inverno, pensò Thomas, brutto tempo (si abbottonò il cappotto; uscì dagli uffici del *Chronicle*): era un incipit buono come un altro. Aveva il planisfero in tasca, che lo pungeva con lo spillo di ottone piegato. L'illuminazione stradale rendeva lucida quella nuvola irremovibile; e da qualche parte lì dietro, pensò, la cometa di Carleton si nascondeva come una lettera dentro una busta, che di sicuro era latrice di brutte notizie.

Erano passate le cinque e il traffico diretto fuori città incalzava; si cominciava a scorgere Aldleigh e Thomas superò donne che arrancavano con le borse della spesa, e scolari che bisticciavano e dicevano parolacce. La pioggia si ridusse a particelle di foschia che sciamavano intorno ai lampioni come moscerini, e Thomas dialogava tra sé e sé. A cosa si poteva attribuire la sua indifferenza per le stelle? Gli venne il pensiero pericoloso che forse temeva che la vastità annientante dell'orbita di una cometa avrebbe posto fine alla sua fede malferma. Ma d'altra parte, si consolava Thomas, Virginia Woolf aveva scritto di un'eclissi solare, e poi c'era l'accenno di Gerard Manley Hopkins a una cometa nella sua poesia: c'erano dei precedenti. «Bellatrix» disse, sentendo il disagio che gli provocava il planisfero, ma suo malgrado divertito dalle sillabe: «Iadi». Ora si trovava a un incrocio, dove il traffico si dirigeva affrettato verso Londra oppure a sud verso i negozi e gli uffici di Aldleigh. Thomas, zigzagando tra le auto, attraversò la strada e si fermò per un po' sul marciapiede di fronte. Alla sua sinistra c'era lo stradone diretto in città; alla sua destra la strada che si restringeva fino a un ponte basso sul fiume Alder. Thomas non guardò né a destra né a sinistra, e invece osservò una chiesetta che si trovava dietro una cancellata di ferro in London Road. Aveva a fianco un muro ricoperto di muschio e il terreno abbandonato che lui aveva sentito chiamare il Cimitero dei poveri; il cancello di ferro era chiuso con la catena. La chiesetta gli ricambiava lo sguardo dall'altra parte di un parcheggio lustro di pioggia. Il portone verde era chiuso e dipinto di fresco; a fianco del portone un arbusto di alloro verde aveva fronde abbondanti quanto gli empi nel Salmo 37. Un vento gelido da est che risaliva lungo l'Alder smosse l'aria fredda e illuminata, e l'alloro danzò nella sua piccola aiuola nera. La chiesetta, invece, aveva mattoni chiari, e proporzioni sobrie: era un contenitore per Dio, sigillato. Nessun passante l'avrebbe mai identificato come un luogo di culto, e i bambini di Aldleigh erano convinti che fosse un crematorio nel quale i vecchi venivano trasformati in ceneri e fumo. Non c'erano bassorilievi sacri ai lati del portone, e non suonavano campane; il tetto spiovente di ardesia, quand'era bagnato, luccicava nei toni dell'azzurro. Le sette vetrate a forma di ogiva sembravano occhi semichiusi per difendersi dal sole, e nelle giornate più luminose la luce intercettava un unico disco di vetro colorato alla sommità di ciascuna vetrata. Questa era la Bethesda Chapel, immota nel fluire del tempo come un sasso in un fiume: Aldleigh le scorreva oltre, e intorno, e non era mai riuscita a cambiarla. Sopra il portone si trovava una targa stretta con la scritta 1888 e, al di là del tappetino ispido sulla soglia, l'atmosfera era rimasta quella del 1888. Tutte le orride faccende del mondo moderno – i suoi tassi di cambio, i tornei, le bestemmie, le pubblicazioni, le elezioni, la musica e i cambi di amministrazione – arrivavano fino al portone verde e facevano subito marcia indietro, respinte.

«Bethesda» disse Thomas, appoggiato al cancello, parlando da solo, con un accenno di sorriso; poi la catena di ferro, che avrebbe dovuto essere chiusa, si aprì e gli cadde ai piedi. Thomas, trattenendo la sorpresa, sbirciò confuso attraverso la foschia. «Cos'è stato?» chiese. «Avete visto?» Nessuno sentì, o era in grado di rispondere. Lui si sporse ancora più in avanti e mise in dubbio le sue percezioni: era stata solo un'ombra spostata dal traffico di passaggio, niente di più. Eppure... «Chissà cos'era» disse. La catena gli si spostò sopra la scarpa. Thomas sentì la reazione animale del suo corpo: i peli si rizzarono sulla nuca e sugli avambracci; le cavità del cuore si restrinsero: è la donna fantasma di Lowlands, disse tra sé e sé, divertito della propria paura, è arrivata saltando il muro!

L'aria umida si aprì, per un attimo ci fu l'impressione di un'ombra che si addensava e insisteva contro il portone verde, per poi scivolare via, fuori dalla vista. Poi, alla luce dei fari di un'auto, Thomas vide un segno dipinto a fianco del batacchio in ferro della chiesetta: qualcosa che somigliava a una croce, mal disegnata, e cancellata con un cerchio. I fari si spensero. Il segno tornò nell'ombra. Thomas, in preda a incredulità e curiosità in parti uguali, attraversò il cancello. Rumori di traffico irascibile, di ragazzine che si chiamavano l'un l'altra dai marciapiedi della strada principale; e anche il rumore di un movimento furtivo vicino all'alloro. Poi da lì si staccò all'improvviso un'ombra, che diventò tangibile e attraversò il parcheggio diretta verso Thomas. Arrivava a una velocità talmente malevola che lui gridò: «Guarda dove vai!» con inutile urbanità, e barcollò quando una creatura con un cappuccio bianco lo urtò passando. Al volo, tre dettagli: viso magro; occhi chiari; mano magra che reggeva una bomboletta di vernice spray. Forse anche qualcosa che aveva detto, ma soffocata dal traffico e dall'aria che l'aveva attutita – poi Thomas, girandosi lentamente, vide l'intruso confondersi tra la piccola folla che si dirigeva verso la città.

«Oh, santo cielo» disse Thomas. Si avvicinò alla porta. Tra le assi colava la vernice; il cerchio sopra la croce sgocciolava come una bocca aperta. Sapeva che i ragazzini scrivevano le tag sotto i ponti della ferrovia, in segno di allegra provocazione; ma non c'era niente di allegro in quel simbolo imperscrutabile già sbavato dalla pioggia, che trasmetteva invece una specie di malvagità incompetente che lasciò Thomas in preda a una strana depressione. Estrasse di tasca il taccuino e strappò a una a una delle pagine che si ammorbidirono in fretta nell'aria umida; con quelle, pulì il portone meglio che poteva. Poi si girò e si diresse in città, lasciando il resto del lavoro al tempo.

La Bethesda si allontanò dalla vista. Manteneva la calma. Più avanti il giornalaio e il droghiere stavano chiudendo le serrande per la serata e un treno che partiva per Liverpool Street fece ballare i bicchieri al Jackdaw and Crow. Un uomo con un cappotto di velluto rosso disseminò scatoloni ai piedi del monumento ai caduti e si fece un cuscino con il *News of the World*: «Buonasera» disse Thomas, ricevendo in cambio un cenno fiero. Si diresse giù per un vicolo in discesa e poi in Upper Bridge Road, che nell'Essex passava per essere una collina, e quindi le case in mattoni rossi che attraversavano la gobba sembravano la colonna vertebrale lunga e articolata di un drago che dormiva. E quindi in salita e poi in discesa, entrando in Lower Bridge Road, che passava sotto il ponte della ferrovia sgocciolante, e non portava né ad Aldleigh né fuori: a dire il vero, non portava proprio da nessuna parte. Qui si trovavano trentaquattro case a schiera vittoriane, costruite per gli operai che avevano lavorato sulla linea per Londra, una di fronte all'altra, appartate dietro alle loro automobili, e ai giardini, e ai cartelli che intimavano ai passanti di votare laburisti, conservatori, o di stare attenti al cane. Solo una casa resisteva all'epoca moderna. Lì non si era mai sentita alcuna musica contemporanea, o esclamazioni di film e serie tv; e di sicuro non c'erano tracce di appartenenza a un partito politico o una tribù sociale. Invece imperava un silenzio persistente, e l'impressione di una casa arretrata dietro una foschia lieve ma impenetrabile. Thomas Hart era arrivato.

Nick Carleton, nel chiedersi come viveva quell'uomo, si immaginava con affetto e compassione una vita solitaria in un appartamento organizzato con pignoleria, e un lettuccio che veniva regolarmente rifatto ogni mattina. Si sbagliava. Thomas viveva dove era nato, e dove (a questo pensava spesso, senza rancore) molto probabilmente sarebbe morto; e se anche viveva solo non si sentiva tale, era una condizione di nostalgia, più che di solitudine, e Thomas non era un uomo insoddisfatto. Le abitudini e i gusti dei suoi genitori, quelli dei figli austeri del Dio esigente della Bethesda, erano stati eliminati insieme alla carta da parati e alla moquette, e di loro niente restava, adesso, a parte Thomas in persona. Era tutto esattamente come lui lo desiderava. Il tavolo in legno di quercia vicino alla finestra era lucidato da decenni di pasti e di lavoro, e brillava sulle gambe grosse e tornite. Il divano era profondo, e azzurro, e parzialmente nascosto da una trapunta che sua madre non aveva avuto il tempo di finire. Lampade edoardiane e vittoriane e liberty, che avrebbero dovuto fare a pugni tra loro, andavano d'accordo per amore di Thomas, e brillavano dalla credenza e dal pavimento. Un ampio bovindo rivolto a est concedeva un'unica ora di luce all'alba prima che la stanza si oscurasse all'ombra del ponte della ferrovia; e, quando si accendeva un fuoco nel caminetto, sulle piastrelle circostanti sbocciavano tagete dorati. Le pareti erano oscurate da libri disposti in un ordine che avrebbe potuto fare felice un bibliotecario, a parte il fatto che quelli scritti da Thomas Hart erano infilati qui e là, dato che immaginare i fantasmi della sua fantasia che chiacchieravano tutta la notte con Emma Bovary nel suo vestito volgare, o con la signora Dalloway che si agitava scrivendo la lista della spesa, era una cosa che appagava la sua vanità. I quadri erano appesi in un disordine voluto: una litografia di Picasso firmata su lastra, un olio ben fatto che raffigurava un mare in tempesta. Una piccola foto, che occupava un grande spazio di cui era indegna, raffigurava la Bethesda Chapel nel giorno dell'inaugurazione: era il 1888, il sole impietoso ardeva sul prato, mentre uomini barbuti se ne stavano solenni a fianco di donne con il cappellino estivo, e al di là del muro della chiesetta, nella terra sconsacrata di Lowlands Park, una donna a capo scoperto si riparava all'ombra di un olmo, alzando gli occhi solo di tanto in tanto. Thomas accese le lampade e la esaminò per un poco. Da bambino aveva paura di lei, perché il suo viso nell'ombra era privo di lineamenti; ma ormai a quel punto la considerava un'inquilina, con l'abito e il collo chino sempre più nitidi dietro il vetro.

Si preparò da mangiare: ravanelli in una ciotola con sale di Maldon e un olio di oliva verde erba; del buon pane di segale, e vino rosso versato con il compiacimento di un uomo che ha scelto di peccare. Si portò tutto al tavolo, insieme alla lettera e al planisfero, e li studiò mentre mangiava e beveva. Forse sarebbe successa una sciagura, aveva detto Carleton; e Thomas sentì di nuovo l'urto della figura con il cappuccio che fuggiva dalla Bethesda con le mani sporche di vernice. Ma quella non era una sciagura, solo qualcosa di strano che si era subito dimenticato nell'ordine e nel silenzio di casa sua; e così Thomas, che era molto bravo ad autoconvincersi, mangiò un ravanello in tutta tranquillità.

Era tardi: l'uomo con il cappotto di velluto rosso dormiva sul *News of the World*; al Jackdaw and Crow era l'ora dell'ultimo giro; sul lampione cantava un pettirosso confuso, e la lettera di James Bower si era macchiata di vino. Sul tavolo c'era un mucchio di taccuini verdi da poco, ammassati contro un computer portatile di una modernità quasi offensiva accanto al legno di quercia lucido, e al bicchiere vuoto con il bordo dorato. Thomas sospirò e aprì lo schermo, e guardò il documento vuoto il cui bagliore lo abbagliava con la brama e la ritrosia tipici dello scrittore. Non voleva fare altro che scrivere, era l'unica cosa che desiderava; era lo scopo della sua vita, la sua maledizione. «È tutto inutile, comunque» disse alla donna nella foto, «niente rovina una cosa come il tentativo di descriverla. E poi, non ho niente da dire». Si sentì cantare il pettirosso – o forse era il suono della donna nella foto che parlava da dietro il vetro, là dietro il muro della Bethesda: *Su, muoviti! Hai cinquantun anni e il tempo passa.*

E va bene. Fine inverno, pensò Thomas, brutto tempo. Era un incipit buono come un altro. Muoviti, Thomas Hart.

IL FANTASMA DI LOWLANDS
THOMAS HART *ESSEX CHRONICLE*
31 OTTOBRE 1996

Dato che è Halloween, e si è aperta una breccia nel muro che separa il mondo dei vivi e quello dei morti, questa è una notte buona come tante altre per confessarlo: non credo ai fantasmi, ma li temo lo stesso.

Assecondatemi, miei vecchi amici! La paura è nata così: quando avevo undici anni, un mio amico è rimasto assente da scuola per giorni interi, e si diceva che fosse impazzito perché aveva visto il fantasma di Lowlands House. Io non ne avevo mai sentito parlare, e quindi ascoltai incredulo i racconti su una signora emaciata e terribile che alzava gli occhi al cielo, con un collo che sembrava mezzo rotto, e su quelli che la vedevano scagliava la maledizione di restare soli e non amati, così i braccianti che la vedevano si impiccavano, e nessuno li tirava giù dall'albero; e i bambini che la vedevano venivano scacciati di casa dai genitori e lasciati morire di fame per strada.

Ma avevamo un progetto. I miei amici volevano fare irruzione a Lowlands House per Halloween, e attendere il fantasma. Mi chiesero se volevo andarci anch'io e aspettare sulle scale a mezzanotte insieme a loro. E lì mi trovai in difficoltà. Mio padre era pastore della Bethesda Chapel e la nostra teologia non prendeva in considerazione gli spettri. Siccome credevo in Dio, credevo anche nel suo antagonista, e pensai che forse a Lowlands non c'erano fantasmi, ma un demone. Mi si prospettava una prova di fede per la quale un protomartire cristiano avrebbe dato il brac-

cio destro! E va bene, dissi: ci vengo.
E così la notte di Halloween sgattaiolai fuori di casa e mi avviai verso Lowlands Park. Quella sera non c'era colore nel mondo, solo una specie di grigio luminoso; quando arrivai a Lowlands House mi sembrava che stesse affondando nell'erba, e che le assi inchiodate alle finestre fossero come le monete che posano sugli occhi dei morti. Poi aspettai gli altri ragazzi per ore, ma non arrivò nessuno.
Non mi ero mai sentito solo prima, e da allora mi è capitato di rado, ma quella sera mi sembrava di essere l'unica creatura vivente al mondo. Quando chiamai i miei amici, nessuno rispose; quando cercai di pregare, non mi ricordavo come si faceva. Poi ebbi un tuffo e un colpo al cuore, perché vidi una luce che si spostava avanti c indietro nelle stanze ai piani superiori, come se qualcuno stesse pattinando su una specie di carrello da una finestra all'altra, passando attraverso i muri. Stupidamente cominciai ad andare verso la luce in movimento senza sapere perché, finché non inciampai nella radice di un albero, e caddi. La casa sparì dalla vista come se fosse davvero affondata. C'era un silenzio totale. Anche le civette erano sparite. Mi venne in mente che tutte le creature viventi dell'Essex, persino i vermi, si stavano allontanando da me, schifate. Fui sopraffatto da un'enorme stanchezza, girai il viso nel fango e aspettai il demone, o il fantasma, o Dio: ma non c'era proprio un bel niente.
All'alba mi trovò una signora che portava a spasso il cane, e mi ricondusse a casa con una tosse che mi tenne assente da scuola per giorni, e impedì ai miei genitori di punirmi come altrimenti avrebbero fatto. Durante la mia malattia scoprii che ogni volta che alzavo la testa vedevo una vecchia foto appesa in cima alle scale. Raffigurava una donna vicino al muro di Lowlands Park, e quando la luce la colpiva con una certa angolazione sembrava che si girasse a guardarmi da un viso privo di lineamenti e senza occhi.
Come dicevo: non credevo nei fantasmi allora, e non ci credo adesso; ma chiamavo sempre mia madre per chiederle di chiudere la porta.

La domenica seguente James Bower aspettava al semaforo di London Road. L'insoddisfazione che l'aveva perseguitato per tutta la vita era amplificata dalla monotonia di quella giornata, ed ebbe l'illuminazione di avere sempre aspettato qualcosa che non era mai accaduto. Poi fu preso dai sensi di colpa. Aveva comprato una casa con un mutuo dal tasso vantaggioso; aveva una moglie con la quale stava ancora bene, e dei figli a cui voleva un bene dell'anima: cosa poteva chiedere di più un cinquantenne? Ma il suo orologio ticchettava, e ogni ticchettio suddivideva un'ora in parti più piccole, e tutto quello che aveva sotto gli occhi rappresentava il suo fallimento nel vivere la vita che si sarebbe aspettato per sé. E se il semaforo non fosse mai cambiato, lui non sarebbe mai partito? Sospirò e aprì il finestrino, e da sopra il vetro gli arrivò della musica: canti, uno strumento di qualche tipo, una melodia che conosceva ma non riusciva a collocare, proveniente dalle porte aperte di un edificio grigio dall'aria solenne che si trovava dietro una cancellata di ferro, che aveva a fianco il muro verso Lowlands Park. James Bower guardò con sorpresa quell'edificio, come se lo strumento e i cantori l'avessero invaso proprio in quel momento. I mattoni chiari erano lucenti come perle, le vetrate strette luccicavano; ci fu una pausa nella musica e James vide un uomo entrare in fretta dal cancello. Era alto e portava un cappotto di tweed con il colletto alzato in previsione del vento; reggeva una cartella di cuoio e sembrava un oggetto fuori luogo. Arrivato alla soglia della chiesetta, si fermò e per due volte si voltò esitante verso il cancello, e poi daccapo. Poi si chinò un attimo per esaminare il portone dipinto di verde, diede due pacchette come se andasse fiero di quello e anche di sé stesso, ed entrò.

E poi James Bower, riscosso dal semaforo diventato verde e dai guidatori impazienti alle sue spalle, si scrollò di dosso quel breve incantesimo, se ne andò da Bethesda e non ci ripensò più per giorni.

Thomas Hart, che quel pomeriggio era tornato a casa da Londra in treno, richiuse il cancello della Bethesda con la catena. Aveva il planisfero in tasca e un binocolo nella borsa: cinquecento parole, pensò, rassegnato all'incarico, seicento se la sera era limpida. Sentì i fedeli che cantavano «*O mio cuor, calmo sta' in Gesù*» e quel suono lo fece voltare due volte verso il cancello, come se avesse dimenticato l'anima sul marciapiede. Poi si avviò risoluto verso la porta, e la esaminò: forse c'era una macchiolina tra le assi dipinte, ma nessuna traccia restava di quel simbolo privo di significato, nessuna ombra si staccava dall'alloro. Bussò due volte al portone. Entrò.

La Bethesda la sera del Giorno del Signore, e le nuvole che si allontanavano sopra il tetto: quarantasette membri dell'assemblea in piedi con l'anima sulle labbra. I banchi erano duri e stretti, con fiancate alte alle quali ci si poteva appoggiare quando la predica era lunga. Nei corridoi tra i banchi erano state incollate strisce di moquette marrone; le assi del pavimento erano in legno di pino. I muri erano di un verde talmente chiaro che sotto una certa luce non si distingueva, e in tutte le stagioni erano freddi al tatto: arrivati alla fine della cerimonia, il fiato dei fedeli colava come alcol distillato da un alambicco. I lumi a gas collocati in alto sul muro non si potevano più accendere, dato che i tubi erano stati tagliati; i paralumi di vetro sembravano tulipani appassiti. La luce veniva da vetrate strette e appuntite, e da globi opachi di vetro opalescente appesi in alto come dieci lune bloccate. Anche il pulpito, che si ergeva addossato al muro più lontano della chiesetta, sembrava un tulipano che sbocciava su un largo stelo in legno di quercia, e subito sotto, sempre sotto l'occhio del pastore, il tavolo della comunione era collocato sul palco ricoperto di moquette e impartiva la sua istruzione: FATE QUESTO IN MEMORIA DI ME. Il pastore sul pulpito, guardando dritto davanti a sé, vedeva la galleria della Bethesda, sul muro opposto, retta da colonne di ferro dipinto; questa galleria era dipinta di bianco, con un orologio come quello delle stazioni ferroviarie. Una donna con una piuma che ballonzolava sul cappello suonava il vecchio armonium, che avevano ritrovato a galleggiare nella chiesetta durante l'alluvione del Mare del Nord nel 1952, quando le donne di Canvey Island avevano appoggiato i figli a cavallo delle porte dei cottage per salvarli dall'acqua (e quindi, diceva Thomas, la melodia dei canti religiosi viaggiava sull'aria salmastra).

Thomas, entrando dal portone, ebbe l'impressione di trovarsi in una densa nuvola illuminata, attraverso la quale il resto del mondo era vago e distante come una città dall'altra parte della valle. I fedeli erano seduti. Lui li imitò, e non guardò il pastore, ma una ragazza dai capelli neri seduta a fianco di una delle vetrate strette. Portava un cappello di velluto floscio, dal quale sporgeva solo un mento rotondo e uno scialle dalle frange aggrovigliate che ricadeva sullo schienale rialzato del banco. Aveva sentito la porta da cui era entrato il ritardatario, si era girata e gli aveva fatto un cenno, poi con un cipiglio aveva guardato l'orologio a muro e poi di nuovo lui: Sei in ritardo, Thomas Hart!

Sono in ritardo, Grace Macaulay, è vero, le comunicò con un sorriso e un cenno del capo, ma non mi sento in colpa.

Veniamo allora a Grace Macaulay: diciassette anni, bassa e paffuta, con la pelle che alla fine di maggio era già scura. Aveva i capelli neri e grassi, e l'odore forte e consolante di un animale d'estate. Non le piacevano i libri e, se trovava una cosa bella che non le apparteneva, aveva l'indole della ladra. Sapeva di essere negata per il canto. Era tendenzialmente di cattivo umore. Esprimeva l'affetto in moti improvvisi e muti, come un animale da cortile, e di solito andava a cozzare con il corpicino contro Thomas come un agnello; lui le voleva bene e ce l'aveva con lei proprio come immaginava che un padre potesse voler bene a una figlia e avercela con lei. Mentre i fedeli diligenti aprivano le Bibbie e cominciavano a leggere il salmo, Thomas ricordò di averla vista per la prima volta quando aveva sei giorni, con le fontanelle del cranio non ancora chiuse. Era una bella giornata fredda del 1980 e Thomas era un trentatreenne seduto di malavoglia nel banco dove a volte si sentiva dire che la sua natura era un'offesa a Dio. Aveva stabilito che quella domenica sarebbe stata l'ultima, e che con gratitudine si sarebbe chiuso alle spalle le porte della Bethesda archiviando quello che restava della sua fede, e sarebbe andato a fare la bella vita a Londra, senza Dio e in piena libertà. Ma era entrato un uomo con un neonato in una cesta di vimini: Ronald Macaulay, il più devoto e il più rigido di tutti gli uomini della Bethesda; sua moglie Rachel era morta durante il parto. Aveva un'espressione stordita, come se gli avessero mostrato qualcosa su cui si sarebbe interrogato per il resto della vita, e aveva il bavero della giacca sporco di rigurgito. Istintivamente, con la fede di cui non era mai riuscito a liberarsi, Thomas aveva raccomandato quell'uomo sofferente a Dio, e alla fine della cerimonia si era presentato, con maniere gentili e sincere, a fare le condoglianze. E poi – senza piacere, senza interesse – aveva guardato nella cesta. Ed eccola lì, Grace Macaulay, coi capelli neri e brutta, con la peluria sulla punta delle orecchie. Gli occhi di neonata, con la lucentezza che ha l'olio sul pelo dell'acqua, vagavano privi di interesse tra le facce degli sconosciuti, poi atterrarono su Thomas e lo guardarono, improvvisamente a fuoco: «Ah!» aveva detto – era un uomo di trent'anni, a cui i bambini non piacevano né più né meno di qualsiasi altro essere umano, che giudicava a seconda dei suoi meriti – «Ah!» aveva detto, e poi: «Eccoti qua!» Lei esisteva. Prima non esisteva, e poi era arrivata, evocata da quale che fosse la materia di cui era fatta la sua coscienza, ed era riuscita a fare breccia in lui. Fu una cosa disastrosa. Provò un dolore nel cuore, come se si fosse aggiunta una cavità apposta per contenere lei, e quindi avrebbe dovuto portarsela dietro per tutta la vita. Poi la neonata aveva cominciato a strillare con la rabbia sdegnata di una creatura che non aveva mai chiesto di venire al mondo, e Thomas si trovò inchiodato dal dovere verso un amore che non aveva mai cercato e che non sapeva spiegare.

Ora i fedeli si volsero alle Bibbie con un rumore di vento che passava tra le pagine, e venne letto un salmo. Thomas aveva in tasca il planisfero che lo pungeva, lo tirò fuori e lo posò a fianco della Bibbia: *Andromeda*, diceva. *Perseo.* L'azzurro spiccava a fianco dei caratteri neri ed esili della Bibbia. «*Io alzo gli occhi ai monti*»* disse; e Thomas alzò gli occhi alle volte del soffitto, dal quale ogni tanto si staccavano scaglie bianche di pittura che scendevano oblique a terra. «Dio onnipotente» disse il pastore, «nostro padre celeste» – Thomas continuava a rigirare il planisfero, e l'ago d'ottone brillava come la stella polare.

Poi il pastore disse «Amen» e in quel momento l'aria santa della Bethesda fu scossa dal suono di vetri rotti. Era arrivato qualcosa dal mondo esterno, che aveva colpito la vetrata vicina alla quale era seduta Grace Macaulay. Schegge di vetro baluginavano sulla moquette. In mezzo rotolava una pallina da golf che andò a sbattere contro un banco. Metà dei fedeli, per dimostrare quanto era devota alle proprie preghiere, si rifiutò di aprire gli occhi; l'altra metà guardò la ragazza col cappello di velluto che ora si era alzata, la Bibbia nella mano sinistra, e con la destra si tastava un taglio sul collo. Dallo squarcio arrivavano dei rumori: il vento che scuoteva l'alloro, il traffico diretto ad Aldleigh e alle sue occupazioni terrene. In mezzo a tutto arrivò un'unica parola, che sortì l'effetto

* Salmo 121:1 (*N.d.T.*).

di una goccia d'inchiostro caduta su una tovaglia immacolata: «Cazzo!» Il pastore afferrò il leggio e ripeté il suo amen. «Cazzo» disse ancora la voce, con tono disperato; e Grace, che stava bloccando col pollice un rivoletto di sangue, guardò la porta angosciata, come se si fosse ricordata di un appuntamento per il quale era in ritardo.

«*Io mi son rallegrato quando m'han detto*» disse il pastore, con il suo spiccato sarcasmo, «*Andiamo alla casa dell'Eterno*»*. Poi la porta interna si spalancò e Thomas vide entrare un ragazzo. Portava un giubbotto verde e aveva i capelli rasati in una peluria luccicante. Stupefatto dalle espressioni dei fedeli, disse: «Oddio»; e, dato che sotto il tetto della Bethesda quel nome non era mai stato pronunciato ad alta voce con toni diversi dalla riverenza, l'atmosfera si infranse proprio come aveva fatto la vetrata. In seguito a quel cambio di clima, il ragazzo disse piano: «Scusatemi, ho perso la pallina» e mimò il movimento rotatorio verso l'alto della battuta di un golfista. Grace, facendo sanguinare il taglio, gli disse: «È laggiù». All'improvviso si rese conto che, nonostante appartenesse al sesso inferiore, aveva parlato ad alta voce durante una cerimonia in chiesa. Fece una smorfia e si sedette.

Il ragazzo risalì la navata. Si guardò intorno con lo sguardo penetrante e intenso dei miopi; aveva gli occhi ombreggiati da ciglia fitte e scurissime. Dalle maniche della giacca gli scorreva acqua che sgocciolava sulla moquette, e portava scarpe da ginnastica con i lacci verdi. Il pastore guardava inerme i suoi fedeli. Il ragazzo si chinò rapidamente a prendere la pallina tra i vetri rotti, e mentre si rialzava incontrò lo sguardo di Grace. La tesa del cappello le oscurava la parte superiore del viso; la luce debole della chiesetta colpiva il mento bianco e paffuto, e il pollice insanguinato premuto sul collo. L'intruso le fece un cenno gentile che estrometteva i banchi, l'armonium e i muri verdi e umidi; poi, palleggiandosi la pallina da una mano all'altra, uscì dalla chiesetta.

* Salmo 122 (*N.d.T.*).

La porta si accostò silenziosa, e il pastore disse: «Cantiamo?» I fedeli si alzarono in piedi, grati, trascinando Thomas con sé. Lui cantò; vide Grace che si girava a guardare le porte della chiesetta con una smorfia vigile e speranzosa, e si sentì a disagio. Gli sembrò che la Terra avesse interrotto il suo moto consueto, e fosse ripartita di poco inclinata rispetto al solito.

Alla fine della cerimonia, mentre la pioggia si era spostata a est verso Aldwinter e Walton-on-the-Naze, il pastore e Ronald Macaulay esaminarono la vetrata rotta. Che peccato, dissero, e che tristezza sentir nominare invano il nome di Dio in quel modo; e sarebbe bastato un quadrato di cartone per ripararla, fino a che fosse arrivato il vetraio? Grace Macaulay, sperando di essersi procurata una cicatrice, mostrò a Thomas il taglietto. «Chi era quel ragazzo» gli chiese, «e perché è entrato?»

«È stato solo un incidente. Non tornerà».

«Ma se è Dio che fa succedere tutto, allora tutto accade per un motivo, e non è stato un incidente. E allora perché è entrato?»

«Se io conoscessi quello che ha in mente Dio, avrei di meglio da fare che parlare con le bambine». Le tirò la frangia dello scialle: non era successo niente di male.

«Che cos'è quello, Thomas?» gli chiese, accorgendosi del planisfero mentre lui se lo metteva in tasca. «È un orologio?»

«È un modo di trovare le stelle».

«Le stelle non hanno bisogno di farsi trovare. Basta uscire e guardare in alto, sono sempre lì».

«Immagino di sì» disse Thomas. «Ma tu guardi mai in alto? Io no. E poi anche i fiumi sono sempre lì, ma forse per trovarli può servire una mappa». Le mostrò il planisfero e girò il disco di cuoio. «Aldebaran» disse lei. «Polluce. Le pronuncio giuste?»

«Non lo so, ma credo di no. Adesso ridammelo: sto andando a Lowlands Park per trovare un percorso tra le stelle» disse Thomas. «E se sorge la Luna, immagino sia il caso di andare a vedere». Le afferrò la spalla e la scosse con forza, come se fosse un animaletto: «Dormi bene, bambina infelice» le disse. «Guarda. Tuo padre ti chiama e stanno spegnendo le luci».

Dietro la chiesetta c'era un prato in forte pendenza, dove Grace giocava da sola quando era piccola. Era delimitato da un filare di betulle bianche che riparavano la chiesetta dal mondo come un paravento che ripara un morente in una corsia di ospedale, e oltre le betulle bianche c'erano i duecento ettari di Lowlands Park. Ormai era già mezza in rovina, e i tigli e le querce piantati con tanta cura davano l'impressione di un battaglione sfinito che marciava verso la casa. I prati erano in gran parte incustoditi, e gli steli di verbasco e cerfoglio selvatico che erano morti a fine estate rumoreggiavano appena si alzava il vento. Immense aiuole all'italiana erano affondate allargandosi, diventando praticamente indistinguibili del prato, anche se ogni tanto una pianta valorosa che era riuscita a mettere radici durante varie generazioni fioriva in piena estate. C'era un basso laghetto lasciato a riempirsi di terra; era circondato da canneti e infestato per tutta l'estate da moscerini che danzavano con esultanza terminale. A volte con il bel tempo i prati morivano e sotto la terra crepata si riusciva a scorgere i resti di un viottolo di mattoni che si dirigeva senza scopo fino al lago, con qualche mattone contrassegnato da una stella.

Lowlands House, che se ne stava inclinata su un basso promontorio alla fine del sentiero scomparso, ogni tanto – in certi orari, in certi giorni – era un luogo adorabi le. La facciata bianca reagiva alla luce dell'Essex, a volte sembrava di un rosa carne, e durante le tempeste grigia come i mattoni della Bethesda. Un tempo era stata una delle dimore più importanti dell'Essex: non eccezionale (sul Pevsner era liquidata con queste parole) ma progettata e costruita con tutte le terrazze e le colonne doriche richieste dalla moda dell'epoca. Quando i denari della famiglia erano stati azzerati dalla venalità e dai cattivi consigli, e lo sprofondamento dell'argilla dell'Essex aveva provocato la subsidenza che di notte faceva crepare lo stucco in modo percettibile, l'ultimo membro superstite della famiglia aveva puntato quella casa che detestava su un cavallo, e l'aveva vinta un tizio che non ne aveva mai varcato la soglia e si era presto dimenticato di possederla. E così Lowlands diventò presto umida e sconsolata, e a tempo debito fu rilevata da un mercante di lane di nome John Bell. Sotto le sue cure, e con l'iniezione di nuovo denaro, per un po' era risorta: era stato Bell a creare il sentiero stellato e a scavare il laghetto, e a commissionare la statua di una donna che guardasse per sempre l'acqua (anche se una qualche tragedia della quale Thomas non si era mai curato pose fine a tutto, e ben presto il roseto soffocò tra le sue stesse spine, e la statua si gettò nel lago).

Thomas fu colto da un malumore infantile. Era l'effetto di essere andato in chiesa, e della vetrata rotta, e della richiesta fuori luogo di Carleton: cosa c'entrava lui con le comete? Cosa aveva a che fare la Luna con lui? Cresceva e calava, e lui non ne sapeva altro, e nemmeno gli serviva saperlo. Gli faceva male la testa. Ma proseguì. Si stava facendo buio. I fitti boschetti di querce si diradavano in sentinelle solitarie man mano che il prato si elevava leggermente verso la casa. Sopra la sua testa si sfilacciavano storie di nuvole alte, mostrando spazi limpidi scuri come l'inchiostro, ancora privi di stelle. Da qualche parte, senza dubbio, c'era la Luna, inaffidabile. Proseguì, tirò fuori il planisfero e il taccuino dalla tasca e annotò con diligenza la data e l'ora. Da quel punto di vista privilegiato, riusciva a scorgere la casa pallida alla deriva lungo il suo basso promontorio, e gli scalini che scendevano fino a una recinzione metallica che non riusciva a tener fuori nessuno. Colonne doriche affiancavano porte in legno di quercia sormontate da uno stemma araldico e chiuse con placche di ferro. Le finestre erano accecate da assi che con il brutto tempo si scheggiavano e cedevano, così che gli intrusi arrivati scavalcando la recinzione a volte riuscivano a scorgere il caminetto nell'atrio, e affreschi impalliditi semiricoperti di scritte oscene o erotiche. Nel frattempo il laghetto ornamentale stava soccombendo all'argilla dell'Essex e stava annegando la donna di pietra nel limo.

Thomas proseguì. Le nuvole si diradarono sopra la Luna che sorgeva. Nelle cavità tra le querce si raccoglieva la foschia. Non c'era vento. «Dove sei» chiese Thomas, «dove sei finita?», cercando la sua antica compagna nelle finestre, incline a convincersi di aver visto una luce che si muoveva tra le assi scheggiate. Ovviamente: nulla. Fece spallucce; si dedicò al cielo. Da est a ovest era una volta oscura e scialba, a parte un punto più chiaro dove la nuvola bassa, spaventata dalla Luna che sorgeva, si stava disperdendo in frammenti luminosi. A Thomas sembrava di guardare in un mare nel quale nuotava un banco di aringhe argentate; e dopo un po', quando la nuvola fu sparita, alzò il binocolo e guardò di nuovo.

PRIMA LUCE

THOMAS HART *ESSEX CHRONICLE*

24 FEBBRAIO 1997

Caro lettore, hai per le mani un uomo mutato. È tutta colpa del direttore, perché mi ha mandato a guardare la Luna.

Ma, Thomas, starete pensando, non hai mai visto la Luna? Be', certo che sì: ho ben presente la sua abitudine di saltare fuori alle due del pomeriggio, oppure di inclinarsi all'indietro come una sedia a dondolo, ma non l'ho mai trovata molto più interessante di qualsiasi altra cosa. E così domenica scorsa mi sono incamminato verso Lowlands Park senza speranza, e di pessimo umore. Quel giorno aveva piovuto, e non c'erano uccelli, né stelle, né Luna: evidentemente era una gran perdita di tempo e mi stavo rovinando le scarpe per colpa del fango.

Ero impegnato a imprecare contro il mio direttore quando mi sono accorto che in effetti la sera si stava schiarendo, e con lei il mio malumore. Erano uscite le stelle senza che io me ne fossi accorto, e sopra Lowlands c'era un punto immenso e radioso dove la Luna era nascosta dall'ultima nuvola rimasta. Poi il vento si è preso la nuvola ed è spuntata la Luna; e così, per la prima volta nella mia vita, le ho dedicato tutta la mia attenzione. Come inizio ho visto un viso malinconico che guardava giù verso di me, e mi è venuta la tentazione di salutarlo con la mano. Ma dopotutto non sono un bambino, e davvero a me sembrava un piatto bianco sporco di unto, e mi è venuta la tentazione di fare spallucce e tornare a casa dai miei libri. Poi mi sono ri-

cordato di avere il binocolo, e per un po' ho armeggiato con la rotella della messa a fuoco, vedendo sulle prime solo una macchia luminosa. Ho imprecato. Avevo i piedi fradici. Ho riprovato: la macchia si è rimpicciolita e la Luna si è rivelata in pieno. La faccia piatta e malinconica era sparita, e al suo posto c'era un oggetto incredibile e tremendo che si gonfiava dal cielo. Più lo guardavo, più si ingrandiva. Non dovete credere che la Luna sia scesa a conoscermi: era una questione di traiettoria! Ho visto da vicino il bordo dei crateri illuminato dal Sole, e le ombre che cadevano alle loro spalle; ho visto immense pianure buie, e luoghi così luminosi da far credere che avessero acceso le luci solo per me. Verso il bordo, nel punto in cui la lancetta delle ore dell'orologio si trova sulle quattro e mezzo, ho visto un centro luminoso dal quale si irradiavano righe troppo dritte per essere state create dal caso: è una città, ho pensato, e tutte le strade portano lì!
Accanto a me è passato un signore con il cappotto di velluto rosso e mi ha riso dietro, perché stavo dicendo: «Chi siete? Chi siete, voi lassù?» Volevo sapere chi viaggiava su quelle strade, e con quali veicoli: come si chiamava la città celestiale, e quali erano le leggi e le regole dei suoi principati e delle sue autorità? Forse i nostri peccati erano le loro virtù e le loro virtù erano i nostri peccati? Quali intervalli musicali usavano, e cosa mangiavano quando era brutto tempo?
Ho posato il binocolo. Ero perplesso e stupito: avevo del fango nelle cuciture delle scarpe, e polvere lunare nelle tasche del cappotto. Ho visto l'uomo con il cappotto rosso che scuoteva la testa e si dirigeva in città; ho sentito una signora che richiamava in casa il cane, e la musica che rimbombava da una macchina in London Road. Ma mi sembrava tutto lontano, come usanze esotiche di paesi stranieri. Cosa diamine avevano a che vedere con me? Ero diventato cittadino dell'impero della Luna.

Nick Carleton, leggendo questo servizio dalle sponde del Mare della Tranquillità, alzò lo sguardo su Thomas Hart.

«Le piace? Può andar bene?»

«Sì» rispose il direttore, sincero, «ma è molto strano».

«Ah, be'» disse Thomas, e si fermò lì.

«Mio padre mi ha spiegato che quando si usa per la prima volta un telescopio, ciò che vede l'astronomo quella sera si chiama "prima luce"» disse Carleton. «Anche lei è come un telescopio, Thomas: abbiamo tolto il tappo dalla lente, e questa è la sua prima luce. Benissimo! Adesso sappiamo come intitolarlo». Era soddisfatto; ma quando guardò il collega per vedere l'eco della sua soddisfazione, vide che stava guardando fuori tra le veneziane. Erano le tre del pomeriggio, ma eccola lì: la Luna.

Passò una serie di giorni freddi. Thomas si aggirava di notte insieme alle immondizie e ai bevitori e alle volpi, consultando il planisfero alla luce dei lampioni. Le sere di cielo coperto rappresentavano un'offesa personale; gli faceva male il collo a furia di guardare. Le stelle sparpagliate si radunavano da sole. Provava un vivo desiderio di meraviglia. La Luna calò: le luci della grande città si erano spente, c'era calma sui mari neri asciutti. Consultò libri di fisica e astronomia, e quando capì le leggi di Keplero quella bellezza così rigorosa arrivò quasi a commuoverlo. Sono al di sopra delle cose della Terra, pensava, e passava intatto tra la folla di Aldleigh High Street con la parte liquida del suo corpo trascinata su, vicino alla Luna dalle maree.

Dall'ultima notte di febbraio, non si poté più ignorare la cometa Hale-Bopp. Era arrivata sotto forma di uno sbaffo di gesso luminoso, brillante come una stella di seconda magnitudine, così gli uomini e le donne che di solito erano indifferenti alle stelle si sentirono costretti a superare i limiti del proprio interesse e a chiedersi che cos'era, e perché non si muoveva. Nella caserma dei paracadutisti di Colchester, i soldati vanagloriosi ubriachi di valor militare la videro, e si fecero domande su cosa la provocava; la vide anche una ragazza che usciva dal Jackdaw and Crow in lacrime per essersi rotta una scarpa, provò a descriverla e non ci riuscì. (Il vagabondo con il cappotto rosso la vide dai gradini del monumento ai caduti, ma era tutto il giorno che beveva a intervalli regolari, quindi per lui tutte le stelle avevano la coda.)

Ronald Macaulay la vide, e si disse che i cieli raccontavano la gloria di Dio*, ma ammise di non sentire nulla di quella gloria. Anne Macaulay la vide mentre era davanti al lavello della cucina. Grace Macaulay la vide, e fece spallucce. Si stava togliendo i vestiti. Aveva l'abitudine di esaminarsi ogni sera sotto la lampada, come se il suo corpo fosse un pezzo di creta che veniva lavorato contro la sua volontà. Aveva i peli tra le gambe rossicci: le sembrava una cosa strana e bella. Sulla spalla c'era un punto che non riusciva a raggiungere, e un ventaglio di striature viola sbiadite sui fianchi che si erano allargati in modo sconvolgente l'anno prima. Aveva i seni e la pancia rotondi, e piantò i piedi per terra come un animale che si rifiuta di cedere; si vedevano i muscoli delle braccia e delle cosce. Non era più cresciuta di un centimetro da quando aveva dodici anni. Sulle reni la schiena le si incurvava all'interno bruscamente; aveva un neo sul brac-

* Salmo 19:1-2 (*N.d.T.*).

cio e un taglio sul collo che stava guarendo rapidamente. Lo toccò; avrebbe voluto che fosse stato più profondo. Aveva le mani piccole e si mangiava le unghie. Sotto quella luce si trovava erotica, e si chiese se quella forma di desiderio rappresentasse un peccato. Poi si chiese se anche il ragazzo che aveva rotto la vetrata della chiesetta l'avrebbe trovata erotica, e fece una smorfia sentendosi rimordere la coscienza. Si infilò nel letto. Nel giardino davanti a casa una betulla bianca si frapponeva tra la sua finestra e il lampione, e la sua ombra si dimenava sul muro. Pregò con spontaneità, poi si addormentò.

Thomas Hart, vedendo la cometa mentre tornava a casa dal lavoro, sentì di averla aspettata per tutta la vita: «Guardi» disse, afferrando uno sconosciuto per la manica. «Guardi che roba! È circumpolare» disse, «non tramonterà mai» (lo sconosciuto se lo scrollò di dosso e se ne andò a casa con i postumi della sua sbronza). In seguito quella sera Thomas si ricordò di qualcosa che avrebbe dovuto fare, e gli venne in mente cosa, e si mise all'opera:

> Caro signor Bower,
> spero stia bene. Mi spiace averci messo tanto per rispondere alla sua cortese lettera, che mi ha davvero interessato. Non sono così vecchio da essere indifferente all'idea di risolvere l'enigma del fantasma di Lowlands! Se perdona la mia scortesia, e vuole ancora parlare con il *Chronicle* della sua ricerca su Lowlands, sarei felice di venirla a trovare per vedere cosa ha scoperto. Se posso, verrei questo venerdì intorno alle undici.
> Cordialmente
>
> THOMAS HART

MIRACOLI E PRODIGI

THOMAS HART *ESSEX CHRONICLE*

21 MARZO 1997

E allora, l'avete già vista? Abbiamo visite. Guardate a nordovest dopo il crepuscolo in una giornata di bel tempo, e la troverete: la cometa Hale-Bopp, che balza fuori dallo spazio e si dirige verso il Sole.

Immagino che sia foriera di guai. Per esempio, nel 1910 gli americani avevano comprato maschere antigas e sigillato i buchi della serratura con pezzi di sapone e di cera, convinti che la cometa di Halley avrebbe rilasciato nuvole mortali di gas cianogeno. Ad Haiti e in Texas si potevano acquistare pastiglie anticometa, e nello stato di Washington un pastore si era inchiodato a una croce di legno e aveva supplicato le autorità di lasciarlo lì. Quello stesso anno nell'Essex due ricche sorelle si chiusero a chiave in soffitta e si diedero fuoco, e vennero seppellite la settimana dopo nella stessa tomba; e a Londra un pastore predicò per venti ore senza sosta, prima di avere un collasso per la strada (le sue ultime parole, si dice, furono «fuggite dall'ira a venire»*). Alla fine, la cometa di Halley raggiunse il perielio senza causare mali più grossi del terrore (anche se alcuni dicevano che fosse possibile sentire l'odore di qualcosa di simile a ortaggi che si bruciano, e gas di palude).

Le comete hanno sempre causato una certa sensazione: nel 1456 papa Callisto III scomunicò la cometa di Halley in quanto «strumento del diavolo» e nel 1835 si disse che la cometa aveva causa-

* Vangelo secondo Matteo 3:7 (*N.d.T.*).

to uno spaventoso incendio a New York. Naturalmente noi viviamo nell'età della ragione, ed è una buona cosa: ma l'arrivo della cometa Hale-Bopp ha dimostrato che il nostro gusto per la paura non è diminuito tanto quanto vorremmo credere. Ho saputo di un gruppo in California che vede nella scia della cometa un «compagno oscuro» che secondo questa gente è un'astronave; e solo questa settimana al *Chronicle* sono arrivate tre lettere di persone convinte che la Hale-Bopp sia la stella di Betlemme, che indica l'arrivo di un nuovo Messia, o forse il ritorno di quello vecchio.

E anche se a me sembra poco più che una stella sfocata, a volte alzo lo sguardo e mi ricordo una frase della Bibbia che mi spaventava quand'ero più piccolo: alla fine del mondo ci sarebbero state guerre e rumori di guerre*. Vedete quanto è facile che una nuova luce ci tragga in inganno! E infatti la Hale-Bopp raggiungerà il perielio il 1° aprile, il che mi sembra appropriato; ma tutto sommato credo di preferire il rischio di farmi ingannare, piuttosto di essere troppo saggio per stupirmi.

* *Ibid.* 24:6 (*N.d.T.*).

Venerdì, le undici circa, e marzo finiva con qualche giornata mite: Aldleigh era animata sotto mucchi di fiori di ciliegio che chiazzavano i gradini del vecchio municipio e facevano scivolare le donne con i tacchi alti. Lì il Museo di Aldleigh teneva immagazzinate le monete e i mosaici ritrovati sotto nuove strade e condomini nel corso degli anni, insieme all'orso ballerino impagliato e incatenato ai piedi delle scale, e un unico gatto egiziano mummificato, il cui odore, secondo i bambini del posto, si sentiva anche attraverso le lastre di vetro. Di tanto in tanto arrivavano studenti da Colchester e Cambridge a consultare la biblioteca e i suoi manoscritti sui processi per stregoneria, sullo zafferano, sui serpenti del Blackwater e sulla produzione e la lavorazione della paglia; nel frattempo un manichino di Boadicea, con i seni sodi e nudi, guidava il cocchio in eterno su una moquette macchiata di gomma da masticare.

Nell'ufficio di James Bower faceva freddo e l'illuminazione non riusciva mai ad andare oltre una penombra crepuscolare. Quando soffiava vento da est le finestre sbattevano, e se certi giorni lui era affascinato dai muri rivestiti e dallo stemma araldico dell'Essex sopra la porta, ora sospirava per la monotonia del suo lavoro. È tutta la vita che mi annoio, pensò, e ora ho cinquant'anni: ormai mi sono lasciato ogni cosa alle spalle e nel futuro non c'è niente. L'orologio ticchettava. Lo guardò. Erano circa le undici e sentì delle voci nel corridoio. Doveva essere Thomas Hart, immaginò; la sua lettera e i suoi articoli davano l'idea di un uomo che camminando emanava intorno una nuvola di polvere. James si alzò. Raddrizzò le carte sulla scrivania. Sentì una voce profonda, precisa e priva di accento. «Grazie» diceva. «Devo aspettare qui?»

«Non serve» disse James, uscendo dalla porta. «Immagino che lei sia Thomas Hart. Si accomodi, le offro un tè, o un caffè se preferisce». Nel corridoio stretto vagava una nuvola di polvere e per un attimo sembrò che l'ospite mattutino, indistinto e anonimo, in quel momento fosse fatto di una massa vorticante di granelli. Poi si spostò sotto la luce, e James si trovò sbattuto addosso a un ricordo. «Ah!» disse, contravvenendo alle sue buone maniere, e fece una smorfia di sorpresa nel riconoscere il visitatore. Che cos'era, o che cos'era stato? Un vecchio compagno di studi forse, ma non riusciva proprio a ricordarselo... «Si accomodi» gli disse.

Thomas Hart si tolse il cappotto con lentezza e precisione, e James Bower capì che non erano i lineamenti dell'uomo a essergli noti, ma l'atmosfera che lo circondava. Portava la cravatta e nel taschino della giacca si intravvedeva la linea di una pochette: l'effetto era far sentire James come se la sua tenuta di jeans e maglietta fosse in qualche modo offensiva. Dire che era un uomo strano sarebbe stato scortese e falso; ma in ogni caso dava l'impressione di venire da un'altra epoca.

«Spero che mi perdonerà il ritardo nella risposta, signor Bower» disse Thomas Hart. «Dovevo occuparmi della Luna, sa».

«Mi chiami James, per favore» disse l'altro, spiazzato da quella formalità.

«Mi scusi, è la forza dell'abitudine. James, allora». Tirò fuori un taccuino e se lo appoggiò sul ginocchio. James cominciò a sentire una melodia sottile, chiaramente intelligibile, come se gli arrivasse dal telaio rotto della finestra. «Oh!» disse ancora. Ecco cos'era, pensò, ecco cos'era: i mattoni grigio perla, l'uomo solitario – «*O mio cuor, calmo sta' in Gesù!*»

«E quindi, James, ha trovato dei documenti su Lowlands House? Adoro quel posto» disse, affascinato e triste al tempo stesso, «e mi rattrista vederlo così malridotto». (James non si sarebbe stupito se avesse detto: Ero presente quando lo hanno costruito e li ho visti posare l'ultima tegola sul tetto.)

Entrò una signora silenziosa che portò il tè in due tazze verdi su un vassoio verde di latta e se ne andò.

«Potrei farla entrare» disse James, «ho le chiavi». Il suo desiderio di suscitare l'interesse di quell'uomo lo allarmò. «Ci vado spesso, naturalmente, e non ho mai creduto al fantasma; ma ultimamente mi sorprendo ad ascoltare se arrivano dei passi – sta prendendo appunti?»

«Io mi annoto tutto» rispose Thomas, con un tono di scusa. «È così che riesco a dare un senso alle cose». Poi diventò brusco, professionale: se c'erano dei passi a Lowlands, ovviamente era deciso a non volerli sentire. «E allora» disse, chinandosi vagamente in avanti, «che mi dice di quei documenti?»

James accettò di seguire Thomas dal soprannaturale al banale, e aprì una cartellina. «Che cosa sa di Maria Văduva?» chiese.

«Nulla» disse Thomas. «Non l'ho mai sentita nominare».

«Era la moglie di John Bell, il proprietario di Lowlands fino alla sua morte nel 1889, e non abbiamo mai saputo niente di più su di lei: è come se fosse stata asportata dal tempo. Abbiamo gli atti delle nozze, ma non della sua morte; non ci sono suoi ritratti e, quando la casa e gli arredi furono venduti, nell'inventario non compariva alcun suo possesso. Sappiamo solo che nel 1887 John Bell aveva commissionato una sua statua da piazzare accanto al lago – guardi: abbiamo una foto – ma poco dopo lei sparì, e ora è sparita anche la statua».

«Capisco». Thomas esaminò l'effigie di una donna di pietra piantata sulle sponde del lago. Aveva la gonna macchiata di muschio nero, e qualcosa le cadeva dalla mano destra. «Credo che ora sia dentro il lago» disse. «Che cos'ha in mano?»

«A me è sempre sembrata una pistola» disse James. «Non le va il tè? La capisco».

Thomas guardò la tazza che aveva appoggiato, e la spostò più lontano. «Mi ha raccontato quello che non sa» disse, «ma a quanto ho capito voleva mostrarmi qualcosa che sa, invece?»

James, perplesso dal suo desiderio di fare colpo su quel visitatore e stimolarlo al di là del solito interesse professionale, prese di nuovo la cartellina. «Abbiamo rimosso la moquette nell'ala orientale» disse. «Le assi del pavimento si stanno sollevando per l'umidità, e lì sotto c'è di tutto – una forchetta d'argento, la lente di un paio di occhiali, vecchi abiti – e poi, tra un'asse e l'altra, come se ce li avessero infilati apposta, abbiamo trovato questi». Porse a Thomas un quadrato di carta deformata con fioriture di muffa, e un altro documento più grande.

Thomas prese il documento e lo sollevò in direzione della finestra. La luce del giorno filtrava dalle pieghe della carta. Era una lunga lettera, scritta con una grafia esuberante piena di riccioli: «*... Adorata abitante*» lesse ad alta voce. «*... Foolish Street...*» Messo in difficoltà per un attimo dall'inchiostro, aggrottò ancora di più la fronte: «*Anche se in verità mi sembra di essere un oggetto statico, immutabile come i gas nobili, condannata solo a osservare senza muoversi mai...* Si dilunga molto» disse Thomas. «Vedo che non è mai stata spedita».

«Incompiuta e mai spedita. Ma come può notare ha una data e il nome si legge chiaramente. Maria Văduva, che la scrisse a Lowlands il 22 maggio 1887».

Thomas posò la lettera e ci rifletté. «Quindi possiamo dedurre certe informazioni» disse. «Prima di tutto si chiamava Maria Văduva, che sicuramente non è un nome inglese. Secondo, che era abbastanza notevole da far sì che le dedicassero una statua in cui forse reggeva una pistola. Terzo, che in quella data era viva e risiedeva a Lowlands. Quarto, che aveva almeno un'amica a cui ogni tanto scriveva. È molto strano che rimanga così poco di lei» disse, con uno sguardo scrutatore diretto a James.

«Questa lettera è lunga. Immagino che ci siano altre informazioni».

«Ho fatto delle copie» disse James. «Può portarsene a casa una e leggerla».

«Grazie».

«Farei di tutto per l'*Essex Chronicle*» disse James, improvvisamente magnanimo. «E poi, vede, c'è anche questo». Questo: un foglio di carta più piccolo, piegato una volta, che mostrava un cerchio disegnato con la precisione di uno scolaro. All'interno del cerchio c'era una chiazza scarabocchiata. Thomas la esaminò. Era priva di forma e vuota: non si riusciva a darle alcun senso. «Sembra quasi che toccandola il dito potrebbe affondare attraverso la carta e perdercisi dentro» disse. «Ma anche questo è firmato: "Maria Văduva, M42, 1887". M42». Scosse il capo. «Come se volesse indicare marzo, o maggio; però non ci sono mesi con quarantadue giorni».

«Forse» disse James. «Ma in realtà potrebbe non significare niente». Le correnti d'aria nel tetto scuro si mossero e fecero scendere della polvere.

«Be': forse era pazza e l'hanno fatta rinchiudere».

«Chiunque di noi potrebbe impazzire in qualsiasi momento» disse James.

«Sì, immagino di sì» rispose Thomas; e sembrava suggerire che in ogni caso lui fosse un uomo fuori dalla portata della follia.

«Un'ultima cosa» disse James. «Questa era caduta dietro un sedile vicino a una finestra. E così ora abbiamo la sua immagine, e ce ne siamo innamorati tutti quanti. Non è giovane, e non è bella» – e qui c'era un tono di lieve delusione – «ma comunque singolare, si può dire».

Thomas prese la foto che gli porgeva e vide una donna con un vestito di seta nera, e il colletto nero, stretto e alto, ornato di pizzi. Di profilo il viso mostrava sopracciglia nere dritte e un naso aquilino; i capelli neri erano tenuti indietro da una forcina con un diamante. «Ha un'aria furibonda» disse Thomas, «ma secondo me non folle». Fece una smorfia, come se si burlasse dell'espressione severa e concentrata della donna. «Signor Bower – anzi, scusi, James – mi chiedo se forse non l'ho già vista».

«Questa immagine, intende? Questa foto?»

«No». Posò l'immagine della donna. «A casa ho una fotografia della giornata di inaugurazione della Bethesda» disse. A quel punto esitò, e James fu stupito di vedere che dal colletto dell'uomo si faceva strada un rossore che gli macchiò il collo. «Cioè: la vecchia chiesetta in London Road, che nel retro dà sul Lowlands Park. Forse la conosce. In ogni caso, il giorno dell'inaugurazione fu scattata una foto. Naturalmente ritrae la chiesetta, e il primo gruppo di fedeli; ma quello che mi interessa di più è che ai margini della foto, immortalata per sbaglio e quasi fuori dalla visuale, c'era una signora con i capelli neri dall'altra parte del muro della chiesetta, sul terreno di Lowlands. La foto è datata agosto 1888; quindi, se si tratta di lei, ce la colloca viva a Lowlands per un altro anno. Forse dovrei portargliela a vedere» disse; e a James sembrò che si appoggiasse timido allo schienale alto della sedia, guardandosi le unghie, come per comunicare che un rifiuto non lo avrebbe particolarmente turbato.

«Sì, me la porti, sul serio» disse James. A quel punto sarebbe stato piuttosto naturale dire: ma certo che conosco la chiesetta, Thomas, la conoscono tutti, e l'ho già vista lì; ma sembrava qualcosa di troppo intimo e azzardato. «Mi chiedo...» disse, sorridendo per dimostrare che era consapevole della propria stupidità «mi chiedo se abbiamo già dato un nome a quel fantasma di Lowlands. Una donna strana, che sparisce all'improvviso – una statua che affoga nel lago – cosa possiamo volere di più? Vale la pena scriverne, secondo lei? Può cavarci fuori qualcosa?»

«Certo che sì» rispose Thomas. Si stava rimettendo in tasca il taccuino. «I miei lettori amano Lowlands e adorano il fantasma. Mi dicono che è tornata, sa? Hanno visto delle luci dove non ce ne dovrebbero essere. Ma una donna vera che è scomparsa mi interessa molto di più di una immaginaria che continua a comparire. Ci teniamo in contatto» – si stava alzando e rimettendosi il cappotto

– «e mi può raccontare se scopre qualcosa di nuovo, e io da parte mia le dirò cosa scopro. Come un mistero da risolvere» disse (e lì sorrise al volo). «Come due scolaretti». Gli porse la mano.

I palmi si sfiorarono per un attimo, asciutti. Le finestre della stanza avevano girato insieme al globo terrestre e avevano lasciato entrare il sole. Un raggio di luce divise in due la stanza, e separò anche i due uomini.

«Ottimo, allora» disse James. «Lei ha il mio numero e io ho il suo».

«Sì» disse Thomas, «credo di sì»; e con un sorriso stranamente intimo si diresse verso la porta. Che tipo insolito, pensò James, mentre lo guardava andare via; ma era un tale sollievo scoprire che riusciva ancora a sorprendersi. Si rimise a lavorare e con il suo vecchio senso di tedio e futilità firmò un modulo rosa per fare richiesta di informazioni sulle tombe riesumate nel paesino di Aldwinter nel 1954.

Maria Văduva Bell
Lowlands House
22 maggio 1887

All'unica adorata abitante di Foolish Street!

Ebbene, dato che me lo chiedete, farò un resoconto di quello che succede – anche se in verità mi sembra di essere un oggetto statico, immutabile come i gas nobili – e quando sarete arrivata alla mia firma, getterete la povera noiosa Maria in pasto ai cani –

E quindi come vedete – ho lasciato la mia patria – e ho scambiato sia il calore che il freddo con il nulla che è il clima inglese! John Bell mi ha fatta arrivare prima in treno e poi a tempo debito con un carro ballonzolante fino al paesino di Aldleigh, che non mi piace e il cui nome non riesco a pronunciare. Oserei dire che mi tocca chiamarlo casa – anche se in realtà non è mai esistito un luogo tanto freddo e umido e tetro – anche se l'Essex, essendo piatto e monotono, a suo favore almeno ha il tipo di cieli che ho cercato per tutta la vita –

Confesso di essermi sorpresa di provare affetto per mio marito – questa emozione orribile è stata suscitata dalla scoperta che ha fatto costruire un roseto, e un frutteto, e un lago, e a fianco del lago la statua di una donna che in mano ha degli strumenti di lavoro – e quella donna sarei io. Se la vedeste ridereste – è il prototipo della fragilità femminile, proprio quella che né io né voi incarniamo – e tiene sollevata la gonna sull'acqua, ma mai più in alto delle dita dei piedi – e però mi ha fatta addolcire nei riguardi dell'uomo che è in grado di concepirmi in questo modo! Poi mi sono pentita di questa dolcezza – e ho fatto un rapido inventario dei suoi difetti: è privo di umorismo, di intelligenza e di eleganza; e inoltre – non si può negare questo fatto materiale – ha la faccia come una patata bollita. (Dovete utilizzare lo stesso metodo anche per vostro marito, dato che è saggio non pensare mai troppo bene di nessun uomo: altrimenti, come è successo a me, scoprirete che possono diventare gli scogli sui quali naufraga la vostra nave!)

24 maggio
Sono stata molto negligente nel mio compito! Come scusa posso fornire il fatto che ho ripreso le mie vecchie abitudini nottambule – dato che c'era un clima adatto alla caccia –

Naturalmente a John Bell non piacciono queste abitudini e ne parla con il suo fattore come se io fossi una pazza. Ma io ho aguzzato l'ingegno fino all'inverosimile, e mi rivolgo al fattore, e alle varie governanti, guardaparco, contabili, sguattere eccetera eccetera (sapendo che voi bazzicate socialisti ed estremisti, mi vergogno di confessare che mio marito è vergognosamente ricco), con tale precisione e loquacità nella loro lingua che all'inizio restano stupefatti: e dopo, quando mi scuso per il mio lessico scarno e la mia grammatica carente, cominciano a vergognarsi. E quindi la mia sanità mentale non è in discussione, e gli strumenti del mio lavoro sono intatti –

Così vanno le mie giornate – mi sveglio presto e mi alzo tardi. La mia stanza è adiacente a quella di mio marito – ha una carta da parati con un motivo di papere che nuotano eternamente verso il pavimento – per salire sul mio letto ci vorrebbe una scaletta, se non fossi alta quanto un uomo. E poi io mi abbiglio con abiti talmente ricchi da far dire che emetto rumori metallici mentre cammino (in effetti ho in mente un abito fatto per abbagliare gli astanti con intere galassie di perle e argento – un giorno potrete ammirarlo anche voi). Se la notte di caccia è stata proficua, passo un'ora a studiare l'anatomia di quello che ho preso, e del luogo in cui l'ho catturato, e a etichettarne le parti – poi pranzo insieme a John Bell, e ascolto le sue osservazioni sulla Borsa, sulla crescita o sul calo di valore delle lane merino, shetland, d'agnello, d'angora eccetera, fino a quando ho l'impressione di affondare sotto il mucchio morbido e caldo delle sue parole...

25 maggio
Sono entrata in uno stato di tristezza proprio come si entra in una stanza – questo dopo intere settimane in cui il mio cuore ha abitato in un luogo piatto e rigido come un campo nell'Essex in inverno! John Bell mi chiede: Cosa vi affligge, moglie? Mi porta gardenie, pettinini per capelli, lenti, braccialetti d'ambra e giaietto, almanacchi celesti, una gallina bianca – mi ricorda che tutte le sue risorse di affetto e di denaro sono a mia disposizione – come se fossi un re capriccioso, e lui un cancelliere che teme per la vita – lascia che io spenni e mangi la gallina, gli ho detto – ma ho ceduto perché ha dei begli occhi e l'ho lasciata libera di girare per la terrazza becchettando. Cosa vi affligge, mi chiede! – Come se non lo sapesse, perché gliel'ho detto, che amo un uomo che non mi ama!

Non ho nemmeno voglia di andare a caccia.

31 maggio
Oggi pomeriggio ho passeggiato nei giardini con John Bell – e al primo butto di rose il mio cuore si è allargato (anche se non gliene avevo dato il permesso) – ma non devo essere felice! Forse che il valore del mio amore per M. non è determinato dal cumulo della mia sofferenza? Faccio

questo calcolo: lasciar diminuire la mia sofferenza equivale a far diminuire il mio amore nella stessa misura!
Nei terreni passeggiavano tre donne – come sono soliti fare gli abitanti di Aldleigh, dato che non hanno alcun rispetto per la legge – pare che nell'Essex sia questa la loro natura. Erano giovani, del tipo prediletto da M. – perché spesso mi aveva confessato di essere inerme davanti alla bellezza e alla gioventù – e quindi le ho disprezzate, per la moneta dozzinale che era la loro bellezza! John Bell ha fatto un inchino profondo come avrebbe fatto M. – solo ancora più profondo, e in modo più aggraziato – e quindi il mio cuore che si era appena ripreso è sprofondato di nuovo, fino alla posizione che gli spettava: ai miei piedi, dopo essere stato calpestato.

Oh, C. – se solo gli fosse piaciuto il mio aspetto – se il suo gusto non si fosse fissato con tanta devozione su Veronica, così terribilmente carina che poteva essere sua sorella! Mi ricordo ancora le parole della regina inglese: che probabilmente sarebbe arrossita mostrando il viso, ma non si sarebbe mai vergognata del suo cervello –

Che cosa vi ho raccontato dell'uomo che amo? Avete visto la sua bellezza nelle foto – ed è notevole – ma probabilmente non siete convinta che sia quella la causa! È che lui sta molto più in alto di me, e io non sono riuscita a raggiungerlo – e sapete bene che ho un debole per quello che non riesco a raggiungere!

Ho scoperto che John Bell ha venduto un terreno ai confini di Lowlands, a fianco della nuova London Road. Stupore sia tra i nobili sia tra la servitù. Forse che la disponibilità finanziaria di mio marito è in crisi? Assolutamente no: prospera grazie alla lana e alle donne che la indossano. Mi confida che ha ricevuto una richiesta specifica da uomini di una setta religiosa dissidente, che si chiama dei Battisti particolari osservanti (sono certa che non incontrerò mai un uomo che vive alla mercé di una fede così avara), che non hanno un luogo di culto e lo vorrebbero costruire. Mio marito ha un debole per qualsiasi religione non supervisionata dallo stato – infatti ai pasti, se glielo permettessi, si dilungherebbe su Wycliffe, l'astro nascente della riforma protestante – e così ha venduto loro mezzo acro ai prezzi dell'anno scorso, e presto getteranno le fondamenta.

Ora, mia adorata: non ci sono nuvole, non c'è la Luna. Mi par di vedere Lucifero alla finestra. La vostra amica si deve vestire, e uscire…

Sono per terra – intorno a me ci sono fogli strappati – John Bell è dotato di una capacità di arrabbiarsi che non mi immaginavo – e infatti mi piace per questo! Perché l'ho sposato, mi chiede – dimenticandosi che l'ho accettato dandogli queste semplici informazioni: che amo un uomo che non mi ama – che ho lasciato il mio cuore per intero a M., che non sapeva cosa farsene – così che non restava altro che sposarsi senza sentimenti, solo con il buon senso – e dopotutto John Bell è ricco!

E poi John in preda alla gelosia mi ha ordinato di restare in casa, sebbene fosse una notte limpida e perfetta – è geloso di M., e di chiunque altro io ami – anche se otterrebbe più risultati chiedendo a un prete di non cercare il suo Dio! E quindi ha strappato le mie carte, e mi è piaciuto così arrabbiato – e sono stata infedele sia a M. che al mio dolore –

Ora avrete un'opinione pessima di me!

Thomas Hart, che era un po' brillo ma in modo piacevole, rilesse la lettera per la terza volta, e parlò alla donna che l'aveva scritta. Aveva tirato giù dal muro la foto della Bethesda nel giorno della sua inaugurazione, e l'aveva appoggiata contro la bottiglia di vino che ora era vuota sul tavolo. «E allora eri tu» le chiese, «a infestare Lowlands, e a infestare me?» (Maria Văduva, appoggiata al muro della Bethesda, si rifiutava di guardarlo negli occhi.)

«È inutile» disse Thomas. «Sto già cominciando a conoscerti, che ti piaccia o no. Un po' pazza, credo; bella e ricca; ombrosa e intelligente e infelice in amore. Ma dopotutto anch'io sono pazzo se parlo con una morta – cosa mi è preso?» Rideva di sé e di tutto il mondo, e quello che gli era preso era questo – che sovrapposto a tutto il mondo c'era lo sguardo stupito di riconoscimento di James Bower: ah, ma sei tu, Thomas, sei arrivato finalmente! *Mi ha riconosciuto*, aveva ripetuto avviandosi verso casa con passo malcerto passando davanti al monumento ai caduti e alla piazza del mercato: *mi ha riconosciuto!* Altrimenti come si poteva spiegare quell'agnizione così inaspettata e impossibile – l'intimità immeritata che gli aveva seccato la bocca, tanto che non era nemmeno riuscito a bere il tè? La provvidenza, pensò Thomas, ecco che cos'era: la provvidenza – aveva guidato Thomas Hart, e aveva guidato James Bower – li aveva messi in moto e le loro orbite erano fisse! Ma d'altra parte (Thomas era un uomo sincero), in quella stanza chiusa e poco illuminata che aveva reso tutto più intimo e più strano, c'era la questione della bellezza di James Bower, che nel corso di quell'ora lui aveva memorizzato, proprio come aveva fatto a suo tempo con i passaggi della Bibbia al catechismo alla Bethesda. «In lui era tutto dorato» disse a Maria, che se ne stava indifferente dietro al vetro, «emanava luce – avrei potuto leggere al buio stando alla sua ombra!» Ora Thomas elencò le virtù di James Bower una a una: i capelli chiari tenuti troppo lunghi, per vanità o per trascuratezza; gli occhi stretti color rame, con le sclere bianchissime; gli avambracci bruniti messi a nudo da una maglietta che era davvero troppo vecchio per portare, anche se Thomas era incline a perdonarlo. Aveva le ossa dei polsi troppo prominenti, e il quadrante dell'orologio scheggiato. Le mani grandi ed espressive, e si muoveva a suo agio sulla sedia, come se provasse piacere ad abitare un corpo del quale non si era mai vergognato: non odorava di sapone o di profumo, ma di pelle pulita. Sembrava che avesse della cenere sulle labbra: «Deve bere acqua più spesso» disse Thomas con tenerezza. «Altrimenti gli verrà mal di testa».

È saggio non pensare mai troppo bene di nessun uomo, aveva detto cauta Maria, appoggiata al muro della Bethesda e parlando con foga*: altrimenti, come è successo a me, scoprirete che –*

«Lo so, lo so: possono diventare gli scogli sui quali naufraga la vostra nave. Hai detto proprio così. Ma come fai a capire? Come fai a saperlo?» Portò dell'altro vino, tagliò un tortino alla carne di maiale e lo spalmò di senape. Quando tornò al tavolo Maria aveva saltato il muro per aggiungersi ai fedeli sul prato della Bethesda: aveva il braccio intorno alla vita del pastore, guardava seriosa Thomas e scuoteva il capo. «Lasciami spiegare» le disse lui (se per caso stava impazzendo, si sentiva propenso a permettere che succedesse). «Ho letto le tue lettere private: mi sembra più che giusto raccontarti i miei segreti, in cambio. Ho sempre desiderato solo gli uomini. Li ho desiderati per tutta la vita. Sapevo di desiderarli ancora prima di conoscere tutte le parole con cui chiamano questa cosa, e molto prima di sentire dal pulpito che gli uomini come me vivevano fuori dalla grazia di Dio – lo so da quando avevo tredici anni e andai in campeggio d'estate e guardavo i ragazzi che si facevano la barba usando ciotole smaltate sopra il tavolo con i cavalletti, e sentivo il dolore che mi causava vederli muovere la gola quando deglutivano: per me il loro corpo era così miracoloso e strano che veniva da pensare che fosse completamente diverso dal mio!» Maria, solenne e imbronciata, si guardò alle spalle una volta in direzione della Bethesda e dei suoi mattoni stretti. «Sì» disse Thomas, rovesciando il vino, «sì, e ogni settimana mi sedevo al banco in mezzo ai miei genitori, e dopo la loro morte mi sedevo al banco senza di loro, e cercavo di dare un senso a tutto questo. Secondo te uno perde la fede perché la sua fede lo ritiene indesiderabile? Sarebbe facile! Avrei avuto una vita molto più felice! Ma per tutti questi anni dentro di me ho covato due fuochi e nessuno dei due riesce a estinguere l'altro! Quindi l'unico modo in cui riesco a sbrogliare la matassa è questo: quella parte della mia vita la vivo a Londra, e non la sento mai come un peccato, poi l'accantono sul treno tra Liverpool Street e Aldleigh, e arrivo alla Bethesda che sono tutto un altro uomo. Non ho mai avuto un amore» disse, accigliato ora, guardando la lettera sul tavolo, «non me lo sono mai aspettato. Avevo l'impressione che Dio me lo avrebbe impedito, per via dei miei peccati. Era questo l'oggetto dello scambio, capisci? Ma se è stata la provvidenza di nostro Signore a mandarmi da James Bower – se quest'uomo mi ha cercato e trovato – si può dire che sia stato un peccato, dopotutto? Non è che forse non sono mai stato né un peccatore né un santo, ma solo Thomas Hart?» Aveva fitte di dolore alle orbite e alla base del cranio: sono ubriaco e mi comporto da stupido, pensò, e pretendo troppo dalla vita. Il tavolo era invitante e fresco, e sul lampione cantava il pettirosso. Devo solo smaltirla con una bella dormita, pensò Thomas, mi basta solo un pisolino: e quindi posò il capo sulle braccia conserte, e sentì il profumo della cera e della senape e della carta. Si addormentò con facilità e, mentre dormiva, la donna nella foto sfilò il braccio dalla vita del pastore e attraversò il prato riarso in direzione della macchina fotografica. Le sottane nere, con un orlo di perle fitte, oscuravano la vista della Bethesda; e poi i suoi stivaletti di pregevole fattura ma infangati scavalcarono la cornice e prima si appoggiarono sul tavolo, e poi a uno a uno sul pavimento: Maria Văduva Bell, costruita a suon di inchiostro e ipotesi, diventava un'inquilina di Lower Bridge Road.

SUL MOTO DEI CORPI IN ORBITA

THOMAS HART *ESSEX CHRONICLE*

28 MARZO 1997

Dato che ora mi divido tra l'Essex e la Luna, ogni volta che c'è una notte limpida esco a esplorare la mia seconda casa e a forza di guardare in alto mi sono procurato un mal di testa costante. Nel prendere appunti sul transito della Luna sopra Aldleigh me la sono immaginata in movimento lungo il filo della sua orbita come una perla su un cordoncino. Credevate che un'orbita formasse un cerchio? Ebbene, anch'io, ma ci sbagliamo entrambi. Nel 1609 Giovanni Keplero pubblicò le sue leggi sul moto dei corpi in orbita, nella prima delle quali stabiliva che la forma di un'orbita non è circolare, ma piuttosto ellittica (sono uno studente perplesso come lo sarebbe un bambino, e per immaginarlo mi è stato d'aiuto pensare al disegno di un pallone da rugby).

Come sanno tutti i bambini, ogni corpo deve girare in orbita intorno a qualcosa: e quindi la Terra gira intorno al Sole e la Luna gira intorno alla Terra. Il Sole è il fuoco della Terra, e la Terra è il fuoco della Luna.

Fin qui è tutto piuttosto chiaro: ha scoperto che più imparo più rischio di entrare in confusione. A dire il vero, all'interno dell'ellisse orbitale ci sono due fuochi: due puntini disegnati sul fianco del nostro pallone da rugby. Il primo è il fuoco primario (il Sole, per esempio, o la Terra) e poi c'è un altro fuoco. E lì non si trova alcuna stella o pianeta: c'è solo lo spazio. Non si può vedere perché non c'è niente da vedere, solo matematica. Si trova lì perché deve essere lì.

A volte penso al mio corpo in movimento. Cosa mi fa muovere? Cosa fa muovere voi?
Immagino che saprei dirvi quale tipo di sole mi trascina lungo la mia orbita, ma devono esserci altre forze all'opera, che io non riesco a distinguere. Mi consola pensarci tutti in movimento, indifesi davanti alle forze del tempo e del destino. Siamo proprio come la Terra, penso: «Di una piccolezza insignificante» come disse una volta Keplero, «ma nati dalle stelle».

La domenica seguente Thomas Hart uscì dai cancelli della Bethesda alla fine della messa serale. Grace Macaulay lo seguiva e sopra di loro c'era la cometa: «Guarda in alto, bambina infelice» le disse, «la vedi che incombe sopra il tetto?» Grace guardò obbediente la macchia perlacea che sfiorava le tegole. La sua anima restò indifferente. «È quella?» disse. «Tutto qui?» Era agghindata per la domenica: una gonna ricavata da un copriletto sbiadito comprato a una sterlina, con una stampa infantile di uccelli; una camicetta di seta rubata alla zia (era troppo stretta e le cuciture strappate erano nascoste dalla giacca di una divisa scolastica da maschio). I riccioli neri, sfuggiti dall'odiato cappello di velluto, avevano bisogno di essere lavati: rilucevano del grasso del suo cuoio capelluto, e gli oli di rosmarino e lavanda che aveva usato come profumo si mescolavano sulla pelle in modo sgradevole. Aveva in mano la Bibbia. Camminava a passettini rapidi, come se fosse sul punto di fare un ruzzolone. «Secondo me è un segno, non trovi?» disse. «Credo che le cose stiano cambiando» (guardò il Cimitero dei poveri e non ci trovò niente). «E anche tu sei diverso. Sta succedendo qualcosa. Perché non mi dici cosa? Credo che abbia tutto a che vedere con quella maledetta cometa» disse, e sorrise per quella piccola imprecazione.

«Non è proprio la cometa» disse Thomas, rifiutandosi di approvare ma anche di condannare. «È tutto quanto. Ma guarda qua, ho scoperto un mistero».

«Thomas! Stai vivendo un'avventura?»

«Sì» disse Thomas. «Hanno trovato delle carte a Lowlands House. Disegni che nessuno capisce, la lettera di una donna di nome Maria, che di sicuro era pazza, e forse è un fantasma».

«Quella che hai visto da ragazzo?»

«Credo di sì. E a volte la vedo anche in questo periodo, quando guardo con sufficiente attenzione: a quanto pare si chiamava Maria Văduva. È scomparsa nel 1888 e nessuno sa che fine ha fatto. James Bower dice che...»

«Chi è?»

«Uno che lavora al museo. Non è importante». Thomas temeva di arrossire, e che lei se ne accorgesse.

«No, chi è?» chiese Grace. Si era arrestata, rigida come un levriero pronto a scattare, accigliata nel buio di London Road, interrotto dai lampioni. Guardala, pensò Thomas. Era più animale che umana, annusava l'aria: lui guardò nella stessa direzione di lei, e vide che una figura si stava staccando da loro per muoversi verso i confini della città. Saltellava e serpeggiava con malizia felice sul sentiero, fermandosi ogni volta che incontrava un po' di luce, in cui si immergeva brevemente prima di ripartire di corsa.

«È lui» disse Grace, meravigliata come un'astronoma. «È lui, quel ragazzo». Sfrecciò avanti, poi si girò verso Thomas. «Cosa devo fare?» gli chiese, con una strana impotenza che non era per nulla infantile. «Non so cosa fare. Torniamo alla Bethesda. Forse non hanno ancora chiuso i portoni».

«Ma ti ha vista».

«Davvero? Thomas, cosa devo fare?» La cometa di Hale-Bopp uscì fuori un'altra volta. Nessuno la vide. Il ragazzo, che ora veniva illuminato, era fermo a sorvegliare Grace da lontano. Sulla testa gli brillavano i capelli chiari tagliati cortissimi. Portava un giubbotto di jeans ricoperto di toppe, che di sicuro Grace avrebbe trovato inintelligibili tanto quanto Thomas: un cerchio giallo con un sorriso idiota, un teschio azzurro attraversato da un serpente. I lacci delle scarpe da ginnastica erano sciolti. Aveva il polso steccato e si era graffiato la guancia; lanciava sguardi miopi dagli occhi con le ciglia di una lunghezza non comune. Aveva qualcosa in mano. «Ehi!» disse.

«In realtà non vede chi sono» disse Grace, offesa. «Perché non porta gli occhiali?» Avanzò. «Sono io» gli disse. «Non vedi che sono io?»

«Ah». Il ragazzo sbatté gli occhi, la salutò con la mano, si avvicinò. «Che coincidenza» disse. «Stavo proprio venendo a cercarti».

«Mi hai fatto male» disse Grace. «Mi hai tagliata sul collo. Mi resterà una cicatrice. In che senso stavi venendo a cercarmi? Volevi venire a chiedermi scusa?»

«È stato un incidente!» disse il ragazzo, con il tono di un bambino che ha subito un'ingiustizia. «Perché dovrei chiedere scusa, se non l'ho fatto apposta?»

Grace, che probabilmente stava esaminando la faccenda da un punto di vista teologico, cedette in modo palese. «E va bene» disse, «mi chiamo Grace. Ma come facevi a venire a cercarmi, se non sai nemmeno chi sono?»

«Lo sanno tutti» – aveva l'aria contrita – «per via di... Be', lo sai bene». Con un gesto del polso steccato indicò la gonna lunga, sotto la quale si intravedeva una sottogonna di pizzo lercia, e i suoi anfibi da maschio, e la Bibbia seminascosta sotto il cappello. «Ma a me piace» disse, con una gentilezza affrettata. «Mi chiamo Nathan».

«Nel libro di Samuele Nathan era un profeta che ingannò un re» disse Grace.

«Okay» disse Nathan.

«Che cos'è? È per me?» Grace Macaulay, ladra incallita, posò la manina su quello che lui portava.

«Ti ho preso dei cioccolatini. Non perché mi dispiace, pensavo solo che ti piacessero. A dire il vero me ne sono mangiati un po'. Ma ne sono rimasti un sacco». Aprì la scatola. Esaminarono insieme il contenuto e si misero a mangiare, sereni. Thomas li guardava, disorientato: eccolo di nuovo in preda alla sensazione che stesse succedendo qualcosa di importante, e che forse stesse succedendo da sempre: era uscita la cometa. «Ciao» disse, in tono di rimprovero.

«Ciao» disse il ragazzo. Era a suo agio come una creatura a cui non era mai stato detto che era nel peccato fin dalla nascita.

«Lui è Thomas» disse Grace, senza dare spiegazioni. Era lì vicino al ragazzo, a suo agio come se lo conoscesse da sempre, e a Thomas sembrava che in qualche modo fossero schierati contro di lui: che si potesse scorgere del tessuto connettivo che si dissolveva tra lui e Grace, e si riformava tra gli altri due.

«Hai da fare?» chiese il ragazzo a Grace. «Vuoi fare qualcosa? Cosa vuoi fare?»

Lei era esterrefatta. Cosa voleva fare? «Non lo so» rispose. Non ci aveva mai pensato prima. Sapeva cosa avrebbe dovuto fare, e cosa era meglio non facesse; l'idea che le fosse concesso desiderare qualcosa era agghiacciante.

«Vuoi che andiamo laggiù?» disse il ragazzo, indicando il Cimitero dei poveri, un luogo buio pesto tra la Bethesda e i lampioni di London Road. «C'è qualcuno che sta accendendo dei falò. Vuoi che andiamo a vedere?»

Grace guardò Thomas, il quale, in sovrimpressione sulla bambina che adorava, vide una donna che proveniva da un punto remoto della propria orbita, ed era sfinita da tutti i calcoli quotidiani su come essere buona. Ha diciassette anni, pensò, presto ne compirà diciotto: ha goduto di così poca libertà, e forse non ce ne sarà mai più di questa. Alla Bethesda le luci erano spente. Il ragazzo, nonostante le spalle larghe e l'odore di sigaretta attaccato al giubbotto con le toppe colorate, non aveva l'aria pericolosa. «Vai, allora» le disse Thomas. «Solo per un pochino. Io cammino piano, così riesci a raggiungermi». Grace emise un suono muto di felicità e gli strinse il braccio con violenza, grata; e poi i ragazzini (Thomas era certo che fossero tali) scomparvero, parlando dei falò. Thomas aspettava. La cometa passò.

Nel frattempo: Anne Macaulay nella cucina di casa sua in Beechwood Avenue guardava perplessa la sua copia dell'*Essex Chronicle*: *di una piccolezza insignificante*, aveva scritto Thomas, *ma nati dalle stelle*. Quella faccenda la turbava. La gente della Bethesda non aveva dato mai molto credito alle stelle: Dio le aveva inchiodate al loro posto il quarto giorno, e la cosa finiva lì. Andare oltre quei pensieri comportava entità di tempo e di distanza che andavano in collisione con la Genesi, e quindi con Dio; posò il giornale.

Thomas Hart si stava sganciando da quello che predicava il pastore, pensò. Avrebbe pregato per lui, ma non era un problema: pregava per lui ogni sera da quando si erano conosciuti il giorno del funerale di Rachel Macaulay. Dopo il funerale Anne si era seduta contro il muro freddo della Bethesda con Grace lattante tra le braccia, senza provare un grammo di affetto per la neonata urlante. Erano passati dieci giorni da quando suo fratello l'aveva convocata, sottraendola a una vita che immaginava nessuno avrebbe invidiato o ammirato, ma che in quel momento ricordava con la meraviglia perplessa di un sognatore: un appartamento che dava su una collina ventosa; un'aula scolastica piccola e fredda che lei teneva in ordine, proprio come i suoi alunni; i salmi cantati nella chiesetta dove era nata, dove l'avevano battezzata, e dove credeva ancora che forse un giorno si sarebbe sposata; un'automobile gialla poco affidabile che lei adorava. E poi le aveva telefonato suo fratello, e con sillabe prive di parole e di enfasi le aveva spiegato che Rachel era morta, morta sul serio, e adesso lui aveva una bimba piccola, e se poteva andare giù da lui. E così andò giù da lui, diretta con un biglietto di sola andata in una contea che disprezzava, con i suoi tristissimi campi di colza e le nuove città di pianura. La sua piccola vita era finita per colpa di una poppante imbronciata dai capelli neri a cui non voleva bene, e al funerale aveva pianto più per sé stessa che per Rachel. Questa mancanza di bontà aveva aggiunto un senso di colpa al suo lutto, e aveva pianto senza lacrime mentre portavano fuori la teiera d'argento e dei panini tristi, finché Thomas Hart non si era avvicinato pian piano al punto in cui era seduta vicino al muro. «Le faccio le mie condoglianze» le aveva detto, e quella frase di circostanza aveva preso nuova vita mentre lui la pronunciava, come se Thomas avesse capito che la perdita di Anne non era quella della donna che era morta di parto, ma quella della ginestra e della collina e dell'aula e dei quindici allievi che conteneva. «Mi dispiace moltissimo» aveva detto, e aveva sporto la mano verso il pugno della bimba, e l'aveva scosso due volte come se fossero soci in affari con un accordo preesistente. «Chi si rivede» aveva detto; e Grace Macaulay, che aveva dieci giorni, gli aveva rigurgitato sulla manica della giacca.

E poi erano passati diciassette anni in un batter d'occhio, ed ecco che si sentiva il bussare impaziente di Grace alla porta. «È tardi» disse Anne a Thomas, «e il tè si è raffreddato. Cos'è successo?» chiese guardando Grace, che aveva l'aria stranamente stanca in rapporto al breve periodo in cui si era assentata. «È successo qualcosa?»

«Non è successo niente» rispose Thomas. «Stanno tutti bene. È uscita la cometa, tutto qua».

«Zia Anne» disse Grace, che sembrava ancora più piccola della sua bassa statura, «posso andare a dormire?» E poi, senza motivo apparente, cominciò a piangere a singhiozzi muti e rassegnati; e Thomas, osservandola che si puliva il naso sulla manica mentre entrava in casa, nel dire una cosa la avverò: «Vedi, è solo una bambina» le disse.

Mezzanotte nell'Essex, e la Hale-Bopp si dirige verso ovest in compagnia di Cassiopea. Qualche ora prima quello stesso giorno, in Cina e Mongolia e Siberia un'eclissi totale di Sole aveva fatto in modo che la cometa fosse visibile poco prima di mezzogiorno. Girava in senso antiorario ogni undici ore e un quarto, e secondo gli avvistamenti e calcoli degli astronomi la sua coda dava l'effetto di onde che si allargavano da un sasso lanciato in uno stagno. Dato che non si sarebbe raggiunto il perielio fino al 1° aprile, la cometa non aveva ancora realizzato la sua massima dimensione possibile; ma era abbastanza luminosa, ed era nuova. E quindi i sorci sulle rive del fiume Alder, che chiacchieravano in un carrello della spesa affondato, la videro, e fecero una pausa, poi ripresero la conversazione; e i piccioni sul tetto del Jackdaw and Crow la videro, e si gonfiarono tutti per difendersi dal freddo. A Lowlands House qualcuno la vide, e per la fretta e il terrore rovesciò vernice nera sui gradini. (La Bethesda la vide e non fece una piega, dato che aveva i pensieri concentrati su questioni più elevate.)

Una volpe nel Cimitero dei poveri la vide, e cominciò a correre e saltellare allegra tra le rovine, senza sapere perché. E che razza di fetore c'era da quelle parti, pensò la volpe, mentre scalciando alzava cicche di sigaretta e annusava carte bisunte con avanzi di cibo: che fetore, che tanfo! Mentre saltellava faceva ricerche, e scoprì un uomo seduto sotto un nocciolo, appoggiato al muro che divideva il Cimitero dei poveri dal terreno consacrato della Bethesda. Stava snodando una corda. Era un compito difficile, dato che aveva tutte le nocche delle mani gonfie, e il pollice sinistro, che sembrava spostato di qualche centimetro lungo il polso in direzione del gomito, era inutilizzabile. La volpe attenta non riusciva a capire di che formato era il corpo intorno agli abiti, che consistevano di vari strati sormontati da un cappotto di velluto rosso che una volta doveva essere appartenuto a una donna. Portava jeans strappati e scarponi spaiati. Il sole gli aveva macchiato il cuoio capelluto attraverso la pelliccia sottile di capelli bianchi, e aveva gli occhi azzurri. Dopo un po' finì di armeggiare con la corda, si alzò a fatica ed esaminò il nocciolo. Era giovane e flessibile: sarebbe andato alla perfezione. Prese un telone impermeabile da una sacca di pelle, e con la stessa fatica legò il telone al nocciolo e si costruì un rifugio, poi tirò fuori un pezzo di moquette, lo mise all'ombra del telone e si sdraiò a dormire. La volpe, che era di natura gentile, passò oltre senza far rumore: avrebbe trovato uno svago diverso da qualche altra parte.

Thomas Hart in Lower Bridge Road, sentendo il latrato delle volpi e il dolore dei gatti in calore, stava seduto vicino alle braci di un focolare. Distolse gli occhi dall'angolo della stanza, sicuro che, se avesse guardato abbastanza a lungo, avrebbe visto una donna con le sopracciglia nere seduta a gambe incrociate contro il battiscopa, che scribacchiava su un foglio di carta quadrato: Maria Văduva Bell che disegnava come una pazza. Thomas pensò a Grace con amore e preoccupazione. Era uscita dal Cimitero dei poveri assorta in un dialogo con il ragazzo, che con inchini esagerati si era congedato da loro vicino al semaforo di London Road, e se ne era andato a casa da solo saltellando allegro. «Tutto a posto?» le aveva chiesto Thomas, capendo che al tempo stesso lei era intatta ma anche mutata per sempre.

«C'è stato un incendio» rispose lei, «ma si è spento». Puzzava di sigarette; aveva le guance accese. Con aria furtiva, scoraggiato nel sentirsi una spia, Thomas le aveva esaminato i capelli e gli abiti, senza trovarli più in disordine del solito.

«Tutto a posto?» le chiese di nuovo, in modo più allusivo; e lei, scocciata, rispose che naturalmente era così. Forse lui credeva che non avesse mai parlato con un ragazzo... Credeva che lei non fosse in grado di badare a sé stessa? Naturalmente Thomas pensava entrambe le cose, ma preferì indicare Orione che spuntava dal tetto del Jackdaw and Crow. «Fra un po' sparirà» le aveva detto «e non lo rivedremo fino a quando tornerà freddo. Ti porto a casa».

Ora Thomas distolse i pensieri da Grace e si concesse di pensare a James Bower, e a immaginare che Maria Văduva, accucciata nell'angolo ricoperta da metri e metri di broccato nero, alzasse lo sguardo dai suoi folli scarabocchi e gli strizzasse l'occhio con solennità. Tutta la mia vita tendeva a questo, pensò Thomas: uno sconosciuto che mi riconosce e un fantasma imbronciato che prende alloggio nel mio tinello. E poi ricominciò con la sua nuova abitudine di recitare ad alta voce tutto quello che

James Bower aveva detto, e tutti gli sguardi e gesti che dimostravano intesa, fino a quando arrivò a vergognarsi di sé stesso, mise da parte i suoi ricordi e cominciò a scrivere:

Thomas Hart
Lower Bridge Road
Aldleigh
30 marzo 1997

Caro James,
mi ha fatto davvero piacere conoscerla l'altro giorno. Spero si ricordi che avevo accennato a una fotografia che le potrebbe interessare. Partirò per qualche giorno, così ho pensato di spedirgliela: la trova in allegato e vedrà che è datata agosto 1888. Di sicuro la donna in piedi appena in disparte è la nostra Maria perduta. È una foto che ho sempre avuto sottomano, e quando ero bambino mi faceva paura, ero convinto che fosse il fantasma di Lowlands e che fosse così sola da avermi seguito fino a casa. Ma forse è entrambe le cose?
Allego anche un ritaglio di giornale che potrebbe interessarle. È tratto dal numero dell'*Essex Chronicle* della settimana successiva all'inaugurazione della Bethesda Chapel. Non faccio parte della congregazione – tengo un piede fuori dalla porta, per così dire – ma spesso ci vado per abitudine, e per quel tipo di amore che si porta ai membri della famiglia. È un luogo strano, direi, e la sua gente si tiene separata dal mondo – anche se io mi trovo spesso nel mondo, e non mi sento mai del tutto a casa, né dentro il banco in chiesa né al di fuori!
Saluti cordiali

Thomas Hart

ALDLEIGH, ESSEX: NUOVA CAPPELLA APERTA AL CULTO

ESSEX CHRONICLE

25 agosto 1888

Dal nostro corrispondente per gli affari religiosi. Si è tenuta la prima messa nella nuova chiesetta dei Battisti particolari osservanti in London Road, ad Aldleigh. Fino a oggi i fedeli si erano incontrati in casa del pastore John Brandon, già residente a Wattisham, nel Suffolk. Si spera che la chiesetta attiri i cittadini nonconformisti che al momento sono privi di una sede dove praticare il culto.

Cosa c'è in un nome? I lettori anglicani perplessi dall'espressione «particolari osservanti» devono tenere conto del fatto che i membri non sono per nulla particolari; si tratta di una questione dottrinale e non di atteggiamento, e riguarda la questione della *redenzione particolare* e quella della *comunione chiusa* riservata solo ai battezzati per immersione. A tale scopo, la cappella è equipaggiata con un fonte battesimale in grado di accogliere una persona adulta.

Sono tutti benvenuti. Le messe si terranno alle 11 del mattino e alle 6:30 del pomeriggio nel Giorno del Signore, e il catechismo alle 3 del pomeriggio, e gli Incontri di preghiera settimanali il mercoledì alle 7 di sera. *Tutti sono benvenuti.*

All'alba, Lowlands House era alla deriva su un mare bianco. La foschia che saliva dall'Alder aveva attraversato i prati e aveva raggiunto i gradini e la terrazza come una dolce marea ascendente. C'era un uomo con un casco giallo inginocchiato a ripulire la vernice nera colata sui gradini; mentre lavorava, il casco si sollevava ogni tanto sopra il banco candido, e l'effetto era quello di un segnale trasmesso e mai ricevuto.

«Mi sembra di essere tornato bambino» disse James Bower, che si stava sbottonando il cappotto. Aveva un mazzo di chiavi nella mano destra, che sferragliarono nel silenzio alienante di quella strana luce umida. «Un bambino che deve risolvere un mistero. Che cos'è, e cosa significa? Che cosa ha a che fare con Maria Văduva? Forse un giorno lei è stata proprio qui, in piedi in questo punto. Che fine ha fatto, e cosa combinava con i suoi pezzetti di carta? Penserà che sono infantile...»

«Niente affatto» rispose Thomas Hart.

Gli uomini erano entrati dal vano vuoto di una porta alla quale erano stati rotti i cardini di ottone. I lembi di foschia entrarono all'altezza delle loro caviglie e si dissolsero presto. Nel muro opposto era stata ricavata un'altra porta, chiusa con un lucchetto. Dalle finestre coperte di assi inchiodate filtravano lame sottili di luce a svelare la carta da parati che arretrava dall'intonaco marcio, e scritte oscene tracciate sul muro con poca convinzione. Tra la porta aperta e quella chiusa era stato spinto un tavolo dalle gambe tornite; sopra c'era una latta di vernice nera. All'estremità opposta del tavolo James Bower si era ricavato una postazione di lavoro. Contro il muro, a fianco della foto della Bethesda, era appoggiata una cartellina con la scritta VĂDUVA, e Maria guardava impotente le finestre schermate. Un caminetto vuoto stava racchiuso nella sua struttura di marmo grigio con una mensola profonda, dove falene morte erano schierate come decorazioni tra la polvere; un lampadario pendeva inclinato dal suo gancio, e privato delle gocce di vetro sembrava un artiglio di ferro che ghermiva l'aria. I quadri assenti avevano lasciato un vuoto sulla carta da parati che si spelava come la corteccia di una betulla bianca, e sul muro a fianco della finestra c'era un simbolo nero, dipinto da poco, che aveva sgocciolato sulle assi imbarcate e bucate. I due uomini lo guardarono.

«Questo l'ho già visto» disse Thomas, con un tono di scusa. Era consapevole della vicinanza dell'altro, che emanava ancora l'odore della doccia mattutina, e del caffè che aveva bevuto subito dopo. Si era tagliato radendosi e Thomas guardò con sproporzionata premura il pezzetto di carta assorbente attaccato al taglio. «Qualcuno lo stava dipingendo sulla porta della Bethesda. Era una persona magra e spaventata e il risultato era scadente. Questo è migliore».

«Ne hanno dipinto un altro sui gradini» disse James. «Facciamo fatica a cancellarlo. Ma naturalmente sono solo scherzi di cattivo gusto degli studenti».

«Non ne sarei così sicuro» disse Thomas, tornando al simbolo sul muro – linee incrociate con una lacrima sopra – che non significava nulla. «Ma sono felice di essere venuto».

James prese il telefono da una custodia di cuoio allacciata alla cintura, lo guardò e sospirò. «Gli operai sono in ritardo, come sempre; se ne andranno in anticipo, come sempre». Cominciò a parlare delle regole per la conservazione degli edifici tutelati, in tono lugubre, con discorsi incomprensibili per Thomas. «Andrà tutto bene, ne sono sicuro» disse, con un ottimismo che sapeva essere inutile e ingiustificato. Poi l'operaio della terrazza entrò, togliendosi il casco come se fosse in un edificio consacrato. Era giovane e stanco. «La vernice non viene via» disse. «Sembra che sia lì da decenni, non solo da un paio d'ore».

«E se usassimo un'idropulitrice?» chiese James, staccandosi da Thomas nel corpo e nello spirito e andando a sbirciare tra le assi per vedere i gradini di pietra rovinati. «Se usassimo un solvente di qualche tipo?»

«Forse è davvero lì da decenni» disse Thomas, «ma semplicemente non se n'è accorto nessuno»; ma James era troppo assorto per farci caso. Quindi Thomas lo lasciò lavorare e cominciò a misurare la stanza a grandi passi, consapevole di un disagio strisciante che gli sembrava immotivato. Era possibile pensare che le falene morte si stessero risvegliando dalla polvere e che il silenzio dietro alla porta inlucchettata fosse quello di una creatura che tratteneva il respiro: sei lì, Maria, pensò Thomas, mi hai seguito per tutta la strada da Lower Bridge Road? Si girò verso la finestra, dove lame di luce entravano tra le assi, e un divanetto da finestra rivestito recava ancora tracce della sua tappezzeria stracciata. Si era spezzato nei punti in cui le assi avevano ceduto al peso della casa. Thomas guardò la fessura. Dietro di lui James Bower si era ritirato nella sua orbita privata, parlando con voce monotona del da farsi, e delle tempistiche per completarlo. Thomas premette le assi verso il basso e la fenditura del divanetto si allargò.

Poi gli passò tra i piedi un topo con la coda tagliata: con gli occhietti girevoli esaminò l'intruso, lo liquidò come innocuo e continuò per la sua strada. Si incuneò rapidamente tra due pannelli del divanetto, mostrando il moncone della coda. E poi cadde il silenzio. Era sparito. Thomas fu preso da una strana solitudine. Gli altri uomini se n'erano andati dalla stanza per esaminare i gradini; dalla foschia gli arrivava chiaro il tono e il ritmo della loro voce, ma non le parole. «Dove sei finito?»

chiese Thomas al topo. Nessuna risposta. Si inginocchiò. «Dove sei finito?» Polvere sulle assi del pavimento, che si addensava negli angoli; muschio nei punti in cui il legno era umido. La pressione del suo ginocchio fece aprire ancora di più la breccia. Thomas ascoltò ardentemente le zampette abili e solerti del topo, e sentì anche un frusciare di carte, come se un lettore avesse perso la pazienza con il libro che stava leggendo. Infilò la mano nel divanetto e frugò a tastoni nella cavità gelida, aspettandosi di trovare la groppa del topo, o un chiodo di ferro. Si fece forza. Arrivò a toccare della carta. L'afferrò. Più in lontananza il topo faceva rumore. Thomas ritirò in fretta il pugno stretto, e strisciò il polso sul legno scheggiato. Accolse di buon grado quel lieve dolore. Guardò la carta che aveva in mano. «Ehi, James» disse. «James?» Si alzò con attenzione e andò verso il tavolo. La foschia si stava diradando dai prati: la luce era meno diffusa e arrivavano i rumori del traffico di London Road.

James entrò. Si era tolto il cappotto e l'odore di sapone stava svanendo dal suo corpo. «Che cosa hai combinato?» gli chiese. «Cos'è quello?»

«C'è un topo» rispose Thomas, nascondendo il polso sanguinante con il polsino. Posò il pezzo di carta.

«Che cos'è?» chiese James, con un tono autorevole ma gradevole al tempo stesso. «Che cos'hai trovato?» Erano tre fogli di carta. Due erano scritti con una calligrafia ben nota su una sottile carta da lettere azzurra, e sotto la luce scarsa saltavano all'occhio alcune parole: *Lucifero*, per esempio, e *cuscini di piume d'oca*. «Oh, Maria!» disse James, come se un amico gli avesse fatto perdere la pazienza. Il terzo frammento era un foglietto più piccolo, piegato con precisione; quando Thomas lo aprì, la carta si tagliò sulla piega e ruppe in due il quadrato. «Oh» disse. Lo guardarono insieme in silenzio. C'era di nuovo un cerchio disegnato in inchiostro nero, con un punto scuro all'interno, ora diviso in semisfere; e anche qui qualcosa tracciato con l'inchiostro sul bordo, impossibile da decifrare. La cosa più naturale sarebbe stato unire le due metà, ma Thomas non aveva intenzione di toccare la carta e di partecipare alla follia di Maria Văduva.

Un'asse marcia, scalzata dall'edera e dal tempo, cadde da una finestra e si ruppe sul terrazzo. Gli operai trasalirono. «Maria!» disse Thomas, simulando terrore per nascondere la paura che provava sul serio. Entrò il vento portando con sé le voci. «C'è qualcuno lì dentro» disse una donna. «C'è qualcuno lì dentro. Non ve l'avevo già detto io? Ve l'avevo detto!»

Era di sicuro la voce di una donna, e non di una bambina; ma Thomas la conosceva. Come se il colpevole fosse lui, disse: «So chi è». Accostò il viso alla breccia e guardò. La foschia si stava dissolvendo in particelle luminose che svelavano prati umidi e querce solitarie, e anche la stoffa scarlatta di una gonna rossa che una sottogonna rigida allontanava dal corpo, e un paio di jeans strappati sul ginocchio. La gonna svolazzò davanti ai jeans.

«È una mia amica» disse Thomas a James, «con un suo amico». Uscì. James lo seguì.

E ora: tempo mite di marzo, niente di strano rispetto al solito. Aconiti gialli che arrivano ai piedi delle querce; la recinzione metallica cadente bene in vista, con nuovi varchi. Sui gradini c'era Grace Macaulay con uno scialle a fiori, e Nathan era con lei. Avevano gli abiti impregnati dell'odore di Silk Cut. «Ah» disse Grace, vedendo che Thomas si avvicinava, e lui notò con risentimento che non l'aveva mai salutato con un moto di delusione prima di allora. Ebbene, pensò, tu mi hai rovinato la mattina e io l'ho rovinata a te. Quel che è giusto è giusto! Lei guardò James. «E allora, lui chi è?»

«James Bower» disse Thomas. «Grace Macaulay. E lui è Nathan». Il ragazzo saltellava da un piede all'altro, per il freddo o per nervosismo, ed era diventato più massiccio dall'ultima volta che Thomas l'aveva visto, e le maniche del giubbotto jeans gli andavano corte e lasciavano i polsi scoperti.

«Sì» disse Grace, esaminando James. «Sì, ma lui chi è? Cosa state facendo?»

«Stiamo risolvendo un mistero» rispose James, studiando Grace con piacere, e diventando di una bellezza estrema. «Volete vedere?»

«È morto qualcuno?» Questo era Nathan, che si era avvicinato alla finestra, guardando dentro. «È morto qualcuno lì?»

Grace lo tirò per la manica con gesto possessivo. «Thomas è convinto che una donna sia impazzita» disse, «e poi scomparsa. Vuole scoprire tutto sulla faccenda, in modo da poterlo scrivere sul suo giornale, l'unico motivo per cui fa qualcosa».

«Questo è vero» disse Thomas con voce gentile.

«Perché non entrate?» li invitò James. «Venite a vedere cos'ha scoperto Thomas». Ma no, pensò Thomas, non entrate, lasciateci soli. La foschia era sparita. Lui non sentiva più l'odore di sapone sul corpo di James Bower.

«Su, venite dentro» disse James; Thomas vide Grace che si precipitava, inciampando nella gonna. Ora era sotto il lampadario senza luci. «Lo sapevo che sarebbe stata così» disse. «È tutta la vita che volevo venirci, e non me l'hanno mai permesso. Ed eccomi finalmente qui dentro!» Guardò ammirata il soffitto, le finestre spaccate, le scritte oscene sull'intonaco; guardò ammirata Nathan, che balzò all'indietro verso il divanetto sotto la finestra, barcollando quando il legno si incrinò.

«Venite a vedere che cosa ha scoperto Thomas» disse James. Li portò al tavolo dove Maria sovrintendeva alle cartelline con il suo lavoro. «Guardate un po' qui» disse, poi si zittì con un'imprecazione. Thomas arrivò di corsa. «Che c'è?» chiese.

«Era qui» disse James. «Era qui solo un attimo fa: dove l'ha messa?» chiese, rivolto a Thomas. «Dove l'ha messa?» La foto di Maria Văduva era caduta a faccia in giù sul tavolo a fianco della cartellina, ma il quadrato di carta rotto e la lettera illeggibile erano spariti.

«Che succede?» disse Grace. «Cosa avete perso?»

«Ho trovato qualcosa sotto la finestra» disse Thomas, mostrandole la ferita sul polso, «ma ora non c'è più».

«L'avete presa voi?» chiese James, guardando i ragazzi uno dopo l'altro. All'improvviso sembrava severo e lontano, e questo lo rendeva desiderabile; allora Thomas distolse lo sguardo in preda alla vergogna.

«Io non ho preso niente!» disse Nathan. Saltò giù dal divanetto vicino alla finestra; alzò le braccia: «Non ho visto niente da prendere».

«Non ha fatto niente» disse Grace, «non è un ladro!»

«Magari è stato il vento...» disse Thomas, e si chinò a guardare sotto il tavolo. Non c'era nessuna carta, ma un disco di vetro incrinato. Lo lasciò lì.

«Ascoltate» disse James, «non c'è vento». Ascoltarono. Si sentivano solo il traffico e l'operaio che strofinava i gradini.

«Questa casa mi ha preso in antipatia» disse James Bower. «E cosa si è fatto alla mano – sta sanguinando – e perché non me l'ha detto?» La sua attenzione ebbe su Thomas lo stesso effetto della tenerezza. Per un attimo si rese conto di quanto era miracolosa quella mattina, e restò senza parole.

Grace scosse le sottane e disse: «Allora, cosa c'è di là?» Stava guardando la seconda porta. Il lucchetto era stato aperto, ed era spalancata. Dall'apertura si vedeva un muro chiaro che sfumava nel buio, e la polvere che si muoveva a mulinelli. Il lucchetto era ancora appeso alla catena.

«Cristo!» disse James Bower, ricevendo uno sguardo di disapprovazione sia da Grace sia da Thomas. «Che diavolo succede qui dentro?» disse. Rise e scosse il capo. «Avete sentito? Erano dei passi?»

Insieme i ragazzi e l'uomo ascoltarono, e si convinsero che nella stanza a fianco c'erano dei passi, e che in ogni parte della casa risuonavano i passi di tutti i suoi abitanti e visitatori.

«Non è sempre stata aperta?» chiese Grace. «Non è sempre stata così?»

Nathan andò a esaminare il lucchetto della porta. «In realtà non era davvero chiuso, vedete, non avevano girato i rulli. Bisogna girarli» disse, guardando James con una pietà cortese per le debolezze dei vecchi. «Non funziona se non lo chiudete, volete che ve lo mostri?»

James rispose solenne: «Grazie, ma credo di avere capito».

«Allora qui dentro c'è qualcuno» disse Grace. Aveva le mani sui fianchi. «C'è qualcuno che dipinge sui muri e ruba le cose». Era di fianco a Nathan nell'ombra della porta aperta; e a Thomas sembrava di vederli come bambini e adulti al tempo stesso, con i corpi che guizzavano tra il tempo passato e quello a venire. Mi fa comodo pensarli come due bambini, pensò con dolore, ma non lo sono: qui c'è un uomo che ha in tasca delle sigarette e Dio sa cos'altro, qui c'è una donna che mi sfida a sfidarla. «Non è sicuro proseguire» disse Thomas. «Al di là di quella porta niente sarà sicuro».

«Le cose cascano e si perdono» disse James. «C'è stato un andirivieni di operai».

«Certo, le cose cascano» rispose Thomas; ma l'atmosfera nella stanza si era modificata, come se ciascuno di loro fosse colpevole e conscio di essere osservato.

Poi nell'atrio arrivarono degli operai, risoluti e con passi pesanti, e tutti concordavano su una cosa: bisognava puntellare, mettere dei rinforzi in alcuni punti specifici, era un cazzo di miracolo che il camino non fosse crollato dentro il focolare.

«Su, allora, andiamo» disse James; e con un gesto a cui era impossibile opporsi li fece uscire tutti dalla stanza.

Una volta sul terrazzo di Lowlands, Thomas fu preso dallo scoramento. In quella stanza si era guadagnato qualcosa che era andato subito perso – «E poi» disse, rivolto a Grace, «voi due non dovreste essere a scuola?»

«Sì» rispose Grace. «Ma ho peccato».

«Thomas» disse James Bower, facendo dondolare un casco protettivo per la cinghia, «è meglio che io continui a lavorare. Mi fa piacere che sia riuscito a venire». Si mise il casco, che lo rendeva ridicolo. «Potete andare» disse, includendoli tutti in quel congedo gentile. «Tra poco comparirà Maria. Fa sempre così». Thomas ricevette un rapido tocco sulla spalla, e gli sembrò durasse più a lungo del necessario, e implicasse qualcos'altro; e quindi lo scoramento passò.

Ora non c'era più foschia e nemmeno il sole. Tutto il mondo era di un grigiore uniforme, gli aconiti sgargianti appannati, i rami tremolanti delle querce secchi e privi di foglie. C'era un unico punto di colore che attraversava il parco nella loro direzione, e a quella distanza sembrava che rimbalzasse senza scopo come un pallone di plastica sulla superficie di uno stagno: qualcosa di rosa, di una vivacità innaturale, che a tempo debito si rivelò essere un lungo soprabito con i bottoni, tutto dello stesso rosa piatto e inanimato. Era una donna, che parlava spedita in frasi lunghe e senza enfasi, e tutto di lei era totalmente artificioso, i capelli staccati dalla fronte bianca come riccioli di burro; e al suo fianco un'altra donna, che sembrava uscita dai colori spenti della terra dell'Essex, e continuava a rivolgersi alla sua socia come se fosse ammaliata da tutto quello stupido sproloquio: era Anne Macaulay.

Bambina cara – ora siamo in giugno, e penserete che vi abbia dimenticata nelle vostre belle stanze di Foolish Street – e in effetti avete ragione! Mi dimentico quello che dovrei ricordare, e ricordo con chiarezza ciò che più vorrei dimenticare: e quindi forse sono stata in preda alla follia, anche se vorrei capire quali comitati di uomini con i completi di lana da cerimonia abbiano stabilito la tassonomia della salute mentale, e giudichino che un uomo, o una donna, sono lucidi, ma non quell'altro o quell'altra! Credo in realtà che sia il mio corpo ad avere perso la ragione, e non la mente: vi assicuro che il mio intelletto è del tutto integro, anche se nelle orecchie ho di continuo una nota aspra, come quella di un musicista che suona uno strumento rotto, e i palmi delle mani mi diventano insensibili, o punzecchiati dappertutto da spilli invisibili – quando dormo mi risveglio decine di volte con il cuore che pulsa in gola – nel frattempo alla finestra Lucifero presiede alle mie mattine e mi invita fuori ed è cinto dalla cintura di Venere e sotto di lui gettiamo sull'universo un'ombra così spaventosa e così immensa che c'è un luogo oscuro che si estende ben oltre la portata della mia vista –

[Tutto questo lo scrivevo ieri, ed è finito. Mi hanno provocato il sonno, e al mio risveglio ho visto che Lucifero se n'era andato. Per me è stato un gran sollievo – non sono mai riuscita a resistere a quella luce, nonostante il disturbo che arreca al mio riposo – perché l'opinione comune è questa: che non esiste in me malattia che non si possa risolvere con tre cuscini di piuma d'oca e quello che tira fuori il medico di John Bell dalla sua borsa – mi vergogno del mio disturbo, e mi vergogno della sua causa, e mi vergogno di queste pagine – e così le strappo e le nascondo, e non le spedirò, in modo che la mia amica non perda la sua buona opinione di me – ciò nonostante mi confesso con me stessa e sono: MV]

«Credi davvero?» disse Anne Macaulay. «Lo credi davvero?» È un martedì come un altro, pensava, e vado a pranzo con la mia amica. Era tutta rossa di orgoglio infantile: un'amica vera, conosciuta non alla Bethesda, ma nel mondo fuori. La suddetta era Lorna Greene, viva e abbagliante in raso rosa, e i tacchi a rocchetto delle sue scarpe percuotevano i marciapiedi bagnati con il rumore di denti che sbattevano; aveva appena finito di dire ad Anne quanto le piaceva il suo cappotto, con il collo nero di feltro ripiegato sulla lana spazzolata grigia, e quanto le stava bene.

Se Anne avesse creduto al caso, avrebbe potuto dire che si erano incontrate proprio per caso: per il fatto di avere aspettato l'autobus così spesso alla stessa fermata, che alla fine rivolgersi la parola sarebbe stato meno strano di non farlo. Che Anne avesse notato Lorna davanti al granito del monumento ai caduti lì vicino, e ai cestini comunali, non era sorprendente. Per tutto l'inverno si era vestita a strati fruscianti di rosa e lilla, e si era acconciata i capelli in riccioli resistenti alle intemperie; portava un profumo talcato che non spariva mai dalle pieghe dei suoi abiti, e si guardava continuamente intorno con lo sguardo vivace e scrutatore di un merlo. Per Anne essere notata era invece sorprendente, e accolse la prima attenzione di Lorna con una timidezza spaesata che poteva dare l'impressione di distacco. Ma Lorna aveva continuato a becchettare sorridendo, stanandola con tonalità ben modulate dalle quali l'accento dell'Essex era stato eliminato: ah, era scozzese? Che bella cosa. Abitava in Beechwood Avenue? Che via adorabile, con le sue betulle bianche. Che bella cosa avere una nipote, avere i capelli grigi, avere un fratello di nome Ronald, avere fatto la maestra, frequentare la chiesa... Presto Anne diventò «la cara Anne» e le era riuscito impossibile non addolcirsi davanti ai complimenti, alle lodi, al dono inaspettato di una spilla a forma di libellula con ali e torace di cristallo. Si erano scambiate il numero di telefono; avevano fatto passeggiate. Ora stavano andando a pranzo al Jackdaw and Crow («Offro io, cara Anne!»), perché non era riuscita a spiegare che non aveva mai messo piede in un pub e non aveva mai avuto l'intenzione di farlo. E poi (così si discolpava) niente accadeva mai per caso, ma solo per la provvidenza, e magari avrebbe conquistato un'anima a Cristo: «Credi davvero che mi stia bene?» rispose, guardandosi la manica, e pensando che forse dopotutto né lei né il suo cappotto erano monotoni come temeva.

Nel frattempo Thomas Hart, nel vagone D del treno delle 10:42 da Liverpool Street, soggiaceva muto alle affettuosità di un ragazzo dai capelli rossi con il quale aveva passato gli ultimi tre giorni. «E così anche tu stai ad Aldleigh?» aveva detto il ragazzo quella mattina a New Cross, esaltato dalla coincidenza e dalla prospettiva di poter stare di nuovo vicino a Thomas Hart, del quale aveva apprezzato l'età e l'affettuosità diffidente ed esperta. «Che postaccio» aveva detto, rabbrividendo mentre si vestiva, «dovremmo trasferirci»; e Thomas aveva dissimulato rapidamente la sua inquietudine. La sua modalità di sopravvivenza, così lo spiegava a sé stesso, era dividere la sua natura dalla sua anima; e così lasciava la sua natura a Londra sul binario del treno, e recuperava la sua anima ad Aldleigh come se l'avesse lasciata al deposito bagagli. Come poteva fare a spiegare a quel ragazzo entusiasta che no, non voleva andare a prendere un caffè insieme, stare seduto vicino a lui sul treno; che sì, conosceva molto bene i vari locali nell'Essex che avrebbero potuto andare a esplorare, e li detestava tutti? E così andarono a prendere il treno tenendosi a braccetto, e «Tanto non importa niente a nessuno» aveva detto il ragazzo, «qualche anno fa mi hanno fatto un occhio nero, ma di sicuro è tutto molto diverso dai tuoi tempi». E poi toccando Thomas in modo avventato, dato che non si era mai ritenuto un peccatore, gli aveva raccontato ambizioni e dolori e vendette, che a Thomas erano sembrati tutti meschini, e lo diventavano sempre di più man mano che il treno passava per Stratford, Shenfield, Chelmsford; e mentre in lontananza si intravedeva l'ombra della stazione di Aldleigh. Ora per lui non era più possibile dissimulare il suo fastidio per la compagnia di quel ragazzo – per la sua giovane età, le sue idee inconsistenti, i suoi abiti e il suo modo di parlare, che lo caratterizzavano come Thomas non aveva mai accettato di farsi caratterizzare – e in modo impercettibile la testa dai capelli rossi si era allontanata dalla spalla di tweed, e ora stava appoggiata al finestrino macchiato (e a Colchester sul binario una donna dalle sopracciglia nere batté feroce sul vetro: *Sei un vigliacco, Thomas Hart!*).

E poi eccoli arrivati ad Aldleigh, si vedeva Upper Bridge Road, e poi il Jackdaw and Crow – e lì, se i passeggeri avessero guardato con attenzione, si vedeva da lontano una casa bianca affondata tra i prati. Il ragazzo, dotato della resilienza della gioventù, aveva già smaltito la stizza provata per quel raro rifiuto, e stava pensando alle cose da fare quella sera, e nelle sere successive – «Bene, allora ci salutiamo qui» disse Thomas, mentre strappava il biglietto e istintivamente cercava con lo sguardo James Bower intanto che uscivano lungo l'arcata della stazione; e gli porse la mano in un gesto di educazione meccanico. Il ragazzo lo guardò, rise, e in preda a una malizia astiosa baciò Thomas sulla bocca, in modo rumoroso e non privo di pietà; e dopo un ultimo abbraccio forte e ammonitore si insinuò tra la folla indifferente.

«Thomas!» disse Anne, entusiasta, sbracciandosi in direzione dell'amico che vide lì fermo con una strana espressione distratta sul marciapiede di fronte, vicino alla stazione. Il pranzo era stato piacevolissimo, e il pub non era per nulla la sentina di malaffare che si era immaginata, anche se il tavolo era appiccicoso e c'era una fastidiosa puzza di fumo. Si era fatta forza per recitare la preghiera di ringraziamento in silenzio prima di mangiare, ed era stata felice di spiegare a Lorna, che era un'osservatrice, il motivo della sua azione, e ancora più felice di ricevere domande sulla Bethesda mentre mangiavano fish and chips e bevevano il tè. «Che cosa adorabile» aveva detto Lorna Greene, assumendo all'improvviso uno sguardo avido, come se Anne le avesse mostrato gli anelli che aveva alle dita. «Che cosa adorabile avere fede, ti invidio molto, cara Anne: mi ricordi mia madre, che sapeva salmi interi a memoria – e in realtà io sono una persona molto spirituale, anche se non mi definirei religiosa – devi permettermi di accompagnarti a messa» le aveva chiesto con occhi cupidi sotto le palpebre pittate, «ho sempre sentito che nella mia vita mancava qualcosa, e là fuori, sai com'è» – e guardò schifata dietro le spalle di Anne, dove la vetrina a bovindo del Jackdaw and Crow offriva il panorama delle persone che uscivano dal treno da Londra – «là fuori» – rabbrividì con un moto delicato della camicetta che sprigionò nuvolette di profumo, e diede a intendere che per un attimo aveva visto qualcosa di pacchiano.

E così Anne era uscita dal pub in preda alla gratitudine, e alla sensazione di aver fatto piacere sia a Dio che a sé stessa: naturalmente (aveva detto) Lorna era più che benvenuta alla Bethesda quando voleva, anzi proprio il giorno dopo si sarebbe tenuto un incontro di preghiera. E poi – ritto tra le folle sconsolate che tornavano dall'aver scontato la propria condanna negli uffici e negli enti pubblici – Anne aveva scorto il profilo inconfondibile di Thomas Hart con il suo completo di lino marrone chiaro, che strappava il biglietto del treno e si accigliava per chissà quale problema. Starà pensando alla Luna, si disse Anne, in questi giorni sembra che abbia solo quello per la testa. «Thomas!» salutò con piacere e uno strano senso di sollievo. «Thomas!» Ma si mise di mezzo il traffico, e una signora con il passeggino che coprì la vista, e quando il passaggio fu di nuovo sgombro Anne vide che lui se n'era andato. «Quello è un mio amico» spiegò, girandosi verso Lorna. «A dire il vero frequenta la chiesa e di sicuro lo conoscerai».

«Quel signore?» chiese Lorna, che si sistemava i capelli e si allacciava i bottoni di plastica del cappotto. «Quel signore alto, che ti dà le spalle?»

«Si chiama Thomas Hart» disse Anne. «Scrive sull'*Essex Chronicle*».

«E frequenta la tua chiesa? Povera me – credevo che...» – E Lorna scoppiò in un risolino soffocato, che Anne non era in grado di decifrare, e che dissimulò rapidamente – «ma che cosa sorprendente! Bene, allora vedremo» – baciò l'altra donna con precisione al centro di ciascuna guancia – «vedremo. Che Dio ti benedica» le disse, e a quanto pare aveva già acquisito i modi di dire della Bethesda come per osmosi. Ritornò inciampando verso la città su quei tacchi a rocchetto che di sicuro non erano comodi. Per un attimo Anne rimase all'ombra del Jackdaw and Crow dandosi pacchette sulla guancia. Sentiva che Lorna le aveva lasciato addosso lo stampo del suo profumo infantile e dei suoi baci asciutti ed esperti, insieme a una sensazione di piacere e lusinga, misti alla stessa quantità di disagio.

Quando Grace Macaulay uscì da scuola il giorno seguente, pensò che sarebbe potuta tornare a casa passando per il Cimitero dei poveri. Ci aveva già incontrato Nathan cinque volte, perché si erano dati appuntamento, oppure perché (credeva lei) la provvidenza aveva deciso che i loro percorsi si dovessero incrociare in determinate ore e giorni. Il fatto che fossero diventati amici le sembrava naturale e miracoloso al tempo stesso. Dall'attimo in cui l'aveva visto sbattere le palpebre dietro le schiere di banchi duri e scuri della Bethesda, aveva sentito che lui le apparteneva: evidentemente era stato Dio a predisporre tutta quella faccenda. E quindi era naturale che lui fosse andato a cercarla con la scatola di cioccolatini e le sigarette, ed era naturale che se il suo percorso per tornare a casa da scuola si intersecava con quello di lei avrebbero fatto la strada insieme, sedendosi per mezz'ora nel Cimitero dei poveri dando le spalle alla Bethesda, e che lui le insegnasse come usare il deodorante e il chewing-gum per mascherare gli effetti della Silk Cut che si erano divisi. Ma comunque sembrava che lui venisse da un mondo con leggi e costumi e persino abbigliamento imperscrutabili e a volte terrificanti. Quando parlava del Southend United o di *Valle di luna* o della fenomenale tragedia degli Europei del '96, si vergognava di ammettere che capiva solo in parte il significato di quelle parole; a volte lui diceva frasi inintelligibili come *Scommetto che beve Carling Black Label*, o *Hasta la vista, baby*, e Grace sentiva talmente forte la propria stranezza e il proprio isolamento che tutto il colore sbiadiva da quella giornata. Spesso Nathan aveva con sé un walkman e un paio di cuffiette di gommapiuma azzurra che appoggiava goffo al suo orecchio e a quello di lei, facendole ascoltare musica che la spiazzava e la emozionava, con l'intenzione di suscitare simpatie per il diavolo nella sua anima battista. A volte sembrava che lei diventasse il suo unico centro di interesse, e le faceva domande con l'attenzione di un allievo che prende appunti: perché doveva portare il cappello la domenica? Perché non si metteva mai i jeans? Perché non aveva la tv? Era vero che non era mai stata al cinema? Quando lei rispondeva, diceva che era perché gliel'aveva detto suo padre, oppure perché gliel'aveva detto Dio; e mentre lo faceva si rendeva conto che spesso non era in grado di definire la differenza tra i due.

Ora era arrivata in London Road: ecco la Bethesda, ecco il Cimitero dei poveri. Si piazzò a metà tra i due sul marciapiede, nel punto in cui la recinzione di ferro della chiesetta si interrompeva a fianco di una rete metallica cadente. Erano due luoghi di culto, pensò, girandosi dalla chiesetta verso il Cimitero dei poveri, guardando con speranza la boscaglia di ortiche e buddleia alla ricerca della testa luccicante di Nathan o delle toppe colorate che aveva sul giubbotto; ma era lontano da lei come l'est dall'ovest. E allora ho fatto tutto per niente, pensò, guardando la tenuta che aveva messo insieme – la gonna nera ornata dal nastro in fondo, la cintura che una volta era stata il cordone di una tenda, e un ciondolo d'argento con api che stillavano miele – non contava pressoché nulla, a meno che non l'avesse visto Nathan. Che cosa spregevole era! Davvero le donne si costruivano scegliendo i pezzi che ritenevano più desiderabili? Era quello che esigeva l'amore? In quel caso, lei non voleva saperne.

Ora tra le erbacce e i rifiuti non c'era niente che le interessava, e tutta la sua vita consisteva della sua delusione: inerme davanti all'arrivo del suo malumore, sferrò un calcio a una lattina accartocciata di Red Stripe che aveva ai piedi. Colpì un blocco di calcestruzzo e spaventò un paio di ghiandaie che presero il volo in direzione di Lowlands con il loro rumore di pallone sbatacchiato. E a quanto pare spaventò anche un'altra creatura al di là dei cespugli delle felci, nel punto in cui contro il muro cresceva un nocciolo nudo. L'aria era limpida e luminosa, ma comunque arrivò la sensazione che qualcosa di oscuro e circospetto aveva preso dimora nel Cimitero dei poveri: sarà il fantasma di Lowlands, pensò, anche lei era una donna che nessuno aveva amato. Rabbrividì e avrebbe tanto voluto che Thomas fosse lì. Ma in quel momento vide che lì vicino si era accumulato un letamaio di cartacce unte e bottiglie e stracci lerci. Cosa se ne faceva di quelli un fantasma? Sentì di nuovo quel movimento e vide che era un telone azzurro inclinato verso il basso come la vela di una nave che sprofonda, con uno zaino di pelle lì sotto. Da quel rifugio sporgevano delle gambe, e lei si rese conto dell'odore di un corpo non lavato, strano e dolciastro. «Ehi?» azzardò. Le rispose il silenzio nel Cimitero dei poveri e al di là del muro della chiesetta. «Tutto bene laggiù?» Le venne in mente che forse aveva trovato un girovago da compatire, che avrebbe guardato con amore e gratitudine la sua visitatrice, tutta gentilezza e capelli meravigliosi: «Non ti farò del male» disse.

Uscì un uomo a gattoni. Si alzò. Era altissimo e portava un cappotto scarlatto, che si strinse intorno. Faceva un effetto solenne, e Grace sentì che l'equilibrio del potere si era appena sbilanciato a favore di lui; ma, dato che sentiva che quella era la sua terra, gli disse: «Che ci fa qui?»

L'uomo non aprì bocca. Rabbrividì dentro il cappotto.

«Perché trema?» disse Grace. «È primavera – guardi: ci sono delle giunchiglie – e non fa freddo. È malato?» O forse era sordo? Sarebbe stato un peccato. «E allora? È malato?» Lui fece cenno di no, poi si chinò per radunare dei rametti di nocciolo su un mucchietto di mattoni bruciacchiati. Cercò di accendere una fiamma. Grace guardava. Era un'impresa impossibile. Vide il pollice sfasciato, e le nocche gonfie sulle quali la pelle era tesa e bianca. C'era qualcosa di inquietante anche nelle dita – guardò un'altra volta – erano stranamente morbide e bulbose, con le unghie ridotte a schegge: «Per l'amor del cielo, lo dia a me» gli disse. Accese subito una fiammella. La compassione la rendeva impaziente e irritata. Il fuoco attecchì; l'uomo, all'apparenza ingrato, ci mise sopra un treppiedi bruciacchiato e una tazza di latta per bollire l'acqua.

«Ha bisogno di qualcosa da mangiare?» chiese. Si sentiva gentile e bendisposta. «Vuole che vada a comprargliela?» L'uomo la guardò con una tristezza disorientata, con occhi di una stranezza vivace come quelli di Nathan, poi scoppiò in lacrime. Era agghiacciante. «La smetta, non serve a niente» gli disse lei. L'acqua bolliva. L'uomo si preparò un tè molto leggero e lo offrì a Grace con un gesto che sperava palesemente venisse rifiutato. E così fece lei. Lui invece lo bevve.

«Mi chiamo Grace Macaulay». Si batté il petto con delicatezza. «Ho quasi diciott'anni. Lei?» L'uomo scosse lentamente il capo. «E va bene» disse Grace. «Non occorre che me lo dica. Vede quell'edificio lì?» Accennò alla Bethesda. Lui guardò e riprese a piangere. «Si chiama Bethesda» gli disse. Richiamò alla mente le lezioni di catechismo. «Bethesda era una pozza del Vangelo. Portavano i malati a sdraiarsi nella pozza, poi aspettavano che gli angeli arrivassero a muovere le acque e a guarirli. Io ci vivo, più o meno. È la chiesa che frequento».

Lui guardò tranquillo la Bethesda. «Tu vivi lì?» le domandò.

Le ghiandaie ritornarono sul nocciolo e cominciarono a rimproverare Grace per i suoi peccati. «Certo che no» rispose. Il fuoco si era spento. «Vivo in una casa normale». Poi le venne in mente che, se Gesù quel giorno fosse passato da Aldleigh, si sarebbe sicuramente aspettato che lei cedesse il suo letto all'uomo; ma lei non voleva in camera sua quell'uomo sofferente con il suo velluto fetido. Era un pensiero doloroso: come era difficile essere buona quando la bontà non era proprio nella tua natura;

e Dio avrebbe potuto punirla in qualsiasi momento, per esempio portandole via Nathan!

Si stava facendo buio. In basso a nordovest apparve una chiazza chiara: forse era la cometa, forse era un fiocco di nuvola. «Credo si debba sdraiare. È al sicuro qui? Nessuno la vede dalla strada». L'uomo si alzò e la sua incuria sfarzosa ricordò a Grace le immagini degli elefanti depredati delle zanne d'avorio, che vagavano indifesi, banditi ed esclusi dalla loro tribù – «Mi dispiace tanto» disse, e scoprì con stupore che ora stava piangendo anche lei. «Davvero mi dispiace tantissimo». Grace sperò che lui non le porgesse la mano, perché era brutta e deforme e lei non voleva toccarla; ma lui si limitò a inchinarsi, e fu un gesto così profondo e cortese, e il cappotto di velluto era così sontuoso e sgargiante, che nel giro di un attimo anche lei scoppiò a ridere e si inchinò: «E va bene» disse. «Devo andare. Immagino che la rivedrò». Sentì che Dio avrebbe approvato la sua gentilezza, ma non avrebbe dovuto notare quanto erano brutte le mani dell'uomo, e meno ancora ritrarsi con disgusto. La sua bontà era un oggetto fragile, ed era così facile farla cadere e romperla. Era talmente accigliata che la tensione le procurò il mal di testa. La cometa era alle sue spalle. Andò a casa.

Quella sera l'uomo nel Cimitero dei poveri fu svegliato dai fari delle auto che arrivavano al di là del muro. Lì nel suo rifugio, vigile, vide la porta della Bethesda spalancata, e sentì della musica che sfumava verso il semaforo. Uomini e donne avanzavano solenni nel parcheggio e il loro passo cadenzato e i sorrisi formali di saluto davano l'impressione che fossero tutti parenti. Vide la ragazza che era andata a trovarlo prima che entrava in fretta, gettando uno sguardo al punto in cui era seduto da sotto la falda cadente di un cappello di velluto, seguita da una signora magra con un berretto lavorato a maglia e un tizio alto con i capelli simili a un soffione che si guardava intorno come se in qualsiasi momento potesse arrivare un malfattore a rubargli la Bibbia. Poi giunse l'ultima auto e scese una signora che barcollava perché aveva la gonna rosa troppo stretta e i tacchi rosa troppo alti. Si chinò verso lo specchietto dell'auto per sistemarsi il cappellino rosa; poi si diresse verso la chiesetta con andatura forzata e seducente.

Quando l'uomo fu sicuro di essere solo, uscì dal rifugio, barcollando perché era ubriaco. Imprecò nella sua lingua e crollò addosso al muro della Bethesda, che cedette sotto di lui come se i mattoni fossero ancora freschi e il muratore appena andato in pausa pranzo. L'uomo si raddrizzò con dolore, guardò il muro, che ora si insaccava all'esterno nella fila superiore di mattoni. Il terreno compattato si era spostato e aperto a livello delle fondamenta, e l'uomo, maledicendo la propria follia, lo sistemò con il piede sperando di far sparire le tracce del suo misfatto. Ma man mano che lavorava, sembrava che il terreno fosse ancora più deciso ad aprirsi per offrirgli una visuale. Ed eccola lì, nel punto in cui l'ultima fila di mattoni era interrotta dalla radice del nocciolo: l'uomo, emettendo esclamazioni, si inginocchiò con suoni più simili a preghiere che a imprecazioni. Sotto la luce del lampione aveva preso vita un oggetto luminoso, un improbabile manufatto, e gli si era accollato come se fosse dotato di volontà propria. Lui spazzolò il terreno. Era difficile. Alzò le mani, rivolse loro un rimprovero e si rimise all'opera. Presto si riuscì a scorgere l'angolo di una scatola di metallo, sepolta per errore o di proposito nelle fondamenta del muro, con il coperchio piatto sigillato dal fango. Cominciò a strattonarlo, ma non riuscì a fare leva, e poi non riusciva a tenere testa all'argilla malevola dell'Essex. Improvvisamente si accesero i lampioni di London Road, e il bagliore nel terreno si spense. L'uomo sospirò, si alzò e tornò al suo telone e al suo quadrato di moquette. Ci avrebbe riprovato il giorno dopo: sarebbe andata meglio.

Thomas era nella cucina lugubre dell'*Essex Chronicle* a preparare il tè e pensare a James Bower. Intorno aveva sparpagliati i quotidiani del giorno, ma Thomas non vedeva le notizie degli scioperi minacciati dal sindacato dei pompieri, o dei volantini razzisti che erano girati nella zona di Harlow; e per lui era lo stesso se il primo ministro faceva la cresta sul prezzo del trasloco dei suoi mobili da Downing Street; si trovava ancora a Lowlands, isolato dalla nebbia, mentre sentiva il profumo di un corpo pulito dentro un giubbotto da pochi soldi. All'improvviso si rese conto che nell'adorazione tortuosa dei suoi pensieri c'era qualcosa di spregevole, e si riscosse proprio come un cane si scrolla di dosso la pioggia; poi, con la coda dell'occhio, scorse un movimento in cucina. Si immaginò Maria Văduva che si tormentava i bottoncini di madreperla sul polsino di seta nera, dopo averlo seguito con ostinazione da Lower Bridge Road: *Mi chiedo se hai un debole per quello che non riesci a raggiungere,* disse.

«È evidente» replicò Thomas; poi in un altro ufficio qualcuno accese la radio, e una risata idiota fece fuori Maria e il desiderio. Thomas si diede uno scrollone ammonitore, e mentre si dirigeva verso la porta si spaventò vedendo una ragazza silenziosa all'ingresso della cucina. Il neon dava una luce sulfurea ai suoi abiti bianchi e larghi, e a una carnagione rovinata dai brufoli che andavano dalla guancia sinistra fino al collo. Aveva l'aria spaventata.

«Buongiorno» le disse Thomas. La teiera fischiò. Lui versò l'acqua. «Magari vuoi una tazza di tè?»

Lei continuò a fissarlo con un'aria di paura insolente. Aveva le pupille dilatate fino al bordo dell'iride chiara, e l'odore asprigno di un corpo poco curato.

«Sei venuta a cercare qualcuno in particolare?»

Lei fece un movimento impercettibile con il capo. Thomas lo prese per un cenno di assenso, e capì di essere lui.

«E va bene» le disse. «Perché non vieni nel mio ufficio e mi spieghi come mai sei qui?» Si girò e senza distogliere l'attenzione mise la teiera e due tazze su un vassoio, e le portò lungo il corridoio stretto fino al suo ufficio. Lì si sedette ed esaminò la visitatrice. «Posso dedicarti un paio di minuti» le disse. «Siediti pure dove vuoi».

Era più o meno sulla ventina. Aveva il piede puntato sulla moquette e la gamba vibrava con violenza; sembrava un animale che avrebbe potuto fuggire di scatto per la paura, o saltargli addosso.

«Magari hai una storia da raccontarmi» le disse, e allungò una tazza verso di lei. Da uno dei brufoli più male in arnese le gocciolava del sangue. «Vedi, faccio il giornalista. Per il quotidiano. Immagino che tu sia venuta per questo».

La ragazza fece una smorfia per il suo tono, poi prese un blocchetto della scrivania e strappò un foglio di carta. Lo guardò in silenzio, poi disegnò il simbolo che avevano dipinto sulla porta della Bethesda, e sul muro e sui gradini di Lowlands House.

«Ah» disse Thomas. «Capisco. Sei stata tu. Ma cosa ci facevi a Lowlands?»

«Ci abito».

«Dovresti andare ad abitare da un'altra parte. Il tetto è pericolante. C'è un'umidità terribile. Potresti dissolverti lì dentro».

«Non esistono posti sicuri» rispose. «L'ha detto lei. L'ho letto sul giornale. Cattivi presagi, scriveva. Compagni oscuri».

«Capisco». Il simbolo si smontò e si ricreò e prese la forma di una cometa che si muoveva lungo l'orbita, attraversata da una croce. «Sì, ora capisco tutto: la faccenda riguarda la Hale-Bopp». Capirlo amplificava il suo disagio. L'impronta sudicia dell'uccello sul vetro della finestra trasalì.

«Non l'avevo mai sentita nominare» disse la ragazza, tremante. «Non ho mai pensato a quello: ci sono già abbastanza cose terrificanti quaggiù, non è vero? E un sacco di modi per farsi del male. Ma adesso è scritto su tutti i giornali, mancano pochi giorni alla fine».

«Ma non c'è niente di cui aver paura. Ci passerà vicina, tutto qua: passerà tra noi e il Sole a una distanza immensa...»

«Lei ha parlato di gas velenosi, e di pestilenze – di guerre, e di rumori di guerre! Tanto vale bruciare tutto adesso» disse, frugandosi nella tasca. «Meglio andarsene prima che ci ammaliamo e moriamo tutti».

«Ma quelle sono solo superstizioni» disse Thomas. «Sono solo le paure dei bambini, e della gente che pensa come un bambino». (Ma lo colse il pensiero vago, come se fosse un ricordo remoto e non qualcosa di fresco, che ultimamente aveva avuto l'impressione che il buon senso del mondo fosse diventato ancora più traballante.)

A stento la ragazza tirò fuori dalla tasca una manciata di carte, le scagliò sulla scrivania e si strofinò le mani con un gesto da mosca. Thomas guardò i documenti. Erano chiazzati e deformati, e alla luce della lampada da tavolo scorse una scrittura che conosceva molto bene: *Mi confesso con me stessa e sono: MV.*

«Cos'è questa storia? Cosa ci facevi con queste? Queste sono le lettere di Maria Văduva: le hai rubate».

«L'ho vista» disse. «Vi stavo guardando, l'ho vista con quell'uomo. Non credo che lei sappia cosa ci aspetta. Credo che lei non abbia la minima idea. Credo sia meglio bruciare tutto...» Poi prese un accendino di plastica dalla tasca e diede fuoco al pezzo di carta.

Thomas guardò sorpreso e istupidito le braci e il filo

di fumo. «Cosa stai facendo?» disse. «Cosa hai fatto?» La cenere in fiamme volava sulla scrivania, e lui la spense a manate; il fuoco si era consumato e la lettera era finita per aria, illeggibile.

Adesso il corpo della ragazza era rigido e composto. «Meglio bruciare» disse, guardando il cielo opaco che si vedeva tra le veneziane di plastica. «Meglio di tutta questa attesa». Si alzò in piedi e gli scoccò uno sguardo che lo spaventò, perché era gentile; mentre se ne andava, lui la sentì recitare ad alta voce degli incantesimi privati fino a quando non fu coperta dalla radio lì vicino.

Thomas restò a lungo a fissare la porta. «Ma cosa succede ultimamente?» disse in preda all'esasperazione. «Cosa mettono nell'acqua in questo periodo? Che razza di farsa!» disse, temendo che fosse davvero tutta una farsa: Maria Văduva e le sue lettere folli, l'arrivo di James Bower, l'intimità di stanze abbandonate in una casa abbandonata. Fuori si stava alzando il vento, che attraversò il davanzale e arrivò alle ceneri sulla scrivania; con delicatezza smosse un pezzo di carta che come Daniele era uscito intatto dal fuoco. Lo avvicinò di qualche centimetro in direzione di Thomas. «Ah, grazie» disse lui, e lo tirò su. Era il segmento di un quarto di una macchia senza forma, contenuta dentro un cerchio tracciato con precisione infantile, e delle lettere scritte sul bordo: un frammento della firma MARIA VĂDUVA troncata dal bordo strappato della carta. «Grazie» disse ancora Thomas, sorridendo della propria stupidità; e mentre lo esaminava, le lettere sul bordo si ingrandirono: sembrava proprio che volessero mettersi in mostra davanti a lui.

Poi arrivò la comprensione. Lo sorprese come la gioia; il suo sangue reagì chiamando a raccolta il sangue. Il vento si arrestò. Thomas continuò a rigirare il documento e ci vide non più gli scarabocchi informi di una donna infelice, ma il luogo di nascita delle stelle. Prese il telefono.

James Bower non si era mai preso la briga di immaginare come viveva Thomas Hart, ma mentre il giorno dopo si recava in Lower Bridge Road, capì che se lo immaginava esattamente così. Era consapevole di un interesse che era più o meno antropologico, come se Thomas fosse l'abitante di una provincia della quale nessun altro aveva mai sentito parlare. E come era strano farsi un amico a cinquant'anni, quando gli spazi della vita erano già tutti assegnati! Sua moglie aveva preso a chiamare Thomas con affetto «il tuo fantasma», dicendo che dopotutto non lo aveva mai visto, e nemmeno i loro amici e conoscenti: a dire la verità sospettava che suo marito se ne andasse in giro per Lowlands in compagnia di uno spettro con le Oxford. Ed era una cosa strana, pensò James, davvero: nessun altro uomo scriveva lettere quando sarebbe bastata una telefonata o un'e-mail, o invitava gli amici a pranzo nei giorni feriali. Ma dato che tutto quello che Thomas indossava e diceva e faceva sembrava strano, tutto ciò non era più strano della sua mera esistenza.

Ora James era seduto in una stanza oscura in Lower Bridge Road, e niente lo sorprendeva. Lampade riflettevano la luce sulla superficie lucida della credenza e del tavolo, e dei tulipani bianchi cedevano verso il basso sopra il bordo di un vaso. Per la strada la primavera stava prendendo piede, ma il caminetto era acceso per bellezza, e le piastrelle intorno al fuoco avevano decorazioni di fiori gialli che sembravano sul punto di sbocciare. Non si vedeva uno stereo o una televisione, solo pile di libri di ogni tipo, e nell'angolo più remoto del tavolo un costoso portatile che a James sembrava vagamente malevolo, perché era del tutto fuori posto. Di tanto in tanto si sentiva partire un treno da Aldleigh per Londra che faceva tremare coltelli e forchette, provocando in James un momento di inquietante lucidità; ma subito dopo tutti gli effetti languidi della stanza profumata e della voce melodiosa e gradevole di Thomas tornavano a manifestarsi. «Spiegami di nuovo tutto» gli disse. «Raccontami cosa significa secondo te».

«Significa che Maria Văduva non era pazza» disse Thomas, passando a James il pezzo di carta bruciato con la macchia nera. «Vedi il punto in cui scrive M42?»

«L'abbiamo già visto: abbiamo pensato che si tratti di una data, scritta sbagliata...»

«Non ha fatto niente di sbagliato! Avrei dovuto capirlo prima, è tutta colpa mia: M42 si riferisce al Catalogo di Messier, che elenca oggetti astronomici diversi dalle stelle scoperti dall'astronomo Charles Messier. Messier 42 è la nebulosa di Orione, che si può vedere anche solo con il binocolo al centro della spada di Orione. Non sono scarabocchi folli di una donna in preda a una delusione d'amore: è l'immagine di un luogo dove nascono le stelle!»

James guardò di nuovo il pezzo di carta. «Sì, lo vedo» disse; ma era una bugia. Con quell'illuminazione scadente, il disegno era più imperscrutabile che mai.

«Prima o poi lo troverai» disse Thomas. «Guarda...» Con un gesto che era inconcepibile in qualsiasi altra stanza, e da qualsiasi altro uomo, sollevò il dito di James e disegnò una curva lieve al centro del cerchio. «Questo è quello che chiamano Anello di Barnard» disse.

James distolse rapidamente il dito dalla carta e si prese un attimo prima di parlare. Poi, tornando a un tono professionale e investigativo, chiese: «Allora secondo lei Maria Văduva era un'astronoma – ed è questo che intendeva dire quando diceva che andava a caccia di notte?»

«Sì, un'astronoma» disse Thomas, fiero come se avesse immaginato in quel momento la professione e le avesse trovato un nome lui stesso. «I suoi disegni raffigurano le stelle, ma noi li abbiamo guardati attraverso le nuvole». Si spostò in cucina, e un treno partì dalla stazione di Aldleigh diretto a Liverpool Street e fece tremare i coltelli. James si chiese se fosse il caso di tornare al museo e riprendere le sue attività normali; ma Thomas arrivò con il pane caldo e del formaggio di capra che si ammorbidiva nella carta oleata, e i languidi effetti di quel pomeriggio tornarono di colpo.

«Per ben tre volte abbiamo trovato delle lenti che secondo noi erano da occhiali» disse James, mangiando quello che gli veniva offerto. «Ma forse si trattava di un telescopio?»

«Di sicuro» disse Thomas. Stava versando del vino. «Non avrebbe mai potuto vedere la Messier 42 così nel dettaglio con qualsiasi strumento che non fosse una lente da telescopio da sei pollici». Posò la bottiglia e guardò James con uno dei suoi improvvisi sorrisi di scusa, come se lo avessero sorpreso a compiere peccati veniali. «Vede, sto imparando» disse.

«Messier» disse James. «Thomas, si ricorda quanto spesso Maria ha scritto di un M. che a quanto pare le aveva spezzato il cuore? Si tratta di lui?»

Di nuovo quel sorriso contrito. «Purtroppo no: Charles Messier era nato nel diciottesimo secolo, e ai tempi di Maria era già cibo per i vermi. Aveva assistito al passaggio di una Grande Cometa a tredici anni. Quella cometa era visibile di giorno a occhio nudo dal re e dai suoi cortigiani, e dai contadini nei paraggi e dagli animali nei campi; e si dice che poco dopo il perielio avesse sviluppato sei code che si vedevano all'alba sopra l'orizzonte come un ventaglio che si apriva». Parlava, felice, con le stesse frasi lunghe e ben punteggiate che usava scrivendo, e che su James sortivano lo stesso effetto del vino: cedeva le armi. «Charles se ne innamorò» spiegò Thomas, «e decise di consacrare la vita alla ricerca delle comete. Ma i cieli sono pieni di oggetti remoti e sfumati che si possono scambiare per una cometa, e come tutti gli astronomi era incline a pensare di aver trovato quello che amava, per poi scoprire che si era sbagliato. E quindi si accinse a compilare un catalogo di tutte le galassie e le nebulose che si riuscivano a vedere, e donò al nulla immateriale una dimora e un numero. Prenda ancora un po' di pane, finché è abbastanza caldo da sciogliere il burro».

«Quindi questo punto del foglio non è sbavato» disse James, tornando a esaminare il foglio. «È una nuvola di luce su uno sfondo scuro. Ma continuiamo a non avere idea di chi potesse essere M., o di cosa sia successo a Maria. Dov'è il suo corpo? Dov'è il suo telescopio? Ho visto gli inventari. Non ne fanno parola. Dovremmo tornare alla casa e cercarli».

«Sì» disse Thomas. «Dobbiamo tornare lì a cercarli».

«E dice che non era pazza» disse James, riconsiderando le accuse scagliate nel passato contro Maria Văduva alla luce delle nuove prove. «Ma non diceva di vedere il diavolo alla finestra, e che voleva uscire per incontrarlo?»

«Non era il diavolo» disse Thomas «ma Lucifero. Ha fatto caso al fatto che lo vedeva al mattino? In latino, Lucifero significa "portatore di luce"; l'equivalente in greco sarebbe Phosphorus, "colui che porta l'alba". E quindi secondo me è possibile – è sicuro di non volere dell'altro vino? – che quello che vedeva Maria fosse il pianeta Venere, che sorge al mattino ed è il messaggero dell'alba, e che anche con un telescopio di qualità si vede come l'immagine sfocata di una perla. E mi chiedo» aggiunse, intrecciando le mani dietro la testa, con un sospiro, «mi chiedo se quello che reggeva in mano nella sua statua fosse un telescopio, e sia laggiù in fondo al lago».

James notò la camicia azzurra ben stirata, e la cintura stretta sotto la quale era infilata – all'improvviso la stanza gli sembrò angusta e soffocante, come se i mobili gli si avvicinassero strisciando sulla moquette, e l'odore acre del formaggio e dei tulipani spampanati gli provocò la nausea. Sentì che il suo punto di vista su quella giornata si modificava all'improvviso, come se lo avessero scagliato contro il muro di fronte per costringerlo a osservarla da una prospettiva diversa. Desiderava trovarsi nel suo ufficio nel vecchio municipio, voleva tornare a casa – sentiva che sua moglie avrebbe pensato a entrambi con affetto. «Dovresti portarlo fuori per strada» avrebbe detto, «fermare uno sconosciuto e chiedergli: "Lei vede quest'uomo, o lo vedo solo io?"»

Poi Thomas tornò al tavolo e aprì uno dei taccuini verdi che teneva lì impilati. «Torniamo a esaminare le nostre informazioni. Prima di tutto sappiamo che Maria Văduva scomparve non prima dell'agosto 1888, quando fu scattata la fotografia della Bethesda. Numero due, che aveva un telescopio, e aveva realizzato una certa quantità di disegni astronomici, e che il telescopio e gran parte dei suoi disegni sono andati perduti. Terza cosa, aveva un'amica, C., che viveva a Londra e alla quale ogni tanto scriveva delle lettere. Numero quattro, aveva il cuore spezzato da quel tizio, M., che forse amava una donna di nome Veronica, anche se non possiamo sperare di riuscire a identificarlo. Immagino che questo non avrebbe fatto piacere al marito di Maria» disse Thomas, e si accigliò.

James, ridendo, e sollevato per il fatto di ridere, disse con autoironia: «Sicuramente no! I mariti sanno essere molto tradizionalisti quando si tratta delle loro mogli». A quel punto Thomas gli lanciò un'occhiata talmente complice e affettuosa che gli venne istintivo tagliare corto. «Questo lo prendo io» disse, infilando il disegno nella cartellina che si era portato dietro. «Sarà al sicuro da me: farò in modo che venga fotografato e catalogato, e trattato come un tesoro. E ce ne saranno altri, deve essere così: forse un diario, persino. Un corpo, se siamo fortunati».

«Spero quasi di non arrivare mai alla fine» disse Thomas (stava radunando i piatti; non guardava James), «perché significherebbe la fine dell'avventura – deve proprio andare?»

«Devo, altrimenti a Lowlands non combinano niente» disse James. «Dobbiamo fare in modo di tenere al sicuro la casa, prima che quella ragazza la incendi. Dov'è il mio giubbotto? E davvero siamo andati avanti fino a quest'ora?»

Il fuoco nel caminetto ormai si era ridotto a semplici braci. «Sì, proprio così. La accompagno in città».

Thomas Hart che scendeva per Lower Bridge Road con James a fianco; Thomas che alzava il viso verso le nuvole afflosciate. «È stato molto gentile a venire» disse. Non disse: per favore torni presto da me.

«Dio mio» disse James (si stavano avvicinando al vecchio municipio, e da lì vicino arrivava una musica luttuosa), «sono questi i suoi compari?» Vicino al monumento ai caduti c'era un gruppo di uomini e donne. La ghirlanda di papaveri dell'anno prima, sfasciata dal tempo insolente, marciva a terra; gli uomini e le donne cantavano.

Thomas provò la sua consueta brama di sacro di cui non era mai riuscito a liberarsi – ecco il diacono anziano (e pensò questo con amore) e il pastore; ecco Anne Macaulay con un cappello nero nuovo. Poi vide, tra i volti ben noti con l'espressione ben nota di devozione paziente, una donna con un lungo cappotto rosa a braccetto di Anne. Gli sembrava di conoscerla, era ben nota nel modo preoccupante di qualcosa che ti sembra di aver già visto in sogno. I suoi capelli gialli opponevano resistenza al vento che le girava le pagine del messale, e mentre cantava abbassava le palpebre pittate con aria devota. «L'ho già vista passeggiare con Anne a Lowlands Park» disse Thomas, «e mi sono chiesto...» Non sarebbe riuscito a spiegare a James quanto era bizzarro vedere Anne Macaulay legarsi a una donna che avrebbe potuto essere costruita come un manichino per dimostrare ogni cosa malvagia che la Bethesda considerava mondana. Le calze sottili le tiravano sui malleoli prominenti. Il vento le apriva la sottana del cappotto, svelando la parte inferiore delle cosce sotto un orlo a fiori. «*C'è una fontana piena di sangue*» cantava, sul punto di piangere lacrime artificiali «*preso dalle vene dell'Emmanuele*» – e accanto a lei Anne Macaulay, accesa d'orgoglio o di coraggio umiliato, avvicinava la mano a un passante inconsapevole e gli dava un opuscolo sul Vangelo.

«Che cosa strana da cantare, tutto quel sangue» disse James; ma aveva voglia di guardare, e arretrò fino a fermarsi nell'atrio di un negozio di calzature. Thomas, scoprendo con vergogna che non voleva vedere né farsi vedere, arretrò insieme a lui: «Mi sa che sono i miei compari. Mi sa che lo saranno per sempre».

«*Ma se non fate così, voi avrete peccato contro il Signore*»* e questo era il pastore che metteva in guardia l'uomo che usciva dal giornalaio arrotolandosi una sigaretta, o gli scolari che si spintonavano vicino al camioncino degli hamburger; nel frattempo Anne e il diacono anziano di-

* Libro dei Numeri 32:23 (*N.d.T.*).

stribuivano gli opuscoli supplicando Aldleigh di fuggire dall'ira di Dio in arrivo.

«Eppure qui nessuno sembra farci caso» disse James, guardando l'orologio. «Immagino che l'abbiano già visto. Ora devo andare». Ma si accigliò, e si allontanò dall'atrio per vedere meglio. «Ha visto? Che succede?»

Thomas vide il pastore trasalire, fare una finta verso sinistra e continuare a parlare; poi, sopra il prete e la folla, si sentì distintamente il rumore di qualcosa che colpiva il marciapiede. Thomas, che si guardava intorno disorientato alla ricerca della provenienza, vide – tra le signore con i carrellini della spesa e le ragazzine che dondolavano le cartelle tenendole per una bretella – una ragazza in piedi poco lontano dal monumento ai caduti, che reggeva un pezzo di stoffa inchiodato a un'asse di legno tolta da un bancale. Era uno striscione raffazzonato, si stava già sfaldando, e il messaggio che riportava era illeggibile. Sul legno c'era della vernice nera, e anche sugli abiti della ragazza; il suo corpo esile rabbrividiva di risolutezza.

«È lei?» chiese James. «È la donna di Lowlands?»

«Sì, è lei» rispose Thomas. La ragazza reggeva lo striscione con la sinistra e con la destra si prendeva dei sassi dalla tasca e li scagliava contro il monumento ai caduti, con scarsa mira.

«È matta come un cavallo, poveretta» disse James, divertito. «Adesso devo andare davvero». Nel frattempo la donna vestita di rosa voltò le spalle ad Anne Macaulay e andò a ripararsi dietro una cabina telefonica. Anne, valorosa e insicura, mantenne la posizione. Un sasso le atterrò di fianco alla scarpa. Lei lo ignorò. Nel frattempo si era radunata della gente. «Digli il fatto loro, tesoro» disse un tizio che nonostante questo accettò un opuscolo dal diacono anziano con un cenno di gratitudine. «Digli il fatto loro!» – Ma in effetti la ragazza non diceva niente a nessuno, continuava semplicemente a starsene lì in preda a un terrore estatico per la cometa, per sé stessa, e per tutte le ansie di una creatura che non aveva mai chiesto di nascere. «*Da quel tempo*» disse il pastore senza alzare gli occhi dalla Bibbia, «*Gesù cominciò a predicare e a dire: "Ravvedetevi, perché il regno dei cieli è vicino!"*[*]» Indicò la nuvola, che aveva assunto un colore verdastro. La ragazza sventolava lo stendardo, ma aveva finito i sassi da lanciare. Il pastore non disse né fece nulla, e se ne ricavava l'impressione di una vecchia religione e una nuova schierate una contro l'altra, a combattere per tutte le anime dell'Essex. La nuvola verdastra si scurì, e le scolarette corsero strillando a ripararsi; Thomas sentì lo schiocco di sassolini su superfici dure, e vide che aveva cominciato a grandinare, tempestando santi e peccatori e alzando mucchi luccicanti sui gradini del monumento ai caduti. Il mutamento nell'aria scatenò la ragazza con lo striscione: chinò il capo e con il muggito di un toro agitato caricò il punto dove si trovava il pastore. Ma questi era così concentrato sulla parola di Dio, e il rumore della grandine che sibilava sui marciapiedi era talmente forte, che non se ne accorse – «*Condussero a lui tutti i malati*» disse con intonazione solenne, «*indemoniati, epilettici e paralitici...*»[**] Thomas, sentendosi in dovere di evitare un danno, uscì dal suo nascondiglio dirigendosi verso il pastore, ma all'ultimo momento la ragazza cambiò traiettoria e si mise a correre per la strada principale attraverso la folla che girava intorno, con lo striscione sopra di lei come la vela strappata di una nave dei folli. E così, sollevato dalla sua incombenza, e vergognandosi del suo sollievo, tornò al riparo del negozio di calzature: «Non è una cosa che mi riguarda, in realtà» disse. «Questi incontri all'aperto sono un qualcosa a cui non ho mai partecipato». Ma scoprì che era solo. James Bower se n'era andato, tornando alla vita di cui Thomas non sapeva nulla e sulla quale non era stato capace di fare congetture.

* Vangelo secondo Matteo 4:17 (*N.d.T.*).

** *Ibid.* 4:24 (*N.d.T.*).

Fine marzo, fine pomeriggio: la Grande Cometa era sospesa, non vista, in qualche punto a nord del Sole. Il pennacchio giallastro della sua coda cometaria seguiva la curva della sua orbita, ed emanava un getto di gas azzurrognolo diritto, come se capisse alla perfezione le leggi di Euclide. Nel frattempo Grace Macaulay, che nelle ore piccole aveva compiuto diciotto anni, esaminava con piacere il suo specchio. Si era costretta a indossare un vestito, ed era rosso come la corda che la prostituta Raab aveva appeso fuori dalla finestra; ma aveva il viso nudo, perché nessuna figlia della Bethesda si sarebbe mai pittata la bocca o le palpebre come Gezabele (che era finita sbranata dai cani, tranne i palmi delle mani e le piante dei piedi). Grace, che al momento sentiva che avrebbe volentieri scambiato il suo eterno riposo con un rossetto, si morse le labbra per farvi affluire il sangue e fu assalita dalla tristezza. Era il suo diciottesimo compleanno e tutto quello che aveva a portata di mano era una passeggiata accanto al Blackwater con gli unici due amici che aveva, e il tè con la sua strana famiglia. In giorni come questi le altre ragazze organizzavano feste in cui potevano mettersi i jeans, e pezzi di tessuto che lasciavano scoperti i seni e le clavicole; dove bevevano fino a stare male e ballavano musica senza parole; dove tutto era vivacizzato dal sesso, quel peccato che a lei sembrava una specie di ineluttabilità verso la quale si stava muovendo inerme. Alcune ragazze che conosceva ballavano in discoteca dentro una gabbia (nessuno era mai riuscito a spiegarle perché) e dimagrivano (si diceva) grazie alla cocaina – altre avevano interrotto gravidanze indesiderate, o si erano tatuate falene o farfalle sul didietro, e tutte queste cose le sembravano riprovevoli e affascinanti al tempo stesso, e legate a un tipo di vita che lei non avrebbe mai potuto avere. Ma Grace non aveva mai ballato, ed era sempre andata in chiesa con il capo coperto per rendersi decente al cospetto di Dio e degli uomini – io voglio davvero essere buona, pensò, voglio davvero servire il Signore, ma quanto sforzo mi costa, e quanto mi stanca – anche se almeno ora si poteva dire che sapeva tenere in mano una sigaretta e darci dei tiri senza soffocare, perché Dio aveva fatto sì che Nathan rompesse la finestra della Bethesda.

Sentì sua zia che la chiamava in fondo alle scale, come se riuscisse a capire la direzione dei pensieri della nipote attraverso le assi del pavimento; e così Grace corse da basso, accesa in viso per la vergogna, inciampando nell'orlo del vestito e sentendo i punti che si strappavano lungo le cuciture.

Anne Macaulay sorrise timidamente con affetto per quel vestito scarlatto. «Sono arrivati» disse. «Sono venuti». Grace baciò sua zia per senso del dovere, e vide Thomas che sedeva con la schiena eretta su una sedia del tavolo da pranzo, e al suo fianco Nathan, che per lo sforzo di rimanere al suo posto sembrava quasi in preda a delle vibrazioni. «Ciao» disse. Portava gli occhiali, che oscuravano il colore e la limpidezza dei suoi occhi e lo rendevano meno eccezionale, quindi Grace sentì che l'equilibrio di potere si era sbilanciato vagamente a suo favore. Rise, fece la riverenza e porse la manina verso di loro.

«Buon compleanno, bambina infelice» disse Thomas. Aveva in mano una scatola di cuoio, che prometteva bene. «È per me?» gli chiese.

«Sì, è per te» disse Thomas, osservandola mentre scopriva un sottile anello d'oro martellato con una serie di pietruzze. Se Grace avesse visto un'altra donna che lo portava, gliel'avrebbe rubato direttamente dal dito. «È la cosa più bella che ho mai avuto» disse, avvolgendo Thomas in una delle sue strette, come se volesse rintanarsi tra le sue braccia; poi, dimentica di Nathan, in preda al piacere si sedette a gambe incrociate ai piedi del suo vecchio amico, e con affetto istintivo si appoggiò al suo ginocchio.

«Mi è costato molto poco» disse Thomas, per placare lo sguardo preoccupato di Anne, «ma l'ho visto per caso a Londra da un negoziante che non aveva idea del suo valore. Le pietre formano la parola CARISSIMA – corniola, acquamarina, rubino, iolite, smeraldo eccetera – perché per me tu sei così». Pronunciò quell'elogio senza timore, poi con un gesto di affetto diffidente diede due pacchette a Grace sulla sommità del capo, come se fosse un cagnolino che aveva fatto bene il suo compito.

«Io non ti ho preso niente» disse Nathan, con l'allegria di un peccatore che era stato assolto, «mi sono dimenticato».

Poi arrivò Ronald Macaulay, che emanava santità fino alle punte dei capelli. L'atmosfera diventò rarefatta, come se la stanza si fosse elevata in un punto più vicino al paradiso. «Ah, signor Hart» disse. «Ho capito bene, accompagna questi due ad Aldwinter? È molto gentile da parte sua». Non degnò di uno sguardo Nathan, che a quanto pareva aveva accettato come avrebbe fatto con un nuovo mobile che era in grado di tollerare ma non avrebbe mai utilizzato. Poi Ronald disse: «Il Signore protegga il vostro viaggio» e con gratitudine tornò in camera sua.

«Nessun disturbo» disse Thomas ad Anne che era entrata dalla cucina. «Era da un po' che volevo andarci e scriverne».

«Gliel'hai detto?» chiese Anne. «Lo sa cosa li stai portando a vedere?»

«Non ne ho idea» disse Grace, che continuava a rigirarsi l'anello sul dito. «Nessuno mi dice mai niente; sono sempre all'oscuro di tutto».

«Su, allora, vieni» disse Nathan, che si scrollò di dosso quella casa come un cappotto, «andiamo». Abbassò lo sguardo su Grace e passò in rassegna il suo vestito come se l'avesse appena visto. «Te lo infangherai tutto» le disse. «Lo sai, sei davvero stupida».

Si diressero verso la costa dell'Essex, attraversando zone industriali e centri commerciali e stabilimenti di macchine agricole. Nathan, nel sedile del passeggero di fianco a Thomas, cercava musica mai sentita nella casa di Ronald Macaulay, e dietro di lui Grace ascoltava devota i testi, e con altrettanta devozione seguiva il movimento delle spalle di Nathan e del punto morbido sulla sua nuca. Mi sono innamorata, pensò, ecco cos'è successo. È un disastro. Non può andare a finire bene – non c'è modo di uscirne senza provocarmi dolore – poi videro un gheppio sul ciglio della strada, e Thomas ne era entusiasta. «Guardate» disse, rallentando, «un falchetto». Il gheppio piombò giù in picchiata, e insieme a lui il cuore di Grace: era consapevole di essere stata scagliata nel sentimento contro la sua volontà. Il cordone di seta che portava come cintura diventò improvvisamente troppo stretto, e faticava a respirare; lo slegò e poi lo riannodò. «Spegnete la radio» disse. «Spegnetela, ho mal di testa».

«Non manca molto» disse Thomas. Nathan, obbediente, spense la musica. Stavano attraversando paesini nei quali file di case a schiera moderne si intervallavano con cottage rosa col tetto di paglia, e campi in cui schiere di tralicci della corrente si perdevano neri in un punto in lontananza. Nel giro di pochi minuti non si vedevano più case, e sul Blackwater faceva brutto tempo: il fiume lento e marrone, le paludi semisommerse. «Eccoci arrivati» disse Thomas. Li aveva portati in una stradina stretta che culminava in una nebbia che si era accumulata per tutto il giorno nei fossi e nelle buche, che smorzava tutto quanto nel silenzio. Fa freddo, pensò Grace. La primavera non arriverà mai fin qui.

«Potrebbe succedere di tutto» disse Nathan, sorridendo imperturbato. «Un contadino potrebbe spararci perché abbiamo spaventato i suoi maiali, e ora di domattina avranno finito di divorare i nostri cadaveri».

Uscirono dall'auto e si fermarono sotto una quercia sgocciolante. «Thomas, ci hai fatto perdere?» domandò Grace.

«Avete sentito?» disse Thomas. «Un chiurlo, credo, dato che dicono che faccia un suono come se cantasse sott'acqua – andiamo. Non vi fidate di me?»

Si incamminarono. La nebbia infittita si aprì per accoglierli e si richiuse alle loro spalle. Grace scoprì che in effetti era vero che non si fidava di Thomas, e nemmeno di Nathan, e men che meno degli argini viscidi e ripidi sotto i suoi piedi. Cercò di fare un respiro profondo per consolarsi, scoprì che non ci riusciva e si fece prendere da un panico senza radici. Nathan camminava davanti a lei nella foschia che si diradava – guardalo, pensò, quanto è massiccio: la paura e la gioia la percorrevano come una corrente alternata e l'anello le scivolava su un dito assottigliato dal freddo.

«Guardate» disse Nathan, senza vedere proprio niente di strano. «Guardate» disse. «Sta venendo fuori il sole». Era vero, e in quella luce debole lui e Thomas erano banali, e Grace si vergognò.

«Eccoci arrivati» disse Thomas. Allargò le braccia. «Eccoci arrivati: Aldwinter, e la fine dell'Essex».

Tra la nebbia che arretrava Grace vide che erano arrivati nello spiazzo erboso deserto di un paese, dove l'erba alta aveva ceduto al fango in lunghi tratti neri e umidi. C'era una manciata di case vittoriane che si guardavano l'un l'altra in silenzio; al di là, bungalow nuovi e bianchi si addossavano contro il terreno.

«Bene, tanti auguri» disse Nathan. Spinse Grace con la spalla. «Secondo te c'è un pub? Scommetto che lui beve» disse, guardando Thomas con tutti i suoi diciott'anni di esperienza mondana. «Scommetto che lo regge bene».

Grace esaminò il prato. La foschia influenzava la prospettiva: non si riusciva a capire quanto fosse largo lo spiazzo, o dove terminasse. Eppure – fece un passo in avanti, seguita dalla foschia servizievole – era possibile che dopotutto non fossero soli? «Vedi laggiù?» chiese.

«È solo nebbia» disse Nathan, «qui non c'è proprio niente»; e Thomas, poco lontano, scribacchiava qualcosa nel suo taccuino.

«Come fai a non vederlo?» disse Grace, sentendo che stava per cedere all'ira. «Come fai a non vederlo?» Indicò un punto in cui si accumulava la nebbia al centro dello spiazzo erboso, attraverso il quale scorgeva una sagoma scura, alta e irregolare, con le parti superiori che sfumavano nella foschia, e una massa nera che si stendeva ai piedi.

«Cazzo» disse Nathan. «Che cos'è?» Mise le mani a coppa intorno alla bocca e lanciò un grido assordante.

«Smettila» disse Grace, ormai in preda al malumore totale. Si avviò verso la cosa alta e nera. Era l'unico punto fisso in un mondo che si disintegrava, e la sua immobilità sembrava quella di una creatura selvaggia che si teneva a freno. «Ehi?» disse, pensando stupidamente che fosse l'uomo del Cimitero dei poveri che si era tolto il cappotto scarlatto e se ne era messo uno nero, ed era cresciuto in modo smisurato. «Grace?» – questo era Nathan, oppure Thomas: erano una cosa sola e si stavano avvicinando velocemente. Uscì il sole e trascinò l'oggetto nero fuori dall'aria occlusa: era una massa scura, con membra scure che si estendevano da entrambi i lati e si curvavano verso il basso come se avessero le articolazioni rotte, trafitte da una sporgenza dura e chiara; allora esistono ancora i giganti, pensò Grace, che ammazzano i cervi per prendersi le corna e usarle come corona. «Ve l'avevo detto che c'era qualcosa» disse. Il cordone le cadde dalla vita dritto nel fango, lei lo raccolse e lo riannodò. «Ve l'avevo detto! No?»

«Se non ci fosse stato niente qui, non mi sarei preso la briga di portarvi fin qua» disse Thomas.

«È solo un albero» disse Nathan. «È solo un albero qualunque». Adesso non c'era più foschia. Un sole tardivo sospeso in parabola discendente; tutte le cose visibili. «È solo un albero» disse Grace, che ora era ai piedi di una quercia immensa che stava morendo di vecchiaia o di qualche altra malattia. Aveva il tronco squarciato e i rami più alti erano nudi come ossa; qua e là i rami più bassi si infilavano nel terreno e uscivano formando un anello, ed erano moribondi oppure quasi in boccio. Era tutto piuttosto normale, e di sicuro non valeva la pena di andarci apposta; però Thomas disse, soddisfatto di sé: «Guardate, non vedete?»

Grace vedeva eccome. Intorno al tronco, a schiere profonde mezzo metro o un metro, c'erano decine di lapidi asportate dalle loro tombe. Alcune erano spaccate dal tempo e dagli elementi, con le iscrizioni sovrascritte dai licheni e dal muschio; altre sembravano piantate lì dallo scalpellino solo mezz'ora prima. «*Richiamato a casa*» disse Grace, girando sbalordita intorno alla quercia, leggendo ad alta voce dove era possibile. «*Andato al creatore, con Nostro Signore per sempre* – scendi da lì, se no ti rompi qualcosa».

Nathan, che era saltato con piedi leggeri sulla spalla di un angelo rotto, si sporse per afferrare un ramo che crepitò, e imprecò. «E allora cosa vuoi tu sulla tua lapide?» le chiese. «Cosa dobbiamo scrivere su di te?» – Il ramo si ruppe. Lui cadde e si rimise subito in piedi, refrattario ai danni.

«Potete seppellirmi in mare» disse Grace. «Oh, guardate questa povera donna: *Ha fatto quello che poteva.* Che razza di modo per ricordarla, nemmeno il suo meglio era abbastanza. Che cos'è questa cosa, Thomas, perché si trova qui: quest'albero morto, questi defunti dimenticati? Che cosa è successo?» Le cadde di nuovo la cintura. Lei la prese a calci nel fango, poi la legò a un ramo. Stava lì appesa come un cappio da bambini.

«Questa è la Quercia del Traditore» spiegò Thomas, «dove si dice che Charles si nascondesse dalla legge, anche se ne dubito, dato che gli uomini e le donne dell'Essex non erano mai stati troppo inclini a mettersi in ginocchio davanti alla Corona». Scelse un ramo come panchina e ci dispose il corpo e il cappotto. «Una volta questo era un villaggio di pescatori, i cui abitanti scendevano in mare nelle barche e per lavoro passavano tempo nelle distese d'acqua eccetera – oltre lo spiazzo erboso c'era un molo, e a quell'epoca si vedevano le vele rosso sangue delle vecchie chiatte del Tamigi che risalivano l'estuario cariche di ostriche e di grano, e una chiesa sassone con bestie incise sui banchi».

«Bestie?» chiese Grace. «Di che tipo?»

«Non lo so. Adesso non c'è più niente. All'inizio di questo secolo le difese contro le maree hanno ceduto, quindi l'acqua è avanzata troppo e hanno cominciato ad avere problemi con il cimitero. Il custode del cimitero faceva i suoi giri mattutini per togliere le alghe dalle lapidi...»

«Te lo stai inventando. Nathan, davvero, non si può credere a una parola di quello che dice».

«... fuchi e otricolarie e una volta persino uno sgombro che si agitava, che si portò a casa e si grigliò per colazione. Poi un inverno, all'inizio della Grande guerra, mentre si sentivano gli scoppi dell'artiglieria sulla Manica...»

«Sono tutte balle...»

«... in una notte di tempesta arrivò l'alta marea, due tombe si inondarono e le bare esplosero, e la mattina dopo tra i fedeli c'erano due nuovi membri, magri e strani, che non cantavano mai una parola della messa». Ora Grace rideva, mentre spintonava Thomas con il suo solito affetto animalesco. «Questo fatto atroce cominciò ad accadere con una tale regolarità» disse Thomas sereno, «che a un certo punto dissotterrarono i cadaveri e li seppellirono vicino a Colchester, dove la terra resta asciutta a sufficienza, mentre le lapidi furono collocate qui per ricordarli. Guardate con attenzione e vedrete che l'ultimo abitante di Aldwinter è stato sepolto qui nel 1921, e ha delle incisioni interessanti sulla lapide».

«Ma perché adesso qui non ci vive nessuno?» chiese Nathan. «Dov'è la chiesa? Dove sono finiti tutti?»

«Alcuni abitano ancora qui» disse Thomas, indicando le case e i bungalow dove non si muoveva niente e nessuno, «perché non riuscivano a sopportare l'idea di andarsene. Ma non c'è lavoro, e nessuno vuole assicurare delle costruzioni su un terreno così incline alle alluvioni. La chiesa è stata distrutta in un incendio e la costa si è erosa un centimetro alla volta, e ora si trova tutta sott'acqua, anche se dicono che con la bassa marea si vedono i resti del campanile e della navata, e si sente suonare la vecchia campana».

«Non ci credo» disse Grace, con un sorrisetto polemico; e Nathan, che non stava mai fermo, luceva di possibilità.

«Io ci vado» disse, «voglio vedere – su, vieni, Grace, non vuoi vedere se c'è bassa marea? Non vuoi sentire la campana?» Le porse la mano. Grace la guardò e alzò la sua in tutta risposta. Poi si ricordò della rabbia che aveva provato per il potere che lui esercitava sulla sua felicità, in modo del tutto inconsapevole; così si rimise le mani in tasca e fece spallucce, godendo nel vederlo fare una smorfia di dolore per quel piccolo rifiuto. «Va bene» disse.

Ora l'aria era più limpida e sgombra, e il bordo dell'Essex era più vicino. Sulla Quercia del Traditore si stavano posando le taccole, e oltre lo spiazzo erboso i chiurli zampettavano tra i ciottoli. «Vai avanti, io ti seguo» disse Grace. E così la donna e l'uomo scesero verso l'acqua, e Thomas Hart li guardò andare. Nessuno parlò. Ciascuno di loro era consapevole di essere totalmente solo e incerto sulla propria destinazione.

Anne Macaulay era a casa, a incartare regali che aveva comprato per Grace. Il primo era un dono dettato dal dovere: un volume di sermoni dell'Ottocento rilegato in cuoio rosso sangue, scelto con cura da Ronald, che aveva scritto la dedica «con amore» con la sua calligrafia ordinata e inespressiva. Il secondo era costato un periodo di risparmi regolari da parte di Anne, ed era una medaglietta d'oro a forma di disco con inciso XARIS, che era il nome di Grace in greco ellenistico e significava il favore immeritato da parte di Dio. Era qualcosa di bello e di buono, che teneva conto sia del corpo sia dell'anima; e così, con un senso di realizzazione, Anne legò un nastro preso da un regalo precedente, e scrisse un unico bacio su un biglietto. Si sorprese della misura del suo amore per quella ragazza, che era arrivato tardi e spesso le sembrava inadeguato: tutto il giorno la casa le era sembrata incompleta senza di lei, e le sue stanze troppo spoglie e troppo grandi. Ultimamente il suo corpo bramava quella ragazzina piccola e arrabbiata, con un senso di bisogno fisico che aveva sempre immaginato potessero provare solo le donne che avevano partorito: ora bastava il pensiero di uno di quegli abbracci forti in cui si rintanava tutta contro di lei a risollevare un po' la giornata.

Al piano di sotto suonò il campanello, riscuotendo Anne e facendola tornare al suo abituale disagio. Di sicuro era Lorna Greene, e Anne non riusciva assolutamente a ricordarsi come le era venuto in mente di invitarla alla festa di sua nipote, se non che forse improvvisamente aveva pensato che senza di lei sarebbe stata una faccenda piuttosto triste: portò i regali al piano di sotto e aprì la porta. «Tesoro!» disse Lorna, alzando la guancia per ricevere un bacio. Aveva i capelli gialli disposti in riccioli lucidi, e quel profumo talcato che somigliava a quello di un neonato; era piccolina come Grace, ma magra, tanto che al suo cospetto Anne si sentiva informe e impacciata. Il tempo minacciava pioggia. Anne la baciò frettolosa, e l'amica ricambiò.

«Cara Anne» disse l'ospite, mentre avanzava nell'atrio fino alla sala da pranzo senza che nessuno l'avesse invitata a farlo, «hai sistemato tutto in modo così carino». Vide la tovaglia bianca delle feste, le primule sul davanzale, i palloncini che stavano già liberandosi del fiato di Ronald svolazzando sul filo cui erano legati – «E guarda quella torta!» disse, sbattendo le palpebre, «parola mia, credo che sarà qualcosa di eccezionale».

«Grazie» disse Anne, che fino a quel momento aveva ceduto a un peccato d'orgoglio per quanto riguardava la glassa e le roselline di zucchero.

«Non quello che uno ci si aspetterebbe per un diciottesimo compleanno» – disse Lorna mentre sistemava le posate e i tovagliolini – «ma sono sicura che sarà felice. Signor Macaulay» disse, salutando l'uomo che era entrato in silenzio, con in mano una Bibbia alla quale teneva il segno con il pollice, «sua figlia è diventata una donna, e di sicuro davvero virtuosa, il suo pregio sorpassa di molto quello delle perle».

Aveva smesso di piovere. Fuori la betulla bianca era immobile e il cielo si era fatto più sgombro e profondo. Poi Anne, il cui buonumore si era afflosciato insieme ai palloncini, vide la betulla che spiccava un salto sotto la luce dei fari di un'auto di passaggio: erano Grace, pensò, e Thomas Hart, e il ragazzo che aveva rotto la vetrata. «Sono arrivati» disse, precipitandosi grata all'ingresso, ma la porta era già stata aperta e Grace stava entrando di furia. Era senza cappotto e senza quell'assurdo cordone di seta che indossava come cintura; era rossa in viso e febbrile, come se il Blackwater le avesse trasmesso una malattia.

«Eccoti, zia Anne» disse. «Abbiamo trovato un uomo e ce lo siamo portati dietro». A quel punto si sentì sbattere una porta e delle voci note – «Arrivano, lo stanno aiutando» disse. Vide che suo padre aspettava solenne nell'ingresso stretto e si rabbuiò subito. «Spero di non avere fatto niente di sbagliato, ma non potevamo lasciarlo lì».

«Santo cielo» disse Lorna, che arrivò e si mise a fianco di Ronald Macaulay. «Che cos'hai combinato?» Si inumidì le labbra con un colpo di lingua rapido e delicato. Grace la guardò con un'espressione quasi di disprezzo, che Lorna accolse senza smettere di sorridere, con un altro colpetto della lingua.

Anne vide arrivare tre uomini sul vialetto dove si faceva buio. Ecco Thomas Hart, eretto e silenzioso; ecco Nathan, con il suo passo rapido e impaziente. Con loro c'era uno sconosciuto. Era alto, magro, con un cappotto scarlatto; e nonostante la testa china aveva un aspetto altero, come un imperatore nell'atto di essere deposto. Aveva in spalla uno zainetto. Gli altri due lo spingevano sul sentiero.

«Oh, cielo» disse Lorna mentre gli uomini si avvicinavano con fatica alla porta. «Secondo voi è ubriaco?» Si coprì la bocca con la mano, e aveva unghie dure e rosa come conchiglie.

Thomas la guardò sereno e con cauta formalità le disse: «Salve».

«L'ho trovato io» dichiarò Grace, come a dire: *mi appartiene*. «L'ho scoperto che viveva nel Cimitero dei poveri. Ma l'abbiamo visto camminare a bordo strada a chilometri di distanza da Aldleigh e io ho riconosciuto il suo cappotto, così l'abbiamo portato a casa». Era possibile che si aspettasse delle lodi per quella dimostrazione di bontà. Non ne arrivarono. «Be'» disse, guardandosi in giro alla ricerca di prove che aveva peccato, «non è il mio compleanno? Non posso fare quello che mi pare?»

Anne disse: «Fallo entrare». Così fecero, e riuscirono con difficoltà a farlo sedere a tavola. L'uomo, riscosso dalla luce, li guardò tutti in faccia e strinse lo zainetto. Parlò con frasi lunghe e calorose che erano pregne di significato anche attraverso le barriere della comprensione: capirono che era grato, ma confuso; era stanco, ma non richiedeva la loro pietà e nemmeno ne aveva bisogno. Nel frattempo la Grande Cometa, colpita dai venti solari, attraversava la finestra portandosi dietro la sua scia di polvere incandescente. Nessuno la vide.

«Gli piace il caffè» disse Grace, dando una pacchetta sulla spalla del paltò di velluto, che emanava odore di un corpo non lavato e di terra.

Lorna si mosse facendo frusciare l'abito di raso violetto. «Ci sono istituzioni più adatte ai vagabondi e agli ubriachi» disse. «Gli asili notturni, per esempio, e le associazioni di beneficenza».

Grace le lanciò un'occhiataccia pacata. «Non è ubriaco. È stanco. Chiunque sarebbe stanco dopo aver camminato così a lungo». Si sentì di nuovo frusciare il raso da quattro soldi. In una stanza buia avrebbe lanciato scintille.

Ronald Macaulay si fece avanti con l'aria di un uomo incapace di compiere azioni empie. «No, non è ubriaco» disse, «per quanto, se lo fosse, non sono sicuro che lo caccerei». Gli porse la mano. Lo sconosciuto gliela strinse, sbalordito. «Grazie» disse, e si coprì gli occhi con le mani. Lo zainetto gli cadde dalle ginocchia.

«Probabilmente si metterà a piangere» disse Grace, mentre portava il caffè; poi, dato che aveva l'abitudine di sedersi per terra, si rannicchiò ai piedi dello sconosciuto. «Senta» gli disse, mettendogli una mano sul ginocchio con una dolcezza esperta che lasciò esterrefatta Anne, dato che sembrava che l'avesse imparata nelle ore passate fuori quel pomeriggio, «perché non si ferma un po' qui da noi? È la mia festa di compleanno e questo è il mio invito». Gli appoggiò la testa sulla gamba con un gesto di affetto avventato. «Può mangiare qualcosa, poi decideremo il da farsi». Grace era vestita di rosso e rosso era anche il cappotto aperto dello sconosciuto, e ad Anne diede l'impressione di una dama di corte ai piedi di un re malato.

«Sì, grazie» disse. Armeggiò sgraziato con la tazzina del caffè, e Anne si accorse con inquietudine che aveva il pollice slogato e storto, e le dita incomplete. Fu trasfigurata da un'empatia così intima e diretta da sembrarle una variante dell'amore, e per questo motivo i suoi modi si fecero spicci. «Deve togliersi il cappotto, però, altrimenti non le servirà stare al coperto».

Lorna si manifestò con il suo fruscio di raso e il profumo talcato da neonata, e andò a collocarsi a fianco di Anne con un sorriso ansioso e la testa inclinata da un lato, insolente. «Ah, signor Hart» disse Anne. «Le presento la signorina Greene. Signorina Greene, lui è il nostro amico, il signor Hart». Thomas e la donna si scambiarono uno sguardo privo di cortesia come quelli dei politici, e Anne, che non aveva notato l'espressione di piacere segreto di Lorna, disse: «Ronald, forse puoi recitare la preghiera di ringraziamento, e poi mangiamo qualcosa?»

E così Ronald giunse le mani e cominciò a pregare. Thomas Hart, che non stava pregando, ora vide la cometa diligente, e ne fu l'unico testimone. Vide anche che Anne era accigliata mentre faceva le sue suppliche a Dio; e vide che Lorna Greene apriva e chiudeva le palpebre madreperlate per valutare rapidamente la stanza e tutti i suoi occupanti. Quell'attenzione così viva arrivò fino a Thomas, e lì si fermò, e gli parve che lei stesse traendo certe conclusioni che in quella stanza non erano mai state tratte. Eccolo di nuovo, l'intuito degli sconosciuti – ma questa non era la disinvoltura sorridente di James Bower, era un esame dettagliato e sgradevole, come essere punti dalla lama di un cercatore di streghe. L'uomo che era quando stava a Londra si avvicinò sempre di più, portandosi dietro altri uomini: mi scopriranno, pensò, si verrà a sapere tutto. Rabbrividì, come se si trovasse sotto l'ombra del pulpito – e ora vide Nathan nell'angolo, che esaminava Grace. Il vestito malfatto le stava scivolando dalla spalla, aveva le mani giunte in grembo; mentre seguiva la preghiera si accigliò come sua zia. Nathan la guardava con la stessa espressione perplessa di quando lei aveva rifiutato di stringergli la mano ad Aldwinter, e Thomas, capendo che il ragazzo era stato tormentato dal desiderio, lo invidiava e lo compativa al tempo stesso.

«Nel nome dell'amore di nostro Signore Gesù» disse Ronald. «Amen».

«Amen» disse lo sconosciuto, e Ronald lo guardò con un'aria di solenne approvazione.

Insieme Grace e Anne presero il cappotto dello sconosciuto e lo appesero all'ingresso, fingendo di non notare il tanfo che emanava. Ronald gli indicò una sedia migliore. «Lì starà più comodo» disse. «E ora forse dobbiamo dare i regali a Grace». Ma evidentemente quello era un compito da donne, quindi si allontanò dalla figlia, e avanzò Anne con il regalo più piccolo e quello più grande, e disse: «Tanti auguri» arrossendo lievemente per la timidezza, come se avesse paura di essere contraddetta.

«Charles Haddon Spurgeon» disse Ronald mentre Grace apriva il libro. «Crescete in quella grazia che è fondamento della fede».

«Grazie» disse Grace, «grazie» – accarezzò il libro, e ne fu commossa. Poi si rivolse rapida al dono più piccolo e, dato che era sempre stata sensibile alla bellezza, aprì la scatoletta dorata con una fretta indecente, e le cadde, quindi ci volle un po' per recuperare la catenina d'oro dalla moquette. «Ah» disse, esaminando la medaglietta, ed essendo una figlia della Bethesda riconobbe il greco biblico quando lo vide: «Ah, è il mio nome? Grazie, grazie». Si lasciò allacciare la catenina sulla nuca da sua zia, continuando a sorridere raggiante di gioia incontenibile a tutti gli astanti. «Non è stupenda? Non è la cosa più bella che avete mai visto?»

«Molto graziosa» disse Lorna, sbattendo le palpebre. «Che compleanno adorabile. Però» disse con un sospiro, e abbassando le palpebre affranta, «qui dentro c'è un odore strano, molto spiacevole. E, cara Grace, mi chiedevo se non sarebbe il caso che ti cambiassi d'abito. Hai creato tu questo vestito? A occhio direi di sì. Che cosa carina. Sei stata molto brava. Ma vedi: ti sta quasi cadendo di dosso, e sono sicura che tuo padre ti vorrebbe vedere decente. Scusa se mi permetto. Non mi sto dando arie, dico le cose come stanno». Guardò Ronald con una smorfia di civetteria calcolata, ma scoprì che lui si stava occupando dello sconosciuto. «Sappiamo come si chiama?» chiese. Ma loro non lo sapevano e a nessuno piaceva fare domande.

«Che ragazzina adorabile, vero?» chiese Lorna, spostando gli occhietti da merlo avido su Nathan, mentre si rassettava la gonna di raso. «Sono sicura che tu ci hai fatto caso». Gli mise una mano bianca sulla manica. «Gli uomini fanno caso a queste cose, non è vero?»

Sembrava che Nathan si vergognasse di lei, e di sé stesso, e di Grace, e di tutte le persone in quella stanzetta calda. «Non ci ho mai pensato» disse.

«E non c'è nemmeno tanta gente» disse Lorna con un sospiro, sprigionando folate del suo profumo talcato. «Non ha nessun amico questa ragazza? Eppure, dove sono due o tre riuniti nel mio nome, c'è Cristo in mezzo a loro».

Nathan diede una rapida occhiata verso la porta, come se fosse arrivato il Redentore in taxi, in ritardo per colpa del traffico, pronto a incitarli a comportarsi bene.

Passò un po' di tempo. «Tanti auguri a te» le cantarono, con tutte le seconde voci che un battista che si rispetti impara in chiesa, e Grace spense le candeline, e il vecchio trovatello mangiò bene grazie al cibo di Anne Macaulay. Ora la cometa si stava allontanando dalla finestra, e Ronald, che si era fatto allegro, aveva acceso la radio e concesso che nella stanza entrasse della musica decorosa. «È diventata proprio una signorina, vero, signor Macaulay?» disse Lorna a Ronald, drizzando il capo, con un tono di confidenza come se conoscesse Grace Macaulay dalla nascita. «Grace, cara» disse, con la voce ben modulata che penetrava l'aria con facilità, «adesso che hai diciotto anni ci devi dire cosa vuoi fare della tua vita. Tua zia mi ha raccontato che non sei molto studiosa; ma forse sei nata per sposarti e avere bambini. Sarebbe una cosa naturale, la più naturale del mondo». Diede un'occhiataccia vacillante a Nathan, che si fece piccolo piccolo. «Una cosa naturale» ripeté, fece una pausa e ogni creatura presente nella stanza capì di essere un animale bipede in preda a desideri che non riusciva a capire né a contrastare. «Be'» disse Lorna – sospirò, e sorrise: tutta quella faccenda le dava piacere –. «Sono sicura che tuo padre vuole solo che tu sia felice».

«Felice?» disse Ronald, con il tono di un uomo che sta provando a esprimersi in una lingua straniera. «Non ho mai pensato alla felicità. Prego solo che diventi una serva del suo Padre Celeste».

«Credo di voler essere come Thomas» disse Grace. «Non intendo fare la giornalista, voglio solo che delle cose esistano nel mondo perché sono esistita io che le ho create. Sapere che ho lasciato un segno mi renderebbe felice».

«E secondo noi il signor Hart è felice, no?» Lorna aveva una voce dolce come quella di un pettirosso. Tutta la stanza esaminò Thomas e ne dubitò.

«È meglio sperare di essere appagati che non felici» disse Anne.

«Non pensare mai di emularmi, Grace» disse Thomas, con una risata. «Passo la vita a fare l'unica cosa che ho sempre ritenuto valesse la pena di fare, e per colpa di questo ogni mattina mi sveglio e mi sento un fallimento, a vivere in questa distanza tra quello che voglio ottenere e la mia capacità di farlo. Scrivere è così» disse: «null'altro che rovinare le cose toccandole».

«Ma allora non può smettere di provarci?» chiese Nathan, guardando Thomas con la stessa espressione sconcertata di quando era entrato alla Bethesda per la prima volta.

«Potrei farlo» disse Thomas. «Forse lo farò».

Nel frattempo Lorna si era avvicinata a Ronald, tanto da avere la testa bionda e dura all'altezza della sua spalla. «Signor Macaulay» disse, con un sospiro, come se secondo lei ci fosse della sofferenza in vista, «cosa farà con lei?» Mormorò e sbatté appena le palpebre, ma Ronald aveva l'attenzione ancora fissa sullo sconosciuto.

«In realtà mi stavo chiedendo cosa dovremmo fare con lui» disse, osservando con quanta rapidità aveva spazzolato il dolce che aveva nel piatto. «Che cosa provvidenziale. Oggi pomeriggio ho preparato un sermone sulle parole di Cristo quando ha detto: *Ogni volta che avete fatto queste cose a uno solo di questi miei fratelli più piccoli, l'avete fatto a me**».

«Quantomeno mi chiedo che cos'ha in quella borsa» disse Lorna. «Non mi stupirei se fossero oggetti rubati». Si avvicinò ancora di più. La gonna di raso frusciava mentre si muoveva. «Avete visto in che stato ha le mani? Ho già visto ferite del genere tra gli ubriaconi e i militari».

Ora Grace stava mostrando al vecchio l'anello che aveva al dito: «CARISSIMA, dice, e parla di me».

«Grace» disse Ronald, con il tono ammonitore che usava dal pulpito; evidentemente secondo lui bisognava porre fine a quella serata. Ma Thomas Hart si stava infilando il cappotto, e si rivolgeva a Ronald. «Me lo porto a casa mia» disse. Fu scortese di proposito e voltò le spalle a Lorna.

Grace gli lanciò un'occhiata rapida. «Sì, prendilo e portalo nella tua bella casa» disse. «Non è molto gentile da parte di Thomas?» disse, e Ronald le diede atto che era così.

L'espressione di Lorna, che si era alterata quando Thomas l'aveva soppiantata, si ricompose di nuovo in un'aria di dolcezza. Si materializzò dall'altra parte di Ronald e gli posò la manina nell'incavo del gomito con un gesto che lo ridusse al silenzio per lo stupore. «Sì» disse, abbassando le palpebre luccicanti mentre squadrava

* Vangelo secondo Matteo 25:40 (*N.d.T.*).

Thomas con quel suo terribile sguardo giudicante. «Sì, credo che per lei sarebbe una cosa molto gradevole, signor Hart» disse. La sua voce raggiunse tutti – la cometa presenziava da vicino alla finestra; lei si diede pacchette ai riccioli che erano rimasti immobili per tutta la sera. «Mi immagino che le piacerà» – stava sorridendo – «mi viene da pensare che a lei piaccia abbastanza la compagnia degli uomini. Che bellezza: un altro uomo in giro per la casa!»

Anne Macaulay abbassò gli occhi sulla sua torta, e lasciò lì le roselline rotte con le impronte dei suoi pollici. Il vagabondo dormiva. Ronald, per il quale il mondo era lastricato di colpa, non vedeva alcun pericolo davanti a sé. «Be'» disse. «Si è fatto tardi».

«In che senso?» chiese Grace. Si alzò da terra con difficoltà, perché aveva i piedi impigliati nelle sottane, e guardò Thomas, che faceva fatica a infilarsi i guanti.

«Non è qualcosa di cui dovrebbe preoccuparsi» – Lorna guardò fisso Ronald – «ma di sicuro avrei pensato che...» La fine della sua frase, seppure non detta, incombeva sopra la tavola. «Non voglio essere arrogante» disse ancora, con il corpicino violetto che sembrava essersi rimpicciolito, facendosi più compatto, e le palpebre pittate semichiuse. «Il giusto che vacilla davanti all'empio» disse, ripulendosi qualcosa da sotto l'unghia, «è come un pozzo inquinato».

«Ma lei perché è venuta?» disse Grace, frapponendosi tra Thomas e la donna. «Questo non è il suo posto – lei non ha niente a che fare con noi».

Lorna Greene fece spallucce, facendo frusciare il raso sotto le ascelle. «Se hai letto bene la Bibbia saprai che le cattive compagnie corrompono i buoni costumi...»

«Ma di cosa sta parlando?» disse Grace, la rabbia amplificata dallo sconcerto. «Se lui è cattivo lo sono anch'io, e anche lei, e anche noi tutti – se ne vada, e basta. Se ne vada! Nessuno di noi la vuole qui».

Lorna si tirò giù i polsini, calma. «Che serata piacevole» disse. «È stato un tale piacere intrattenermi con voi.

Cara Anne! Si sta facendo tardi, e temo che Grace si sia stancata troppo, e sia andata su di giri, come capita spesso ai bambini».

Ma Anne constatò con dolore che la bambina che era arrivata ad amare non c'era più, e che ora le sarebbe toccato imparare ad amare questa sconosciuta che era ritornata dal Blackwater e aveva preso il suo posto. «Devi proprio andare?» chiese Anne, senza fare nulla per battere sul tempo la donna che si stava avvicinando alla porta. «Devi davvero andare?»

«Sì» rispose Lorna, «ma non vedo l'ora di rivedere tutti». Baciò Anne, con le labbra che frusciavano come la seta che indossava, e i capelli gialli immobili. «Dio vi benedica» disse, avviandosi fuori dalla porta aperta, spandendo parole che la ripetizione privava di significato; arrivata sulla soglia si girò, e lanciò un'ultima occhiata calma alla finestra, attraverso la quale si vedeva il vagabondo che si era rimesso il cappotto scarlatto e alzava le braccia come se fosse in cerca di un abbraccio.

«Mi dica come si chiama» disse Thomas Hart, «visto che le ho detto il mio nome». Se n'era andato dalla festa con lo sconosciuto e lo aveva portato al Cimitero dei poveri. Lì avevano slegato il telone dal nocciolo e arrotolato la moquette, e per tutto il tempo le ghiandaie avevano fatto notare l'ora tarda. Poi Thomas si era portato a casa lo sconosciuto e, dato che si dimostrava docile e infantile, lo aveva messo nella vasca da bagno e lo aveva lavato senza difficoltà o imbarazzo. Gli aveva tolto il sudiciume dalla schiena e dalle natiche, e dalle ascelle ridotte all'osso; aveva scoperto vecchie ferite che si ulceravano sulle caviglie danneggiate da scarponi difettosi, e le aveva immerse in acqua bollita in cui aveva sciolto un cucchiaino di sale di Maldon; gli aveva tagliato i capelli fino al cuoio capelluto bruciato dal sole, e tra le ciocche tagliate aveva trovato creature viventi, quindi le aveva buttate nella pattumiera della cucina. Tutto questo aveva fatto scoppiare l'uomo in lacrime nell'acqua del bagno.

«Quando ero giovane» disse Thomas, versando olio di rosa dopo aver cambiato l'acqua per la seconda volta, «i ragazzi e gli uomini che conoscevo cominciarono ad ammalarsi, uno dopo l'altro. Nessuno sapeva da dove arrivava la malattia, o come chiamarla, solo che veniva a uomini come me. Dimagrivano. Avevano segni scuri sul corpo, come le macchie sulla pelle dei leopardi, e in bocca gli cresceva una specie di fungo bianco, fino a quando faticavano a mangiare – i giornali lo chiamavano il cancro dei gay, e i predicatori agli angoli di strada e dal pulpito della Bethesda dicevano che ce lo meritavamo. Ce lo meritavamo davvero? Potrei dirle i loro nomi. Potrei raccontarle come vivevano». Thomas fu assalito di colpo da un dolore che credeva di avere metabolizzato da tempo, e davanti a lui passarono il farmacista preparatore, il suonatore di corno, l'architetto fallito, il professore di lingue romanze, lo stuccatore, il ciclista scarso, lo studente, il proprietario sfinito di un bar a Wanstead, che alla fine avevano tutti chiesto un cuscino tra le ginocchia per stare più comodi a letto, e di poter vedere gli uccelli dalla finestra. «Un ragazzo che conoscevo morì nella settimana in cui avrebbe dovuto dare gli esami di maturità, e la sua famiglia non l'aveva voluto salvare; e così era toccato ai suoi amici fargli da infermieri e da madre, e ho scoperto che esistono davvero cose come il rantolo della morte, che la morte si può sbranare un uomo come un branco di lupi nella notte. Dopo, oltre a vergognarmi di me stesso, avevo anche paura».

L'uomo nella vasca accettò senza dire una parola quel racconto e l'acqua del bagno, e Thomas, che nel suo silenzio non scorgeva condanna e nemmeno incomprensione, disse: «Mi dica, dunque – che ne pensa? Si meritava di morire a diciott'anni perché era omosessuale? Crede che io sia cattivo – che io corrompa i miei amici parlando con loro? Crede che Dio si rifiuti di distruggere il mentitore e l'assassino ma costruisca un virus, in qualche laboratorio in paradiso, per tormentare uomini come me? Che il mio peccato sia più grande di tutti gli altri peccati che passano sotto silenzio? Non ha senso, e poi ho sempre pensato che Dio fosse una divinità razionale». Thomas si sentì diventare lagnoso, e si vergognò.

Lo sconosciuto nella vasca scosse il capo con un dolore tale che inglobava tutto il mondo. Poi Thomas, che l'aveva sollevato dall'acqua con una certa facilità, asciugò il vecchio corpo, e applicò della crema sulle mani screpolate e gonfie; poi, dopo avergli dato un pigiama e averlo fatto sedere su una poltrona vicino al fuoco e di fianco al vaso con i tagete, disse: «Adesso mi dica come si chiama».

Come se il rifiuto dello sconosciuto lo lasciasse indifferente, Thomas andò in cucina. Scaldò del latte con lo zucchero vanigliato in un pentolino di rame, e ne portò in tavola due bicchieri. «Qualsiasi cosa sia, e chiunque sia lei, non si deve vergognare» disse. «Non ci vuole molto per far finire chiunque nella stessa situazione. Un padrone di casa cattivo, per esempio. Una gamba rotta che non si aggiusta, fidarsi di pessimi consigli, un mutuo che viene negato per un soffio, ed eccoci qui: potrei esserci anch'io». (Thomas in realtà non ne era poi tanto convinto, ma voleva essere gentile.)

L'uomo fece per prendere il bicchiere di latte, poi sembrò che si guardasse le mani per la prima volta, fece una smorfia, si accigliò e non continuò il movimento. «Sono molto stanco» disse. «Mi può mettere a letto?» Cercò lo zaino, che per tutta la sera si era tenuto vicino, e i suoi movimenti goffi rivelarono una bottiglia vuota, seguita da un pacchetto avvolto in una tela bianca. Per prenderli sbatté il pollice monco contro la sedia; poi imprecò a lungo nella sua lingua e scoppiò di nuovo in lacrime.

«Lasci fare a me» disse Thomas. Posò sul tavolo la bottiglia e il pacchetto. Quest'ultimo aveva l'odore agrodolce del corpo del vagabondo, insieme a una nota di terra smossa. Thomas lo esaminò. «Ma questo è un libro» disse.

«Sì. Stia attento». L'uomo esaminò la bottiglia, e quando vide che era vuota imprecò un'altra volta.

Thomas tirò il rivestimento bianco, che si aprì facilmente, e trovò un libro scuro rilegato in pelle, con la costola rotta. La luce della lampada evidenziò il titolo inciso in oro sulla copertina, e Thomas, sporgendosi, lesse la parola ad alta voce: «*Amintiri*» disse. «Ho detto bene?»; e in un angolo della stanza, in punti specifici, si addensarono alcune ombre, assumendo la forma di sottane nere che venivano scrollate: Maria Văduva si stava schiarendo la gola.

Lo sconosciuto rise, con disprezzo divertito, e ripeté la parola tre volte con una cadenza che Thomas non sarebbe mai riuscito a immaginare. «Significa ricordi, o forse si può dire meglio: memoria. È in rumeno, la mia lingua madre. L'ho trovato vicino al posto dove dormivo, in una scatola rotta. Mi ha tenuto compagnia». Aprì con reverenza la copertina, e mostrò la pagina del titolo, che aveva resistito alla terra e al tempo. La scorse con il dito: «*Jurnalul Stelelor al Maria Văduva*» disse. «In inglese si potrebbe tradurre come: *Il diario delle stelle di Maria Văduva*».

Thomas sbottò in una esclamazione muta e rovesciò il latte che gli restava.

Lo sconosciuto si accigliò. «Questa cosa la turba?»

«Mi perdoni» disse Thomas. «È solo che in questi giorni ogni cosa che succede è del tutto sorprendente, ma anche interamente prevedibile». (Maria – spettro imbronciato, fantasma socievole – si tormentò le perle sul bordo della gonna, e ritornò borbottando nell'ombra.)

«Si aspettava questo libro – conosce questa donna». Era un'affermazione, non una domanda.

«È una mia vecchia amica».

«Ma è sicuramente morta».

«È sicuramente morta, sì. Ma quando, e perché? È un mistero». Thomas era consapevole della sensazione di una fiamma che si accendeva nella pancia – aspetta e vedrai, James Bower! Aspetta un po' a vedere che cosa ho in serbo per te! Sfogliò il libro: voci di diario imperscrutabili scritte con la calligrafia disordinata che ben conosceva, campi di stelle schizzati in cerchi di inchiostro nero. «Anche se forse possiamo risolverlo, se lei mi racconta cosa significa tutto questo».

«Forse lo farò. Ma prima per favore mi dia da bere qualcosa che non sia latte. Non sono un bambino».

«Le darò del whisky per aiutarla a dormire» rispose Thomas, «ma non più di questo» – gliene versò una dose adatta a un uomo di chiesa, e rimise a posto la bottiglia – «poi le racconterò il mio mistero se lei mi racconterà il suo. Occhio per occhio, dente per dente».

Lo sconosciuto lo guardò perplesso, e Thomas si sentì come se la sua implorazione a un re testardo fosse stata accolta. Era mezzanotte. La cometa aveva ricominciato a sorgere, e Maria Văduva sulla sua sedia vicino alla finestra se ne stava lì a compatirli in silenzio.

«Mi dia di più da bere» disse lo sconosciuto. «Non lo chiedo per piacere, ma per necessità. Mi chiamo Richard Dimitru Dines». Allungò il bicchiere. «Una volta ero un uomo di Dio. Me ne dia di più, Thomas. Comunque non sarà mai abbastanza».

Thomas, mentre ascoltava lo sconosciuto, all'inizio cominciò a scrivere con l'interesse accumulatorio del giornalista; ma dopo un paio di minuti posò la penna. Aveva esagerato. L'unica azione etica era quella di ascoltare e farsi testimone di quei semplici fatti: Richard Dimitru Dines, che la madre e la sorella chiamavano Dimi, aveva fatto il pastore in una chiesa di Bucarest nel momento in cui quella situazione lo metteva automaticamente in conflitto con lo Stato; ogni domenica sui gradini della chiesa lo aspettava del personale governativo che teneva il registro di tutti i membri della comunità, compresi i neonati; nel corso degli anni gli avevano tolto la casa e l'avevano accusato di sedizione e tradimento, e lo avevano imprigionato sottoterra nella sua città, in una prigione silenziosa nella quale i secondini portavano ciabatte di feltro per dissimulare il loro arrivo alla porta della cella.

«Poi ti portano in una stanza» disse Dimi, che faceva tremare la sedia con i tremiti del corpo, «e in quella stanza vedi che cosa fanno, e lo senti molto precisamente – ma non ci credi, perché crederci ti farebbe impazzire, proprio come sono pazzi gli uomini che lo fanno. Si sono accaniti molto a lungo sulle mie mani».

Thomas guardò la finestra in cerca della cometa, ma non la trovò.

«Adesso starà pensando che Dio mi ha abbandonato in quella cella e a quel martello, e quindi io l'ho abbandonato» disse Dimi. «Ma la verità è questa, e non è così facile da perdonare: Dio è stato un aiuto molto presente quando ero nei guai, ma alla fine dei guai è finito anche l'aiuto. In otto anni mi hanno smembrato come fa un bambino cattivo con una bambola. Poi è caduto il governo e l'Ovest è venuto a est, e quando mi hanno riportato alla luce sono stato cieco per una settimana, perché allora era tutto luminoso, le auto troppo rumorose, i ragazzi che ballavano musica in un'altra lingua. Sono tornato a predicare. Ogni settimana la comunità era sempre più piccola. Non si può servire Dio e mammona, capisce? Cominciai a odiarli. E poi non riuscivo a dormire».

Non riusciva a dormire, disse lo sconosciuto, e questo lo mandava fuori di testa: in piena notte andava in giro per le strade torcendosi forte le mani al meglio che poteva, e poi si ritrovava davanti ai cancelli della prigione, come un cane che ritorna in una casa dove è stato maltrattato. Quando leggeva la sua Bibbia i caratteri si sbavavano e non riusciva più a dargli alcun senso. Quando pregava sentiva solo la sensazione di sbattere la fronte su una lastra di vetro. La sua piccola congregazione di fedeli si sparpagliò altrove: ora la chiesa poteva essere un bar, una biblioteca, un negozio, che differenza faceva? «A volte dentro un fiume vedi un ramo» disse, «oppure qualcosa buttato dentro che deve andare dove va il fiume. E così sono finito sulla riva. E così sono arrivato qui».

«Ma non pensa che sia così per tutti noi?» chiese Thomas, nascondendo la pietà che provava. «Anche se non vedo mai un fiume – vedo i movimenti dei corpi in orbita, attratti da forze luminose come il Sole, e da altre forze completamente invisibili. Forse lei ha visto la chiesetta vicino al Cimitero dei poveri e questo l'ha fatta scendere dalla sua orbita – quindi forse sente ancora il calore del sole di Dio».

«Forse» disse Dines. Poi guardò l'altro uomo come se fosse di nuovo sul suo pulpito, e vedesse Thomas tra i banchi. «E per lei com'è?» gli chiese. «Secondo me forse lei è un uomo che dà le spalle al sole».

«Il mio problema è che ho due soli» rispose Thomas, «e nessuno dei due è più forte dell'altro. Alla Bethesda sono il più vile dei peccatori e a Londra sono il più strano dei santi e non sono a mio agio mai, da nessuna parte. Adesso vada a dormire, vecchio, l'aiuto ad alzarsi: del mistero ci possiamo occupare domani. Poi le racconterò di James Bower, e della conoscenza degli sconosciuti, e di come stiamo dando la caccia a Maria Văduva».

Mattina. Niente sole, niente stelle: il treno delle 6:23 per Liverpool Street fece sbattere le finestre nel telaio, e l'alba filtrò su Lower Bridge Road. Richard Dimitru Dines si svegliò esterrefatto di trovare a portata di mano un bicchiere d'acqua, e lo bevve chinandocisi sopra e accostando la bocca all'orlo, perché la mattina presto le mani non gli funzionavano. Era altrettanto esterrefatto per il materasso e le lenzuola, e il tappetino di montone ai suoi piedi era un miracolo. In casa c'era silenzio. I radiatori ticchettavano. Il dolore si attenuò. Presto si alzò a sedere appoggiandosi al cuscino e cercò compagnia nel libro malconcio. E quindi Maria Văduva lo guardava dai piedi del letto, pulendo una lente con un panno morbido e chiaro, e aveva grossi fili d'argento sull'orlo della gonna: *Per tutto il giorno ha soffiato un vento caldo*, diceva. *Allora sono scesa da sola nel punto in cui i muratori lavoravano al cantiere, ma se n'erano andati tutti…*

Lowlands House
29 luglio 1888

Lucifero arriva ogni mattina all'alba – arriva come un amante alla finestra – e così mi precipito fuori di corsa e non riesco mai ad avvicinarmi – mi sembra nient'altro che la foto di una perla sfocata – poi penso a M., e mi ricordo che nemmeno a lui riuscivo ad avvicinarmi, come se fosse contenuto nella lente del telescopio – e ricasco nelle mie vecchie abitudini amorose – che per me sono umilianti –

Maltempo nella notte. L'Essex è rinchiuso in una nuvola che somiglia a una bara – proprio come io sono rinchiusa nelle mie sottovesti di prati, nella mia seta e nei granati, nei miei involucri di carta da parati, tappezzeria, intonaco e mattoni! La sera tardi ho letto l'*Iliade* – credo che come guerriera me la sarei cavata altrettanto bene che come peccatrice – avrei dovuto ergermi sugli spalti come Ettore e affrontare le lancia di Achille ridendo dietro lo scudo – periremo, ma gloriosi, e alle future genti qualche bel fatto porterà il mio nome.

19 agosto
Per tutto il giorno ha soffiato un vento caldo. Allora sono scesa da sola nel punto in cui i muratori lavoravano al cantiere, ma se n'erano andati tutti e la malta si seccava sui mattoni. Quale divinità arcigna può consentire di abitare

in un luogo del genere? È tutto duro e grigio e non contiene bellezza. Mentre ero lì sono arrivati uomini e donne a intonare canti religiosi sul prato – avevano voci dolci e sono riusciti a commuovermi nonostante il mio umore e la mia coscienza! – Mi sono nascosta dietro il muro del giardino e li ho ascoltati mentre pregavano per i peccatori. Credo che, se ne avessi avuto l'occasione, sarei stata una peccatrice –
E poi una notte rara, nera e luccicante, che mi ha fatta barcollare come se fossi ubriaca – ho rivolto il viso al cielo e ho visto che erano uscite le Perseidi a perforare Orione e Cassiopea – filamenti e lance di luce, una luce di un bianco totalmente incontaminato – poche, sulle prime – e poi a tempo debito un tale sciame che sembrava mi potessero affettare lì per lì, così che il povero John Bell sarebbe arrivato sul terrazzo all'ora prefissata e mi avrebbe trovata ridotta a strisce – e la Luna era all'ultimo quarto, e galleggiava nel campo visivo, come la vela di una nave gonfiata da venti forti –

Una volta C. mi ha chiesto perché mi prendevo quella briga: è per il piacere della conoscenza, mi chiede, per far conoscere il mio nome tra le genti? Le ho risposto che era così, che gli esseri umani non avrebbero mai dovuto pensare che i cieli fossero di loro proprietà, nonostante barattino la Terra e se la spartiscano – ma mentivo. Cosa mi importa degli encomi della gente? Cosa me ne farei del rispetto altrui? Lo faccio per un unico uomo – così da poter tirare giù le stelle e scagliarle alla sua porta, perché mi apra sentendo bussare così forte!

Era mattina in Lower Bridge Road e la casa stava assorbendo la sua solitaria ora di sole: profumo di caffè buono e di pane tostato; profumo di tulipani spampanati oltre il bordo del vaso. Una luce errante passava sul diario con la costola rotta, arrivando ai fogli di carta dai quali Dines stava traducendo in inglese Maria Văduva: *Credo che, se ne avessi avuto l'occasione, sarei stata una peccatrice* –

«Quando gli ho telefonato per avvisarlo gli ho detto che era benvenuto a qualsiasi ora» disse Thomas, «e che più tardi arrivava, più testo di Maria sarebbe riuscito a leggere, dato che lei era alacremente al lavoro». Dimitru si posò la mano sull'addome gonfio sotto i vestiti presi a prestito: passare un giorno o due in compagnia di Thomas Hart avrebbe reso chiunque satollo e più grasso.

«Dobbiamo dargli qualcosa di buono da mangiare» disse il vecchio, che aveva già acquisito le comodità di un inquilino. Si alzò e chiese se per caso in casa c'era del lievito, e farina, e uova fresche; se Thomas poteva reperire della marmellata. Thomas aveva del lievito. E anche marmellata di prugne e una dozzina di uova; e così Dines, seduto su uno sgabello in cucina, guidò Thomas nella preparazione dei pasticcini che aveva adorato da ragazzo, che (disse) somigliavano alla corona dell'ultimo re rumeno, che aveva abbandonato il trono per andare a tirare il collo alle galline in una fattoria di provincia. Quando ebbero finito e i pasticcini erano cosparsi di zucchero a raffreddarsi sulla griglia, i due per un po' lavorarono in silenzio tra i libri e le carte e il planisfero; anche se Thomas si scoprì ad avere tutta l'attenzione concentrata sul marciapiede fuori dalla finestra, riponendo le sue speranze nel rumore del cancelletto in giardino.

Nel frattempo James Bower, che stava arrivando da sotto l'arcata sgocciolante del ponte della ferrovia, si fermò all'angolo di Lower Bridge Road e rabbrividì.

A duecento metri da lì c'era Thomas Hart, pensò, nascosto in quella casa in cui il tempo si era fermato, con le tende che non venivano mai scostate, e gli aceri viola che stavano mettendo le gemme – e c'era anche un nuovo pezzo di Maria Văduva appena disseppellito dal Cimitero dei poveri. Fu di nuovo consapevole delle due sensazioni opposte che si manifestavano in lui quando pensava a Thomas. Avrebbero dovuto annullarsi a vicenda, ma non succedeva mai: quell'uomo al tempo stesso lo incuriosiva e lo lasciava perplesso, con le sue eleganti dimostrazioni di amicizia e quei sorrisini occasionali dall'aria complice. Quando si prendeva la briga di pensare a cosa distinguesse Thomas dai suoi altri amici, incocciava in una resistenza perché sarebbe stato difficile e seccante e se non altro (ecco che si cominciava a vedere la casa) Thomas Hart lo affrancava dalla noia, che era il suo peccato più inveterato. «Siamo solo amici» si rassicurava allegro. «Siamo solo amici»; ed ecco che Thomas veniva alla porta e aveva un'aria né più né meno soddisfatta di quello che avrebbe dovuto apparire.

«Dunque, James» gli disse, avvicinandolo a una sedia, «le devo presentare il mio buon amico. Si chiama Richard Dimitru Dines, anche se dice che dobbiamo chiamarlo Dimi. Mi dia il cappotto e prenda un pasticcino – Dimi dice che sono a forma di corona, anche se a me non sembra, e a lei? E poi le mostriamo quello che abbiamo scoperto». La stanza era tiepida. Sul tavolo un cerchio di mele avvolgeva un'arancia. Sul davanzale i giacinti sbocciavano da banchi di muschio nei vasi, emanando un profumo simile a quello di una donna che se n'era andata in fretta.

«Benvenuto» disse il vagabondo autoritario, guardandolo perplesso, «mi fa piacere conoscere l'amico di Thomas». Portava un maglione di lana verde di buona qualità e ciabatte foderate di montone: profumava di whisky e sapone. Alzò con difficoltà il piatto di pasticcini, James ne prese uno e lo spezzò. «Thomas mi ha raccontato che è stato lei a trovare il libro nel Cimitero dei poveri, giusto?» gli chiese.

«Sì. L'ho trovato io». (E qui l'impressione dell'orgoglio per aver supervisionato tutta la questione di Maria Văduva sin dall'inizio.) «L'ho visto che brillava nel fango. Il muro era costruito male e si è mosso, e sotto ho visto una scatola di metallo. Un'urna» disse Dimitru, scegliendo accuratamente la parola, ammirato di sé e della parola, «un'urna come quelle che si usano per le ossa».

«Sì» confermò Thomas. «Abbiamo turbato la sua sepoltura. Non c'è da stupirsi che ora mi perseguiti!» Fece un cenno come di saluto verso un angolo della stanza, dove non c'era nessuno seduto, e di sicuro nessuno alzò un sopracciglio nero e diritto.

James si ripulì le dita dallo zucchero. «Allora, dunque, perché non mi mostrate tutto?» chiese.

E quindi aprirono il diario sopra un cuscino basso per non danneggiare la costola rovinata, e Dines, toccando il titolo dorato con reverenza, disse: «Sono arrivato all'estate del 1889. Vede che ho fatto una traduzione. Mi sono sbrigato. Capisco che non era una donna felice: non aveva il trucco per la felicità, come per esempio alcuni non hanno il trucco di riuscire ad arrotolare la lingua».

James Bower girò attentamente le pagine del diario e, dato che non era in grado di decifrare le scritte, guardò piuttosto i disegni intervallati nel testo. «È così ovvio» disse, «quanto siamo stati stupidi a non capirlo. Guardi qui, Thomas, le fasi lunari – e qui una galassia, immagino, come acqua che scende nello scarico di un lavandino…»

«Andromeda» rispose Thomas: «Messier 31, la nostra

vicina più prossima, che una volta chiamavano la Piccola Nube...»

«E quindi questo è rumeno. Non lo avevo mai visto» disse James, «non ho mai conosciuto un rumeno. Avrei creduto che fosse italiano». Provò a pronunciare una parola o due.

Dimitru rise. Mangiò un pasticcino. «La supplico, abbia pietà di un vecchio» gli disse, «lasci in pace la mia lingua. Forse che il mio popolo non ne ha sopportate a sufficienza? Ora mi chiederete che cosa so di questa donna. Vi racconterò che è molto intelligente, come vedete. Ho già detto che è infelice. Be', le donne intelligenti sono sempre infelici. E quando non è infelice è tutta in preda a una gioia stupida. È ricca. Si lamenta di avere il cuore spezzato, ma lo cura come un animaletto e non vuole guarirlo nemmeno se potesse. Ho la bocca secca». Scoccò uno sguardo vivace a Thomas, che sospirò, e con l'aria di sottomettersi a una transazione ben nota e contraria alle sue intenzioni, prese una bottiglia e versò un bel po' di liquore all'ospite. «Sputi il rospo» gli disse.

«Guardate» disse Dimitru. «Vedete che in questo giorno la scrittura è affrettata. Le tremava la mano, forse? Guardate l'inchiostro. Forse qui si è rotta la penna. Thomas, me ne versi ancora. Adesso posso dirvelo. Questo è quello che ha scritto: *credo che la cosa grande* – anzi, no, mi correggo – *credo che la cosa enorme che bramavo finalmente sia successa* – poi parla d'amore eccetera». Il bicchiere era vuoto, la stanza tiepida: Dimitru fece uno sbadiglio immane. «Adesso voglio dormire».

«Una cosa enorme che bramava» disse Thomas, «e parla d'amore? Immagino che si tratti di quel suo M., che era andato nell'Essex a dirle che si era sbagliato, che in realtà l'amava, che non sapeva cosa gli era preso – Dimi, è già stanco di noi?»

James vide che ora il vecchio ciondolava la testa, come se all'interno si fosse rotto qualche meccanismo essenziale. «Lo lasciamo dormire?» chiese Thomas, sorridendo con quella curiosa aria di complicità, così che la stanza tiepida con l'aria profumata diventò all'improvviso molto intima. «Su, lo riscuota» disse James, «lo svegli» – per un attimo i due guardarono lo sconosciuto che dormiva, e sentirono entrare i rumori del vicinato. Subito oltre la finestra c'era una donna che gridava, in preda a materna irritazione – «Torna dentro» diceva, «ti ho detto di tornare dentro» – e riscosse Dines, che si svegliò. Si guardò intorno disorientato, con l'aria di non capire chi erano gli uomini, il tavolo con i blocchi per appunti, la donna che gridava alla finestra. «Che cosa mi avete fatto?» chiese. «Che cosa stavate facendo?»

«Dimi» disse Thomas, «va tutto bene. È tutto a posto, ed è così da molto tempo».

«Non fatelo, vi prego, non permettetegli di farlo» disse il vecchio. Si rannicchiò nella sedia coprendosi la testa con le mani e Thomas si avvicinò. «Su, Dimi» gli disse. «Le vede queste sedie, questo tavolo? Vede il sole che cerca di entrare? Siamo nell'Essex ed è primavera. È l'una e mezzo del pomeriggio. Si alzi, venga con me» – mise le braccia sotto quelle del vecchio, per sostenere il suo peso – «non pesa niente, vecchio. Non pesa proprio niente. Non ci metto molto» disse, girandosi verso James sulla soglia. «Non ci metto molto – mi può aspettare?»

James Bower, che aspettava tra le sedie vuote, in assenza degli altri due si sentì a disagio. Tutti gli oggetti che aveva intorno erano troppo grandi e di colori troppo vivaci, e l'odore dei tulipani marcio come quello di uno stagno. Girò le pagine del diario – «*Alle future genti qualche bel fatto porterà il mio nome*», lesse ad alta voce; e pensò, sì, certo, questo vale anche per me! Si guardò intorno, aspettandosi di trovarsi in compagnia: di vedere Maria Văduva che si calava dal soffitto come se fosse appesa a delle corde, sconvolta per tutto il suo amore respinto, con gocce di perle che cadevano dal bordo della sottana.

«Mi scusi» disse Thomas rientrando nella stanza. «Dimi non è mai del tutto presente; in parte rimane sempre laggiù, a volte così nel profondo che è impossibile raggiungerlo. Non se ne vada ancora, per favore. Non vada. Il caffè è ancora caldo».

«Ci ha messo del lavoro di qualità» disse James, guardando di nuovo il taccuino. «E dovremmo pagarlo. Ma ci faccia caso: si è fermato proprio in questo punto, come se volesse schernirci!»

«Ci schernisce davvero, e lo stesso vale per Maria» disse Thomas, allontanando il taccuino. «Ma comunque capisco sempre di più che cosa la spingeva ad amare le stelle tanto quanto l'uomo che non la ricambiava: vede queste mele, questa arancia? Cerco di imparare come interagiscono le orbite dei pianeti, ma appena capisco la meccanica, mi sfugge subito. È una cosa talmente strana, molto più sorprendente di quello che sapevo: vuole che le racconti quello che ho scoperto sulla Luna?»

«Sì, grazie».

«Dicono che una volta girava più velocemente sul suo asse, ma il rapporto di forze tra la Terra e la Luna l'ha fatta rallentare, e così il tempo che impiega la Luna per fare un giro completo è finito per equivalere al tempo impiegato per girare intorno alla Terra, e un giorno lunare è diventato la stessa cosa di un anno lunare. La chiamano rotazione sincrona, che è l'influsso reciproco della Terra sulla Luna e viceversa. Si potrebbe dire che il Sole domina la Terra e la Terra domina la Luna – ma la Luna non è indifesa, anche lei ha i suoi poteri! E quindi ci sono le maree, e anche il terreno si solleva quando la Luna ci passa sopra: di sicuro uno dei due corpi celesti è più forte, ma il più debole non è inefficace. E mi hanno detto che anche la rotazione della Terra sta rallentando, così che alla fine una faccia starà di fronte alla stessa faccia della Luna in eterno, e metà del mondo non vedrà mai la Luna – ahia» disse (James guardò l'ora e fece una smorfia). «Io sono Sherazade che cerca di rallentare il boia, e lei deve tornare al lavoro».

«In questi giorni faccio caso alla Luna» disse James Bower, «e non era mai capitato prima. Sì, devo andare: ma ci ritorneremo sopra quando Dimitru avrà finito il lavoro, e scopriremo che cosa ha trovato Maria, e dove è finita. E allora ci potrà scrivere sopra un libro, Thomas, mi ascolti bene» – si stava dirigendo verso la porta – «ci scriverà un libro, e sarà la sua opera migliore, e la potrà dedicare a me».

Dato che la domenica seguente era Pasqua, ogni chiesa dell'Essex si preparava a celebrare la resurrezione del figlio di Dio. Nelle cattedrali di Chelmsford e Brentwood cori nervosi si disponevano al loro posto, e i cleristori si tenevano pronti con gli alleluia; nel freddo tempio di pietra della cappella di St Peter-on-the-Wall avevano reciso tulipani bianchi per i vasi bianchi sulle tovaglie da altare bianche, e nel raggio di un chilometro intorno al promontorio i reattori bianchi della centrale nucleare di Magnox sembravano tombe vuote dove erano stati sepolti dei giganti.

Ma la chiesetta di Bethesda, la vecchia dissidente, non sapeva cosa farsene della Pasqua. Rifiutava il calendario sacro con l'energia di Martin Lutero che fa volare via l'ostia dalla mano di un prete con uno schiaffo, e alla Pasqua riservava tutta l'attenzione che riservava anche al Natale, cioè proprio nessuna. Ma per puro caso questo era anche il giorno dell'anniversario del pastore, e dato che aveva occupato quel pulpito per quasi trent'anni non si trattava di un sabato normale. «Nel pomeriggio ci sarà una messa di ringraziamento» disse Thomas, mentre puliva il cappotto di velluto rosso con della trielina, «e poi prenderemo il tè, e di nuovo ci sarà un'altra messa la sera. Non occorre che lei venga» disse, tenendo conto dei dubbi e della vergogna del vecchio, «può restare a fare compagnia a Maria».

Dimitru rispose: «Non è un problema. E per lei?»

Thomas si occupò di un bottone che si stava staccando. «Se crede che la malignità di quella donna mi impedisca di andare in chiesa, si sbaglia. Più mi mandano via dalla chiesa più ho voglia di sedermi nel banco, e più mi dicono di rinunciare alla mondanità, più divento mondano. E così vede bene che non mi aspetto di diventare mai un uomo felice: ora si alzi, e metta giù Maria, altrimenti arriviamo a predica già iniziata».

I due uomini trovarono la chiesetta mutata nel bel clima primaverile. I dischi colorati sulla vetrata erano liquidi e vivaci e un vento da ovest agitava l'aria. I gabbiani trasportati da St Osyth e da Walton-on-the-Naze volavano stridendo sopra il tetto; a Lowlands Park c'era un luna park e sopra il vecchio armonium si sentiva l'allegria giuliva dei ballerini di valzer.

Erano in ritardo. Le luci lattiginose della chiesetta brillavano sulle catene di ferro. I banchi erano pieni, con i fedeli che erano venuti da posti lontani come Prittlewell e Aldwinter e dal Suffolk a rendere grazie per la conservazione dei santi in generale, e del pastore in particolare. Al loro ingresso alcuni si voltarono, e videro l'uomo ben noto e quello ignoto e sorrisero impassibili per un attimo, poi tornarono a guardare il pulpito. Dines si sedette stringendo lo zaino ed esaminò la chiesetta senza dare segnali evidenti di disagio. Al suo fianco Thomas esaminò le donne e le ragazze che aprivano la Bibbia e il messale con devozione meccanica, il capo modestamente coperto da cappelli di paglia o cloche di feltro nero, e le decine di uomini e ragazzi con i completi neri della festa. C'era Lorna con una camicetta bianca sottile che mostrava l'involucro duro e complicato della sua biancheria intima; c'era il diacono anziano che entrava solenne nel pulpito: «*State lieti*» lesse strizzando gli occhi per vedere meglio il leggio, «*tendete alla perfezione, fatevi coraggio a vicenda, abbiate gli stessi sentimenti, vivete in pace*»*. Le donne

* Seconda lettera di san Paolo ai Corinzi 13:11 (*N.d.T.*).

erano andate nella chiesetta la mattina presto a pulire, sollevando polvere che vorticava ancora dalla galleria, e Thomas si immaginò che fosse tutto pulviscolo astronomico, sparpagliato dagli anelli di Saturno per depositarsi sulle pagine del suo messale. All'improvviso fu colpito dalla coscienza annichilente della sua piccolezza: ma non importa niente, pensò stralunato, poggiando la schiena allo schienale del banco: per quanto ci sforziamo, non siamo altro che formiche su un masso in un fiume diretto verso il mare. Poi si alzarono in piedi, cantando: «*Quant'è profondo l'amore di Gesù, vasto, incommensurabile, libero, sconfinato*» e Thomas pensò ad altri amori, che non erano stati liberi né sconfinati, ma più a portata di mano dell'amore di Dio. Alzò gli occhi alla galleria e vide Grace Macaulay che si sporgeva dalla balconata sopra l'orologio, con un abito di un rigido tessuto azzurro abbottonato fino al collo, che le dava un'aria austera. E lassù c'era anche Nathan (Thomas si spaventò, e la sua esclamazione fu mascherata dal canto sacro), che in camicia e cravatta sembrava un ragazzino perso dentro vestiti presi a prestito. Erano da soli lassù, nei banchi di famiglia che si potevano chiudere con un chiavistello, dove una volta Thomas ragazzo aveva trovato un bigliettino infilato tra sedile e bracciolo – *Mi baci egli de' baci della sua bocca**, recitava il bigliettino, e lo aveva turbato per intere settimane. Poi parlò il pastore, e sotto il tetto della Bethesda tutto fu pallido, fresco, sereno: i muri che emanavano il freddo dell'intonaco e dei mattoni, il soffitto a volta e le luci sognanti, la tovaglia sulla tavola della comunione, erano tutti immobili e bianchi come ricoperti dal gelo. Thomas vide le luci del luna park dalla vetrata dietro il pulpito, e sentì in lontananza il basso delle canzoni pop che aveva un effetto strano insieme al silenzio della chiesetta, e i campanellini suonavano mentre la gente vinceva premi e perdeva denaro. «Per la gloria di Dio» disse il pastore. «Amen»; poi l'armonium prese fiato a lungo per l'ultimo

* Cantico dei cantici 1:2 (*N.d.T.*).

canto, e Thomas Hart si alzò insieme agli altri fedeli. Si girò a guardare di nuovo la galleria: Grace aveva posato il suo messale. Né lei né Nathan erano in piedi o cantavano come era prescritto, e invece erano appoggiati sul balcone, guardandosi e parlando sottovoce. Grace si era tolta il cappello. Come avrebbe fatto Thomas a spiegare a quelli che erano diretti al luna park, ai passeggeri delle auto ferme al semaforo di London Road, ai ragazzini che spelavano la buccia argentata delle uova di Pasqua alla luce di schermi televisivi, quanto era indecente e provocatorio quel gesto? Era una donna a capo scoperto nella casa di Dio, e tanto valeva allora tirarsi su la gonna fino alle cosce – e poi Grace, con gesti studiati che lui non le aveva mai visto prima, si raccolse i capelli sulla testa per poi lasciarli cadere, e ripeté il gesto. Davanti a lui, tre banchi più in giù, il cappello bianco di Lorna tremolò. Si girò con il naso che si muoveva come quello di un animaletto che annusava l'aria; alzò gli occhi e vide Grace. Alzò e abbassò le palpebre luccicanti, poi guardò attentamente Thomas, con un sorriso di consapevolezza e soddisfazione. Poi il canto era finito e l'ultima nota dell'armonium era sfumata tra le lampade attese. «*A colui che è in grado di preservarvi da ogni caduta*» disse il pastore chinandosi sul leggio «*e di farvi comparire irreprensibili e con giubilo davanti alla presenza della sua gloria*»* – e Thomas pensò: la cosa difficile è che alcuni di noi preferirebbero cadere.

«Amen» disse il pastore.

«Amen» dissero i fedeli.

Thomas disse: «Amen».

I fedeli uscirono dal buio della chiesetta nella luce normale e si salutarono condividendo l'amicizia in Dio e facendo commenti su quanto era stata rassicurante la predica, e grazie al cielo stava arrivando la primavera; poi si ritirarono nella sala fredda e scura dietro la chiesetta e presero posto su tavoli a cavalletti coperti da tovaglie

* Lettera di Giuda 1:24-25 (*N.d.T.*).

bianche. Su ciascuno di essi stava un thermos argentato per il tè. C'erano tazze e piattini di un verde chiaro ospedaliero, e panini di pane integrale a fette sottili con la banana e i datteri bolliti; panini alla salsiccia che perdevano grasso, e una specie di torta glassata che nessuno aveva mai visto da nessuna parte, e che era tipica della Bethesda tanto quanto i canti religiosi e l'armonium. L'aria profumava di zucchero e di tè e i fedeli resero grazie cantando più forte dei rumori del luna park. Thomas distribuì il tè ed era l'unico uomo alla Bethesda che aveva mai pensato di fare una cosa del genere.

Nel frattempo Dimitru nascondeva le mani nelle pieghe del cappotto rosso, raccontava a chiunque lo ascoltasse che era proprio l'uomo che per un periodo aveva vissuto nel Cimitero dei poveri, con le volpi e le ghiandaie come vicine di casa; e che era davvero rumeno e gli mancava la sua città di nascita (solo Thomas lo vide bere sorsetti imploranti da una bottiglia nascosta nello zaino insieme a Maria).

Lì vicino Grace e Nathan scrivevano a turno su un pezzo di carta, ridendo e nascondendo quello che avevano scritto. Dietro di loro stavano appesi i dieci comandamenti in una grafia nera e minacciosa, dentro cornici immense in legno di quercia (l'umidità dell'Essex era entrata sotto il vetro e aveva sbavato l'inchiostro, quindi ormai non si distingueva bene la falsa testimonianza dall'adulterio); e, in un angolo, una bimba graziosa con la magiostrina rosa suonava lentamente al pianoforte scordato *Resta con me.*

Thomas versò il tè con la soddisfazione stralunata di un uomo che si affidava a un sedativo e si era dimenticato per un attimo la spina che aveva nella carne. Poi l'atmosfera si modificò: si sentì un profumo di talco come quello di un bambino viziato, il fruscio di un raso talmente dozzinale da creare elettricità statica – il thermos era freddo, tempestato di rivoletti d'acqua che scendevano ad annerire la tovaglia. Lorna Greene, con il cappellino bianco fisso e tremolante sulla fronte, stava attraversando lenta lo spazio fra i tavoli, tirandosi dietro Anne e sussurrando con bisbigli studiati per fendere l'aria intorpidita nella quale i vecchi sonnecchiavano davanti alla torta. «Penso solo alla bambina» diceva, «non vorrei vederti preoccupata per nessuna ragione al mondo, cara Anne, però vedi» – indicò i posti vuoti a tavola – «vedi: è sparita, e il ragazzo con lei». Riuscì a infilare ogni possibile malvagità in quelle parole. Anne aveva un'espressione infelice. Thomas vide che Grace era sparita lasciando lì il cappello. «Signor Macaulay» disse Lorna, alzando lo sguardo compiacente e addolorato su Ronald, «signor Macaulay, temo che la cara Grace sia sparita. Probabilmente è andata alla Fiera delle Vanità, forse il ragazzino l'ha indotta in tentazione» – e civettava da dietro le ciglia pittate, biasimando lo stesso peccato che in quel momento istigava – «e davvero mi ero detta: mi sorprendo che il signor Macaulay lasci entrare sotto il suo tetto un ragazzino così scafato!»

«Sono solo andati a fare una passeggiata» disse Anne. «È una così bella giornata». La bambina al pianoforte sbagliò la melodia e sbatté giù il coperchio, e senza quel sottofondo sentirono la musica dei ballerini di valzer.

«Forse dovremmo andarla a cercare» disse Lorna, dando una pacchetta sul braccio ad Anne con un gesto studiato per provocare inquietudine sotto le mentite spoglie della rassicurazione, «forse il signor Macaulay...» Thomas sentì le grida dei bambini e dei venditori ambulanti, e una salva di batteria e basso che sembrava assurda davanti ai thermos del tè e alle tovaglie immacolate. «Ah, se la caverà benissimo» disse, ma proprio in quel momento nel rumore del luna park qualcosa si modificò: una serie di voci che gridavano allarmate si librarono sopra la musica, e Thomas si sentì risalire tutto quello che aveva mangiato: *Pericolo*, pensò, *pericolo*, e la parola gli risuonava dolorosa nella testa. Si ricordò quella stessa gente in quella stessa sala, e tra loro una lattante, la cui madre era morta, che lo aveva conquistato con i suoi occhi dalla lucentezza neonata che ha l'olio sul pelo dell'acqua: «Secondo me se la caverà benissimo» disse, dubitando che fosse così. Si sentì di nuovo il grido e Thomas avvertì una stretta di preoccupazione al cuore così improvvisa che senza pensarci o spiegare si mise a correre, e sentì l'esclamazione sorpresa di Anne dietro di lui, e Dimitru che grugniva nel sonno. Uscì alla luce e risalì inciampando il prato della Bethesda fino alla fila delle betulle bianche; ma ora il grido si perdeva sotto la musica e le risate dei bambini, ed ecco di nuovo il dubbio – era solo il rumore della folla, e il sussurro di Lorna: nessun pericolo, niente di male.

Attraversando le betulle bianche si trovò al limitare di Lowlands Park, e da quella posizione privilegiata vide la gente che gironzolava tra le giostre, e i ragazzi che prendevano la mira per colpire cavalli imprigionati nelle loro strade di plastica, e desiderava disperatamente essere tra di loro. Dietro di lui alla Bethesda c'erano i soliti placidi visi femminili ombreggiati dai loro cappelli sobri, e i soliti uomini solenni che sorridevano cauti dietro la barba – ma qui c'era tutto il mondo, convulso e felice e incurante della propria anima, ammesso che ne avesse una: ragazzine liberate dalla divisa scolastica per strizzarsi in gonne o jeans, e madri perbene che badavano ai passeggini; ragazzi a petto nudo che sfidavano uomini più grossi e poi correvano ai ripari; donne dell'età che avrebbe avuto sua madre, mezze brille di vino, che gridavano di biasimo o di piacere.

Thomas attraversò l'aria spessa di zucchero filato, ed ecco un *helter-skelter* dipinto come l'insegna di un barbiere, e uno scheletro appeso a un cappio che pendeva dal tetto affrescato di una casa dipinta: c'erano bambini che cavalcavano unicorni che sgroppavano sui pali da cui erano trafitti, sull'erba erano sparpagliati biglietti di carta. Thomas si sentì sfrenato: era davvero troppo vecchio per la giostra, troppo vecchio per scendere da uno scivolo gigante a cavallo del materassino azzurro? Ma d'altra parte (un rumore lì vicino lo richiamò all'ordine), dov'era quella bambina infelice di Grace, e dov'era quel ragazzo infelice? Si fermò di colpo, come se avesse sentito un segnale, e di nuovo udì lo stesso grido di adunanza. *Pericolo*, pensò, c'era pericolo dopotutto: vicino a lui due ragazzi si fermarono di colpo, indicarono davanti a sé e risero senza piacere. Lui sentì il rumore del metallo che si sforzava contro un ostacolo, e si girò insieme ai ragazzi, e vide una giostra a forma di nave che stava appesa capovolta sopra il luna park, con la vela di acciaio rosso che era come un immenso escavatore in bilico sull'erba. Una decina di avventori protetti dai maniglioni erano sospesi a testa in giù sopra il meccanismo, che faceva forza contro sé stesso con uno stridio; i capelli di una ragazza caddero giù verso i denti ingrassati del meccanismo. «Qualcosa è rimasto impigliato» disse uno dei ragazzi a Thomas, nel tono socievole degli sconosciuti che condividono una situazione catastrofica, «qualcosa si è rotto e si è impigliato». Thomas si sorprese a muoversi insieme alla folla verso la giostra, fino a che riuscì a scorgere la punta della vela a pochi centimetri dal terreno, e un uomo sdraiato lì vicino. Lì: silenzio in mezzo al rumore, e all'interno del silenzio un uomo che soffriva, spalancato dalla coscia al ginocchio. Si riusciva a scorgere la luminosità stupefacente del muscolo tagliato, e l'osso dal quale si era staccato in modo tanto netto da sembrare il taglio di un macellaio che preparava un pezzo di carne; di tanto in tanto un avventore appeso a testa in giù gridava aiuto, ma nella situazione di shock rispettoso che si era creata intorno all'uomo sembrava una cosa sconveniente, e nessuno alzava lo sguardo.

L'uomo aveva quasi perso i sensi. Aveva la testa in grembo a una ragazza che a volte gli dava pacchette sulla spalla con inutile affetto. «Guarda lì» disse il ragazzo a Thomas, solenne e fiero di sé. «Si è spezzato con un colpo netto». Thomas guardò e vide che in qualche modo un pezzo della vela della nave si era impigliata nel meccanismo ed era stata scagliata all'esterno.

Il pubblico era ebbro di catastrofe: una ragazza con le braccia piene di giocattoli di plastica gridò: «Mettigli una cintura intorno alla gamba o si dissangua qui davanti a noi!» E quanto sembra appagata, pensò Thomas, con il passare del tempo il fatto che era qui presente diventerà la caratteristica che andrà a definire il suo personaggio; poi arrivò la sirena di un'ambulanza, che tagliò l'aria con il suo moto pendolare. La folla confusa cominciò a spostarsi di qua e di là, trascinandosi dietro Thomas. Ci fu un attimo in cui si sentì sollevare come se sfiorasse il prato ferito con le punte delle scarpe; poi la sirena si fermò, lasciando un vuoto nel quale Thomas riusciva a udire i gemiti di dolore del ferito.

Qualcosa cedette nel movimento della giostra e con uno strepito la nave capovolta si spostò verso il basso fino a fermarsi. Quel moto violento alzò raffiche d'aria che fecero volare i biglietti di carta sul prato, e la folla spaventata si sparpagliò. Espulse Thomas e lo fece inciampare all'indietro, cercando invano un appiglio nell'aria. I tacchi gli scivolarono sull'erba smossa e per un attimo gli sembrò di essere in volo; poi inciampò di nuovo e sentì un colpo sull'anca. Veniva da dietro ed era talmente diretto e ben assestato da fargli pensare che lo stessero aggredendo, senza che avesse i mezzi per difendersi. Ma non arrivò altra violenza, e la folla stava arretrando, e dopo un attimo si ritrovò seduto da solo sul prato, ruzzolato a metà sopra il generatore d'acciaio che lo aveva ferito con la violenza precisa e disinteressata di un chirurgo. Non provava ancora dolore; ma con la chiaroveggenza della profezia capiva che si era lesionato qualche struttura necessaria che non sarebbe più tornata come prima.

Da un altoparlante lì vicino arrivava sparata della musica pop e Thomas si concentrò sulla melodia per calmare la nausea che lo stava cogliendo, e cercò di convincersi che fosse un inno religioso. Le grida diminuirono. L'uomo ferito non diceva nulla. Il tempo passava, o così pareva. Quando infine Thomas riuscì ad alzarsi facendo leva sul generatore, vide che la folla si era ridotta. L'ambulanza era partita senza far rumore. Una ragazza con il vestito insanguinato le corse dietro per un po', poi capì l'assurdità del suo gesto e indietreggiò. Il sole stava tramontando sulla vela rotta. Altrove le giostre funzionavano ancora e gli adolescenti vagavano di qua e di là senza scopo: c'era un'atmosfera clandestina, come se in segreto ognuno fosse sicuro di stare facendo qualcosa di sbagliato e temesse di essere scoperto.

Thomas attraversò il luna park a fatica. Era diretto alla Bethesda, ma gli era difficile mettere un piede davanti all'altro. Si era dimenticato di Grace. Era sicuro che nell'anca gli si fosse mosso qualcosa che non si sarebbe mai dovuto muovere, e fu quello che gli provocò il vomito mentre camminava. Lentamente arrivò ai bordi del luna park, dove nei caravan si stavano accendendo le luci, e avevano tirato fuori una sedia a sdraio appoggiata contro una quercia. Lì Thomas si sedette tra i mozziconi di sigarette, e il proprio grido di dolore lo sorprese. Calcolò l'ora dal sole che calava: presto alla Bethesda avrebbero ricominciato a cantare – presto avrebbe fatto buio e avrebbe visto sorgere la cometa. Fu preso da una soddisfazione stordita, che era agghiacciante: quanto sarebbe stato facile arrendersi a quella sensazione di vuoto, e farsi scambiare per l'arredo scartato di una casa stregata. «Su, Thomas, adesso ti alzi» si disse con affetto, ma non lo fece.

Ora: crepuscolo. Pallide cose visibili nell'aria fioca; movimenti lì vicino tra le querce ai bordi del parco, come se ci fosse stato del tessuto appeso a un ramo. Thomas avanzò, con il dolore crescente che sortiva quasi effetti estatici, a tal punto che passavano minuti in cui il mondo non era nient'altro che sensazioni. Quando si attenuò, la luce della sera si era di nuovo modificata, e il tessuto bianco si vedeva più chiaramente. «Ah» disse. «Sì, ho capito». Grace Macaulay con il suo brutto vestito era appoggiata a una quercia, e tirava e mollava la gonna con gesti strani e avventati, mentre Nathan la sbottonava dal collo alla vita. I bottoni lo mettevano in difficoltà. Aveva l'aria arrabbiata. Grace rise, poi il vestito si aprì come il carapace di uno scarabeo: «Vieni qui» disse. «Vieni qui».

Nathan la teneva per la spalla, e barcollò come se fosse mezzo sbronzo; poi infilò la mano nel corpetto ed emise un suono come quello di un uomo addolorato. Grace rise con una specie di tenera derisione e Thomas vide esterrefatto che il ragazzo non sapeva dove mettere le mani. Tirò il vestito e comparvero la spalla e il seno di Grace, e Thomas vide il pallore straordinario della sua pelle, attraversata dall'unico affluente di una vena. E poi si offrì al ragazzo e gli mise il seno in bocca, e si chinò a baciarlo sul cocuzzolo del capo, come se lo compatisse per via dello shock che la sua carne aveva ereditato.

Thomas restò a guardare confuso per l'invidia e il desiderio represso: per me non è mai stato così, pensò, e ora sono vecchio. Con l'istinto animale di trovare riparo, si diresse alla Bethesda. Dopo un po' gli sovvenne che sarebbe stato più facile andare a quattro zampe che camminare, così si abbassò a terra, e sentì il cuoio capelluto che gli si sollevava dal cranio, e con quello una fortissima diminuzione della pressione. In preda al delirio del dolore, Thomas vide che improvvisamente era sotto la luce impietosa del mezzogiorno. Il resto della folla, che si era zittita, si stava aprendo una persona alla volta per lasciar libero un sentiero e permettere a un uomo di attraversarlo ballando: James Bower, col viso all'insù, bello da vedere sotto quella strana luce perpendicolare, e dietro di lui Richard Dimitru Dines con il cappotto scarlatto, che spingeva un carrello della spesa che era stato nel fiume ad arrugginirsi. Dentro c'era Maria Văduva, che si reggeva a quel cocchio scalcagnato e cercava la Luna: «La cosa che tanto bramavo finalmente è successa» diceva.

«Aspettatemi, arrivo» disse Thomas; ma non lo aspettarono, e lui non riusciva a seguirli. La luce del mezzogiorno si spense. Arrivò il buio come una macchia dai confini della sua visione. James Bower si rimpicciolì fino a ridursi a uno spillo, e così il cappotto rosso e il carrello della spesa rovesciato. Thomas cadde all'indietro. La terra dell'Essex era morbida e lo accolse.

Era notte, ora. Niente nuvole: ecco le prime stelle. E

poi eccola lì, proprio lì: Hale-Bopp, la Grande Cometa dell'epoca, raggiante sopra il frontone di Lowlands, che cadeva lungo la costellazione di Perseo come l'ultimo degli angeli ribelli.

Nel frattempo, e prima della caduta: Grace Macaulay tornò alla chiesetta con Nathan e vide che i fedeli se n'erano andati tutti e le vetrate erano chiuse. Ronald aspettava di fianco al portale con sua zia, spostando di mano in mano le chiavi pesanti della chiesetta e stringendo la Bibbia sottobraccio. Grace si scusò frettolosa: erano andati a fare una passeggiata, disse, e avevano perso il senso del tempo. Poi si sentì il suono del cancello e di Lorna Greene che lo attraversava con il cappello bianco in testa, essendo riuscita a fare quello che si era prefissa. Si fermò per includerli tutti nel suo sguardo, dritti negli occhi, prima di abbassare le palpebre perlate e allontanarsi verso la città attraversando la sera. «Ah!» disse Grace, che ora capiva tutto chiaramente: Lorna doveva averli seguiti al luna park, e assistito al loro peccato, per poi correre a dirlo a suo padre, i cui capelli bianchi ora più che mai sembravano un'aureola che contrassegnava il suo stato di virtù. Grace non provava vergogna e nemmeno paura, e si portava ancora dietro il profumo della terra grassa sotto le querce, e l'indifferenza della natura nei confronti del peccato. «Vai a casa» disse a Nathan, sentendosi più vecchia di lui di vari anni, «è ora che andiamo tutti a casa».

«Sì, va bene» disse lui, sbattendo le palpebre, e obbedì. Grace lo guardò allontanarsi, e l'atto in sé scombussolò la sua calma con uno scoppio di rabbia intima e speciale come l'amore. Eccolo lì che se ne andava, spensierato e a suo agio, e nel frattempo il padre di Grace si stava dirigendo verso di lei, quando in fondo era stato Nathan a rompere la vetrata, non lei! E quindi dopotutto scoprì che aveva paura, e che era indolenzita e aveva un po' di nausea. «Mi dispiace» disse alla zia, che non la guardava negli occhi; ma si rese conto che non le dispiaceva per niente. Aveva paura, era vero, e adesso cominciava anche la vergogna; ma aveva paura di suo padre, e si vergognava di avere ferito sua zia. E finiva lì. Non le dispiaceva, perché non aveva peccato.

Ronald si mise in tasca le chiavi della chiesetta e passò davanti a sua figlia. «Entra in macchina, per favore» le disse, e Grace si sedette obbediente dietro la zia, alla quale tremavano le spalle nello sforzo di trattenere le lacrime. Nessuno parlava mentre si dirigevano verso la casa di Beechwood Avenue, dove nuove foglie stavano arrivando sulla betulla bianca, e Anne aveva già apparecchiato per la colazione.

Ronald Macaulay, mentre posava la Bibbia e si toglieva la giacca, parlò a Grace senza guardarla: doveva andare nella stanza dove lui dormiva da solo nel letto che una volta aveva condiviso con la moglie. Muta e incapace di richiamare alla memoria il viso di Nathan, lei obbedì al padre. La stanza era rivolta a nord. Era fredda di un'umidità penetrante che arrivava dall'argilla dell'Essex, e Grace cominciò a rabbrividire. Quello che restava della sua calma svanì. Aveva ferito sua zia, aveva ferito suo padre, probabilmente aveva ferito anche Dio. Una volta dal pulpito un uomo le aveva detto che nessun peccato era piccolo, e ogni peccato era un colpo di martello su un chiodo nel palmo di Cristo crocefisso: e così adesso sul muro dipinto lei vedeva la mano di un brav'uomo che si agitava convulsa su un pezzo di legno. Pensò a quanto in fretta se n'era andato Nathan, e quella rabbia intima ritornò, ed era sconvolgente: nessuno le aveva detto che era possibile amare ed essere arrabbiata. Sul letto c'erano due cuscini bianchi e su uno dei due l'impronta della testa di suo padre era piena di ombre. Per un po' Grace guardò il secondo cuscino e cercò di immaginarsi il colore dei capelli di sua madre al mattino, senza riuscirci.

Ronald entrò nella stanza, si sedette sul letto e cominciò a slacciarsi le scarpe. Impiegò moltissimo tempo. Alla luce della lampada i suoi capelli avevano un tono giallastro nauseante. Chiese a Grace se sapeva che quello che aveva fatto era sbagliato, e di nuovo lei mentì e rispose di sì. E capiva, chiese Ronald, che doveva essere punita, dato che era dovere di un padre punire i suoi figli, e nel farlo proteggerli dalla loro natura spregevole, e portarli alla salvezza? «Vai laggiù» disse Ronald. Ha l'aria spaventata, pensò Grace. «Vai laggiù» disse suo padre, che l'amava. «Scegli una cintura».

Nella stanza c'era un armadio bianco dove erano appese serie di camicie e calzoni meticolosamente ordinati, e svariate cinture. «Prendine una» le disse. «Scegli tu quale» e uscì dalla stanza. Attraversò il corridoio fino al bagno, chiuse la porta e Grace si chiese cosa stesse facendo lì dentro. La stanza stava girando in direzione della Luna. Per strada non passavano auto. Lei guardò le cinture. Voleva bene a suo padre e voleva essere buona. Si chiese se avrebbe dovuto scegliere la cintura più pesante, che le avrebbe fatto più male di tutte, dato che immaginava di meritarselo. Ma a lei non era sembrato di peccare, non le dispiaceva e non avrebbe mentito; poi sentì lo scatto della serratura del bagno. Guardò la cintura che aveva in mano. Il cuoio era crepato, la fibbia ossidata, era da buttar via. Scoppiò a ridere: cosa diavolo si aspetta che faccia? pensò. Metto fuori la mano… mi piego in due come facevo da bambina quando mi aveva sorpresa a mentire? Nelle case dei vicini le luci erano accese e si immaginava che qualcuno guardasse in casa loro e vedesse un uomo dai capelli bianchi che picchiava solennemente una donna chinata, poi rimetteva a posto la cintura nell'armadio e scendeva al piano di sotto a prepararsi un tè. È ridicolo, pensò (continuava a ridere), non ho intenzione di farlo, e come fa a costringermi? Improvvisamente si rese conto che la fede che l'accompagnava dall'infanzia era ridicola: l'idea che l'inferno ribollisse sotto l'asfalto e i marciapiedi di Beechwood Avenue, che se avesse accostato l'orecchio alla moquette avrebbe sentito risuonare le forche che i diavoli forgiavano sulle loro incudini, e il sibilare delle braci sulla carne dei penitenti… quant'era ridicolo, quanto era palese che fossero solo incubi per spaventare i bambini!

E quindi Ronald Macaulay, quando entrò, non aveva per le mani una docile bambina sconsiderata da strappare dall'orlo della fossa, ma una donna che rideva tanto da non riuscire a parlare. Grace guardò suo padre, aspettandosi di vedere tutto il vecchio dolore e il biasimo, e invece ecco l'ultimo shock di quella giornata: lui sorrise. Fu solo un attimo, poi sparì, ma lei l'aveva visto. «Lascia stare» disse Ronald. «Lascia stare». Le mise la mano sulla spalla, e ce la trattenne a lungo, e lei si chiese se stesse pregando. E poi: «Vai a letto, Grace» le disse. «È ora di spegnere le luci».

Ora di spegnere le luci ad Aldleigh. Ora di spegnere le luci nelle camere da letto di Beechwood Avenue, dove Grace Macaulay si tocca e scopre che ha male; dove Anne Macaulay soffre sulla federa di chintz liso. Ora di spegnere le luci nello studio di Ronald Macaulay, dove si è addormentato con la fronte sulla Bibbia aperta, assorbendo il libro del profeta Isaia tramite l'osso frontale: *Anche se i vostri peccati fossero come scarlatto, diventeranno bianchi come la neve.* Ora di spegnere le luci al reparto H dell'Aldleigh General Hospital, dove dicono a Thomas Hart che è stato fortunato. Di sicuro ha subito dei danni: riuscirà a evitare il bisturi e i punti, ma non un mese circa di dolori (nei suoi sogni oppiacei incontra Maria Văduva sulla balconata della Bethesda, che riempie di polvere interstellare il fonte battesimale aperto). Ora di spegnere le luci nel Cimitero dei poveri, dove le ghiandaie che stavano nidificando piangono la perdita del loro unico uovo, rubato da una gazza quello stesso pomeriggio, e sulla buddleia nascono farfalle cavolaie, e il nocciolo sta per germogliare così in fretta che a momenti si sente lo scricchiolio.

Sul ciglio di una rampa stradale alla periferia della città, Richard Dimitru Dines se ne va in fretta, diretto altrove. Ha con sé un carrello della spesa dove ha messo Maria Văduva. Ora di spegnere le luci alla Fiera delle Vanità, con la vela della nave finta messa in sicurezza per un futuro esame, i topi grassi nei bidoni della spazzatura, la luna calante. Ora di spegnere le luci a Lowlands House, la candela spenta vicino alla base, nessuna luce a parte il chiaro di luna. Assi divelte da una finestra, i vetri piccoli e lucidi, e Hale-Bopp in transito, spinta dai venti solari. Qui sta seduta una figura solitaria con il pollice sulla rotella di un accendino di plastica che crea di tanto in tanto una fiammella, mentre ripete senza sosta formule magiche tutte sue, delle quali un sorcio di passaggio non riesce a capire una parola.

«Thomas, chi stai cercando?» Grace impaziente si stava ripetendo, dato che la pioggia scagliava raffiche contro la finestra e sembrava che Thomas, stordito dal dolore e dagli antidolorifici, non avesse sentito. «Continui a guardare nell'angolo ma non c'è nessun altro a parte me. I farmaci che ti danno ti provocano le visioni?» Aveva portato delle rose dozzinali legate con un elastico, e le gemme lisce e verdi si stavano spaccando, mostrando piccole gale rosa nella fenditura.

Thomas era a casa da giorni, e ora era seduto nel letto sostenuto dai cuscini, inclinato come un'imbarcazione squarciata sotto la linea di galleggiamento. Grace vide che aveva cercato di lavorare, perché aveva a portata di mano dei taccuini verdi; ma lo schermo aperto del computer era spento, e mostrava solo il suo riflesso distorto da un'impronta digitale. La casa era ferita come il proprietario, pensò Grace. I fiori afflosciati sporgevano da vasi stagnanti, e la polvere si accumulava sulla credenza e sulle lampade. Lo stesso Thomas era assottigliato, come se avesse affrontato una marcia forzata su un terreno compatto, e non passato quattro giorni a letto. Aveva la camicia fuori dai pantaloni e sul colletto c'era una macchia che Grace stranamente trovava dolorosa. Come era successo che ora doveva prendersi cura di Thomas, quando aveva per le mani la questione del suo corpo mortale e della sua anima immortale, e non aveva idea di cosa fare con nessuno dei due?

«Perdonami, come hai detto?» chiese Thomas. Guardò in giro per la stanza perplesso e accigliato, come se ci fosse qualcosa fuori posto, ma non riuscisse a capire cosa.

«Lascia perdere» disse Grace. «Senti: devi mangiare». Sul tavolo un tramezzino non mangiato si era arricciato seccandosi. Continuava a piovere. «Dimmi come stai. Per quanto tempo ne hai ancora?» In realtà intendeva dire: quanto manca al momento in cui tornerai da me?

«Non mi sono esattamente rotto l'anca» disse Thomas, «ma è successo qualcosa ai legamenti e mi fa malissimo. Mi hanno piazzato in un reparto pieno di vecchi, e adesso sono diventato vecchio anch'io, mi sono preso gli anni come se fossero un virus – hai visto lì?» Guardò verso la cucina con un'aria confusa che a lei non piaceva. «Hai visto? C'è qualcuno lì?»

«Se n'è andato, Thomas» disse Grace, pensando che avrebbe voluto riscuoterlo per farlo tornare come prima. «Te l'ho detto: Dimitru se n'è andato».

«Sì» sospirò Thomas, «e con lui Maria. Raccontami ancora cosa è successo quel giorno».

«Io non c'ero perché io e Nathan eravamo andati a fare una passeggiata» rispose Grace; poi fece una pausa. Guardarono insieme le rose che stavano sbocciando. «Mia zia mi ha raccontato che, dopo che te ne sei andato dalla chiesetta, Dimitru si è svegliato e ti cercava. Ma tu non c'eri, e lui era arrabbiato e aveva paura, e gli è caduta dallo zaino una bottiglia che si è rotta, e una dei figli dei Prittlewell si è tagliata il piede, poi si è intromessa Lorna. Gli ha parlato, e ha solo peggiorato le cose – lui ha rovesciato il tavolo e si sono rotti tutti i piattini e le tazze, e Lorna ha detto che aveva paura che le facesse male – che aveva le mani rotte perché le usava nelle risse». Guardò Thomas. «La detesto. Non ho mai detestato nessuno prima, e mi piace: è una sensazione di potere, e io non ne ho mai avuto! Mio padre ha detto che Dimi doveva davvero andarsene, che era meglio così. E quindi se n'è andato. Non l'ha visto nessuno. Io l'ho cercato nel Cimitero dei poveri, te lo giuro, ma non c'è».

«E si è portato dietro il diario di Maria».
«Thomas, sei bianco. Non ti hanno dato qualcosa per il dolore? Non fanno effetto quelle pastiglie?»
«L'hanno cercato? Qualcuno l'ha visto?»
«Non ha lasciato niente. È una cosa così importante?» Ma Thomas si girò dall'altra parte e si asciugò il viso con la manica; e Grace restò sconvolta vedendolo in lacrime. Sentì il peso di tutti gli anni che lui aveva già vissuto, e il peso degli anni che lei non aveva ancora vissuto, e le due cose insieme la sfinirono. «Thomas» gli chiese, «perché frequenti la Bethesda? Perché rimani?»
Quelle parole lo riscossero. La pioggia rallentò per qualche tempo: in strada arrivarono i merli, sui davanzali chiazze di acqua che brillavano come mercurio. «Resto perché voglio farlo» rispose.
«Non basta» disse lei. «Volere qualcosa non può essere un motivo abbastanza buono per farlo».
«E invece sì che può» rispose Thomas. «È così. Vedrai». Gli scivolò un cuscino e si inclinò ancora di più; fece una smorfia di dolore e impallidì. «Fa male» disse. «Chissà se riuscirò mai a liberarmene. E temo che adesso sia finita» disse. «Dimi se n'è andato e si è preso Maria: e quindi è la fine della storia. Non ho più nessun motivo di infestare Lowlands – e nessun motivo perché qualcuno infesti me!» A Grace sembrava che quell'abbattimento fosse del tutto sproporzionato alla perdita di alcuni documenti indecifrabili ritrovati tra le rovine, e la sua pietà cedette all'irritazione. «Su, dai, Thomas» gli disse, brusca come a volte era sua zia, «dai. Troverai delle altre lettere, sistemerai le cose – o arriverà un altro mistero, arriverà un altro fantasma».
«No» rispose lui. «Non c'è mai stato niente del genere – e non ci sarà mai più niente del genere».
«Ah» disse Grace. «Sì, capisco». Le sovvenne che c'erano cose che sapeva da qualche tempo, ma non aveva mai esaminato direttamente, e ora le si presentarono davanti agli occhi. «Thomas» gli disse, «è Maria che pensi di avere perso, o è James?»

«Vedi» disse Thomas, «non ha chiamato. Viene solo quando lo convoco, e io lo convoco solo quando ci sono novità su Maria: e così, se Maria non c'è più, come faccio a chiedergli di venire? Ho perso la fede» continuò, «non so dove l'ho messa, e ora ho la casa vuota e vivo solo». Poi la comprensione che si era profilata all'orizzonte arrivò con una tale chiarezza che Grace dovette sbattere le palpebre per non restare abbagliata: è innamorato, pensò, è davvero innamorato di James Bower; e all'improvviso il suo istinto spontaneo di consolare il povero Thomas Hart le si gelò all'ombra del pulpito della Bethesda. Ama un uomo, pensò: Thomas è omosessuale. Si accorse che si era scostata da lui, come se il suo corpo fosse stato allenato al disgusto. Era un invertito, un sodomita: la Bibbia (così le avevano detto) metteva gli uomini come lui tra i ladri e i bugiardi che non avrebbero mai visto il regno di Dio. E questo era il suo primo e unico amico, e lei adorava la sua casa, mangiava il suo cibo, stimava la sua saggezza – si scoprì a provare rabbia per Thomas, perché aveva sovvertito il loro ordine naturale, e ora toccava a lei capirlo e consolarlo, quando era sempre stato lui a confortarla. «Su, non fare lo stupido» gli disse. «È solo un vecchio diario, è solo un uomo».

«Sì» rispose Thomas, «sì: solo un uomo». Rideva, e Grace non riusciva in alcun modo a capire cosa ci fosse di divertente. «Sì, hai ragione, bambina infelice!» disse. «Metti la teiera sul fuoco, per favore, muoio di sete».

Come si poteva riuscire a conciliare l'idea della sua condizione disperata di peccatore con i suoi vecchi vezzeggiativi, il cucinino familiare, la sua tazza da tè preferita che era sbeccata nel punto in cui era caduta? Grace scoprì che il suo disgusto e il suo amore esistevano in contemporanea e in uguale misura, e che nessuno dei due riusciva ad annullare l'altro. Me ne farò una ragione, pensò, poi dicono che nessun peccato è irredimibile, ma adesso non so cosa pensare di lui – e gli gettò uno sguardo, vedendo che era seduto un po' più dritto sulla poltrona con il profumo familiare del sandalo nelle pieghe degli abiti.

Thomas si allungò a prendere le pastiglie che gli rendevano possibile fingere che il dolore si trovasse da qualche altra parte. Forse, pensò mentre si guardava attorno scoraggiato, erano anche le medicine a causare la sensazione di solitudine che era la prima della sua vita adulta: dov'era finita Maria, che stava a guardarlo sopra la spalla mentre scriveva, e non gli dava un attimo di requie? Dov'era Richard Dimitru Dines, e che cosa aveva fatto James mentre Thomas sonnecchiava insieme ai vecchi del reparto H? Ma poi ecco che arrivò Grace con il vassoio, imbronciata come se in cucina avesse visto qualcosa che l'aveva fatta arrabbiare. Versò il tè in silenzio, e per un attimo Thomas ebbe l'impressione di vedere tutte le versioni di Grace che si sarebbero materializzate nel corso del tempo: che avesse diciott'anni, e ventotto, e una donna di quasi quarant'anni, e che una alla volta tutte quelle donne fossero già perdute. Bevve il tè che lei gli aveva versato, e poi si sforzò di liquidare la perdita di Maria e di James. «E allora, che cos'hai combinato?» le chiese. «Cosa facevi mentre io ero costretto a letto? Com'è stata la tua vita da adulta maggiorenne? Ti fanno male le ginocchia? Ti stanno venendo i capelli bianchi?»

«Ho tre capelli bianchi da quando avevo tredici anni» rispose lei, rifiutando imbronciata di guardarlo negli occhi, così che Thomas pensò di averle fatto un torto, ma non riusciva a capire quale. Poi improvvisamente il cipiglio si spianò. «Questo è un merlo, Thomas? Cantano sempre così e sono solo io che non me n'ero mai accorta?»

«Hanno sempre cantato così. E quindi vedi: sei cambiata tu».

«Forse è vero» disse Grace, guardandolo con una specie di angoscia. «Thomas, io mi sforzo disperatamente di essere buona, ma non so come fare. Voglio essere libera di avere i miei pensieri su quello che è buono e quello che è cattivo – a volte mi chiedo come sarebbe svegliarsi una domenica mattina che fosse solo un giorno come tanti altri: truccarmi, mettermi i jeans, andare alle feste senza dover pensare ogni minuto che ho offeso Dio, o che ho avuto vergogna del Vangelo di Cristo. Poi ho paura che se non riesco a essere buona come dovrei, o non ho amato Dio come avrei dovuto, allora lui mi toglierà qualcosa, e alla fine sarò infelice, perché non sarò mai salvata».

E allora ti sono venuto meno, pensò Thomas: ho fallito. Si ricordò di nuovo il giorno in cui Grace era arrivata alla Bethesda, e come l'aveva rivendicato in modo così particolare nella sua culla di vimini. Quel giorno lui aveva deciso di lasciare uno spiraglio nella porta della chiesetta e permettere che un po' dello spirito di Grace uscisse e un po' del mondo entrasse. E di sicuro si era sforzato: quando aveva sette anni, per esempio, lei si era bruciata la mano con il vapore della teiera, e piangeva disperata mentre Anne le teneva la mano sotto l'acqua corrente e Thomas assisteva vigile. Ronald Macaulay, che era entrato sovrappensiero, le aveva esaminato il palmo scottato. «Ti fa male?» le aveva chiesto, e per un attimo Thomas era stato certo che quell'uomo austero e dolente si sarebbe chinato a darle un bacino per farle passare la bua. E invece era diventato più austero e più dolente, e aveva detto alla piccola: «Devi ricordarti che, anche se questa bruciatura finirà, c'è un posto dove il fuoco non cessa mai, e non viene nessuno a portarti nemmeno una goccia d'acqua, e questo è il salario del peccato». E Grace aveva accolto quella predica agghiacciante senza sorpresa, perché il suo mondo conteneva già l'assenzio e l'amarezza che ribollivano sotto i marciapiedi di Aldleigh. Ma: «Guarda che cosa ho trovato» aveva detto Thomas, facendosi avanti come se non avesse visto niente di strano, solo un padre normale con una figlia normale, «guarda cosa ho trovato in tasca!» – e aveva tirato fuori un pendaglietto d'argento a forma di ghianda e gliel'aveva donato, e Grace si era dimenticata dell'inferno. E così lui ci aveva provato, e continuava a provarci, ma eccola lì: era legata alla Bethesda come il pulpito e i banchi. Aveva fallito.

«Grace, non sei una bambina. Puoi abbandonare la Bethesda, se vuoi».

«Davvero? Se io posso farlo, perché non lo fai tu?»

«A volte me ne vado, e a volte ritorno: penso a me come se fossi due uomini diversi, e la cosa mi si confà abbastanza, per quanto sia stancante».

«Ma perché ritorni? Credi in Dio? Credi in tutto quello che ti dicono lì dentro?» Si fermò un attimo, con l'aria di esaminare un pensiero e poi scartarlo. «E poi» aggiunse, palesemente incapace di parlare con franchezza, «come faccio a sapere il modo per essere buona, se non c'è nessuno a dirmelo?»

«Ah, la bontà, che cos'è? Nessuno lo sa per certo» disse Thomas, in preda a nausea e vertigini causate dal farmaco antidolorifico. «Io stesso non riesco a darmi la stessa risposta da un giorno all'altro – a volte credo che la bontà sia qualcosa di fisso e sicuro a cui ci avviciniamo meglio che possiamo, a volte credo che la natura della bontà sia mutevole, e che questa la renda ancora più difficile da raggiungere. Ma credo che esista sempre qualcosa a fianco del peccato – che le due cose non si annullino mai a vicenda. Vuoi sapere qual è la cosa peggiore che ho mai sentito?»

«No» rispose Grace.

«Non è l'omicidio o l'adulterio o l'inganno. Ho sempre pensato che sia possibile commettere una di quelle azioni, magari motivati dall'amore: e quindi il peccato sarebbe mitigato da una sorta di bontà. Certamente il peccato è la cosa peggiore che possiamo fare perché è peccaminoso, e solo per quel motivo» disse. «Hai mai sentito parlare dello zigolo ortolano?» Grace fece cenno di no con la testa con i suoi tre capelli bianchi. «È un uccelletto marrone» riprese Thomas, «e l'unico motivo per cui è famoso è la sofferenza. Ogni anno, quando gli esemplari migrano per l'inverno, vengono imprigionati in grandi reti. Poi li chiudono in una gabbia al buio, e per la disperazione e la confusione si ingozzano di granaglie, fino a diventare ciechi e troppo pesanti per volare, a quel punto li buttano nelle botti di Armagnac a marinare e annegare lentamente. Poi li tirano fuori sgocciolanti e li arrostiscono per sette minuti e mezzo precisi, e li danno al commensale, che tiene l'uccellino per la zampa, getta il capo all'indietro e si infila in bocca tutto il corpo e lo mangia, sputando il becco e le ossa. E il commensale fa tutto questo con un tovagliolo sulla testa, perché è pieno di vergogna e si deve nascondere persino da Dio. E il fatto è» aggiunse Thomas, molto soddisfatto dell'orrore che aveva provocato «che non si ricava nessun piacere particolare: non è un gusto che sarebbe impossibile ottenere senza tutta quella sfilza di crudeltà, è solo ritrovarsi la bocca tagliata dai pezzettini di ossa. È il peccato peggiore di cui ho mai sentito parlare» disse, immaginandosi per un attimo sul pulpito, «e credo che ci siano altri peccati così: peccati che, esaminati da ogni lato, e sotto qualsiasi luce, non rivelano nemmeno un barlume di bontà. Tienilo bene a mente» disse, «e forse è la cosa migliore che possiamo riuscire a fare: non provare mai tanta vergogna da sentirci in dovere di nascondere il viso non solo agli altri, ma anche a Dio. Come si faccia, non ho la minima idea. Devi capirlo da sola, stando in chiesa oppure fuori!»

«Thomas, cosa farei senza di te?»

«Senza di me? Mi sono fatto male, non sto morendo. E adesso lasciami solo. Sto per addormentarmi, o per vomitare, ed entrambe le cose è meglio farle in privato».

Più tardi quello stesso giorno, Thomas trascinò il corpo su per la scala stretta, e dopo aver dormito si svegliò sentendo cantare il merlo ostinato. Tese l'orecchio. Non c'erano passi in cucina, nessun rumore di un vecchio che si sorprendeva a ridere e posava la bottiglia. Ma sentì un fruscio tra gli scaffali, giù in mezzo ai libri di poesia forse: per caso Maria Văduva aveva salito le scale per infilargli delle lettere sotto la porta? Un treno di passaggio lo riscosse dalla sua autocommiserazione: alla fine cosa aveva perso, a parte la capacità di camminare senza provare dolore, e un diario che stava marcendo ed era scritto in una lingua che lui non capiva? Da qualche parte ad Aldleigh James Bower si stava sfilando la cravatta e versando un bicchiere di vino – e a dire il vero (Thomas sorrise della sua stupidità) Maria c'era, guardala, eccola lì, aveva scavalcato il carrello della spesa abbandonando Dimi sul prato di Lowlands, e vagava in Lower Bridge Road. Si appoggiò alla cornice della porta rimirandosi gli anelli sulle dita, e disse: *Per amor del cielo, Thomas Hart, per amor del cielo: non è tutta una questione di orbite? Le cose vanno, le cose vengono. Qualcosa succederà presto.*

Il sole stava calando.

DELL'ANDARE E VENIRE

THOMAS HART *ESSEX CHRONICLE*

20 APRILE 1997

Purtroppo scrivo queste righe sdraiato in un letto. Mi sono fatto male, sapete, e mentre sono in convalescenza non ho altro da fare che scrivere, e guardare la Hale-Bopp che transita fuori dalla finestra della mia stanza. La sto cronometrando. Mi sembra che viaggi a una velocità all'incirca di 2,5 centimetri all'ora.

La sera in cui mi sono fatto male era dall'altra parte della finestra nel reparto H, sembrava così vicina che credevo di poterla toccare, se fossi riuscito a rompere il vetro senza far arrivare le infermiere a insegnare le buone maniere al loro paziente più riottoso. Naturalmente era solo un'illusione della luce, insieme ai farmaci che mi hanno dato per il dolore. In realtà è sempre stata una cometa piuttosto distante, che non si è mai avvicinata più di 0,9 unità astronomiche, ovvero nove decimi della distanza dalla Terra al Sole. Altre comete si avvicinano molto di più alla Terra – la cometa Hyakutake, per esempio, si è avvicinata fino a 0,1 unità astronomiche – ma spesso sono presenze passeggere, che transitano più o meno inosservate quando è brutto tempo. Immagino sia lo stesso per noi: siamo così abbagliati dalla bellezza da convincerci che sia a portata di mano.

Presto la Hale-Bopp transiterà verso l'emisfero meridionale e non la rivedremo mai più. Ha attraversato il perielio il 1° aprile, e ora sta arrivando alla fine della terza settimana di un viaggio che durerà 2533 anni. Anche se credo stia rallentando, e non farà che rallentare fino

a quando comincerà il suo ritorno verso il Sole, ma allora immaginatevela che corre in preda alla gioia e al sollievo, come un cane che ha appena avvistato la propria casa.
Sarò in lutto per l'assenza della Hale-Bopp, ma anche felice per averla potuta vedere. Non è forse vero che le cose se ne vanno e ne vengono di nuove? Ultimamente ho letto i diari di una donna di nome Maria Văduva, che ha vissuto ad Aldleigh a Lowlands House, e sperava sempre di vedere qualcosa di notevole nei cieli dell'Essex (presto, un giorno, vi racconterò tutto di lei). Cita l'*Iliade* – «periremo, ma gloriosi, e alle future genti qualche bel fatto porterà il mio nome» – e mi ricorda che ogni notte qualcuno perlustra il cielo sopra Maldon o il New Mexico o Kiev, paziente e infreddolito e speranzoso, in attesa di qualcosa di grande.

Nathan, che correva a tutta birra in un monastero sotto stendardi scarlatti, calcolò male una rampa di scale e cadde per la quarta volta – «Per l'amor di Dio» disse, e scagliò il telecomando che lo trasportava su isole immaginarie ogni volta che voleva. A volte si sorprendeva a guardare la sua vita banale con gli occhi di Grace Macaulay: cosa avrebbe detto della televisione, della PlayStation, delle tre lattine di birra che si era scolato e aveva schiacciato e lasciato per terra, lì dove se n'era stato seduto a gambe incrociate tutto il pomeriggio? Casa di lei era così silenziosa che il ticchettio degli orologi sembrava un rubinetto che perdeva, e andava soggetta a mille leggi che nessuno spiegava mai; qui invece c'erano risate e discussioni e musica che uscivano continuamente dalle porte delle stanze. Suo padre guidava la moto col brutto tempo, e riusciva a togliere un uovo dall'acqua bollente senza scottarsi le mani; il padre di Grace aveva la faccia da becchino. Sua madre ballava spesso, anche se male – Grace era senza madre e sua zia di sicuro non aveva mai ballato. Vivevano con Dio, pensò, come se avessero un inquilino al piano di sopra che picchiava con la scopa sul pavimento se facevano il minimo rumore.

Nathan trovò dell'altra birra e se la scolò. Aveva tenuto segreta Grace ai suoi amici, perché era sicuro che l'avrebbero trovata ridicola, o (peggio ancora) che non sarebbe stato così. Gli venne in mente che era come se arrivasse dal 1887: sbigottita dalla sua musica; indifferente alle elezioni amministrative nelle quali aveva diritto di votare; e orripilata al pensiero di sostituire le sottogonne con un paio di jeans. Avrebbe dovuto essere integralista, ma la sua morale rigorosa si applicava con una logica fortuita che lui non riusciva a prevedere. Gli chiese di insegnarle a fumare, dicendo che non le veniva in mente alcun versetto della Bibbia che lo vietasse esplicitamente, ma non accettava mai un sorso della sua birra. A volte imprecava con piacere, ma diceva che le bestemmie erano tutto un altro discorso, che non avrebbe mai nominato il nome di Dio invano. Quando pensava a quella mezz'ora sotto la quercia di Lowlands, Nathan si vergognava. Era stato con altre ragazze, naturalmente – a novembre avrebbe compiuto diciannove anni – ma era sempre stato facile e a volte divertente e poi le cose erano continuate più o meno come prima. Con Grace tutto era frastornante, ogni volta che posava la bocca e la mano da qualche parte era un gesto lento, esitante e pieno di significato – aveva provato una stranissima sensazione, che lei era immensa, che aveva il dominio sopra le cose.

Non sapeva dire bene come lo teneva sotto scacco, e quello era metà del problema: era troppo bassa e a lui non piaceva l'odore degli oli che lei usava sulla pelle e sui capelli. Aveva gambe robuste e mani da ragazzo, con le unghie senza smalto smangiate, e non sapeva proprio vestirsi: ma lui era in una sintonia così profonda con quelle mancanze che se la ricordava alla perfezione. Era la persona più piena di vita che avesse mai conosciuto. Vedendola arrivare verso di lui gli scatenava nel corpo una specie di allerta animalesca, ma non riusciva mai a stabilire se era l'istinto del predatore o quello della preda.

Finì la lattina. Si stava facendo buio. Doveva esserci dell'erba da qualche parte in camera sua, pensò. La trovò. Aveva le tende chiuse e dalla fessura vedeva la luce fredda della luna, come se ci fosse una nevicata tardiva. Si girò una canna con mani inesperte e pensò con disprezzo amorevole ai tentativi fatti da Grace con le sue sigarette, al suo rifiuto di ammettere che le davano la nausea; poi sentì del rumore alla porta, e sua sorella lo chiamò gridando; oh, disse, deve essere Grace, deve essere lei. Si precipitò al piano di sotto, calcolò male le scale e cadde per la quinta volta.

Nick Carleton esaminò Thomas Hart. Avrebbe dovuto fargli notare il suo aspetto pallido e scavato? Avrebbe dovuto dirgli: Thomas, sono passate le sette e mezzo, vada a casa? No. Carleton non era mai sicuro di dove poteva spingersi a esercitare l'autorità quando si trattava di Thomas. Invece guardò i documenti sparpagliati sulla scrivania e disse: «Purtroppo non sono sicuro che questo materiale sia sufficiente». Sfiorò la foto di Maria Văduva di fianco al muro della Bethesda, e il taccuino verde con la traduzione di Dimitru. «Mi piacciono questi disegni» disse, cercando le stelle in una macchia nera sbavata, «ma nessuno sarebbe capace di interpretarli. Tutta la storia è incompiuta. Manca di soluzione. Se solo non avesse smarrito il diario».

«Be', scusi tanto» disse Thomas. Si strofinò l'anca con un gesto distratto che era già diventato una sua caratteristica.

«E che ne dice il suo amico al museo?» Carleton stava sfogliando il taccuino. «Questa mi piace» disse. «*Alle future genti qualche bel fatto porterà il mio nome*».

«Ci siamo parlati stamattina al telefono» disse Thomas, con uno zelo che a Carleton sembrava infantile. «Dice che secondo lui c'è dell'altro – in mezzo alle assi del pavimento, per esempio, in altre stanze. Senta, Carleton, dal punto in cui finisce la traduzione si capisce che Maria ha incontrato qualcuno, o visto la sua cosa importante. Se sapessimo cosa…»

«Ma non lo sappiamo, e il diario è sparito». Il direttore voleva avere un tono definitivo, ma riuscì solo a risultare sgarbato. Arrossì, rimodulando la voce. «Comunque» disse.

«Comunque». Thomas si sporse a prendere i disegni, e quel movimento lo infastidì in qualche punto dell'anca. Carleton lo vide sbiancare e aspettare che il dolore passasse. «Vada a casa» gli disse, alzandosi dalla sedia. «Deve riposarsi un po'. Ah!» Si precipitò alla finestra e allargò le stecche della veneziana. «Thomas» disse, «la vede?»

«Faccio il giornalista, giovane Nick: non esiste il riposo. Che cosa sta guardando?»

«Non la vede?» Carleton aprì le veneziane. «Cos'è successo alla Luna? Mi sa che sto per impazzire».

Anne Macaulay, che non era potuta andare alle preghiere alla Bethesda per colpa di una brutta sinusite, andò a letto presto, e pensò che quella notte la luce era strana, ma chiuse comunque le tende.

Ronald Macaulay, mentre chiudeva il portale della chiesetta alla fine dell'incontro di preghiera, si sorprese a piangere. Si asciugò gli occhi e si guardò in giro, e localizzò la Luna. «Hai visto?» disse, dimenticando che era solo. «Hai visto?» Serrò forte la mano sulla Bibbia.

James Bower uscì dal Jackdaw and Crow, brillo in modo piacevole. Camminava barcollando e questo lo fece pensare agli infortuni e poi a Thomas Hart. Doveva davvero andarlo a trovare, pensò. Si poteva dire che l'altro uomo gli mancava. Adesso era arrivato in London Road, e che serata stranamente buia era, nonostante la primavera: poi si rese conto che in effetti stava camminando attraverso del fumo che arrivava sottovento. Sulla manica e sulle spalle gli si materializzarono frammenti di cenere; una brace gli si spense sulla mano. Accelerò il passo e arrivò alla Bethesda, dove c'era un uomo vicino al cancello di ferro. I capelli bianchi dritti sembravano un'aureola nelle tenebre e aveva un'aria fuori posto e spirituale che gli fece ripensare a Thomas Hart (ancora!). «Che succede?» chiese James. «Deve esserci un incendio» – ma l'uomo sembrava imperturbato dal fumo e dalle braci, e stava guardando in alto, oltre il tetto della Bethesda.

«Cosa c'è lassù?» chiese James. «Cosa sta guardando?» E istintivamente guardò insieme a lui. «Oh» disse. «Oddio. Oddio». I peli sul collo e sugli avambracci gli si drizzarono come in preda all'elettricità statica. Era paura? Probabilmente sì. Ma se aveva paura, perché desiderava così tanto guardare, e continuare a farlo?

«E va bene» disse Nathan, «non devi restare lì, puoi entrare». Grace aveva un vestito bianco che aveva chiaramente realizzato cucendo insieme lenzuola di lino lise, che si erano ingrigite sull'orlo irregolare e che stringeva in vita con una sciarpa nera. Quando camminava si vedeva un assurdo paio di scarpe da ginnastica nuove. Nathan si fece da parte, eccitato e imbarazzato come sempre da quella ragazza particolare, che sembrava più scocciata che mai: «Devo parlarti» gli disse, seguendolo su per le scale. «E così questa è camera tua». Guardò intimorita e con disapprovazione la tv e i poster di donne famose di cui non avrebbe mai saputo dire il nome – «Dove mi siedo?»

«Dove vuoi» rispose Nathan. E quindi ecco il corpo che era al centro dei suoi pensieri, volente o nolente, nascosto da qualche parte nelle pieghe di tessuto sudicio – ecco di nuovo quello sconcertante senso di attrazione e repulsione che gli suscitava. E perché era venuta? Si guardò intorno disperatamente alla ricerca di una difesa dall'accusa di averla indotta a peccare, con l'infelicità indignata di un uomo innocente che vede il cappio.

Lei scelse di sedersi per terra ai suoi piedi, piccola, a gambe incrociate; e con un cambio di visuale nauseante il moto dei suoi capelli contro la nuca lo convinse che non era mai esistita una ragazza desiderabile come lei. «Che cos'è quell'odore?» gli chiese.

«Ho fumato erba» rispose Nathan, nella speranza di suscitare la sua giocosa riprovazione; ma lei si limitò ad annuire, e improvvisamente si rannicchiò, stringendosi la pancia con un gemito. «Che succede? Cosa hai fatto?»

«Sono solo crampi» disse, con imbarazzo provocatorio, «mi è venuto il ciclo»; insieme valutarono le conseguenze di quel fatto e ne furono sollevati. «Quindi va tutto bene» gli disse, «ma non sono venuta a dirti questo. Voglio parlare di Thomas». Il dolore era passato per il momento. Riprese l'esame divertito della stanza di Nathan.

«Ah! Perché?» (Il boia ripose il cappio.)

«Ho scoperto una cosa e non so cosa fare, o come mi devo sentire».

«Cos'hai scoperto?»

«Perché non vuole farsi battezzare. Perché si assenta dalla Bethesda, perché vive solo. Perché va a Londra, e cosa fa quando ci va. Ah, e mi fa male la pancia».

«Perché non provi questa» disse, riaccendendo la canna che si era consumata su un piattino. «Mia sorella dice che fa passare i crampi. Ma non troppa» aggiunse, tremendamente commosso dalla sua obbedienza nell'accettarla, e dalla concentrazione con cui aspirò il fumo. «Solo un altro po', poi ripassamela. Okay. E allora, cosa combina il vecchio?»

«Ti ricordi quando l'abbiamo trovato a Lowlands, quel giorno che c'era foschia dappertutto e io non sono andata a scuola?» Tossì tre volte; aveva gli occhi lucidi. «Ti ricordi che l'abbiamo trovato con quell'altro tizio?»

«Certo» rispose Nathan, ridendo con la spensieratezza meccanica data dal fumo.

«Thomas è innamorato di lui» disse Grace, con un tono davvero solenne. E poi: «Credo di avere la nausea» disse, e il sorriso sardonico arrivò senza preavviso. «Ho la nausea» disse, «non è divertente?»

«Sì, è divertente» rispose Nathan. «Tutto quanto lo è, a pensarci bene. E così Thomas è un finocchio» disse allegro, e si stupì vedendo Grace che tornava al suo malumore abituale.

«Non dire così» disse. «Non usare le parole che userebbero gli altri. Credi davvero che sia una cosa tanto brutta? Quando l'ho capito, mi sono allontanata come se avessi visto un ragno sul muro – dammene un altro po'». Si concentrò di nuovo sulla canna, e poi si soffocò di tosse e fece un sorrisino indifeso. «All'inizio ero infuriata con me stessa per aver pensato male del mio amico, poi infuriata con la Bethesda per avermi fatto pensare male di lui, ma alla fine comunque ero infuriata con lui. Avrebbe dovuto dirmelo. Tutti dovrebbero essere quello che sembrano. Altrimenti sono dei bugiardi, anche se non mentono mai!»

«Non è esattamente una cosa brutta» disse Nathan. Vide che luce insolita c'era fuori e si allontanò dalla finestra. «Non è una cosa brutta. È solo strana. Per me possono fare quello che gli pare, mi basta non doverlo guardare».

«Mi hanno insegnato che gli uomini di quel tipo sono malvagi. E io mi sforzo di pensare che Thomas è malvagio, ma non ci riesco, è come provare a scrivere con la sinistra. Credi che dovrei chiedere a Dio di causarmi del disgusto? Non ci riesco. Non voglio farlo. Guardami. Nathan, guardami! Che buffo, non riesco a vederti in faccia. Tu mi vedi? Senti anche tu odore di fumo? Siamo stati noi? Abbiamo incendiato casa tua?» L'idea la divertiva moltissimo.

«Lo senti solo tu» disse Nathan. «Ma non ti spazzoli mai i capelli?»

«Sento anche il mio odore. Mi sono messa dell'olio di rosa ma credo di sentire odore di sangue – guarda: sta succedendo qualcosa di strano, fuori succede qualcosa...» Si alzò di colpo, inciampando nelle sottane e ridendo, poi si appoggiò spontanea alla sua spalla per stabilizzarsi. «Guarda, stupidotto» gli disse. «Guarda là. Guarda la Luna».

Negli uffici dell'*Essex Chronicle*, Thomas Hart andò alla finestra con Carleton e vide la luna crescente che sorgeva a est. «Ah» disse, con l'intonazione di un grido di dolore. Mise la mano sulla spalla del suo direttore. «*Il vostro cuore non sia turbato, e non si spaventi*»* disse; ma per

* Vangelo secondo Giovanni 14:27 (*N.d.T.*).

un attimo il suo cuore gli venne meno, perché ecco cosa aveva fatto restare sbalorditi James Bower e Ronald Macaulay nel parcheggio della Bethesda, e aveva fatto sì che Grace, stupita e atterrita, si aggrappasse al ragazzo alla finestra di fianco a lei: la falce capovolta della Luna era di un azzurro sfolgorante e fastidioso. Thomas, alla ricerca di parole per descriverlo al meglio, pensò all'azzurro delle fiamme del gas, o della veronica; del solfato rameico, di piatti Wedgwood rotti, del telone con cui si era coperto l'uomo al Cimitero dei poveri. Ma invano. Nessun altro azzurro sarebbe andato bene. La Luna era soltanto blu come sé stessa.

«Dovrà esserci una spiegazione» disse, andando d'istinto a cercare con lo sguardo Maria Văduva (e sì, sì: eccola lì, materializzatasi nell'aria densa della sera, appollaiata sul davanzale della finestra tre piani più su a dispensare le consolazioni della filosofia della natura – *Devi ricordare, Thomas, che la luce è modificata da qualsiasi cosa si frapponga alla sua traiettoria, e noi facciamo parte di tutto ciò che abbiamo incontrato.*

Carleton disse: «Potrebbe essere la fine del mondo».

«Sì, potrebbe» disse Thomas, «ma non temeremo, anche se la terra fosse sconvolta e i monti fossero gettati in mezzo al mare eccetera»* – e poi con cautela, perché il fianco danneggiato gli faceva male, aprì la finestra al massimo, e si sporse all'esterno. «Non sente l'odore? Falò, trasportati dal vento sulla città».

Il telefono di Carleton squillò. Rispose, ascoltò, si infilò il cappotto. «Non è così tragico» disse. «Ma Lowlands House è in fiamme».

Grace corse. Il fuoco, che dalla finestra di Nathan non si vedeva, bruciava comunque alla televisione, e li avevano chiamati al piano di sotto per vederlo. «È Lowlands?» avevano esclamato tutti, divertiti e tristi al tempo stesso. «È la vecchia casa che va a fuoco?»

* Salmo 46:3 (*N.d.T.*).

«Andiamo» aveva detto Grace, «andiamo a vedere»; e senza ansia né pensieri si erano messi a correre, ridendo, per il chilometro da percorrere fino ai cancelli di Lowlands. Ora stavano attraversando prati ancora ammaccati dal luna park di Pasqua, e il piacere vertiginoso dell'erba era sparito, lasciandosi dietro una strana sensazione indolente che tutto fosse amplificato: la contrazione nel ventre, il puzzo ferroso del suo sangue, la Luna trasfigurata. Nell'aria c'era sempre di più il tepore dell'estate. Nathan correva davanti a lei, fuori dalla sua portata in eterno. Poi si fermò di scatto, e lei andò a urtarlo forte e vide la vecchia casa bianca racchiusa dai vecchi faggi neri. L'ala orientale era in fiamme dalla cantina al tetto. «Oh, no» disse Grace – si sentì torcere l'addome per la paura, e in quel momento il fuoco ebbe un sussulto, facendo staccare le assi dalle finestre. Pennacchi di fumo uscirono dai vetri rotti formando una coltre che si dirigeva verso i bordi esterni del parco cavalcando il venticello leggero.

«C'è qualcuno lì dentro?» disse Nathan, sbattendo le palpebre per la luce. «Si sono messi tutti al sicuro?» Da ogni ingresso del parco entravano alla spicciolata teorie di persone, che si guardavano in giro inquiete e timorose; l'aria era piena di uccelli.

«Lì dentro ci sono solo fantasmi, sopravviveranno» disse Grace – poi vide un bordo di capelli bianchi che la luce del fuoco tingeva di color corallo, e capì che era suo padre. Cominciò a insinuarsi tra la folla con ostinazione animale, e quando lo raggiunse si sorprese a scoprire che voleva tenerlo per mano. «Va tutto bene» disse, senza sapere chi stesse consolando chi. «Andrà tutto bene». La sua stretta fredda si rafforzò e poi la lasciò andare.

«Dove sono?» disse un signore di fianco a suo padre. «Perché non è venuto nessuno?»; e Grace vide che era l'amico di Thomas Hart, che sotto quella luce particolare aveva la bellezza risoluta di un re di pietra morto. «Ciao» disse con un sorriso imbronciato in direzione di Grace e Nathan, «ma voi due siete sempre qui?»

In tacito accordo si spostarono tutti insieme alla folla

silenziosa fino al reticolato che impediva di entrare nella casa. «Non possono farci niente» disse Nathan, «non possono fermarlo». Si sentì un rumore lacerante, come se la casa fosse un indumento che si strappava lungo le cuciture, e continuò per un po' di tempo, per culminare in un tonfo che fece volar via gli uccelli in panico dalle querce lì vicino. Il fumo prese l'aspetto della foschia mattutina che si accendeva dalle luci dell'alba. Non c'erano ancora sirene.

«Guardate come le fiamme fanno muovere le ombre» disse Grace, ma suo padre aveva gli occhi chiusi.

«Sì, guardate» disse James Bower – dava l'impressione di preoccupazione mista a un interesse statico, come se stesse vedendo qualcosa che aveva bramato per tutta la vita – «verrebbe da dire che c'è una festa e che tutti stanno ballando». La casa era piena di rumori. Le lastre di vetro scoppiarono sul terrazzo, e le travi del tetto si spezzarono e caddero; ogni tanto si sentiva un grido quasi umano del metallo che strideva contro il metallo.

«Non ci credo» disse Grace, «non credo ai miei occhi». Ricominciò il mal di pancia, con la sensazione che lì dentro qualcosa si fosse davvero staccato e si stesse rigirando dentro di lei. «Perché non smette?» chiese.

«Nel suo nome e per il suo amore preghiamo» disse Ronald aprendo gli occhi. «Amen». Guardò sua figlia, guardò il fuoco. «Sì» disse, «verrebbe quasi da pensare che dentro ci sia qualcuno che corre». La Luna infuriata stava calando. Dai faggi rossi uscivano di corsa daini che correvano verso la foresta. Ora: sirene.

«Ecco le sirene» disse Thomas, appoggiato al bastone che detestava ma di cui aveva bisogno guardando gli uomini all'ingresso di Lowlands che facevano grandi cenni alle autopompe che si immettevano nella strada da London Road, e così si avviò rapidamente verso il fuoco con Nick Carleton. Il colore da fiamma del gas stava sbiadendo, si chiese, o era perché ormai già sembrava che la Luna fosse sempre stata azzurra?

«Ha sentito?» disse Carleton, che aveva pensato di portarsi dietro un dittafono per scrivere meglio la prima pagina, e lo teneva davanti a sé con il braccio teso. «Sembrano urla».

«È solo il fuoco» rispose Thomas. «Adesso rallenta» – la folla che si ammassava impediva ai due di avvicinarsi alla casa. Carleton, con grida vanesie e insensate, si fece strada, a volte avvicinando il dittafono a uno degli astanti per documentare il loro disagio; poi Thomas vide dei capelli bianchi che avvampavano sopra una testa china con solennità. «Eccoli qui» disse, «eccolo qui» – come se fosse inevitabile che Ronald Macaulay stesse lì a pregare alle soglie dell'incendio, e che al suo fianco si trovasse Grace con uno strano sudario bianco e le mani premute sull'addome, che diceva a Nathan: «Credo mi si stiano bruciando i peli delle guance».

«Stai indietro» disse Thomas, in preda al vecchio istinto di conservazione che provava per Grace. «Devi stare indietro» – e poi vide James Bower che si faceva strada in mezzo al fumo. «Salve, James» disse, osservando con piacere la guancia non rasata e i capelli che erano più lunghi di un paio di centimetri rispetto a prima della caduta.

«Passavo per caso vicino alla chiesa» disse James, «e ho visto il fuoco. Ma lei, Thomas, come sta? Ed è il caso che esca?» Gettò uno sguardo solidale al bastone.

«Non sento niente» disse Thomas, come se potesse imporsi di essere forte con la sola forza di volontà, per amore di James.

«Dobbiamo avvicinarci» disse Carleton. «Dobbiamo andare a vedere» – ma in realtà fu James Bower ad avviarsi per primo verso il fuoco. «Sono le travi di metallo che sibilano e cantano così?» chiese.

Ora le autopompe si erano avvicinate e uomini appesantiti dalle divise gialle massicce stavano srotolando un idrante che si imbizzarrì sull'erba e sprigionò un arco di acqua. «Lo fermeranno» disse Thomas, «riusciranno a riprendere il controllo». Si stava alzando il vento, che sollevava il fumo in macchie spesse che di volta in volta coprivano e svelavano James mentre si avvicinava alla casa.

«Lo sentite?» chiese Grace. «Sentite qualcosa che canta?»

«È solo l'aria che si sfoga, o un animale ferito» disse Thomas; ma l'ignoranza lo rendeva indifeso. A fianco delle autopompe c'erano due vigili del fuoco chinati per difendersi da correnti d'aria anormali, e diretti verso i gradini dai quali rotolavano pezzi di mattoni anneriti. La porta era scomparsa e al suo posto c'era una cortina di fiamme che faceva da tendaggio.

«Non possono entrare» disse James, gridando alle sue spalle attraverso il fumo. «Se entrano non riusciranno a uscire».

«Senti che roba» disse Grace, «non credevo che una casa potesse gridare così: lì dentro c'è qualcuno, ve l'ho detto!» Gli uomini, piegati in due, entrarono nella casa in fiamme attraverso una breccia nel muro, e dalla folla uscì un gemito basso e armonico nell'attesa del dolore.

«Cazzo» disse Nathan, «porca puttana» e Ronald Macaulay annuì come se quelle imprecazioni fossero preghiere. Passò un numero imprecisato di minuti, poi gli uomini tornarono indietro attraversando la breccia con una figura ricurva. «L'avevo detto io» disse Grace, «vero?» Sdraiarono la figura sull'erba. Non si mosse. Thomas era grato di non riuscire a vedere altro che il bianco dei suoi abiti. Per un attimo sembrò che tutto l'Essex trattenesse il fiato in un silenzio reverente; poi il fagotto bianco e umido cominciò a muoversi, come un tessuto animato in preda a un incantesimo. Si allungò con degli spasmi, poi all'improvviso assunse una posizione eretta, mostrando arti deboli disposti a casaccio. I pompieri, inginocchiati nella divisa pesante, balzarono indietro per la sorpresa, e la folla di astanti emise un gemito. La figura bianca, che per un attimo si era liberata, emise un urlo melodioso e spettrale; poi si precipitò di nuovo dentro il fuoco. Per un attimo fu visibile nella porta vuota; poi si sentì un altro rumore di qualcosa che si squarciava, e l'architrave in pietra della porta cadde in pezzi sulla soglia.

«Incredibile» disse Carleton, lasciandoli lì per mettersi a vagare tra la folla reggendo il dittafono come un'icona sacra, «non è mai successo niente del genere».

«*Il Signore ti custodirà quando esci e quando entri...*»* disse Ronald, torcendosi le mani.

«Credo che vedremo morire qualcuno» disse Nathan.

«Oh, no, no» disse Thomas, vedendo James Bower che si avvicinava sempre di più all'incendio con i passi lenti ostinati di un uomo in trance. «James. Non ci vada. Cosa può fare?»

I vigili del fuoco osservavano cauti e impassibili, poi arretrarono e si sistemarono l'uniforme. Avanzò una donna, in posizione eretta di autorità, ed era palese che stava dicendo che avrebbero dovuto fare così e cosà; nel frattempo i pompieri ascoltavano ma non facevano nulla. Dentro la casa c'erano di nuovo ombre che danzavano, e diventarono più cospicue: si riusciva a scorgere qualcosa che sfrecciava avanti e indietro dietro le finestre sul punto di esplodere. «Guardate, sono lì» disse James. La luce gli colpiva i capelli e le fibre degli abiti – era bordato di fulgore altrui: è proprio come Maria, pensò Thomas, sempre lì che aspetta qualcosa di grande, ed ecco che succede. «Eccoli lì» disse James, e si mise a correre. Thomas d'istinto fece per muoversi; dimenticandosi per un attimo che era appoggiato a un bastone, inciampò violentemente nel prato irregolare, intriso d'acqua che scorreva dalla casa. Il dolore che provò fu quello di una nuova ferita, e il suo urlo sconvolto fu mimetizzato dall'urlo della folla.

«Che cosa stai facendo?» disse Grace. «Perché non l'hai fermato? Perché nessuno fa niente?»

I vigili del fuoco sui gradini, che ora erano protetti dalle visiere, arrivarono fino all'architrave rotta; ma James si era avvicinato a una finestra che per un attimo

* Salmo 121:8 (*N.d.T.*).

era libera dalle fiamme, e si era arrampicato goffamente sul davanzale crepato.

«Che deficiente» disse Nathan, in preda a un'esaltazione impassibile, come se avesse visto un compagno di giochi che sbagliava una mossa durante una partita.

«Fai qualcosa» disse Grace, stringendosi le braccia intorno alla pancia.

«Non riesco a muovermi» disse Thomas, senza sapere bene se fosse il dolore a inchiodarlo lì dove stava, o una specie di calma che era come l'esordio della morte.

«Posso andare io» disse Nathan; e lo fece senza averne l'aria: avrebbe potuto benissimo starsene a gambe incrociate sul pavimento di camera sua alla luce della tv, con molte vite a disposizione nel joystick – «Sì, allora vado» disse, e si mise a correre con l'energia spontanea della sua giovinezza. La casa era circondata da archi di acqua illuminata, che causavano ventate di vapore, che all'inizio oscuravano la visuale, poi si aprivano per svelare il fuoco morente.

Thomas chiuse gli occhi con rassegnazione; è predestinato, pensò, è nell'ordine delle cose: Dio fa piovere sopra i giusti e sopra gli ingiusti e avrà compassione di chi vorrà avere compassione. Di nuovo sirene, e voci concitate; Thomas aprì gli occhi. Grace Macaulay, in ginocchio al suo fianco, abbrancava un pezzo di gonna macchiato di sangue nei pugni, e pregava in silenzio con la passione di una bambina. Sta contrattando con Dio, pensò Thomas, e non ne ricaverà niente di buono; poi sentì una pressione insistente sulla spalla, ed era la mano di Ronald. «Preghiamo?» chiese Ronald, e Thomas con muta obbedienza giunse forte le mani. Si levò un mormorio, per un attimo Thomas pensò che la folla stesse pregando insieme a loro – ma «Eccolo lì» disse trionfante una donna vicino a loro, «eccolo lì». La Luna azzurra era calata. Gli archi erranti d'acqua strappavano foglie morte dai faggi rossi. «Guardi!» disse la donna, che ora era di fianco a Thomas e lo tirava per la manica e Thomas guardò. Nathan stava uscendo dal retro della casa, rallentato dal trauma e dai vestiti fradici. Aveva la faccia annerita dalla fuliggine, e teneva le mani in alto con il gesto di sconfitta di qualcuno che veniva arrestato. I pompieri lo seguivano, e presto tutti e tre furono coperti dai poliziotti e dagli infermieri che si muovevano come un unico macchinario. Il dolore all'anca di Thomas era ridotto al ricordo di quel dolore. Non uscì nessun altro. Grace guardò con un'espressione di trionfo alterata dalla paura. «Amen» disse. «Amen».

Alba. Pioggerellina debole e precoce. Gli uccelli ritornano nel parco, costernati tra le rovine; tra le felci i topi sono raddoppiati, e qualsiasi specie vivesse nella casa ora è stata sfrattata. Lowlands si regge forte sull'argilla dell'Essex: l'ala ovest danneggiata, l'ala est a pezzi, la casa rinchiusa tra barriere di plastica gialla che si rovesciavano sui prati.

Foschia nel caminetto, violazione di proprietà tra le rovine: Thomas Hart, insonne per il lutto e la confusione, era lì racchiuso dai muri esterni dell'ala est, dai quali i resti dei piani superiori sgocciolavano acqua lercia. Altrove uomini e donne erano indaffarati al di là del cordone di isolamento, e non vedevano Thomas che metteva la mano sui muri umidi che mantenevano ancora un po' del calore della notte prima, o sceglievano di non vederlo per pietà. Era stato lì che James aveva esalato l'ultimo respiro? si chiedeva Thomas. Era appoggiato a questa trave quando i suoi polmoni avevano ceduto, o a quell'altra? Dov'era finito il suo corpo, e che cosa ci avevano fatto?

Thomas era colpito da quanto lui era marginale in quella vicenda, un ripensamento: a nessuno sarebbe venuto in mente di dirgli che James Bower era morto, e lui un giorno sarebbe passato in città zoppicando e avrebbe visto un carro funebre senza sapere cosa conteneva; sarei dovuto restare fino alla fine, pensò, ricordando con vergogna la facilità con cui aveva ceduto all'insistenza solenne di Ronald Macaulay che era tutto finito ed era meglio lasciare il campo a chi doveva occuparsene.

La casa cominciò a parlare: lui ascoltò. Nell'intonaco che si crepava sentì la voce di Maria Văduva a mezzanotte, che esclamava alla vista del cielo; di John Bell da solo in qualche altra stanza che si doleva di sua moglie. Sentì il rumore del fiammifero che aveva originato l'incendio, e sentì James Bower che parlava tra il sibilo dell'acqua contro i mattoni. Poi si sentì piangere facilmente e senza ritegno, e scoprì che il cordoglio dava estasi come a volte faceva il dolore fisico, e allo stesso modo dimostrava che era vivo. Si manifestarono altre dimostrazioni, brillanti nella luce del mattino: una volpe dalla coda sottile che si avviava imperturbata verso il lago, le ghiandaie del Cimitero dei poveri che facevano colazione con le mosche di San Marco che ronzavano grasse sull'erba. La casa parlava di nuovo. Il calore aveva fatto staccare l'intonaco dai mattoni, e aveva rivelato una falla nel muro. Tra il caminetto vuoto e la porta la malta era più chiara e i mattoni più rossi: sembrava una toppa stonata cucita sul cappotto. Il fuoco aveva fatto scucire la toppa, ed erano apparsi dei buchi tra i nuovi mattoni e quelli vecchi. *Guarda*, diceva la casa, aggiustandosi sui prati intrisi d'acqua: *guarda, devo mostrarti una cosa.*

«Non credevo che sarebbe rimasta in piedi» disse James Bower, parlando con Maria Văduva, con John Bell, con la casa che gemeva. «Non credevo di ritrovarla ancora qui». Qualcosa si abbatté sulla spalla di Thomas Hart – lui la scrollò via con irritazione – la pressione aumentò, diventò una stretta. «Thomas» disse la voce. «Che cosa sta combinando? E che cosa ha fatto al muro?»

Thomas si girò lentamente, perché l'anca gli faceva male, e si trovò davanti James Bower con il braccio sinistro ad armacollo sul petto, come se gli avessero regalato qualcosa di fragile che non voleva più di tanto. Quel viso notevole lo diventava ancora di più per via dei segni di bruciature curate con una sostanza trasparente che gli colava fino al colletto come lacrime indolenti.

Thomas fu sorpreso per il bisogno improvviso di violenza che provò: come osa, pensò, come osa sottopormi a un trauma dopo l'altro, mentre lui continua ad avere quel sorrisino inalterato – «Sono riuscito a uscire» disse James (con il sorrisino a dire il vero un po' alterato dall'ustione), «ho trovato il modo per uscire e mi son portato dietro la donna. L'ho portata fuori io. Sono stato io, continuava a dire, l'ho fatto io. Dicono che se la caverà, ma lei dice che è stata lei, e all'ospedale c'è la polizia che la aspetta – non mi guardi così, Thomas, sto bene. Anche se mi dicono che le ustioni peggiorano appena il trauma svanisce, e anche se avevo le ginocchia piene di vetri. E quindi probabilmente sono ancora sotto shock» – si guardò in giro con interesse, tolse la mano dalla spalla di Thomas – «e forse dovrei starmene a casa, ma continuo a pensare a Maria Văduva e a quello che si è lasciata alle spalle».

«Credevo che fosse morto» disse Thomas. «Perché l'ha fatto? Correre un tale rischio per una sconosciuta?»

«Non lo so, non so spiegare, ho solo pensato: posso scegliere questo momento per non essere più un uomo qualunque. Ma lei non lo capirà mai» disse, scuotendo la testa, con una smorfia di dolore per le ustioni. «A lei basta la sua vita. Perché a me deve bastare la mia?»

Era impossibile da spiegare, anche a sé stesso, che crudeltà particolare era questa. «Capisco» rispose Thomas, che capiva solo il dolore all'anca, e la distanza insuperabile tra loro due. Poi si sentì un rumore violento di qualcosa che si spezzava, una donna sulla terrazza gridò di paura, e le mosche si affollarono nel caminetto – «Attenzione!» disse James, e la toppa sul muro cadde tutta d'un pezzo, e si scompose in mattoni rossastri sparpagliati sul pavimento umido e rovinato. Thomas, zittito dalla sorpresa, sentì sul cuoio capelluto una sensazione fredda di tensione: il danno aveva svelato una cavità poco profonda, e il sole che sorgeva aveva illuminato il vetro e l'acciaio. «Ah!» disse Thomas. «Eccoti qui!» Il bisogno di violenza era sparito, e al suo fianco c'era James Bower, che odorava di fuliggine e di disinfettante. «Eccolo qui» disse Thomas. Alzò la mano in segno di saluto, e rise. «Il suo telescopio» disse James, con un tono così reverente che Thomas pensò che forse anche lui aveva visto una signora alta dalle sopracciglia nere e gli abiti decorati che si chinava sullo strumento ottico e lanciava esclamazioni estasiate. Gli uomini guardarono insieme dentro la lente. La lente ricambiò lo sguardo. Non era sempre stata abituata a cercare la luce? Stava semplicemente continuando a farlo.

Grace Macaulay era sola nel capanno di suo padre. I rondoni miscredenti se n'erano andati: era il periodo inquieto tra l'estate e l'autunno, quando non si riusciva mai a indovinare che tempo avrebbe fatto, o come vestirsi. Il cielo era spento e uniforme, giorno e notte, e sembrava assurdo pensare che una volta c'era passata una cometa, e che tra le stelle era sorta una Luna azzurra.

Nel capanno era caldo e c'era odore di creosoto; il muschio cresceva in grumi verdi e morbidi a fianco dei pannelli di vetro crepati che sbattevano al vento. Grace si appoggiava al banco di lavoro e guardava casa sua illuminata al di là del giardino. Si sentiva scombussolata, come se niente di tutto ciò avesse a che fare con lei, e fosse sconveniente guardare suo padre chino sulla Bibbia nello studio, o sua zia che arrivava in bagno con un accappatoio sottile. Poi tornò al compito di mettere in ordine il mucchio di viti e bulloni schierati sul bancone. Scelse attentamente i più pesanti, scartando le rondelle arrugginite che le avrebbero macchiato i vestiti. Quanti gliene potevano servire? Non ne aveva idea. Non aveva mai fatto niente del genere e di sicuro non l'avrebbe mai più rifatto.

Le nuvole basse portarono un'alba anticipata e fecero brillare più forte la casa all'estremità del giardino: ecco sua zia, che tornava nella sua stanzetta, dove avrebbe indossato la sua camicetta più elegante e il cappellino per andare in chiesa; ecco suo padre che si alzava per alleviare il mal di schiena da studioso. E poi c'era un uomo che percorreva il vialetto del giardino con il passo di chi conosceva bene il dolore: «Thomas!» esclamò, precipitandosi alla porta. «È passato un mese. Dove sei stato? Mi hai abbandonata!» Si trattenne dall'abbracciarlo per punizione, e notò accigliata il suo soprabito lungo di lana chiara, le scarpe lucide, il cesto di vimini che portava, coperto da una pezza bianca. Il soprabito e il cesto la mettevano a disagio: perché non si vestiva come gli altri uomini, pensò, perché non usava i sacchetti di plastica?

«Che ci fai qui così presto?» chiese, rigirandosi l'anello sovrappensiero. «Manca ancora un'ora».

«Vengo da Londra» disse Thomas. Posò il cesto. «Sono stato impegnato nei miei affari».

«Non fai altro che pensare a quello stupido telescopio» disse Grace in tono di rimprovero. All'inizio le aveva fatto piacere che Thomas e James Bower avessero scoperto il telescopio di Maria Văduva dopo l'incendio di Lowlands, perché aveva sentito la felicità di Thomas come la propria. Poi le venne il sospetto di essere stata rimpiazzata prima da una persona poi da un oggetto: ora le sarebbe tanto piaciuto schiaffare quell'oggetto nel lago, seguito da quell'uomo. Capiva che la sua invidia e la sua irritazione in qualche maniera avevano a che vedere con il fatto che Thomas era omosessuale, una parola che lei trovava bizzarra perché suggeriva una diagnosi. A volte per puro senso del dovere cercava di disapprovare Thomas; ma non c'era mai riuscita, e quello che la confondeva di più era che non aveva mai pensato di doverlo fare.

«È vero, è una cosa che sognavo» rispose. «A volte credo che in quella lente siano ancora contenute tutte le stelle che ha visto. E adesso tu cosa stai combinando?» Appese il soprabito a un chiodo.

«La zia Anne mi ha cucito una veste per il battesimo. Mi ha detto che se lo facevo io avrei fatto degli sbagli e si sarebbe aperta una volta in acqua. Ma devo cucire dei pesi nell'orlo della gonna, altrimenti si gonfierà nell'acqua e mi si vedranno le gambe».

«Ti aiuto» disse Thomas, che sembrava più vivace di come se lo ricordava, nonostante la perdita del diario di Maria e il dolore all'anca. «Solo se mi racconti come stai, però».

Tra le viti e i bulloni si era intrufolato un baccello annerito, Grace lo esaminò. «Sto bene» rispose.

«E allora dimmi come sta Nathan».

Grace si sentì arrossire di orgoglio e di infelicità. «Adesso ha un lavoro e una macchina. Niente di quello che è successo nell'incendio gli ha fatto male – d'altro canto non gli succede mai. A volte mi chiama sempre, a volte si dimentica di me. Continua a dire che sono una sua amica, come se si fosse dimenticato quello che abbiamo fatto… come se non sapesse che mi ricordo tutto! Ma oggi viene» disse. «Gliel'ho detto da settimane, e ieri gli ho telefonato e ha detto che sarebbe venuto».

«E così ti battezzeranno come Giovanni nel fiume Giordano, e Cristo dopo di lui. Forse scenderà dal cielo una colomba, o perlomeno ci saranno dei piccioni sul tetto della Bethesda! Ma hai molto più coraggio di quanto ne abbia mai avuto io, e di sicuro molta più fede». Thomas trovò una rondella arrugginita e la scartò.

«Devo farlo» disse Grace. Si rotolò il baccello nella mano, poi lo schiacciò. «L'avevo promesso».

«Eccone altre due». Thomas le porse un paio di viti pesanti d'acciaio. «A chi?»

Grace, china sul banco di lavoro, sentì di nuovo l'odore del fumo nell'incendio di Lowlands, il sangue che le usciva lento dal corpo, la marijuana che aveva al tempo stesso attutito e amplificato i fatti di quella sera. In quella foschia, la fede che per tutta la sua vita era stata un dovere sfiancante si era ridotta a un'unica lucida certezza: che il Dio di Abramo e Isacco, nel cui nome si doveva piegare ogni ginocchio, a quanto pareva era presente in un paesino dell'Essex un mercoledì sera, e per un imprevedibile gesto del suo potere aveva esaudito le preghiere di una ragazzina inginocchiata nel fango. «Se te lo dico riderai di me?» gli chiese.

«Forse» disse Thomas, facendo sorridere Grace, che gli diede una spallata come faceva un tempo, e gli disse: «L'ho promesso a Dio. Ecco perché. Gli ho detto: fallo uscire da lì e farò la brava. Fallo uscire sano e salvo e allora mi farò battezzare e servirò Dio per tutti i miei giorni. Ed ecco che lui è uscito sulle sue gambe, con le mani alzate, senza nemmeno una bruciatura sui vestiti. Ero così felice che mi sembrava di impazzire. Poi spaventata perché ho capito che ero in debito con Dio e un giorno avrei dovuto ripagarglielo. E dovrei battezzarmi, perché ho fede davvero, sul serio! E Dio non ha forse detto che se tu lo onori lui ti onorerà, e non è vero che mantiene sempre le sue promesse?»

Thomas restò in silenzio per un po'. «Eccoti ancora a contrattare» disse. «Sembri una streghetta che scaglia incantesimi con il ferro vecchio. E io sono un pover'uomo che ricade sempre nel suo peccato, Grace, ma persino io so che questo ragionamento teologico è piuttosto carente».

«Forse sono davvero una strega!» Poi le venne in mente che era un'affermazione blasfema. «Ma non è un incantesimo, è una preghiera» disse.

«Grace» le chiese Thomas, con voce dolce, «credi davvero a tutto questo?»

«Non lo so! Tutte queste regole, Thomas, tutte le cose che non posso fare – i cappelli che mi devo mettere, la musica che non posso ascoltare – non sono mai stata al cinema. Non ho mai ballato e nessuno mi spiegherà mai come si fa! Però» – e si picchiò piano il petto – «ho sempre questa cosa dentro di me che non mi abbandona. E non è molto più significativo, molto più sorprendente, avere fede contro il proprio buon senso?»

«Potrebbe essere fede. Ma anche paura, o amore, o tutte queste cose insieme, o nessuna».

Thomas guardava con interesse un giardino nel quale non c'era nulla di interessante. «Una volta mi hai detto che sentivi di dover essere buona, altrimenti Dio ti avrebbe portato via le cose che amavi».

«E con questo?» disse Grace, quasi cedendo al desiderio infantile di sbattere il piede per terra per il disappunto. «Con questo? Credi che lo stia facendo perché Dio mi faccia avere Nathan?»

«Proprio così. E ti conosco da quando sei nata, giusto?» Adesso Grace aveva venti pezzetti d'acciaio per farle da contrappeso nel fonte battesimale. Erano tutti allineati sul banco di lavoro, e cominciarono a brillare: stava spuntando il sole.

«È così tanto tempo che non lo vedo» disse, «quando non lo vedo tutto è spento e piatto. Ma gli ho chiesto di venire, e ha detto che l'avrebbe fatto. Ci sarà, ne sono certa». Chiuse gli occhi per non guardare Thomas; e quando li riaprì vide sua zia che attraversava svelta il giardino, con un abito bianco in mano.

Poco prima delle quattro del pomeriggio, mentre l'armonium della Bethesda cominciava a suonare per Grace, un vento violento sparpagliò la nuvola opprimente che aveva racchiuso Aldleigh per tutto il giorno. Thomas risalì solo London Road con il cesto che conteneva panini bianchi morbidi e torta di mele, fatti perché Grace gliel'aveva chiesto. Dopo il suo battesimo, una volta cambiati i vestiti fradici con quelli asciutti, sarebbero andati tutti insieme nella sala fredda dietro la chiesetta e avrebbero bevuto il tè, lì dove una volta un vecchio con il cappotto sgargiante si era ubriacato fino a perdere il senno. Mentre Thomas camminava, le betulle sfolgoravano nei punti in cui il sole basso le colpiva, sortendo su di lui l'effetto di camminare da solo nell'incendio di un bosco, uscendone illeso.

Thomas pensò ad Anne che arrivava al capanno con la veste battesimale e il suo saluto cauto: «Ah, sei qui» aveva detto, trasmettendo il dispiacere perché dall'incendio in poi lui era stato assente dalla casa di Dio. Come faceva a spiegarle che aveva scambiato la sostanza di cose auspicate e segno evidente di cose non viste con James Bower e un telescopio riflettore di venticinque centimetri sepolto dietro un muro?

Si rese conto all'improvviso che non era mai stato così felice, ma era abbastanza saggio da capire che la sua felicità consisteva soprattutto di speranza. Il loro incontro tra le macerie era stato intimo e strano, e lo aveva tenuto di buonumore per giorni; ma erano tornati quasi subito alla loro facile finzione di essere ragazzi che hanno per le mani un mistero. E quindi parlavano solo di dov'era andata Maria Văduva, e si chiedevano se nel parco era stato sepolto un altro scrigno con delle carte; ma nel frattempo Thomas continuava ad analizzare minuziosamente ogni gesto e frase, e a tentare di decodificarli.

Nel frattempo James Bower stava facendo una passeggiata con il bel tempo insieme alla moglie, pensando con gratitudine che per un po' era stato soddisfatto della propria sorte. Per tutta la giornata si erano occupati di amministrare la vita in comune, e ora accettavano la bellezza della sera come una grazia annuale. I figli alla fine se la sarebbero cavata (aveva detto lei, prendendolo per mano), e anche se il maggiore era un bambino piuttosto silenzioso non era colpa loro (disse lui, baciandole la mano che stringeva la sua), e probabilmente la cosa non sarebbe durata. Avevano problemi a pagare un paio di bollette, ma si sarebbero risolti; e James era sempre stanco (ora lei rideva di lui), ma d'altro canto non era più giovane come prima, e dopotutto in quel periodo portava le cicatrici di mille battaglie e non era esattamente una bellezza.

Girarono un angolo ed ecco la Bethesda in London Road, dove James una volta aveva sentito l'armonium e aveva visto Thomas Hart che attraversava rapido il parcheggio. Era possibile che ora stesse risentendo la stessa melodia? Il vento liberava le foglie dei faggi dai rami e ne sollevava mulinelli che a James facevano pensare a un diavolo in movimento; poi sua moglie disse: «Guarda! Guarda: non è il tuo fantasma, quello?» Le foglie caddero all'improvviso. «Sì» rispose.

A James non servì alzare lo sguardo per vedere chiaramente il lungo soprabito di lana chiara pregiata e le scarpe lucidissime; l'andatura curiosa che nasceva in parte dal dolore, e quelle maniere all'antica nell'avere l'aria di occupare un'atmosfera, che sconcertavano e affascinavano i suoi amici. Però guardò: scorse l'uomo, scorse il soprabito. Portava un cesto, il che gli dava uno strambo aspetto femminile, ed era in piedi, immobile. James provò una strana vergogna. Il motivo non era che ritenesse Thomas un uomo troppo bizzarro per presentarlo alla moglie – dopotutto, non era sempre cortese, intelligente, gentile? – ma più che altro il fatto che la loro esistenza insieme si era svolta ai margini, con una donna morta a fare da chaperon.

«Ha un aspetto meraviglioso» stava dicendo sua moglie, ridendo mentre Thomas si avvicinava, e James ebbe la spiacevole sensazione che gli sarebbe piaciuto attraversare la strada per evitarlo. Ora Thomas spostava il cesto da una mano all'altra come se fosse pesante, e si stava avvicinando. «Presentamelo» disse sua moglie, sistemandosi i capelli. «Anche se forse scomparirà e capirai che dopotutto era davvero un fantasma – oh, James, poveretto. Non guardare». Thomas Hart era in ginocchio. Il cesto era caduto nella canaletta di scolo, e sul marciapiede si erano sparpagliati oggetti bianchi che stavano rotolando sotto le macchine. Thomas armeggiava goffo con il telo caduto; lanciò un gridolino di frustrazione che si sentì sopra il traffico e il suono dell'armonium. Poi si alzò con l'attenzione di un uomo ferito, e avanzò verso di loro, con il cappotto annerito sull'orlo, e il cesto di vimini sfilacciato. È a disagio, pensò James, per quello ha un aspetto così strano.

Sua moglie, che avanzava con la gentilezza immancabile che tanto gli piaceva, gli porse la mano. «Giuro che non ho visto niente» disse.

Thomas gli mostrò le mani, bagnate di fango della canaletta. «Sono sporco» disse, «mi scusi. Buon pomeriggio, James; ha un bell'aspetto: deve essere andato a Lowlands senza di me. E lei sarebbe...?» Lanciò a James uno sguardo interrogativo, gentile e riservato.

«È mia moglie, Emily» rispose James. «Emily, lui è Thomas».

«Emily». Thomas parlò come se non avesse mai sentito quel nome, e quelle sillabe gli stessero dando dei problemi. «Sua moglie» disse, e inclinò il capo in segno di avere capito. L'armonium ricominciò a suonare.

«Parla spesso di lei» disse la moglie di James Bower. «In effetti a volte mi sono ingelosita per quello che avete combinato voi due con i vostri misteri e i vostri fantasmi. Quindi mi fa piacere conoscerla» disse. «Sono felice di aver conosciuto il mio rivale. Ma ascolti, non è in ritardo?» Erano a fianco del Cimitero di poveri, e sentirono i fedeli che cantavano: «*Se pace qual fiume m'inonda dal ciel...*»

«Immagino di aver sbagliato orario» disse Thomas, «mi sbaglio continuamente». Si allontanò con un gesto di congedo, e un'espressione impossibile da decifrare dietro il velo del suo sguardo. James prese per mano la moglie. Sembrava quasi che lo facesse per consolazione. «Arrivederci» disse; ma Thomas Hart si stava già dirigendo alla Bethesda come se fosse il suo approdo. «Mi sa che quel canto l'ho già sentito» disse James. *O mio cuor, calmo sta in Gesù.*

Thomas trovò la chiesetta modificata. Il tavolo della comunione era stato collocato a fianco dell'armonium e il fonte battesimale era aperto. La cavità piccola e profonda era piastrellata d'azzurro come una piscina comunale, e riempita fino all'orlo di acqua che era uscita tutto il giorno da rubinetti di rame. L'acqua era stata riscaldata da una resistenza di ferro agganciata al bordo a fianco dei gradini, e rilasciava fili di vapore che si dissolvevano nell'aria fresca della chiesetta.

Trovò il banco che gli era appartenuto fin dalla nascita, e si sedette sotto le dieci lune immobili, confuso dall'umiliazione e dal senso di perdita. Emily, pensò, disprezzando con un moto infantile il nome, e il sorriso gentile, e la facilità con cui aveva accettato la mano del marito; disprezzò i suoi capelli, i suoi abiti, il marciapiede dove si trovava. Ma cosa era stato perduto, a conti fatti? La speranza, ecco cosa: la sensazione che il mondo si spalancasse a ogni incontro, e che ogni parola prevedesse quella successiva, e quella dopo, fino a... ora tutto questo era perduto. Peggio ancora, tutto quello che era stato detto e fatto ora era assurdo e Thomas stesso era ridicolo. Era stata tutta una truffa, pensò Thomas, sollevato nel veder arrivare la rabbia accanto alla perdita: James sapeva cosa stava facendo – d'altra parte, non era presente anche lui? Ora i fedeli chinarono la testa in preghiera, e come poteva Thomas unirsi a loro? Quale preghiera o lode poteva improvvisare ora, con i lividi che gli spuntavano sulle ginocchia? Il mondo non era nulla a parte quel banco duro e ben noto. Guardò Grace, seduta tra il padre e la zia. Aveva un nuovo cappello, con la tesa abbassata; le spalle e l'abito bianco largo avevano un'aria di sfida. È tutto per via di quel ragazzo, pensò, ma non verrà, se è vero che conosco bene gli uomini, ed è così. Sarebbe meglio se lui se ne andasse, perché come fa lei a sopportare una cosa del genere, quando è solo una bambina?

Il pastore scese dal pulpito. Si mise gli stivaloni da pescatore per difendere dall'acqua il suo completo da cerimonia, e chiamò Grace Macaulay al leggio per raccontare della sua salvezza. Nella chiesetta c'era un'atmosfera gioiosa mentre Grace parlava di quanto era indifesa la sua anima eterna e di quanto era sicura della propria salvezza: una pecora veniva ora accolta al sicuro nel gregge. Ma Thomas era in grado di riconoscere la perdita quando la vedeva, e capì che lei piangeva più per il suo corpo che per la sua anima. Hai portato solo guai, pensò, riversando la rabbia su quel ragazzo imprevidente: hai portato solo guai, fin dall'inizio.

Il pastore scese dentro l'acqua e porse la mano a Grace, che era in piedi scalza sul bordo. Mi oppongo, pensò Thomas, ho un migliaio di obiezioni giuste! Il pastore cominciò a pregare. Grace sospirò e si accigliò, e mentre avanzava l'orlo della veste le si impigliò sotto il tallone. Si sentì rumore di tela strappata, e di una serie di pesi luccicanti che rotolavano. Grace, con un'esclamazione umiliata di angoscia, si chinò a raccogliere quello che poteva, e Thomas sentì la porta della chiesetta che si apriva piano. Si girò. Sulla soglia c'era Nathan. I suoi abiti colorati erano violenti al contrasto con i muri freddi e chiari; dalle cuffiette che aveva intorno al collo arrivava una parvenza di musica. Cercava Grace con lo sguardo e non riuscì a trovarla. Prese gli occhiali dalla tasca e guardò di nuovo. Eccola lì, con quell'abito assurdo, inginocchiata sul bordo dell'acqua. Sei in ritardo, pensò Thomas, guarda, le hai già provocato del dolore, e continuerà a tollerarlo molte altre volte. Poi lo sguardo del ragazzo incrociò il suo, e cambiò espressione: eccolo lì, Thomas Hart! Sorrise e cominciò a farsi avanti. Thomas scosse il capo con un gesto lento e studiato di minaccia: non sei benvenuto, non ti vogliamo, non ti abbiamo mai voluto. Il ragazzo sussultò come se l'avesse colpito, e per un attimo Thomas lo compatì per quello sguardo smarrito, quasi di dolore. Nathan vide Grace che prendeva la mano che le dava il pastore, ed entrava in acqua dando le spalle alla porta. Il suo smarrimento aumentò e forse si aggiunse anche uno sguardo rassegnato. Fece un cenno del capo a Thomas, diede le spalle alla chiesetta e se ne andò.

Il pastore parlò a Grace. Lei annuì: sì, disse. Sì. Sorrise. Qualcuno cominciò a cantare. A uno a uno si unirono a quella voce solitaria finché la volta chiara del tetto della Bethesda rilanciò il canto verso di loro. L'acqua arrivava alla vita della bambina e le anneriva l'abito; e poi con facilità, come se si fossero studiati la coreografia di un balletto sacro, il pastore le passò un braccio intorno alla schiena e le afferrò i polsi nel punto in cui erano incrociati sul petto. «In nome del Padre» disse (si sentì la porta della chiesetta che si chiudeva sbattendo), «e del Figlio e dello Spirito Santo». Poi il sole vagante colpì i dischi di vetro giallo fissati nelle vetrate vicino al pulpito, e infrangendosi all'angolazione prestabilita illuminò la superficie dell'acqua nel fonte battesimale. E così Grace Macaulay, girandosi con vana speranza verso la porta che si chiudeva, entrò nella vasca scintillante dando l'impressione di essere diretta verso il sole, invece che in caduta, e il corpo della peccatrice si perse in una luce immeritata.

Seconda parte
2008
La legge delle aree uguali in tempi uguali

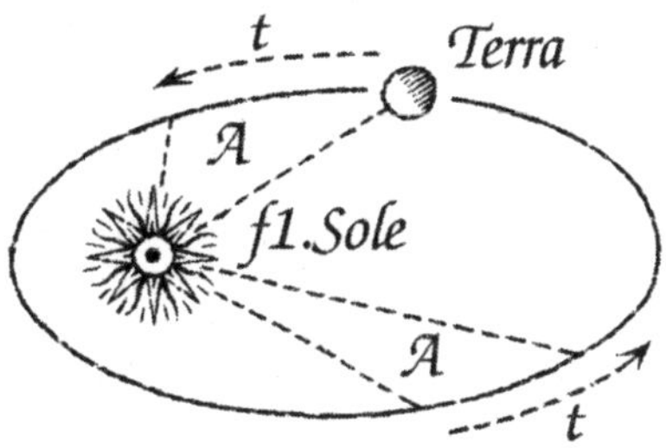

Fig. 2

Era ottobre. La Terra e tutti i suoi passeggeri, sbandando a dritta, navigarono sulla scia della cometa di Halley, causando una pioggia di meteore che era più luminosa e più bella di quella dell'ultimo passaggio della Halley, un caso nel quale il ricordo era più bello del fatto in sé.

Ottobre, dunque: e le stelle cadevano sui bordi umidi e neri della A12, e sui prati verdi e umidi delle caserme di Colchester; cadevano sull'albero delle tombe di Aldwinter, e sui quartieri residenziali di Chelmsford che si inerpicavano dove una volta sorgevano ospizi dei poveri e colonie per lebbrosi. Ma essendo imparziali, cadevano anche su Aldleigh e su un uomo alto che percorreva la strada principale con uno zaino in spalla. Portava gli abiti talari da prete cattolico, e gli donavano a tal punto che sembravano nati insieme a lui: una casula bianca che il passo veloce delle sue gambe lunghe sollevava, e una stola con le frange alle estremità; una cintura che simboleggiava continenza e castità e una mozzetta verde con il ricamo di una croce dalla quale si sfilacciava del filo dorato. Chi lo vedeva notava l'impressione di potere che emanava, nonostante fosse sulla settantina abbondante; notava anche l'odore che lo seguiva, di incenso e whisky. Dato che l'Essex era una zona di protestanti, non gli fu tributata la deferenza che probabilmente avrebbe ottenuto nel Norfolk, o di sicuro a Dublino o a Nizza; ma un uomo che usciva dal Jackdaw and Crow fu colto da antichi ricordi del confessionale e si fece il segno della croce senza accorgersene.

Tutto cambiato, pensò addolorato l'uomo, mentre passava a fianco del monumento ai caduti di Aldleigh, che di recente era stato lucidato e rilaminato; tutto cambiato, pensò, chiedendosi dove era finito il macellaio con il pavimento ricoperto di segatura e la tenda con le catenelle sulla soglia per tenere fuori i mosconi azzurri. Dov'era il negozio di calzature con il tendone a strisce, e perché tutto era così pulito? Lui aveva un vago ricordo delle buche nella strada principale, e dei giornalai con le pubblicità delle sigarette, e di un bar dove una volta una signora gli aveva servito uova e pancetta pur sapendo per certo che lui non era in grado di pagare. Cadde una stella sul tetto del vecchio municipio, dove due uomini dai capelli grigi con garofani verdi all'occhiello si baciarono senza vergogna sui gradini, e cercarono di schivare il lancio dei coriandoli e… dov'era finito il museo, e l'uomo che una volta sedeva nei suoi uffici? Ora arrivò all'Alder e lì era tutto cambiato: l'acqua ripulita secondo ordinanze municipali specifiche, sulle sponde non c'erano più i carrelli della spesa lasciati dagli ubriachi. Guardò scorrere il fiume ordinato e bevve da una bottiglia che teneva in tasca; poi si diresse in London Road. Ancora nessun cambiamento nel Cimitero dei poveri, e nessun utilizzo trovato per quella terra: rovi cosparsi di bacche non raccolte e distrutte dal maltempo, e un'unica ghiandaia dall'aria ipercritica.

Quando arrivò alla Bethesda la vide immutata come la stella polare. La catena del cancello era aperta. Era la sera della domenica e l'armonium suonava. Gli abiti del vecchio avevano uno splendore regale sullo sfondo austero dei mattoni della chiesetta. Prese un messale dal tavolo dell'atrio ed entrò rapidamente, e vide con gratitudine i dieci lampadari che sembravano lune bloccate in orbita, e le vetrate strette con i dischi scarni di vetro colorato. Ma comunque tutto cambiato anche alla Bethesda: dov'era Anne Macaulay? Dov'era suo fratello, con quell'aria di aver visto un dolore che era sfuggito a tutto il resto del mondo? E dov'era quella Grace bambina, con le sottogonne bordate di pizzo, e dov'era il suo amico? Quella platea di fedeli gli era estranea.

Un uomo scese dal pulpito e si fermò di fianco al tavolo della comunione, ricoperto da una tovaglia bianca. Aveva la barba brizzolata e quadrata come una pala e il visitatore lo riconobbe con gratitudine e sollievo: era il diacono che una volta lo aveva accolto posandogli una mano sulla manica, e non era cambiato molto. «*Poiché io ho ricevuto dal Signore ciò che vi ho anche trasmesso: che il Signore Gesù, nella notte in cui fu tradito, prese del pane*»* disse il diacono. Su un tavolo c'erano piatti d'argento con sopra cubetti di pane bianco economico; oltre le strette vetrate le automobili bisticciavano e suonavano il clacson, e solo il visitatore lo sentì. Il diacono scese solennemente fino ai banchi, e il piatto d'argento venne passato di mano in mano. «*Fate questo in memoria di me*» disse il diacono. Masticarono il pane in silenzio e il corpo di Cristo fu spezzato di nuovo nell'Essex.

Il visitatore si alzò in piedi. Alzò le braccia nella luce trasognata. «Vi prego» disse. «Anche io devo prendere pane con voi». I fedeli si voltarono, notarono la veste da prete cattolico, l'odore di whisky. «Vi prego» disse il vecchio. Il diacono fece una pausa. Esaminò il visitatore. Era impossibile giudicare quali calcoli sul contegno e la teologia si nascondessero dietro quella barba; ma dopo un po' risalì il corridoio stretto e porse il piatto al vecchio. Il visitatore prese il pane, lo mangiò e si fece il segno della croce; e quell'azione, che c'entrava con il dio protestante della Bethesda tanto quanto il sacrificio di tre galline nere, lasciò attonito un bambino che osservava. «*Parimenti, dopo aver cenato*» disse placido il diacono, «*prese il calice, dicendo: "Questo calice è il nuovo patto nel mio sangue"*». Versò del liquido spesso da una brocca d'argento dentro un calice d'argento, e sorrise schivo. «*Fate questo ogni volta che ne bevete in memoria di me*». Il calice venne passato di mano in mano e l'orlo pulito tra

* Prima lettera di san Paolo ai Corinzi 11:23-25 (*N.d.T.*).

un supplice e l'altro; poi il diacono inclinò l'orlo e lo posò sulla bocca del vecchio, in modo che potesse bere senza dover usare le mani. «*Poiché ogni volta che mangiate di questo pane e bevete di questo calice, voi annunziate la morte del Signore, finché egli venga*» disse il diacono, ritornando all'ombra del pulpito.

L'armonium prese fiato e mise fine alla faccenda. Lo sconosciuto allargò le vesti e osservò la chiesetta svuotarsi dagli uomini e le donne che passavano davanti al suo banco facendogli cenni di saluto circospetti. Il diacono anziano, l'ultimo ad andarsene, si prese le chiavi dalla tasca e gli disse: «Io la conosco. Ne sono sicuro. Spero che abbia trovato sollievo nella cerimonia».

Il visitatore fece un cenno laterale con la testa notevole.

«La devo chiamare padre?» chiese il diacono, indicando la croce d'oro che si srotolava sulla stola (era chiaro che non avrebbe chiamato padre nessun uomo, a nessuna condizione, per quanto lunghe e bianche potessero essere le sue vesti).

«Non occorre». Il visitatore si alzò e si infilò a fatica lo zaino. «Ero venuto a cercare il mio amico, ma non c'è» rispose. Il diacono spense le dieci lune delle lampade. Lo sconosciuto lo seguì fino alla porta. «Mi può dire dov'è, per favore?» chiese.

Arrivavano al parcheggio e una stella cadente per un attimo cucì un filo di luce sopra la città. Il diacono chiuse solennemente le porte della chiesetta; solennemente mise via la chiave. «In questo periodo fa l'uomo di mondo» rispose. «Lo può trovare dove è sempre stato: a casa, in Lower Bridge Road».

A casa, in Lower Bridge Road: Thomas, seduto eretto e soddisfatto davanti alla sua cena. Poco era cambiato, lì; anche se un osservatore attento avrebbe potuto pensare che il quadro sopra il caminetto avesse l'aria di essere un Augustus John, non è vero?; che la credenza sfoggiasse non meno di quindici pezzi di vetri dorati di Moser. Il posto emana un'aria di ricchezza, e anche Thomas, che era stato colpito dal vento delle lodi a cinquantotto anni per la pubblicazione del suo romanzo *Cavallo e cavaliere* (con la dedica *a J.B.: il suo libro*). Carleton, leggendo il romanzo mentre tornava a casa a piedi dal lavoro e poi la sera tardi sotto la luce artificiale, fu colpito e soddisfatto di scoprire che l'ambiguità che aveva criticato nelle prime opere di Thomas Hart era stata sostituita da una schiettezza che ammirava, ma che non riuscì mai a conciliare con il gentiluomo tutto d'un pezzo alla sua scrivania. Di tanto in tanto, ad Aldleigh o a Bishopsgate o nelle sale d'aspetto dei dentisti, Thomas incontra sconosciuti che sono in parte avidi e in parte timidi, e a volte gli chiedono bruscamente: «Non l'ha scritto lei quel libro – e non ha vinto lei quel premio?» Sì, confessa lui: e nessuno (li rassicura) poteva essere più sorpreso di lui, perché chi se ne fa niente dell'opera di un vecchio battista polveroso, che sbrodola frasi lunghe più di una pagina? I lettori vanno alle sue presentazioni e si mettono in coda oltre la porta – a volte gli stringono la mano muti, altre volte lo abbracciano e lui ricambia. In certi ambienti è ritenuto troppo sentimentale per essere preso sul serio, è preda del difetto fatale di essere troppo tenero con i suoi personaggi: ma Thomas è convinto che se uno scrittore si ritiene superiore ai prodotti della sua fantasia allora dovrebbe mettersi a fare un lavoro più adeguato (come il dentista o il muratore addetto ai muretti a secco).

Continua a scrivere la sua rubrica sull'*Essex Chronicle*, con gran sconcerto dei suoi colleghi più giovani. Resta cittadino dell'impero della Luna e ha dedicato gli ultimi dieci anni ad arrivare a capire l'astronomia e la fisica al livello di uno scolaro: chiedetegli quali sono i modi più facili per osservare le tempeste sulla superficie del Sole, per esempio, o come lo spettrometro divide la luce bianca di una stella e svela le impronte digitali di Dio, e lo vedrete diventare improvvisamente loquace. Non ha deciso di fare a meno di Dio, nonostante sarebbe stato semplice e conveniente: a volte di domenica mattina i suoi piedi lo conducono alla Bethesda, e lui non si oppone. Di questi tempi si reca raramente a Londra, e preferisce la propria compagnia a quella di altri uomini (nessuno dei quali, dopotutto, è James Bower). È felice, tranne quando non lo è; e le vecchie ferite all'anca e al cuore a volte lo disturbano ancora.

Maria Văduva, che si è praticamente personificata, è diventata un'inquilina fissa. Lui non fa niente per sfrattarla. Mentre scrive, a volte si sporge da dietro e gli indica lo schermo con il dito: *Su, Thomas Hart,* dice, lucidando una lente con la manica del vestito, *su, vecchio imbroglione, non è andata per niente così.* È lei il principio organizzatore. Thomas ha amato un uomo che non lo ricambiava? Ebbene: anche lei. Gli fa male il collo a forza di guardare la Luna? A lei un giorno si romperà del tutto. Lui non riesce a pensare a Lowlands senza provare dolore? Lei gli passa un fazzoletto che è già umido. «Un giorno» le dice, guardando Orione che scavalca il ponte della ferrovia, «riuscirò ad andare a fondo di tutto questo, ascoltami bene». Lei ne dubita.

E quindi Thomas, ben eretto al tavolo del salotto, scrisse un'e-mail a Grace Macaulay. Era passato un anno dal loro ultimo incontro; ma dato che lei non era cambiata per nulla nei primi ventinove anni della sua vita, immaginò che quest'ultimo anno non le avesse tolto i riccioli neri, gli abiti di pizzo e broccato, e il suo affetto incrollabile e il suo carattere deplorevole. *Vieni a casa, bambina infelice,* le scrisse, *non manca molto –*

– Vedrai che non manca molto. La settimana scorsa hanno portato il letto da ospedale, e l'abbiamo messo dove c'era il tavolo da pranzo, dove ogni domenica prendevamo il tè alle cinque e tuo padre leggeva dalla sua Bibbia. Ora non riesco quasi più a ricordarmi com'era prima la stanza: il presente arriva come un'onda sopra il passato.

Tuo padre è un ottimo infermiere. L'hai mai visto preparare un uovo sodo? Adesso glieli prepara strapazzati e in camicia per allettarla, e non brucia mai il pane tostato.

Ogni giorno lei chiede di te e io ho finito le bugie. Ha da fare, le dico. Oppure: è a Parigi. Ma non sei mai stata a Parigi e non hai scuse per non essere qui. Vieni a casa, bambina infelice! Credi di non essere più benvenuta perché hai deciso di fare a meno di Dio? Credi che dovrai simulare la fede per amore di tua zia? Ti accetterà così come sei, e io pure; tuo padre, temo di no. Ma ha sempre detto che eri una peccatrice, e allora che cosa si aspettava?

C'è un treno domani che parte dalla stazione di Liverpool Street alle 5:03. Ti aspetto in stazione. Ti accompagnerò a casa.

«Bambina infelice» disse con un pizzico di rabbia che, immaginò, doveva essere come quella di un padre: amplificata dall'amore (e il suo fantasma domestico si era materializzato addosso alla finestra, coprendo una stella solitaria – *Eppure*, gli disse, parlando a nome della sua memoria e del suo senso di colpa, *forse puoi dire che hai fatto la tua parte per causare questo, no, Thomas Hart?*).

«Lasciami in pace, Maria» – ma sentì l'odore dell'acqua del fonte battesimale della Bethesda e vide Nathan che veniva scacciato all'ingresso, e il tempo non era passato come avrebbe dovuto: ecco Grace che veniva sollevata dall'acqua lucente, con un'espressione di speranza e desiderio sul viso. *Con tutto il mio affetto,* scrisse. La sera lasciò garbata il posto alla notte. Le stelle cadevano sul ponte della ferrovia. C'era qualcuno alla porta.

Richard Dimitru Dines disse: «Salve», e posò lo zaino con difficoltà.

«Salve» rispose Thomas. Avrebbe dovuto dire che sorpresa era vedere il vecchio sulla soglia vestito da prete con un'ostia in tasca? Forse, ma non sarebbe stato vero.

Le cose passano e poi ritornano – «Salve» disse; e poi (a cosa serve la formalità, quando hai davanti un uomo al quale hai fatto il bagno in una vasca e che hai spidocchiato?): «Vedo che sei ubriaco. È meglio che entri. Metto la teiera sul fuoco».

«È vero» disse Dines imperturbabile. «Sono ubriaco. Ho anche fame, e vorrei sedermi, se non ti dispiace».

A Thomas non dispiaceva. Scacciò Maria dalla poltrona (lei si scrollò le sottane nere e penetrò imbronciata nel muro) e vi fece sedere Dines. «Ti sta bene questo costume ridicolo» disse. «Anche se non ho mai creduto che tu debba portarlo».

«Non dovrei?» Dines alzò le braccia e sollevò le ali della casula: aveva un'aria angelica, se mai gli angeli si fossero stancati di fare il proprio lavoro per poi andare a consolarsi nell'alcol. «No, non sono stato ordinato» disse, «ma un uomo può essere ordinato da Dio onnipotente tanto quanto da un seminario. Mi sorprende che tu lo dubiti».

«E allora dimmi: sei diventato cattolico?» chiese Thomas, senza darsi la briga di nascondere il suo disprezzo di battista.

«Perché no!» disse Dines. Alzò le mani di nuovo, e Thomas vide che in questo caso il tempo era stato clemente: i monconi straziati sul letto delle unghie erano quasi vicini alla forma originaria; le nocche, per quanto gonfie, non avevano più l'aria che l'osso dovesse strappare la pelle da un momento all'altro. Il pollice pendente, che non era utile e nemmeno decorativo, era stato amputato, e quell'assenza era contraddistinta da una nuova cicatrice. «Perché no!» ripeté Dines. «Mi piace portare questi abiti, così la gente guarda e dice: ecco un uomo di Dio».

Thomas, dalla cucina, gli disse: «Vedo che hai trovato la fede nell'ultimo posto in cui l'hai cercata, di sicuro». Macinò il caffè; tolse la focaccia dolce dalla carta marrone. «Non dovresti bere a quest'ora» disse, vedendo che Dines sorseggiava da una bottiglia, in estasi. «L'alcol provoca un sonno disturbato, e hai l'aria stanca».

«È vuota» disse Dines, e scagliò la bottiglia sul muro. Thomas, vedendo che il vecchio non era allegro come sembrava, imburrò la focaccia, la mise su un piattino dorato, e gliela porse.

«Non ho trovato la fede» disse Dines tra un boccone e l'altro. «Mi chiedo dove l'ho messa».

«Ma questa non è fede, allora?» disse Thomas, tirando le frange della stola, e osservando che avrebbe avuto bisogno di essere pulita. «Il tentativo di avere fede non costituisce di per sé la fede? Scambiare la certezza per la fede è una cosa orribile».

«Tu stesso non ti sei recato alla casa di Dio oggi, giusto? Ma che cos'hai: ti fa male qualcosa nel fianco?»

«Sono caduto, e da allora non è più tornato a posto» rispose Thomas. «In questo periodo cerco la fede in altre dottrine». Indicò uno spettrografo e un telescopio riflettore di venticinque centimetri con una serie di filtri che dovevano aiutare per le osservazioni del Sole. «Ho sostituito Dio con la fisica, e li capisco entrambi allo stesso modo, ovvero: proprio per niente! Ma trovo fantastico accatastare la conoscenza sopra dell'altra conoscenza, e vedere che l'argomento non si chiude mai: è tutto strano e meraviglioso come la resurrezione, e mi ci vuole altrettanta fede per crederci».

Mangiarono e bevvero in amichevole silenzio; e Dines si tolse la stola, e con quella anche l'aspetto pretesco. «Dov'è quella ragazza con i capelli neri che sembrava del mio paese?» domandò. «Il suo banco era vuoto».

«Vive a Londra. A Hackney, di questi tempi va molto di moda, mi dice, sopra una pizzeria. Le ho scritto oggi e le ho detto di tornare a casa. Sua zia sta morendo di un cancro allo stomaco che ha raggiunto il cervello e le ossa prima che scoprisse la malattia».

«E che ne è stato del tuo amico?» disse Dines, con aria maliziosa. «Che ne è stato del tuo uomo, che si chiamava James?»

«È sparito, temo. È sparito da Aldleigh, dall'Essex, da me – e lo ha fatto senza dire che se ne andava, fino a quando l'ho saputo. Senti, vecchio, non sono scemo» – Thomas, sorridendo, sulle scale sentì muoversi sottane nere che perdevano perline – «è possibile che tu non sia venuto qui da solo?»

Il vecchio lo guardò con aria maliziosa, senza dire niente, poi posò lo zaino sul tavolo. «Il mistero è risolto» disse. Con difficoltà tirò fuori una cartellina e un libro nero il quale, nella rilegatura e nei punti, recava ancora frammenti della terra del Cimitero dei poveri.

«Hai ancora il suo diario» disse Thomas, più soddisfatto che sorpreso.

«Lo porto sempre con me, e ho completato la traduzione: resuscitare Maria è stato l'ultimo compito della mia vita. E quindi devo dire un'altra volta: il mistero è risolto».

«Risolto del tutto?» chiese Thomas (e pensò: «James, dove sei adesso?»). «Sai che cosa faceva e dov'è andata?»

«Non l'ho risolto del tutto, ammetto» disse Dines, «ma gran parte del discorso è chiaro». Esaminò il diario, e trovò l'ultima pagina scritta. «Per esempio, vedrai che la sua ultima annotazione è del 17 giugno 1889. E dopo, più nulla. Ma tu sei inglese e temo che questa data non significhi niente per te».

«Proprio niente». Thomas si chinò e vide le parole scritte da una donna in preda all'agitazione, tutte macchiate. Toccò la pagina e si sorprese di vedere che la sua mano non era macchiata di inchiostro.

Dines, parlando con voce solenne come dal pulpito, disse: «Maria Văduva Bell il 17 giugno 1889, la stessa sera in cui crediamo sia scomparsa, era convinta di aver scoperto una cometa. Ora ti leggo la traduzione che ho fatto, Thomas. *Era una macchia perlacea*, scrisse, *che si proiettava da un nucleo di due gradi interi: e sembrava che si addensasse e aumentasse di bagliore man mano che la guardavo* – e qui si esalta. *Una cometa: che non cercavo, e nemmeno mi aspettavo* – ora vedi che ha la tendenza a essere sentimentale, ma possiamo perdonarla – *vista per la prima volta da me*, scrive, *una donna che ora appartiene all'Essex, e alla quale si è spezzato il cuore, ma la mente mai!*

Thomas disse: «Una cometa».

«Una cometa» ripeté Dines.

«Ma sono sempre stato cieco? Non ho mai visto quello che avevo davanti agli occhi?»

«Non mi sorprende che tu non ci abbia pensato» disse il vecchio, rimproverandolo con alterigia.

«Ma dove si trova nei dati? È una cometa periodica: quando ritorna?» (Pregò in silenzio le meccaniche celesti: Dio, fa' che la veda: fa' che possa avere almeno questo!)

«Non è il tipo di cosa che io so» disse Dines, «ma di sicuro lei ha osservato tutto e annotato la sua posizione...»

«L'ascensione retta e la declinazione, certo» disse Thomas. «Sono il collocamento di qualsiasi punto nel cielo in qualsiasi punto nel tempo, proprio come la latitudine e la longitudine...»

«Ma il documento è sparito. Non c'è. Guarda». Dines mostrò le pagine vuote del diario.

«Devo capire questa questione in modo chiaro». Era mezzanotte. Ogni fibra del corpo di Thomas era in allerta. «Maria Văduva Bell aveva scoperto una cometa dai terreni di Lowlands House, è sparita quella sera o poco dopo, e non ha mai fatto niente?»

Immenso, trionfante, come se avesse mandato in orbita lui stesso la cometa: «Sì» disse Dines. «Vuoi che ti dica altro?»

«Non ancora» rispose Thomas. Si rivolse al computer. «Prima di tutto dobbiamo chiarire se aveva davvero visto una cometa o se era solo il suo desiderio di vederla a farla comparire – sa bene che è possibile amare in modo tale da manipolare la realtà, da rendere inaffidabile la propria vista! Se era davvero una cometa, l'avranno osservata in questo emisfero, e ne troveremo una traccia. Per il 17 giugno del 1889 non c'è niente» disse, consultando accigliato i cataloghi astronomici. «Ma il giorno seguente in Francia l'astronomo Vincent du Lac identificò una cometa nella costellazione di Cassiopea, che in un primo momento è stata designata con il nome di 1889 III (du Lac) e poi, immagino perché quando si tratta di comete non c'è mai niente di semplice, 330P/1889 L1 (du Lac) – potrebbe essere che sia stata la Văduva ad avvistarla per prima?»

«Sì» rispose Dimitru.

«Vorrei che smettessi di interrompermi» disse Thomas. «È una cometa periodica, con un periodo stimato dai 117 ai 118 anni, e quindi ritornerà da noi: dobbiamo aspettare solo dieci anni!» Thomas Hart, seduto nel suo salotto con le ciabatte di pelle di daino, chiuse gli occhi e sentì la carica della coda della cometa, e la corrente del pulviscolo astronomico; si sentì di nuovo staccato dalla Terra, un cittadino esemplare degli imperi celesti, che cavalcava i venti solari. «Bene, porca troia!» disse.

«Dieci anni, accidenti» si lamentò il vecchio. «Saremo morti per allora. Thomas, dovremmo ottenere la nostra ricompensa. Ho fatto molta strada, e ora mi devi ascoltare. Maria scriveva spesso di un uomo che amava, e che non la ricambiava. Forse te lo ricordi».

«Sì, mi ricordo».

«Quest'uomo era indicato con M. Potremmo definirlo un indizio. A tempo debito ne ho trovato un altro. Ti ricordi che parlava di Lucifero che arrivava alla sua finestra come se fosse un amante?»

«Non è un mistero. È un semplice riferimento a Venere, la stella del mattino e della sera».

«Ti sbagli, Thomas, perché non hai familiarità con i poeti delle lingue che non sono la tua. Invece io sono stato trasportato in tempo reale alla mia classe, e agli studi di letteratura rumena, in particolare a Mihai Eminescu, il nostro poeta più grande, che concepiva Venere come Lucifero, la stella del mattino, che arrivava alla finestra di una donna e la costringeva ad amarlo. Mihai. M., un uomo fantastico, che lei amava, da quanto capisco, senza speranza e senza essere ricambiata. Sono sicuro che ti ricordi anche l'invidia che provava verso la bella Veronica. Si tratta sicuramente di Veronica Micle, l'amante del poeta. E così» disse, allargando le mani: era maestoso – «vedi bene che il mistero è risolto».

«Ripeti di nuovo il suo nome, per favore» disse Thomas. «Sillabalo»; si girò di nuovo verso il computer, ed ecco che in un attimo arrivò il poeta, trascinato attraverso gli anni, seduto con loro al tavolo. «Sì, sì, capisco» disse Thomas, e guardò con invidia e ammirazione le labbra carnose del poeta e gli occhi dolci e rivolti verso il basso, che sembravano ancora più dolci a contrasto con la mascella salda. «Povera Maria, non è giusto» disse, sorpreso dal suo dolore. «Non è giusto che la bellezza procuri di sicuro l'amore, e spesso senza volere».

«Devo dire che il suo viso era più bello delle sue opere» disse Dines. «Però, hai visto la data della morte? 15 giugno 1889: due giorni prima dell'arrivo della cometa. Morì nel sanatorio nel quale i medici lo torturavano con il mercurio per la sifilide, e il suo ultimo desiderio in punto di morte fu un bicchiere di latte. E quindi Maria aveva ricevuto la notizia – aveva compiuto la grande impresa che sperava avrebbe potuto portarle il suo amore – ma la fonte del suo amore non era già più».

«Ma se Maria avvistò la cometa in quella data, allora è sua: dopotutto alle future genti qualche bel fatto ha davvero portato il suo nome. È sua, e non è di du Lac» disse Thomas. «Siamo in debito con la verità. Forse ha seppellito le sue osservazioni nel Cimitero dei poveri – forse nei muri di Lowlands House – qualcosa dovrà aggiustarsi. O devo lasciare ai miei lettori solo la nostalgia e la perdita?»

«Se fossi stato nei panni di Maria, sarei tornato a casa portandomi dietro le mie carte. Che cos'è l'Essex in confronto a Bucarest? Persino adesso, nonostante tutto quello che le hanno fatto l'ignoranza e il potere, è la nostra piccola Parigi. E quindi questo è quello che faremo, Thomas. Io riporterò Maria nel mio paese, e andrò a parlare con i bibliotecari e gli studiosi di Eminescu, che saranno gentili con un anziano prete. E lascerò a te la mia traduzione, e tu la cercherai nell'Essex. Adesso mi fanno male le mani. È ora che tu mi metta a letto».

Thomas riportò il vecchio nella sua vecchia stanza. Si

inginocchiò ai suoi piedi e gli tolse gli scarponi con la stessa attenzione calma e imperturbata con la quale una volta gli aveva fatto il bagno e gli aveva infilato un pigiama troppo piccolo. Il corpo alto e massiccio odorava come se stesse per cedere, come fanno tutti i corpi verso la fine. «Grazie» disse Dimitru. «Lascia accesa la luce, per favore».

E poi Thomas, insonne, restò fino a tardi in compagnia di Maria, e non cadde alcuna stella.

17 giugno 1889
Lowlands House

Che notte strabiliante – il cuore mi pulsa nei polpastrelli e disturba la penna! – Eppure devo fare la mia cronaca – la cosa importante che ho tanto desiderato finalmente è arrivata!

In questi ultimi giorni sono stata malata – avevo mal di testa – e infatti ho vomitato tre volte, il che ha rallegrato John Bell, che immaginava fossimo in attesa di un figlio, anche se grazie a Dio non è così. E quindi, essendo malata, stanotte ho dormito come un sasso, senza pensare alle lancette dell'orologio – e mi sono svegliata prima dell'alba trovando un cielo senza nuvole, e senza dolore e tormenti nella mente o nel corpo. E a quel punto cosa potevo fare, essendo sveglia e forte come un ragazzo, se non andare dal mio telescopio? John mi aveva supplicata in lacrime di restare in casa, ma era bel tempo per i canoni dell'Essex, il cielo sembrava una pozza nera sulla quale a volte il Sole giocava – e così ho fatto qualche osservazione di Giove, con il cuore intenerito dalle lune che lo circondano, e capendo alla perfezione la loro stupida fedeltà –

Dato che la Luna brillava forte sopra l'orizzonte sud-occidentale, mi sono girata verso la parte più scura del cielo, e ho passato un'ora a ruotare la lente avanti e indietro, libera per un poco dal dolore che mi accompagna sulla Terra – poi all'improvviso cuore e mente si sono bloccati, come un cane randagio che si arresta davanti a un cancello alto! È stato come un arresto dell'anima! Ma i miei occhi non si sono arrestati: perché avevano visto una macchia su Cassiopea, qualcosa di esile come potrebbe essere il fiato di un uccello d'inverno, e azzurrino, persino! Scoprii di stare piangendo, e non ci vedevo più, e le mie lacrime erano così calde e dense che a malapena avrei potuto distinguere la luna di Giove – mi asciugai gli occhi sulla manica e guardai di nuovo, terrorizzata di aver urtato il telescopio, e nel farlo di avere perso il mio tesoro, come se fossi a bordo di una nave e lo avessi scagliato in mare – ma eccolo, di nuovo: uno sbaffo perlaceo che si estendeva per ben due gradi da un nucleo, che a sua volta aveva un aspetto confuso, che però sembrava addensarsi e farsi più luminoso mentre lo guardavo – una cometa, senza ombra di dubbio! – Inaspettata, mai scoperta, che veniva nell'Essex dal gelo dell'immensità – avvistata per la prima volta da me, una donna a cui avevano spezzato il cuore, ma non sarebbero mai riusciti a spezzarle la mente! Sentii che mi dividevo, come una cellula nella sua ostinata ricerca di vivere – e quindi in parte stavo ballando su Cassiopea, in piedi sui suoi punti con la cometa in mano; e in parte ero con M. in qualche strada di Bucarest, e gli portavo quello che avevo trovato come fa un cane con il suo padrone –

Ripeterò le mie osservazioni domani – mi accerterò di quello che ho fatto – e nel frattempo ho preparato un documento che porterò alla Royal Astronomical Society a Londra, in modo che possano esaminare e verificare la faccenda. L'ingiustizia arrecata a Maria Mitchell è stata presto sanata, ma essendo donna meglio non fare troppo conto sulla mia fortuna!

Caro James,
quando ho tirato fuori tutte quelle lettere vergognose da dove le avevo nascoste, ho scoperto che era passato un anno dall'ultima volta che avevo scritto il suo nome. Ma comunque l'ho pensata. Si ricorda di me – mi pensa mai? Pensa mai alla nostra vecchia amica Maria? Be', ho una cosa da dirle: il suo diario è tornato da me, e ce l'ho qui tra le mani. Ho letto e riletto l'ultima pagina e a stento riesco a credere ai miei occhi. Per tutto quel tempo, qui al mio tavolo e a Lowlands House con la foschia che entrava, ci eravamo chiesti chi era e cosa aveva visto – per tutto quel tempo, e ora lo sappiamo. James: era una cometa, e la cometa sta tornando.
Non avremmo dovuto saperlo? Non avremmo dovuto indovinarlo?
E così ora ho per le mani un nuovo compito: voglio fare in modo che Maria venga registrata negli annali delle stelle. Non voglio permettere che venga dimenticata.
C'è una cometa che si chiama Miss Mitchell dal nome della donna che l'ha scoperta, ma se lei non avesse perorato la sua causa porterebbe il nome di un uomo italiano. E siccome la nostra Maria non può perorare la sua, lo farò io per lei.
(Ho appena fatto una pausa per cercare la cometa di Miss Mitchell, ho scoperto che ha una traiettoria iperbolica. Sa cosa significa? Significa che è sfuggita alla trazione del Sole, e non ritornerà mai più.

Voglio dire: come sta lei, James Bower, mentre si muove lungo quella sua orbita? La rivedrò mai più?)
((Ma non spedirò mai questa lettera. Non sono mica scemo.))

THOMAS HART

SULLE LINEE DI FRAUNHOFER

THOMAS HART *ESSEX CHRONICLE*

12 NOVEMBRE 2008

Immaginate di risvegliarvi da un sonno agitato e trovare fasci di luce che vi escono dalle piante dei piedi e dai palmi delle mani. Se vi siete svegliati di malumore, suppongo che la luce potrebbe essere rossa, e se avete dormito bene, magari di un verde pacifico. Ora sento tutti i miei lettori che dicono: che idee strane ha, Thomas Hart! Ma portate pazienza con me: non è tanto assurdo come sembra. Infatti, per tutta la vita avete irradiato onde elettromagnetiche, ma dato che non irradiate mai la parte visibile dello spettro luminoso, non è possibile ricavare informazioni su di voi semplicemente guardandovi. Per quanto riguarda le stelle, è tutta un'altra cosa. Se le guardate con attenzione scoprirete tutto il loro albero genealogico. La luce delle stelle e quella del Sole, spezzate da un reticolo di diffrazione, mostrano i loro modelli peculiari di colore. Avevo sempre voluto vedere questo fenomeno con i miei occhi, e di recente mi sono comprato uno spettrografo usato. Somiglia a due telescopi in miniatura montati su una predella numerata, ed è da varie settimane che mette alla prova la mia goffaggine e la mia pazienza. Ma ieri, poco dopo mezzogiorno, finalmente ho visto tutto lo spettro solare proiettato su un foglio di carta che avevo appeso sul muro del salotto: un arcobaleno luminoso appiattito nella forma di una barra, con i colori interrotti a intervalli regolari da strette strisce nere, prive di luce e di colore.

Quelle assenze di luce si chiamano linee di Fraunhofer, e mostrano i punti in cui la luce è stata assorbita dalla materia che stava attraversando – e la loro collocazione ci permette di determinare la natura e la composizione della materia presente al momento della sua nascita, nella nebulosa della formazione: le impronte digitali di Dio.

Il fenomeno strano è che la prima volta che ho visto quelle linee avevo quasi paura. Anche i bambini conoscono la forma il colore dell'arcobaleno, è stato orribile vedere l'arcobaleno spezzato sul muro come una finestra rotta. Era come se stessi parlando un amico che conoscevo da una vita, che con una sola parola o azione dimostrava che in effetti non sapevo niente di lui.

Immaginate di irradiare luce, mi dicevo. Be': forse è proprio così – ma sospetto che al tempo stesso la tratteniate.

Grace Macaulay – nelle cui vene scorrevano i fiumi dell'Essex e l'inchiostro della Bibbia; nella cui filosofia i diavoli dell'inferno e i santi della Bethesda combattevano sul serio con la sua ragione e la sua natura – era seduta con il telefono in mano sul pavimento nudo di una stanza a Hackney e pensava a Thomas Hart. *Torna a casa, bambina infelice,* aveva scritto, e sono infelice, pensò, e credo che mi piacerebbe andare a casa.

Aveva ventinove anni e da dieci non si avvicinava al suo banco in chiesa. Ovvero: non era stata lontana dal suo banco più a lungo di quanto Thomas era stato dal suo. Era pur vero che né il senso di colpa né l'amore né il dovere la tenevano più legata a quel posto, ma a volte si ritrovava di nuovo all'ombra del pulpito della Bethesda più o meno per abitudine, con il capo coperto da un cappello preso a prestito, a sottoporsi alla consolazione degli inni religiosi. Ma la lucida certezza della sua fede durante l'incendio di Lowlands ora le sembrava l'ultima azione di una bambina. Aveva davvero creduto che Dio – trascurando l'Albania e l'Afghanistan e continenti interi di bambini che morivano sotto zanzariere strappate – si sarebbe occupato di un ragazzino miope e spericolato di Aldleigh? Ci aveva creduto, e nella sua gratitudine era stata disposta a sottoporsi al battesimo, ma dopotutto Dio non era stato fedele né giusto (dal fonte battesimale si levava vapore in eterno; la porticina che dava sul vasto mondo non si era mai aperta per far entrare Nathan).

Pensò al ragazzo che aveva amato con rabbia e dolore che trovavano posto tra i nudi fatti della sua vita, insieme alla data di nascita e al numero di scarpe. Il fatto che lui non fosse venuto aveva tradito la sua fede in Dio, nell'amore, e della ricompensa per avere cercato di fare il bene. Il fatto che dopo Nathan non avesse mai pensato di andarla a cercare le aveva suscitato una furia implacabile che non somigliava per nulla ai suoi scoppi di rabbia infantile, che così spesso finivano in un abbraccio. E nonostante questo negli ultimi dieci anni lei l'aveva cercato sul piano superiore degli autobus e sui binari della stazione e negli uffici uggiosi dove lavorava, e non lo aveva mai trovato. All'incirca ogni anno, aprendo dolorosamente il ventricolo del suo cuore dove lui era conservato, si creava dei profili sui social e costruiva un'idea di sé che le sembrava amabile; ma non lo trovò mai, e lui non trovò mai lei.

La stanza era fredda; non conteneva nulla di quello che Grace Macaulay amava. Niente sottogonne assurde di seta e pizzi – niente ciondoli, braccialetti, pettinini e anfibi con i nastri al posto dei lacci. Si era tagliata via di netto da sé stessa. Dai capelli e dalle braccia non si levava profumo di incenso o di olio di lavanda, solo l'odore penetrante di lievitati unti che saliva in eterno della pizzeria al piano di sotto, togliendole l'appetito. Un pacchetto di Silk Cut e un accendino stavano a fianco di un piattino sul davanzale, dove spesso si sporgeva per fumare rabbrividendo e per guardare la sopraelevata diretta a Croydon e a Dalston. I suoi pochi abiti erano appesi austeri a un binario porta abiti, e ai piedi del letto stava una televisione; la guardava a casaccio, confusa, cercando di far diventare la bambina della Bethesda una donna qualunque. E infatti era davvero qualunque, per quanto riguardava certe questioni essenziali: non credeva più all'inferno dal giorno in cui aveva riso della cintura che suo padre aveva in mano, sperava con tutto il cuore di vedere un giorno Thomas Hart salire le scale dell'ufficio anagrafe nel vecchio municipio insieme a un uomo che amava, e non la turbava minimamente l'idea che i suoi antenati potessero andare in giro curvi e nudi, fatta eccezione per la pelliccia. Ogni giorno mandava per il mondo questa donna qualunque, e riusciva a passare più o meno inosservata, facendosi amici e amanti e colleghi; e quello che all'inizio era l'angoscioso senso della propria stranezza si era ridotto al disagio di abiti ruvidi portati sopra la pelle scottata dal sole.

Ma *vieni a casa*, diceva Thomas; e ora sentì – sopra le folle dirette alla stazione, i clienti famelici che convergevano sui marciapiedi – il vecchio armonium e la voce di sua zia che cantava, e vide le luci della Bethesda come lune sul muro del suo appartamentino in affitto. Ai suoi pochi amici piaceva pensare che lei avesse subito migliaia di violenze fisiche e spirituali, e l'avessero scacciata dalle porte della chiesa per poi chiudergliele a chiave in faccia. Era difficile spiegare che suo padre e sua zia avevano accolto la sua assenza con dolore alleviato dalla loro fiducia nella volontà di Dio. Sarebbe ritornata alla Bethesda, oppure no, e in realtà Grace in quanto tale non aveva molto a che vedere con quello: si riduceva tutto a una faccenda di predestinazione. La distanza le permetteva di vederli con chiarezza – la sofferenza di suo padre, e la sua sincera determinazione a servire il suo Dio; l'affetto timido e diligente di sua zia – e a volergli più bene, e a desiderare di fargli piacere.

Guardò di nuovo il telefono, che si dava da fare ricevendo messaggi inutili: era libera il giorno dopo? Aveva visto il tg? A che ora venerdì? E lì tra i rumori di Londra c'era Thomas Hart, che scriveva come se fosse seduto al suo tavolo in Lower Bridge Road con i fogli di carta avorio davanti: *vieni a casa*. Grace sorrise e si lisciò i jeans come se fossero metri di cotone scarlatto sopra una sottogonna di raso lisa, e scrisse:

> Caro Thomas, e va bene. Torno a casa domani. Verrai davvero a prendermi? Lei lo sa che vengo? E lo sa che mi sono tenuta alla larga perché non riesco a credere che stia succedendo questo, e non lo voglio vedere?

Leggo la tua rubrica su internet. Credo che tu sia l'unica persona al mondo che conosce la mia vera natura e io sono l'unica che conosce la tua! Ho ancora voglia di raccontarti tutto. Come questo: ieri sera credo di avere visto l'eternità. Da piccola cercavo spesso di vederla, perché sapevo che morire vuol dire entrare nell'eternità, ma non ci sono mai riuscita. Immaginavo una botola che si apriva sotto la mia tomba, e qualcosa in attesa lì sotto, ma non sono mai riuscita a immaginarmi un tempo senza fine.
Poi ieri sera mentre stavo per addormentarmi ho sentito una cosa stranissima. Qualcosa stava sollevando il mio letto, inclinandolo dalla parte dei piedi, e io scivolavo sul materasso verso il muro. Continuavo a scivolare e il muro si apriva per farmi entrare e il letto si inclinava e io stavo cadendo – ma ho capito che stavo cadendo verso l'alto, e per quel motivo non mi sarei mai fermata, avrei continuato all'infinito.
Tu cosa ci capisci?
A presto –

G

Ci sarò, naturalmente. Ti porterò da lei. Le faremo una sorpresa.

Mi sembra che tu abbia le visioni – sei Julian di Aldleigh, dovresti startene seduta tutto il giorno in una celletta di pietra dipinta di bianco e piangere di gioia per le stimmate di Cristo. Io ci capisco questo: ormai sono piuttosto vecchio e morirò prima di te. In quel caso la mia eternità comincerà prima della tua – ma se l'eternità ha un inizio, come fa a essere infinita?

Credo che questa sia l'eternità, Grace Macaulay – non credo che inizi, credo che sia già cominciata. E quindi questa è l'eternità, ne facciamo parte proprio ora – ti mando questa e-mail nell'eternità, e ci vediamo nell'eternità al binario 2.

THOMAS HART

Anne Macaulay, malata e stanca, si svegliò presto dopo un sonno inquieto senza sogni, guardò l'alba che illuminava la sottile coperta azzurrina sulle ginocchia, la bacinella reniforme di carta nella quale aveva vomitato, le foglie pelose delle violette africane disposte nei loro piattini sul davanzale. La luce colpì anche un'orchidea che stava ritta in un vaso bianco scanalato, ma non riuscì a trovare vita nello stelo e nei petali di plastica. Vi si era depositata la polvere. Non sarebbe mai morta, pensò Anne, ed era una perdita. Per un attimo inspirò il profumo talcato che si era depositato nell'aria la sera prima, quando Lorna Greene era arrivata piangendo, aveva baciato Anne con le labbra umide di lacrime, dicendo se solo avesse saputo prima, se solo gliel'avessero detto! Anne aveva accolto i suoi abbracci in silenzio, non avendo scelta, e aveva cercato di esserne grata. «Quanto tempo è passato, cara Anne» aveva detto Lorna, spingendo da parte le violette per piazzare la sua orchidea di plastica nel punto in cui si vedeva meglio dalla strada. «Quanti anni?» Parlava come se la sua assenza le fosse stata imposta dalle circostanze, quando in realtà si era stancata presto della Bethesda, e negli anni a venire era diventata metodista, poi unitariana, e per breve tempo spiritualista, e allora (così dedusse Anne stancamente dal nuovo crocifisso d'oro sulla nuova catenina d'oro) cattolica. Ma era troppo stanca per portare rancore, se non altro perché le rimaneva troppo poco tempo per farlo; e quindi cedette alla presenza profumata di Lorna, e alle sue pacchette rapide che a volte sembravano schiaffi di rimprovero: «Ma perché mai non me l'hai fatto sapere prima, perché mai non mi hai chiamata? Che sciocchina la mia cara Anne! Che sciocca!»

La luce fu grata di lasciare l'orchidea immortale, e arrivò sul tavolo dove ogni domenica alle cinque di pomeriggio Anne aveva versato le sue teiere e imburrato il pane fatto da lei; e quindi il suo ricordo popolò la stanza, e c'era Ronald chino sulla sua Bibbia, e il vecchio vagabondo con il cappotto di velluto rosso, e Lorna nel suo vestito di raso frusciante da quattro soldi – c'era Nathan con il braccio al collo e poi il ricordo più vivido era di Thomas Hart, immutato e immutabile; «Buongiorno» disse, facendo un cenno di saluto al vuoto, e sorridendo del suo capriccio. Poi il sorriso vacillò: dov'era Grace, la bambina che aveva amato perché le era stato richiesto di farlo? Cercò di calcolare quanto tempo era passato, e non ci riuscì – forse la ragazza era appena andata in cucina, o forse era stata assente per tutta la sua vita. Anne scoprì con desolazione che l'unico ricordo rimasto era quello di una bimba che muoveva i primi passi, cicciotta e vivace e capricciosa, con il corpo profumato di avena e di olio; e le sfuggì un gemito simile a quello che emetteva in preda al dolore.

Ronald Macaulay percorse il corridoio tenendo in mano il taccuino dove annotava le medicine che le somministrava, e a quali intervalli: sta soffrendo, pensò, rimproverandosi. Bussò alla porta ed entrò senza aspettare.

«Anne» le disse. «Sta succedendo di nuovo?»

«Dov'è lei?» chiese Anne.

«Hai dormito?» Vide il vomito verdognolo nella bacinella; vide il sudore che chiazzava il cuscino da ospedale. La pelle le si spelava intorno alle unghie, aveva le mani secche: che razza di malattia è questa, pensò, che le macina le ossa per guadagnarsi il pane? I capelli grigi e grossi, ora sottili come i soffioni di un tarassaco, le si appiccicavano sul collo. Ronald versò dell'acqua da una caraffa di plastica in una tazza di plastica. Era così ingiusto che tutto diventasse brutto verso la fine della vita: il deambulatore che aveva usato per camminare quando la malattia non l'aveva ancora fiaccata del tutto; il letto d'ospedale con le sponde e la gomma; persino la coperta, sottile da fare tristezza, di quell'azzurro ospedaliero privo di sfumature tipico di ogni reparto che aveva visto.

«Dov'è lei?» chiese Anne. «Perché non viene? Non lo sa come sto?»

Invecchiando, Ronald aveva scoperto che le richieste della Bethesda non erano sempre corrispondenti alla vita come lui la viveva. Avrebbe dovuto dire: potrebbe non venire mai, e non avremmo nessuna obiezione, se questa è la volontà di Dio. Ma seguendo quella logica brutta, la volontà di Dio aveva causato tutti gli avvenimenti dannosi presenti e futuri, così Ronald antepose la virtù della sincerità a quella della gentilezza, e peccò. «Verrà» le rispose. «Non sa quando, precisamente – ci sono problemi con i treni, l'ho sentito alla radio – ma arriverà presto. Devi decidere cosa metterti; sai che lei fa caso a queste cose». La coperta si spostò e lui vide che la pelle dei piedi le si sfaldava in piccoli brandelli – sta scivolando via da sé stessa, pensò, se ne sta andando. Tra il caos di scatole e flaconi trovò la crema alla lavanda che Grace aveva spedito con un biglietto tenero e frettoloso. La massaggiò sui piedi di Anne, e i tendini fragili nella pelle che si ammorbidiva gli ricordavano Rachel che era morta a sua volta, e i gomitoli di lana che teneva in grembo e trafiggeva con i ferri da calza.

«Grazie. Sei sempre stato così gentile?»

«Non credo» rispose Ronald, «ma non me lo ricordo». Questo era vero: gli sembrava che la sua vita fosse sempre stata composta di giornate ripartite tra sonno, dolore, sonno, arrivi e partenze delle infermiere, sonno, dolore, sonno.

«Avrei dovuto prendere le parti di quel senzatetto, Ronald» disse Anne. «Ti ricordi di lui, del suo cappotto rosso di velluto? Non avremmo dovuto mandarlo via. Cosa importava che fosse un ubriacone, quando era fatto a immagine e somiglianza di Dio? Continuo ad avere questo rimorso. Vorrei poterlo rivedere e chiedergli perdono. Vorrei lasciarlo scritto».

«Anche se avessi voluto fare del male, verrebbe tutto lavato via» disse Ronald, versando la morfina in un bicchiere di carta. ««Anche se il tuo peccato fosse stato scarlatto, ora sarebbe bianco come la neve»*. Anne bevve il liquido denso e dolciastro, e leccò l'orlo del bicchiere come un bambino che finiva avido il gelato. «Leggi un po' per me» gli disse. «Leggi quel brano che mi piace tanto». E così Ronald prese la copia del *Pellegrinaggio del cristiano* sul cui frontespizio c'era scritto ANNE MARGARET MACAULAY: QUESTO È SUO a matita gialla e verde, e si ricordò di quando anni prima insieme a lei a lezione di catechismo, con i piedini nei sandali con la fibbia che non arrivavano nemmeno a toccare terra, restarono estasiati da uno spettacolo di lanterna magica in cui il Cristiano di Bunyan combatteva contro il Gigante Disperazione. «Immagino che incontrerò presto John Bunyan» disse Anne. «Credi che fosse brutto come il suo ritratto?»

«Dubito che in paradiso qualcuno sia brutto o, se lo è, di sicuro non si potrà capire. Ora ti ricordi che il signor Combattente per la verità fu chiamato ad attraversare il fiume e aveva detto ai suoi amici: *Io vado da mio Padre...*»

«*Io vado da mio Padre*» disse Anne, che in quel periodo non riusciva nemmeno a ricordarsi che giorno era, «*e sebbene mi sia costata una gran fatica l'arrivar fin qui, pure ora non mi pento di tutte le tribolazioni che ho sofferto per giungerci*». Si appoggiò all'alta sbarra del letto e cercò di vomitare, senza riuscirci.

«Ora ti lascio» disse Ronald. La baciò sulla guancia; le prese il libro. Anne sentì con gratitudine che il sonno sfrondava la sua coscienza e le toglieva il peso del dolore e del senso di colpa. Quello che restava era solido come

* Isaia 1:18-19 (*N.d.T.*).

una radice, ed era la convinzione di non essere sola – di non essere mai stata sola, perché era una figlia di Dio, e da lui in particolare era amata, e in tutti i particolari della sua indole e dei suoi difetti. Si tirò la coperta al seno. Era stanca. Il buio arrivò in modo periferico, fino a che riuscì a vedere solo la coperta – e che oggetto meraviglioso, pensò, e ce l'ho avuta qui in grembo per tutto questo tempo! Guarda quanto è intenso l'azzurro nelle pieghe, guarda come il sole la colpisce e incendia le fibre – se la portò alla guancia e in tutta la sua vita non aveva mai provato una sensazione del genere. Inspirò forte e sentì il profumo della lavanda e del detersivo e del suo corpo che andava in rovina in quel letto brutto; e poi al di là, come un campo visto attraverso un cancello, il profumo della lanolina che pungeva la lana della pecora e il sudore del contadino che l'aveva tosata – e per ultimo, con una nota base di ferro bagnato, il sangue della pecora che aveva allattato l'agnello nelle ore in cui riusciva a malapena a stare in piedi. Questo è un miracolo, pensò, è un miracolo: se questa fosse l'ultima cosa che vedo, andrei felice verso la mia dimora eterna*, la porterei con me nella gloria. O mio cuor, calmo sta' in Gesù!

Un cambio di tempo. La pioggia si era gonfiata dal Blackwater in compagnia degli stridii dei gabbiani; era arrivata fino alla Bethesda e aveva tinto d'azzurro il tetto di ardesia. Era arrivata a Lowlands e aveva fatto trasudare il lago sui prati – era arrivata in Lower Bridge Road, dove picchiava alle finestre perché voleva entrare.

Richard Dimitru Dines si era tolto la tonaca ed era disceso tra i ranghi dei peccatori; indossava una vestaglia presa in prestito. L'alito odorava di whisky e dentifricio quando disse: «E allora. La tua amichetta torna a casa».

Thomas era in cucina a preparare le uova. «Sta tornando a casa. È passato un anno da quando l'ho vista, ma trovo davvero che nessuno cambi mai: che conteniamo

* Libro dell'Ecclesiaste 12:5 (*N.d.T.*).

noi stessi dal giorno della nascita. Sono stato sveglio tutta la notte con Maria». Tagliò del burro dal piattino. «Hai fatto un buon lavoro, vecchio. Dovrebbe essere pubblicato. Forse me ne posso occupare io». Attento a far restare morbide le uova, buttò il burro nella padella e mescolò. «Sono sempre più convinto che le sue carte non debbano andare perdute; il suo destino non può essere quello di aver amato non ricambiata, e poi essere dimenticata. Non guardarmi così, vecchio. Questa non è la mia storia». Distribuì le uova sul pane tostato e imburrato.

«Presto questa pioggia cesserà e mi porterai a Lowlands House» disse Dines, come se avesse già discusso della faccenda con i meteorologi mortali e divini. «L'ho vista solo una volta da lontano e mi sembrava infestata dai fantasmi, come capita spesso. Una volta, ai tempi della mia abiezione, ho visto un uomo che camminava lì dentro e guardava la Luna. Mi sembrava un uomo addolorato, avvezzo alla sofferenza...»

«Non sono per niente addolorato. Non lo sono mai stato. Era solo un'illusione ottica».

«... e non potevo sapere che un giorno avrei infestato la sua casa, ricomparendo all'improvviso come un fantasma che ritorna!»

«Vedrai che Lowlands House è cambiata tanto quanto io invece non lo sono. Hanno scacciato via i fantasmi con la scopa – hanno lavato i gradini – mi dicono che metteranno il telescopio di Maria in una nuova teca di vetro. Devo dire, Dimi, che sarebbe folle credere che troveremo una lastra di pietra allentata con al di sotto la sua cometa che si scioglie nel fango».

«Ma noi siamo folli» disse Dines.

Nel frattempo due uomini di nome Peter erano fermi sull'orlo del lago di Lowlands. Alle loro spalle transenne; e anche scavatrici, e bracci snodati per dragare il fango; sacchi di cemento e gli strumenti per miscelarlo. I lavori potevano cominciare il giorno dopo, dissero gli uomini, anche se per certi versi era un peccato. «Una volta nuotavo qui» disse il Peter più vecchio dei due, che fu preso da una tristezza che arrivò come un brusco cambio del tempo. «Ci pescavo. Un luccio grande come una mucca, non sono riuscito a tirarlo su». Smosse l'acqua con la punta dello scarpone. Il lago gonfio di pioggia si muoveva lento e diligente sopra i prati.

«Hai mai visto il fantasma?» Peter il giovane era preparato a credere a qualsiasi cosa gli dicevano.

«No. Ma ho visto le scritte sui muri, ho visto l'incendio. Ero qui quella sera: c'erano tutti, sembrava che fosse la fiera di Pasqua. Ma naturalmente non sapevo che c'era qualcuno in casa. Se l'avessi saputo non avrei guardato». Si girarono in simultanea per esaminare la casa, che ora aveva l'aspetto irregolare della camminata di uno zoppo. La facciata dell'ala est, svuotata dall'incendio, era stata rinforzata con il cemento e le lastre di cristallo. Aveva il tetto piatto. Era accessibile, spaziosa e con l'aria condizionata: nessun fantasma avrebbe osato entrarci. L'ala ovest e la porzione centrale, meravigliosamente intatte, erano state restaurate. Non c'era più l'edera sull'intonaco. Le finestre senza imposte guardavano le querce. Le querce ricambiavano lo sguardo. «Che cosa strana» disse Peter il vecchio, «avrei giurato che quella sera la Luna era azzurra». E poi: «Per l'amor del cielo, chi è questo?» Un prete stava attraversando i prati con un'andatura affrettata. Alle sue spalle lo accompagnava un uomo con il passo cauto di chi conosce il dolore. «Che cosa hai combinato» disse Peter, «hai qualcosa da confessare?» – E il fatto strano era che il più giovane cominciò davvero a sentire il bisogno di essere assolto, ma non riusciva a farsi venire in mente da cosa.

Il prete arrivò. Aveva smesso di piovere. Il sole illuminò Lowlands sbiancandola come un osso.

«Che succede?» chiese il prete. Mentre parlava alzò la stola, e agli operai sembrò che si trattasse davvero di una questione morale: le scavatrici in attesa, i sacchi di cemento, le transenne che si piegavano tra le canne.

«Dragaggio» confessò Peter il giovane, torcendosi le

mani. «Lavori di migliorie. Ci sono problemi di sicurezza» disse. «Ci sono da anni. L'anno scorso un tizio si è ubriacato ed è rimasto sdraiato tutta la notte nel fango. Avrebbe potuto prendersi la leptospirosi!»

L'uomo che non era un prete si strofinò il fianco sovrappensiero, e si mostrò cortesemente interessato. «Ma allora, è successo oppure no?» chiese.

«Che io sappia, no. Ma sarebbe potuto succedere».

L'uomo ci rifletté a lungo, interessato. «Di sicuro era una delle probabilità» disse. La nube se ne andò furtiva.

«E, ditemi» fece il prete, «avete trovato qualcosa nelle acque profonde? Come per esempio una scatola sigillata di fattura rumena, molto elegante? O forse l'avete scoperta nelle fondamenta, una volta finito il lavoro?»

«No» risposero i due operai all'unisono, «proprio niente». Poi Peter il giovane, reagendo all'atmosfera di santità che si stava depositando sul lago, disse: «Continuano a dire che c'è qualcuno là dentro, badi. Nessuno ha visto niente. Nessuno ha sentito niente. Ma uno si è licenziato la settimana scorsa: ha detto che si ricordava della Luna azzurra e non voleva essere qui quando avremmo usato le draghe». Per un po' i visitatori restarono in silenzio, poi dissero qualcosa di incomprensibile tra di loro. Il prete aveva sete. Bevve. Offrì la bottiglia al suo compagno, che rifiutò, e ringraziò gli uomini con una mano raffinata posata sul tweed di squisita fattura del suo completo. Gli operai, come stregati, chinarono il capo e li guardarono allontanarsi.

«Ma che storia era?» disse Peter il vecchio a Peter il giovane. Le ghiandaie si erano radunate sulle sponde del lago, anche loro in cerca di risposte. Ricominciò a piovere.

Le cinque in punto: Thomas che si ripara dal maltempo al binario 2. Da quella posizione privilegiata avrebbe dovuto essere possibile vedere Upper Bridge Road, che sembrava la colonna vertebrale di un drago, ma la pioggia oscurava la vista. Era l'ora di punta. Il treno in arrivo seguì i propri fari lungo il binario. Thomas sentì ticchettare le linee elettriche, e i corpi e i bagagli sballottati attraverso le porte – vide ragazze vestite per andare in città che si facevano i complimenti mentre gli uomini guardavano con occhi privi di discernimento. Anche Thomas guardava: aspettava. Un ragazzo scese per ultimo dal treno e si lanciò di corsa lungo il binario, facendo cadere un bicchiere di carta. Rallentò all'improvviso, come se si fosse ricordato qualcosa di sgradito, e si guardò alle spalle con nostalgia. Che bel bocconcino, pensò Thomas, con il vecchio riflesso condizionato del desiderio. Notò con piacere la bella testa svelata dai capelli neri rasati cortissimi, e la fossetta nel punto in cui il collo entrava nel cranio; poi il ragazzo si trovò sotto la pioggia e tirò su il cappuccio della giacca. Il viso bianco si sottrasse all'ammirazione, e Thomas guardò il ragazzo che si avvicinava, e si sentì come se in qualche modo l'avessero ingannato. E poi ci fu un improvviso capovolgimento di percezioni che gli fece tremare la terra sotto i piedi, e con vaga repulsione per sé stesso e per la testa graziosa nascosta sotto il cappuccio, disse: «Ma sei tu!»

«Me l'hai chiesto tu» disse Grace Macaulay, tirandosi giù il cappuccio al riparo della stazione. «Me l'hai detto tu di venire!»

Sì: ti ho detto io di venire, ma dove sei finita? pensò Thomas. Era cambiata in maniera irriconoscibile. Dov'erano i suoi fiocchi e le sue sottane – e dove le braccia tonde e abbronzate, gli anelli e i braccialetti da poco, le api d'argento che stillavano miele argentato? Era magra. Sui dorsi delle mani si vedevano i tendini. Portava i jeans e anfibi troppo grandi che le ostacolavano i movimenti; negli occhi le era rimasto qualcosa di quella lucentezza da olio sull'acqua che aveva da neonata. Era evidente che si era rasata i capelli da sola: dietro l'orecchio era rimasto un ciuffetto nero. Ma non aveva un'amica che potesse aiutarla?

«È vero» disse Thomas, e scoprì che almeno il suo

odore era rimasto uguale: né piacevole né spiacevole, un po' animalico, che emanava dal cuoio capelluto.

«Eri tanto arrabbiato con me?» – ed eccola lì, la sua bambina affettuosa e irascibile, e Thomas ridendo sollevato rispose di sì, ma che non era un problema: era sempre la sua cocca. E così lei si scagliò contro di lui, e nel suo breve abbraccio lui sentì le scapole che sporgevano sotto i vestiti, e come se Maria gli avesse dato tre pacchette sulla spalla si manifestò un pensiero: è infelice, ed è tutta colpa mia.

«Andiamo» disse, riparando entrambi sotto l'ombrello. «Abbiamo compagnia. Richard Dimitru Dines è tornato nell'Essex e ci aspetta nella mia auto».

Thomas scoprì che Grace aveva ancora il suo sorriso improvviso: «Dimi!» disse. «Ti ricordi che l'avevo trovato io, Thomas? L'avevo visto io per prima!»

Arrivarono sotto il ponte, e si vedeva l'automobile. «È passato un anno, ma è come se fossero dieci» disse Grace. «Quand'è che hanno ridipinto il Jackdaw and Crow? C'è sempre stato tutto questo traffico? Tutto cambia, ma non credi che ogni cambiamento sia una perdita? Ma tu non sei cambiato, nonostante gli abiti» disse, girandosi verso il vecchio nel sedile posteriore e donandogli il suo affetto avido. «Ma guarda» – scosse la stola con la croce ricamata in filo dorato – «guarda che capolavoro, ma cosa ne hai fatto del tuo cappotto di velluto rosso?»

«E tu che ne hai fatto dello scialle?» disse Dines. «E cosa ti sei fatta ai riccioli? – *Cambia e declina tutto ciò che vedo intorno!*»

«Andiamo?» disse Grace. «Voglio vederla e ho paura di vederla, com'è possibile che siano vere tutt'e due queste frasi?»

«Non ci si può aspettare di provare un sentimento solo alla volta, anche se di sicuro sarebbe comodo» disse Thomas. «Puoi desiderare di vederla e non desiderare di vederla e nessuno azzera l'altro: sei una donna, non un'equazione algebrica».

«Non riesco a sopportarlo».

«Be', adesso ti toccherà imparare» disse Thomas. La pioggia ribolliva sui marciapiedi e sbavava i finestrini con le luci delle auto ferme che si ostacolavano a vicenda sulle strade. Stiamo pensando tutti ad Anne, rifletté Thomas – molto da dire e poco tempo per dirlo. I guidatori impazienti si attaccavano al clacson senza ottenere niente. «Ci andiamo appena possibile» disse Thomas.

Caro James,
è mezzanotte. Non c'è la luna, e Anne Macaulay è morta. È stato difficile scriverlo. Aspetta, ci riprovo, per sopportarlo meglio: Anne Macaulay è morta.
Avevo in programma di vederla oggi pomeriggio. Avevo in programma di portarci Grace, che mancava da tanto, e il vecchio Dimitru che è ritornato ad Aldleigh. Mi ero immaginato la sorpresa, il piacere che le avrei procurato – «Che cosa gentile, Thomas» avrebbe detto la mia amica, «come sei carino!» Mi chiedo se compiamo mai delle azioni gentili senza pensare al fatto che ci metteranno in una buona luce.
E così abbiamo guidato l'auto sotto la pioggia feroce fin lì; ma appena arrivati in Beechwood Avenue sembrava che fosse cessata. C'era quella luce particolare che si vede solo quando il sole spunta dopo un temporale, e la strada e i marciapiedi erano già asciutti. Erano le sei del pomeriggio: nella betulla bianca gli uccellini davano di matto, e i bambini uscivano di casa. Quando Grace ha visto suo padre sulla soglia gli è corsa incontro, e quando lei gli ha posato la testa sulla spalla ho visto che lui le dava delle pacchette, come a un cane.
Poi siamo entrati tutti insieme nella stanza dove Anne aveva vissuto negli ultimi tre mesi. Ho visto il sole sospeso nella finestra, e la luce che rendeva tutto meraviglioso, tutto: persino il letto orribile, il materasso di gomma, le scatole di medicine, i fazzoletti di carta, i pannoloni, le salviettine

disinfettanti, i cucchiaini macchiati di tè. Anne portava una camicia da notte di cotone bianco con i bottoni di plastica che sembravano tutt'altro che perle, e carezzava una coperta azzurra come se non avesse mai tenuto in mano niente di più morbido.

In questo periodo Grace sembra un ragazzino affamato, ma Anne l'ha riconosciuta al primo colpo. «Vieni qui» le ha detto, «vieni qui», e sembrava che la bambina infelice se ne fosse stata lontana solo per qualche ora. E così Grace è salita sul letto e si è accoccolata lì senza dire niente, e non ha mai somigliato così tanto a un animaletto da cortile, e per tutto il tempo Anne dava pacchette a lei e alla coperta e ci guardava come se si fossero materializzate tutte le cose che aveva sempre sperato. Il dolore non aveva mutato il suo vecchio sorriso timido – continuava a riaffiorare come qualcosa che brillava sotto il pelo dell'acqua: «Grazie» diceva. «Grazie». È l'ultima cosa che mi ha detto, e ne sono felice.

Poi si è fatto avanti Dimi, e i miei ricordi l'hanno vestito con il vecchio cappotto scarlatto, e hanno messo la torta di compleanno sul tavolo e la Grande Cometa alla finestra. Le ha porto le mani, e sembrava che fossero guarite nel giro di una notte, non si vedevano le cicatrici – «Anne» disse, «signorina Macaulay». Avevo paura che non lo riconoscesse, ma invece sì. Gli ha detto solo che le dispiaceva, e lui ha risposto che non era un problema, e che era passata molta acqua sotto i ponti.

Poi Anne ha guardato Ronald ed ecco di nuovo il suo sorriso vago, e ha detto: «Era così pesante, e l'ho posato a terra». Poi per un'ora non ha detto nulla, aveva le mani ancora sulla coperta e a volte respirava in fretta, e a volte per nulla. Ronald di tanto in tanto imbeveva il cotone idrofilo nell'acqua e le inumidiva le labbra, e io ho messo la mano sulla sua chiedendomi cosa le passava per la testa – se stava pensando a suo fratello e a sua nipote, che erano sangue del suo sangue ma entrambi a proprio modo dei solitari – se stava pensando alla sua vita precedente tra le colline, e alla vita che l'aspettava dall'altra parte del Giordano.

Poi l'angolazione della luce è cambiata e all'improvviso

tutte le ombre sono diventate lunghe e inclinate sul muro. Anne si è riscossa come se si fosse appena svegliata da un buon sonno, e ci ha guardati uno dopo l'altro con quel suo vecchio sguardo limpido e timido; poi ha spostato la coperta sotto la luce e ci ha mostrato l'azzurro, dicendo: «Non è tutto un miracolo? Credete che ci sia mai stata una vita come questa?» Poi immagino che un qualche organo essenziale abbia ceduto, e Grace...

Thomas, a cui faceva male il fianco danneggiato, alzò lo sguardo dalla lettera che non avrebbe mai spedito, e vide Maria Văduva nella poltrona vuota. Le sottane affondate di tre dita nel fango di Lowlands, gli occhi che lo guardavano severi dall'ombra: *Thomas Hart*, gli disse, *credevi che non ci fossi – non mi hai vista alla finestra? Vecchio bugiardo, padre di tutte le menzogne, non è andata assolutamente così!*

«Vorrei tanto che mi lasciassi in pace» disse Thomas, che si era autoconvinto del tutto, come era sempre riuscito a fare, «vorrei che mi lasciassi un momento di requie. No» confessò, «non è andata così. Ma tutto il mondo è fatto di probabilità, e di tutte le cose questa era la più probabile, e la più giusta!»

E poi Maria dalle sopracciglia nere, con la rettitudine dei morti, assunse la voce indignata della sua coscienza: *Non sei mai riuscito a sopportare di vedere le cose chiaramente, Thomas Hart. Guarda meglio.*

E allora guarda, Thomas Hart: l'auto a malapena a dieci metri dalla stazione, con il lunotto chiazzato e distorto dalla pioggia; Grace impaziente, che diventava di malumore, e alzava il telefono – «Perché non si muovono, Thomas, per amor del cielo, siamo qui da mezz'ora e ho il telefono scarico, perché non ti porti mai dietro il tuo?» Sopra di loro sull'arcata della stazione partiva un altro treno, e più avanti per la strada un guidatore imbestialito uscì dall'auto e imprecò inutilmente contro quale che fosse l'intoppo che era in atto a un chilometro verso la città. Ora la pioggia scendeva in goccioloni che picchiavano sul tetto con un rumore come di proiettili, e Dines nel sedile posteriore aveva bevuto l'ultimo whisky che restava – «Perché mi state tenendo quaggiù?» disse. «Perché mi fate questo?» E allora Thomas si era girato e aveva visto il vecchio terrore che riaffiorava – «Aspetta ancora un po', Dimi» disse; poi in un'auto vicina un passeggero perse la speranza, e spalancando la portiera colpì l'auto nel punto in cui era seduto Dines, facendolo sussultare e gridare. Armeggiò con la cintura di sicurezza, parlando rapido tra sé e sé in rumeno, e abbrancando lo zaino praticamente rotolò giù sul marciapiede. «Non credo che verrò con voi» disse; «non potete costringere un vecchio a stare seduto così a lungo. Lasciami andare, Thomas, lasciami andare, ci ritroviamo a tempo debito». Diede una sberla sul fianco dell'auto come se fosse un cavallo. «Adesso le cose si muovono, e Anne sta aspettando, e dovete andare». Il traffico si stava muovendo, e Anne stava aspettando, e restava così poco tempo. «Possiamo ritrovarlo dopo» disse Grace, «in qualche modo lo troviamo sempre».

Guarda di nuovo, Thomas: Grace Macaulay sulla soglia della casa di suo padre. Le luci spente, brutto tempo. Grace, insicura di sé e di tutto il mondo, che non osa bussare. Qualcosa di strano nell'aspetto della casa, nel giardino trascurato, nella betulla bianca: qualcosa che non c'è più. Ronald che esce. Abbracci rapidi, niente parole. Grace che viene portata in sala da pranzo. Un letto brutto senza niente dentro. Odore di lavanda. Odore di vomito. Disinfettante. Tè. John Bunyan aperto sul tavolo: *Io vado da mio Padre e sebbene mi sia costata una gran fatica l'arrivar fin qui, pure ora non mi pento di tutte le tribolazioni che ho sofferto per giungerci.* Coperta azzurrina leggera per terra. Ronald che diceva: «È successo solo tre ore fa, ma sono venuti a prenderla in frettissima – non è morto nessun altro oggi? Non avevano nient'altro da fare?» Ronald che portava un sacco di plastica. «Puliamo, sbarazziamoci di tutto, non le serve più».

Thomas alla porta, che bussava una volta. Grace che raccoglieva la coperta, pensando: non mi sembra molto calda, spero che almeno fosse abbastanza morbida, lei ha sempre avuto la pelle delicata.

Più tardi quello stesso giorno, dopo la campanella dell'ultima ordinazione, due donne uscirono dal Jackdaw and Crow, fermandosi di tanto in tanto per parlare e per baciarsi sulle strade fradice illuminate dai lampioni.

Arrivarono al riparo dell'ombra del ponte della ferrovia, e si fermarono lì per un po' contro i mattoni umidi – poi «Oh» una disse all'altra, ricomponendosi di colpo, «c'è qualcosa che non va». In un lungo attimo confusionale cercavano di mettere insieme i pezzi di quello che vedevano: auto parcheggiata, dissuasori di sosta, biglietteria, cestino, tutti al posto giusto e irrilevanti – poi, tra un furgone e il parcometro, una stoffa bianca distesa, come se fosse pronta per apparecchiarci piatti, coltelli, bicchieri.

Si avvicinarono, allora, tenendosi forte per mano per farsi coraggio: comparve un piede dentro uno scarpone, e un tessuto bianco che cadeva da un ginocchio nodoso – una sciarpa con le frange e una croce dorata che si svelava, e alla fine una faccia appoggiata al marciapiede, con i lampioni che gettavano un alone sulla testa calva e meravigliosa. Non occorreva dire che era morto: perché aveva gli occhi spalancati, privi di vista e interrogativi, fissi sul cielo senza luna.

Che strano, niente di tutto ciò era spaventoso – e risultò facile prendergli la mano e notare che molto tempo fa qualcuno doveva averla danneggiata.

Ma adesso andava tutto bene, gli dissero – andava tutto bene, era tutto finito, e non era forse un prete, non era un uomo di Dio? Probabilmente lo stavano già aspettando lassù, probabilmente avevano decorato le porte del paradiso per aspettarlo. E poi sirene, e luci, e nessuno sforzo per riprendere quello che se n'era già andato; e nessuno che vedeva nella canaletta un libro nero con la costola rotta distrutto dal maltempo, con le pagine che finivano una alla volta nel canale di scolo, e a tempo debito nell'Alder e nel Blackwater, così già la mattina del giorno dopo, all'ora in cui sorgeva Lucifero, Maria Văduva Bell si stava rinnovando ancora e ancora nell'acqua del mare.

LA NUBE DELLA NON CONOSCENZA

THOMAS HART *ESSEX CHRONICLE*

20 NOVEMBRE 2008

Spero che perdonerete la mia recente assenza. Il fatto è che ho patito un lutto, e mi sono consolato non con la religione ma con la fisica, leggendo di meccanica quantistica e scoprendo che è strana proprio come la teologia. Non richiama alla mente dei laboratori, ma un'opera mistica sulla natura di Dio che è detta *La nube della non conoscenza*.

Fatemi provare a spiegare. Quando mi hanno insegnato l'atomo, nel mio quaderno ho disegnato un nucleo e un elettrone che gli orbitava intorno come la Luna orbita intorno alla Terra. Ma a quanto pare i miei insegnanti si sbagliavano: non dobbiamo pensare agli elettroni che orbitano intorno al nucleo, perché non sappiamo precisamente dove si trova un elettrone, solo dove è più probabile che si trovi.

Questo è stato dimostrato in un esperimento che mi provoca il mal di testa. Prima di tutto voglio che immaginiate di lanciare due sassolini in un lago, causando l'intersezione di due insiemi di onde. Nel punto in cui una cresta ne incontra un'altra, l'ampiezza aumenta; nel punto in cui il valore minimo ne incontra un altro, l'ampiezza diminuisce. Quando una cresta incontra un valore minimo, le onde si annullano a vicenda, e la superficie dell'acqua rimane piatta.

Questo fenomeno si chiama interferenza, e succede anche alla luce: quando si proietta della luce attraverso due fenditure, appare quello stesso modello di interferenza nelle bande di

luce e ombra sul muro opposto.
Ora immaginate che, invece di proiettare una luce su una barriera perforata da due fenditure, steste sparando elettroni. Potreste immaginare che gli elettroni riescano a passare dall'altra parte, creando due chiazze come pozze d'acqua sotto un tetto bucato. E invece succede qualcosa di incredibile: comincia a formarsi un modello che è uguale alle bande dell'interferenza tra onde: gli elettroni si sono comportati come un'onda.
La cosa ancora più sorprendente è questa: sparando gli elettroni uno alla volta, l'interferenza dell'onda si verifica comunque. È come se, mentre l'elettrone ha scelto di passare attraverso la fenditura di sinistra, fosse passato anche attraverso quella a destra, interferendo con sé stesso. Sembra che abbia considerato tutti i possibili risultati del proprio movimento. Per questo si dice che nessuno può essere sicuro di dove si trovi un elettrone, finché non viene misurato: esiste in una specie di nuvola di probabilità.
I fisici bisticciano tra loro come bambini sulle implicazioni dell'esperimento della doppia fenditura. La spiegazione più semplice, immagino, è che la nostra comprensione dell'esperimento è sbagliata, e che la meccanica quantistica come viene proposta oggi potrebbe benissimo essere modificata domani.
E c'è una spiegazione ancora più sorprendente, anche se oserei dire che è la più improbabile: che, per quanto possiamo osservare solo un risultato di tutte quelle probabilità, non possiamo dire che tutti gli altri risultati sono veri o falsi – che in effetti esiste un numero infinito di universi, che si generano costantemente, prendendo in esame la realizzazione di qualsiasi probabilità, in ogni momento. E dato che non c'è modo di smentirla, questa teoria, che sembra insensata, ha una consistenza persistente come quella di un sogno.
Credevo che studiare fisica per me sarebbe stato lo studio delle certezze, ma la mia speranza è stata disattesa: per via della mia meraviglia e dei limiti della mia comprensione, studiare la materia per me è una que-

stione di fede – anche se mi consola pensare che, almeno per quanto riguarda la quantistica, di sicuro non è necessaria perché il mondo funzioni. E così sono imbarazzato, ma grato per la mia meraviglia. Nel XIV secolo l'autore di *La nube della non conoscenza* ha scritto così: «Tutto ciò che non conosci ti è oscuro, perché non lo vedi con l'occhio dello spirito».

Gentile signor Hart,
le scrivo per invitarla all'inaugurazione formale della Nuova Ala Est di Lowlands a dicembre: la prego di consultare l'allegato. Le siamo molto grati per il suo aiuto con i documenti della Văduva e spero che le farà piacere vedere il suo telescopio nell'esposizione permanente.
Saluti

Anna Fonseka
Servizi Museali dell'Essex

Grazie per l'invito. Mi farebbe molto piacere partecipare, e in effetti di recente mi sono imbattuto in informazioni nuove e interessanti su Maria Văduva. Sarebbe possibile portare un ospite?
Cordialmente

T. Hart

Che emozione. Sono felice che possa venire. Porti pure un ospite. Cordiali saluti, A.

Caro James – mi chiedo se questa e-mail sia ancora valida. Le scrivo per chiederle di tornare con me a Lowlands House. Sono passati più di dieci anni dall'incendio e finalmente stanno mettendo in mostra il telescopio di Maria Văduva. Ho allegato un invito all'inaugurazione. Vuole venire con me ed essere mio ospite? Ho molte cose da raccontarle.

Saluti a sua moglie e alla sua famiglia.
Cordialmente

T. Hart

Sono andato in pensione e questo indirizzo e-mail non verrà più controllato. Potete scrivermi al mio indirizzo personale.

J. Bower

Ah... Ho sempre sperato di rivederla! Ma poiché la speranza dipende dal dubbio, devo averne dubitato anch'io. Non vedrà mai questo invito. Immagino di poter dire quello che mi pare. Ma non l'ho mai fatto e non saprei da dove cominciare.

T.H.

Sono andato in pensione e questo indirizzo e-mail non verrà più controllato. Potete scrivermi al mio indirizzo personale.

J. Bower

Ogni giorno penso a cose che vorrei dirle e altre che vorrei chiederle. La sua vita è stata quello che desiderava? Le hanno mai detto perché quella sera la Luna era azzurra? E le è mai capitato di andare in libreria e trovare un romanzo intitolato *Il cavallo e il cavaliere*, e di vederci le sue iniziali? Ha capito che si trattava del suo libro?

T.H.

Sono andato in pensione e questo indirizzo e-mail non verrà più controllato. Potete scrivermi al mio indirizzo personale.

J. Bower

SULLA NATURA DELLE STELLE BINARIE

THOMAS HART *ESSEX CHRONICLE*
27 NOVEMBRE 2008

Mi ci è voluta tutta la vita per imparare a non fidarmi di quello che vedono i miei occhi, e sono state le stelle a insegnarmelo. Mi chiedono di guardare e guardare ancora e di essere certo di quello che ho visto: spesso penso a quanti problemi avrei potuto risparmiarmi se avessi imparato questo concetto da giovane!

L'altra sera ero fuori con il binocolo a dare un'occhiata all'Orsa Maggiore e mi sono reso conto che quella che credevo essere un'unica stella situata nel «manico» in realtà erano due. Non so dire perché questo mi abbia entusiasmato, ma sono tornato a casa e ho passato la notte a imparare tutto quello che potevo sulla natura delle stelle binarie.

Nel 1617 – lo stesso anno in cui il nostro vecchio amico Keplero enunciava le sue leggi sul moto dei corpi in orbita – Galileo Galilei iniziò a esaminare la coppia di stelle che avevo visto. La stella più grande è Mizar, che deriva dall'arabo e significa «grembiule» o «involucro», mentre la seconda è Alcor. Insieme, sono note come «il cavallo e il cavaliere». Ma Galileo, osservando più da vicino di quanto abbia mai fatto io, scoprì che Mizar è composta da due stelle che distano tra loro 15 arcosecondi, bloccate insieme in orbita attorno a un centro di massa comune.

Le stelle, come le comete, sono viaggiatrici. A volte una coppia si forma perché una stella ne attira un'altra verso di sé nel suo percorso attraverso la galassia; ma è più comune trovare coppie binarie nate come ge-

melli quando immense nubi di gas e materia crollano nell'atto della creazione.
La maggior parte delle stelle sono binarie, mi dicono, e queste coppie si influenzano a vicenda in modo profondo. Una stella potrebbe intercettarne un'altra nello spazio, ma a tempo debito scoprirà di soffrire per questa nuova vicinanza: è possibile che una stella sottragga materia a un'altra in quello che chiamano trasferimento di massa, diventando più grande e più luminosa a un costo spaventoso per la sua compagna. In questo modo i corpi delle stelle si formano grazie alle forze di attrazione tra di loro; e più stretta è la relazione, più alto è il rischio.
Se non ci può essere equità, mi chiedo se sia meglio ricevere la maggior parte dell'amore oppure donarlo. Magari lo sapessi. W.H. Auden, la cui poesia *Quello che ama di più* considera l'indifferenza delle stelle nei confronti dell'amore degli uomini, ha scritto questo:

Se il sentimento all'equità è restio,
Quello che ama di più
voglio essere io.

Cinque giorni dopo la morte di Anne Macaulay, la Luna passò tra la Terra e il Sole; e dato che, per un'assurda coincidenza della geometria celeste, il disco della Luna si sovrapponeva perfettamente su quello del Sole, aveva tenuto rinchiusa la luce. Nel momento dell'eclissi totale, animali e uomini a Novosibirsk e nel Kazakistan e Canada settentrionale si trovarono nell'ombra della Luna e videro le stelle prima di mezzogiorno, e a tempo debito una corona che circondava il Sole assente, simile a limatura di ferro attirata da un magnete nero e rotondo.

«Mi dicono che la Luna sta andando piano alla deriva» disse Thomas. «Mi chiedo se arriverà un momento in cui sembrerà troppo piccola per coprire il Sole. E se così è, che colpo di fortuna che l'esistenza dell'umanità coincida con quella delle eclissi». Stava passeggiando con Grace a Lowlands Park. Erano i primi giorni del lutto, quando la morte di Anne Macaulay era a volte così improbabile da venire dimenticata, e a volte invece l'unico argomento di tutta la giornata. Quella mattina Grace si era svegliata trovando la sua vecchia cameretta così immutata da farle credere che anche lei avrebbe dovuto esserlo, ed era stato scioccante scoprire che in realtà si era tagliata tutti i capelli, e che sulle mani le si vedevano tutti i tendini. Per un po' aveva guardato la luce che attraversava il muro e illuminava i suoi beni: lo scialle rumeno che aveva portato finché la frangia era diventata lercia, i libri che aveva avuto in premio ogni anno al catechismo

(*A Grace Macaulay, per avere frequentato le lezioni*), la Bibbia con le pagine piegate e sottolineate – tutto immutato quanto la Bethesda, e quasi altrettanto convincente. Ma non si lasciò trarre in inganno. Le modifiche erano incontestabili, l'assenza di sua zia non esisteva solo nei luoghi in cui avrebbe dovuto essere – nel letto vuoto, nella poltrona tappezzata, nei punti del pavimento di cucina dove aveva consumato il linoleum – ma anche fino all'ultimo angolo della casa. Mancava dai tubi del bagno, mancava dallo stuoino, mancava dai coltelli con il manico d'osso che apparecchiava per il tè della domenica. Mancava dai cuscini, dalle librerie e dall'interruttore del bagno; dalle violette africane che stavano morendo sul davanzale perché nessuno le innaffiava. Solo suo padre, che era stato in lutto per tutti quegli anni, subì la perdita senza cambiamenti.

«Ti farà bene uscire» le aveva detto Thomas, arrivando in Beechwood Avenue con un mazzo di fiori. «Vieni con me a Lowlands – fra un'ora c'è un'eclissi parziale, e il cielo è sereno»; e lei sentì crescere l'affetto per lui della stessa quantità di amore che a sua zia non era più necessario.

Gli disse che voleva entrare a Lowlands alla vecchia maniera, come se fosse tornata a essere una bambina disobbediente. Allora superarono il Cimitero dei poveri, dove con uno stupido istinto guardò per vedere se c'era Nathan; poi attraversarono il parcheggio della Bethesda e la fila di betulle bianche che nascondeva al mondo la chiesetta. «Almeno qui niente è cambiato» aveva detto, arrivando ai confini del parco e autoingannandosi: l'ala restaurata di Lowlands House compariva con i suoi spigoli puntuti sullo sfondo dei faggi rossi.

Ora erano fermi a un po' di distanza dal lago, dove il dragaggio si era interrotto, e gli uomini si passavano di mano in mano occhiali da eclissi e radiografie. Al di là del lago c'erano scolaretti sdraiati supini, che reggevano filtri argentati verso l'alto. Erano gli ultimi giorni d'autunno, e la luce colpiva i prati con aria di sfida. Per tutto il giorno la Luna insolente aveva inseguito il Sole, e finalmente lo aveva raggiunto. «Questa non sarà totale» disse Thomas, e porse a Grace degli occhiali fragili di cartone con le lenti di pellicola scura, «arriverà al sessantadue percento e finirà nel giro di novantasei minuti – guarda» – e gli scolaretti cominciarono a esultare, a bocca aperta – «è cominciata».

Vista attraverso il filtro solare, la stella più vicina alla Terra si riduceva a un disco di corallo spuntato sul bordo. Sembrava che quel ritaglio ora non si muovesse, ma ogni volta che Grace guardava, il pezzo mancante era più grande.

«Se tornerai in questo punto fra cinquantaquattro anni» disse Thomas, «vedrai questa stessa eclissi, a questa stessa ora. Questo si verifica per via di una cosa che si chiama ciclo dei Saros, che fa ripetere un'eclisse all'incirca ogni seimilacinquecento giorni». Ma lo spettacolo straziante di un Sole danneggiato era invisibile a occhio nudo, e non si ripercuoteva ancora sulla luce del giorno. Gli uomini vicini al lago ci rinunciarono e tornarono al lavoro. Ricominciò il rumore delle draghe, e i bambini si misero a fare la lotta e rotolare lungo un pendio.

Ma Grace, grata di essere stata trascinata fuori da Aldleigh, continuò a guardare. «Credo di capire come è successo che ti sei innamorato della Luna» gli disse. «È già finita?» Vide che il Sole era sparito per metà, per un attimo si chiese se avesse subito dei danni permanenti e non avrebbe mai più riguadagnato la sua luce abituale.

«È quasi la fine dell'inizio» disse Thomas, «porta pazienza». Gli faceva male il fianco lesionato: se lo strofinò. Ora la luce tardo autunnale stava calando in modo percettibile. Le ghiandaie si alzarono in volo da un boschetto di querce, interrogarono l'aria, poi tornarono a posarsi. Era come se tutto il pomeriggio fosse stato asportato dal tempo, e all'improvviso fossero arrivate le sei. «La luce del sole impiega otto minuti per raggiungerci» disse Thomas. «Se mai dovesse spegnersi, l'oscurità si fonderebbe come una macchia. E dato che non esistono forme di comunicazione più veloci della luce, per quegli otto minuti non avremmo idea che tutta la vita starebbe per cessare».

Lì vicino un daino sconcertato, che era uscito vagando da boschetti di querce più densi ai confini del parco, guardò sfiduciato Thomas, e fuggì veloce. I bambini erano radunati intorno a un unico adulto che continuava impotente a fare suppliche inascoltate.

Grace, che sentì l'impulso intollerabile di ricordare Anne, provò il trauma nuovo della perdita. «Mi dà la sensazione che niente di quello che farò avrà mai alcuna importanza» disse. «Ma al tempo stesso, il solo fatto di essere viva – di essere con te in questo parco, in questo preciso momento – è così strano e così improbabile!» Guardò Thomas – i capelli chiari, ben pettinati, ingrigiti in sua assenza; il cappotto sartoriale e le scarpe eleganti che di sicuro riconosceva da quando era piccola. «Tu sei stato quasi tutto per me» gli disse, con affetto viscerale, «perché senza di te nessuno mi avrebbe mai detto che cosa si trovava dall'altra parte del portale della chiesa. E una volta mi arrabbiavo perché eri tutto quello che avevo – ma non sarebbe stato più probabile non averti per nulla? Dammi gli occhiali» gli disse. «Adesso tocca a me guardare». L'ombra sul Sole stava diminuendo. La sera prematura cominciò a sfumare.

«Sei stata felice, Grace?»

«È ovvio che non sono felice! Non sono nemmeno sicura di esistere! Ho scommesso con Dio e ho perso. Adesso cosa rimane di me? Non so come vestirmi, o come parlare – bevo e fumo e a volte esco a ballare, ma mi ricordo tutte le canzoni che ho cantato in chiesa, e nel farlo mi commuovo. E prego ancora, Thomas, cerco ancora il volto di Dio, ogni giorno penso a come fare per essere buona. Ma cosa significa quando non c'è nessuno a dirmi come fare – e per di più nessuno che guarda?»

«È stato così brutto perdere Nathan?» chiese Thomas, mentre esaminava il Sole che stava tornando normale. «Eravate solo due bambini – ha avuto così tanta importanza?»

«Non capisci quello che mi ha insegnato? Mi ha insegnato quanto sono sola!» Camminando, si erano spostati più vicini al lago. I bambini se n'erano andati, e la luce era tornata appieno; l'aria era salmastra per l'odore dell'acqua smossa dagli operai, e del limo nero escavato. «Devi pensare che sono pazza ad amare ancora un ragazzo che ho visto per l'ultima volta dieci anni fa» disse. «Ma non fa alcuna differenza, non per me».

«No» disse Thomas. «La distanza ti separa da lui, e se le unità di distanza fossero miglia e non anni, nessuno penserebbe che è una cosa strana – la tua vita sarebbe stata davvero così diversa se quel giorno lui fosse venuto?» Sulla sponda opposta del lago un vecchio con un giubbotto giallo alzò la mano in un gesto di saluto: «Ah, è ancora lei?» gridò. «Dov'è quel vecchio prete che era con lei?» Si stava alzando il vento e portava con sé le nuvole.

«Come fa a conoscerti quel tizio? – Ah, sarebbe stato completamente diverso, del tutto». Grace non riuscì a reprimere il sorriso che le uscì al solo pensiero di vedere Nathan sulla porta della chiesa. «Avrebbe tenuto in vita Dio, e tenuto in vita l'amore – mi sarei accontentata di restare seduta al mio banco se Nathan si fosse seduto accanto a me! Ecco, non mi credi» disse, vedendo che Thomas era triste, e per la prima volta nella sua vita non riusciva a guardarla negli occhi. «Nemmeno tu riesci a capire! Ti senti bene, Thomas? Ti fa male il fianco?»

«Fermati un secondo, Grace, smettila di camminare». Era pallido, e le venne in mente che forse anche lui soffriva in segreto di una grave malattia, e che stava per subire un altro lutto. Questo gli portò il sollievo del suo vecchio caratteraccio: «Per l'amor del cielo, che cos'hai, Thomas, che cosa ti prende?» Poi lui parlò, e fu difficile sentirlo sopra il rumore delle draghe, e dell'uomo con il giubbotto giallo che stava chiamando altri operai che erano dall'altra parte del lago. «Non ti sento» gli disse. «Ripeti».

«In realtà Nathan era venuto» disse Thomas. «Mi sembra il caso di dirtelo. Potrebbe esserti d'aiuto».

«Cerchi sempre di facilitarmi le cose» disse, scuotendo la testa. «Pensi solo che così sarebbe semplice per me. Ma non sono più una bambina, Thomas, non puoi sempre facilitarmi le cose».

«Era in ritardo di cinque minuti» disse Thomas, come se stesse recitando dei versi imparati a memoria molto tempo prima. «Portava quel giubbotto di jeans che gli andava stretto. Aveva le cuffiette, e sentivo la musica. È entrato e ti ha vista inginocchiarti, perché ti si era strappato il vestito, e ti ha guardata, e voleva entrare. Ma eri già stata così infelice, Grace. Eri solo una bambina e stavi già imparando cosa vuol dire amare senza essere ricambiata in proporzione! E quindi l'ho mandato via».

Grace scoppiò a ridere. Si aspettavano davvero che credesse che il Sole era diminuito e poi ricresciuto, che sua zia era morta, che un capriccio di Thomas aveva modificato il corso della sua vita? Era assurdo – sfidava tutte le leggi di natura. «No» disse, «non è possibile. Come hai potuto fare una cosa del genere?» Sentì il vecchio con il giubbotto giallo che gridava, e vide il braccio della draga che si chinava sul lago come se bramasse l'acqua. «Perché mai dovevi farlo, quando sei sempre stato mio amico?» Scosse la testa, negando l'evidenza del pallore di Thomas. «Perché? Perché saresti stato così crudele?» Con difficoltà cominciò ad allontanarsi da lui sul prato zuppo ai confini estesi del lago.

«Non lo so» rispose lui. «Credevo che non avesse importanza. Eri solo una bambina e i bambini guariscono presto, non è vero? Vieni via di lì» le disse, «l'acqua è sporca e profonda».

Ma l'incredulità frastornata di Grace si stava dissipando, e al suo posto per fortuna arrivò uno scoppio del suo vecchio caratteraccio. «Non dirmi cosa devo fare» gli disse. «Non mi hai già distrutto la vita? Guardami – guarda cosa hai fatto – hai ucciso Dio!» Thomas parlò di nuovo, ma c'erano altri uomini che gridavano e il vento le faceva male alle orecchie – pensò alla sua stanza a Londra, con i muri spogli che d'inverno si annerivano di muffa, e la luce della televisione che illuminava il lettuccio; quella è casa mia, pensò, mi toccherà tornare in quel luogo insignificante a cercare una vita mia. Era consapevole di stare rabbrividendo con violenza, e pensò che doveva avere freddo, ma le sembrava che il suo corpo fosse qualcosa a cui era legata, e le era difficile manovrare i piedi contro il fango denso. L'assottigliarsi della nuvola fece depositare un riflesso plumbeo sulla superficie dell'acqua; e nel punto in cui la draga infranse la superficie del lago, la luce si ruppe e poi si aggiustò. Thomas venne verso di lei, e lei temeva che se lo avesse guardato lo avrebbe trovato mutato tanto quanto Lowlands – «Lasciami stare» gli disse, e si girò troppo in fretta. I piedi le scivolavano nel limo nero, e l'acqua le luccicava alle ginocchia. «Oh» disse. «Credo di aver bisogno che qualcuno mi aiuti» ma non riusciva a pensare a chi avrebbe potuto farlo. Gli operai gridavano, il limo la aspirava; ci fu un attimo in cui sentiva di poter opporre resistenza all'acqua se avesse voluto, ma era troppo stanca. Ora le toccava una caduta di una lentezza assurda, che sarebbe continuata per sempre, e aveva le mani piene di una sostanza marcia e setosa e degli steli duri delle erbacce, e di qualcosa di vivo e ignoto. Poi giù nell'acqua che l'avvolgeva sentì una mano che prendeva la sua, e sentì distintamente il moto oscillante del suo saluto e la stretta ruvida del palmo – e così dopotutto, pensò, chiedendosi perché era diventato difficile respirare, dopotutto non sono completamente sola.

Peter il vecchio, che non era minimamente interessato al Sole, aveva osservato l'uomo che aveva riconosciuto mentre parlava con la ragazza dai capelli neri dall'altra parte del lago. Dov'era il vecchio prete, si era chiesto, e perché la ragazza insisteva nell'arretrare goffamente verso l'acqua? Avrebbero dovuto mettere altre transenne, sarebbe successo un casino – ma gli operai lo chiamavano, e c'era Peter il giovane con uno sguardo preoccupante: «Lì sotto c'è qualcosa, si è impigliato» disse, indicando la draga vacillante che lottava rumorosa contro il fango.

«C'è di tutto là dentro, non mi stupisce» disse il più vecchio, imperturbato; e poi il braccio della draga arrivò oltre la sua portata, e la scavatrice fu spinta verso l'acqua. Corpi confusi in subbuglio evitarono il braccio e gridarono istruzioni e moniti incomprensibili; poi Peter disse: «Attenzione!», ma non guardava verso la scavatrice, piuttosto a metri di distanza, sulla riva opposta, dove la ragazza dai capelli neri stava affondando come se lo stesse facendo di proposito. Il braccio della scavatrice dondolava su e giù sollevando un tanfo di vegetazione marcita; poi la ragazza non si vide più e il tizio con il cappotto di tweed si sporgeva verso il punto in cui lei si trovava prima.

«Fermatevi!» gridò Peter il vecchio. «È un'emergenza! È un'emergenza!» Abbandonò la scavatrice rovesciata e corse verso l'uomo, scivolando mentre costeggiava il lago, portandosi dietro altri uomini man mano. Qualcuno spense il motore della scavatrice, e nel silenzio immediatamente successivo sentì l'uomo col cappotto di tweed elegante che diceva: «È davvero tutta colpa mia?»

«Si faccia da parte, per amor del cielo, è un'emergenza!» Peter lo tirò via dal ciglio dell'acqua: «Lasci entrare loro» disse. «È meglio che lo facciano loro».

Altri uomini gridando si lanciarono attraverso le canne – «L'ho presa» disse Peter il giovane, che si rialzò tossendo. «L'ho presa laggiù, ho preso qualcosa».

«È colpa mia?» chiese l'uomo che osservava, torcendosi le mani in preda all'angoscia.

«A volte le cose succedono e basta» disse Peter. «A volte è solo questione di fango e maltempo».

«Eccoci» stavano dicendo gli uomini, con il tono rassicurante di una madre che consola un figlio, «eccoci, va tutto bene adesso»; e insieme tirarono in direzione contraria del fango e delle canne, con l'aria di opporre resistenza a un peso immenso. L'uomo che guardava si strofinò il fianco. «Ma è solo un soldino di cacio» disse. «È sempre stata tanto piccola».

Poi ci fu un grido di trionfo, e gli uomini arretrarono barcollando nel fango. «Presa» dicevano, «presa, è sana e salva»; ma in realtà Peter vide due donne sdraiate mute tra le canne spezzate. Una osservava il cielo con occhi ciechi, e sollevava una gonna di pietra con una mano di pietra; l'altra lo afferrava con una presa soffocante, e posava la testa nera bagnata su una spalla bianca e rigida. Aveva il labbro inferiore ferito, e il palmo aperto escoriato; le ghiandaie arrivarono a curiosare, e chiesero cosa diamine stesse succedendo, e perché. Rispuntò il Sole, aggiustato.

«Eccoti qui, hai visto?» disse Peter, ma non riuscì a capire se i movimenti che vedeva erano quelli della ragazza dai capelli neri che si riscuoteva, o solo creature perplesse che avevano tirato su insieme al limo, e che si allontanavano dalle pieghe dei suoi abiti.

«Maria!» disse l'uomo al suo fianco. «Eccoti! Eccola» disse, girandosi verso Peter e sorridendogli raggiante e stranamente sollevato. «Le cose passano, ma ritornano sempre, non è vero? Non l'ho sempre detto?»

In seguito – quando ebbero portato a casa la ragazza, e rivestito la donna di pietra con un sudario di tela cerata; quando gli uomini si furono cambiati gli abiti bagnati e si misero a discutere dell'accaduto al Jackdaw and Crow – dissero tutti quanto era stato strano vedere dissolversi quel sorriso raggiante, e vedere l'uomo scoppiare in lacrime con il dolore inconsolabile di un bambino. Ed era altrettanto impossibile (dissero, e subito dopo si dimenticarono di lui) capire se piangeva per il sollievo o per il lutto.

Anne Macaulay era morta da dodici giorni. Avevano portato via il tavolo della comunione e al suo posto messo la sua piccola bara. L'avevano fatto in memoria di lei: un mazzolino di fiori sul coperchio avvitato, una fotografia poggiata lì a fianco; il vecchio armonium che emanava il suo profumo di maree del Mare del Nord, i fedeli ammassati tra i banchi. Ciononostante: poche lacrime, scarse manifestazioni di lutto. Era andata al creatore, aveva ottenuto la sua ricompensa – e forse che non c'era pace in quella valle dove il leone giaceva insieme all'agnello? I fedeli, che dovevano far passare il tempo fino al momento in cui l'avrebbero raggiunta lì, levarono i loro canti fino alle travi del tetto: *Forever with the Lord! Amen: so let it be!* Per sempre con il signore! Amen: così sia!

Ma Thomas Hart, che aveva ancora paura del pungiglione della morte, si affliggeva nel suo banco sotto le lune bloccate. Una luce debole brillava sulla targhetta d'ottone avvitata alla bara: ANNE MARGARET MACAULAY. E dunque quel legno di pino verniciato conteneva le sue guance arrossite, le scarpe da passeggio, la sua saggezza, la predilezione per il tè Yorkshire, la timidezza, le violette africane, l'abitudine di sentire con la saliva il calore del ferro da stiro, la predisposizione per fare i conti a mente, l'affetto coscienzioso, la fede diligente. Nessun'altra donna aveva mai avuto le sue qualità, e nessun'altra le avrebbe avute mai più, e tutto quello che era peculiare di lei stava ritornando alla sostanza generale della terra.

Thomas si sentiva prosciugato dalle perdite che aveva subito. James Bower, Anne, Grace – le elencò. Grace era tre banchi più avanti, i graffi sulla nuca si vedevano sotto la tesa di un cappello preso a prestito, ed era perduta per lui come se la scavatrice non l'avesse tirata su insieme a Maria fuori dal lago di Lowlands. Thomas fu attraversato dal pensiero che forse sarebbe stato meglio perderla a causa dell'acqua piuttosto che della rabbia: allora avrebbe potuto piangere per la perdita della ragazza che gli aveva voluto bene, e non essere soggetto alla sottrazione di quel bene. Poi pensò: che Dio mi perdoni; e se la dovette far bastare come preghiera.

Nell'atrio si sentirono dei rumori, nel punto in cui i necrofori aspettavano con il cappello nero in testa; poi il diacono anziano si alzò nel pulpito. «*Ecco*» disse, «*io vi dico un mistero: non tutti morremo, ma tutti saremo mutati in un momento*»* – e che razza di cambiamento, pensò Thomas, e non era forse tutta colpa sua? A volte le cose succedono e basta, aveva detto l'operaio vicino al lago, a volte è solo questione di fango e maltempo; non era solo quello, aveva pensato Thomas, nel fango c'era anche il mio zampino. Negli anni passati dal battesimo di Grace si era convinto di aver alterato il corso della sua vita per amore e per saggezza – e di aver mandato via Nathan per salvare la sua piccola amica dall'umiliazione del desiderio non ricambiato. Il nobile Thomas Hart, con il giudizio di Salomone, con la compassione di Cristo eccetera! Ora quell'autoinganno non era più possibile – erano stati la sua invidia e il suo dolore a spingerlo, era ancora in ginocchio nel canale di scolo, mentre James Bower teneva ancora per mano sua moglie. E quando Grace aveva ripreso i sensi tra il fango e le canne, con Maria Văduva Bell che cedeva al suo abbraccio disperato, sembrava che semplicemente non l'avesse visto. Aveva accettato le mani e i giubbotti degli sconosciuti, le loro critiche e le loro cure, nel frattempo Thomas era lì vicino a dire quanto gli

* Prima lettera di san Paolo ai Corinzi 15:51-57 (*N.d.T.*).

dispiaceva, che bambina infelice era sempre stata, e i suoi occhi si fissarono su di lui senza dare cenno di interesse o di riconoscimento.

«Per caso ti ha spinta lui?» aveva chiesto un ragazzo, e per un attimo Thomas li aveva sentiti tutti schierati contro di lui, istintivamente sospettosi; ma lo stato di shock in cui si trovava aveva giocato a favore della sua innocenza. «No, non dire idiozie» aveva detto l'operaio più vecchio. «Solo il fango, solo il maltempo. La prendo io adesso, okay? L'accompagno a casa». E così aveva preso Grace, che non si era voltata indietro quando Thomas l'aveva chiamata. E nel frattempo Maria Văduva Bell continuava ad alzare una mano vuota davanti all'occhio destro, senza reggere nulla, senza vedere nulla – «Probabilmente stava cercando qualcosa» aveva detto Peter il giovane, «e ora la cercherà in eterno».

«E va bene così» aveva risposto Thomas. «È quello che avrebbe voluto».

Ora il diacono anziano, parlando con la voce degli apostoli, fece tornare Thomas Hart alla Bethesda: «*La tromba infatti suonerà*» stava dicendo, «*i morti risusciteranno incorruttibili*» – e guarda, pensò Thomas, eccoli i morti incorruttibili, che mi hanno seguito da Lower Bridge Road: Maria con l'abito da lutto di seta, le perline e il fango di Lowlands che le sgocciolava dall'orlo della gonna, che si sedeva al suo fianco sul banco e con affetto lo prendeva sottobraccio: *È giusto essere infelici,* disse. *Il valore del tuo amore non è forse determinato dal cumulo dei tuoi dolori? Ora dimmi, Thomas: chi si affligge così rumorosamente laggiù?*

Thomas sentì piangere nelle file anteriori, poi un'espirazione acuta e tremante che trafisse il Vangelo mentre scendeva dal pulpito, e che veniva da un lucido cappello di raso che tremava nell'atto di recitare il dolore. Di tanto in tanto la donna alzava agli occhi un fazzoletto stracciato e inutile che emergeva macchiato di mascara ma non di lacrime: Lorna Greene, pensò Thomas, scoprendo che la repulsione e la sfiducia che provava per lei erano inalterate dall'ultima volta in cui l'aveva vista.

Era tornata alla Bethesda per sfoggiare la sua devozione e il suo lutto, e non avrebbe aspettato il canto di chiusura per farlo: ora esplose in un singulto che per il disagio costrinse i fedeli a concentrarsi più attentamente sulla Bibbia che tenevano aperta. «*Benché sia morto*» disse il diacono, con tono ammonitorio per quel lutto privo di fede, «*vivrà*»*.

Poco dopo i necrofori risalirono la navata con studiata solennità per ritirare quello che apparteneva loro, e Thomas alzò lo sguardo sulle luci lunari, rifiutando quello che era dimostrato dalla targhetta di ottone: che Anne Macaulay non avrebbe mai più attraversato il parcheggio a passo spedito per andare a salutarlo. Sentì ancora quel singulto soffocato e ridicolo, e vide Lorna Greene che faceva in modo di accodarsi a Ronald Macaulay, che seguì il feretro mentre usciva – poi arrivò Grace, di una magrezza impressionante, e gli passò così vicina che l'odore nelle pieghe della pelle e degli abiti lo raggiunse; aveva lo sguardo vuoto e smarrito di una donna che non ha nemmeno visto uno sconosciuto, non ha proprio visto nulla. Thomas, la cui coscienza rifiutava di aver perso Anne persino mentre veniva portata fuori dalla chiesa in spalla da quattro sconosciuti, non era per nulla smarrito nel capire di avere del tutto perso Grace: l'aveva abbandonato con altrettanta decisione di quando lo aveva voluto per sé sotto quello stesso tetto a volta.

Fu l'ultimo dei presenti a uscire e incontrò sulla soglia Ronald, che disse quanto era bella la mattina, come se per un attimo si fosse dimenticato che non era una domenica qualunque, e che Anne non si era già avviata verso casa a mettere su le patate per la cena.

«È stata una bella cerimonia, non è vero?» chiese Thomas, e si domandò cosa gli avessero insegnato tutti i suoi anni da professionista, se non riusciva a trovare nemmeno una parola per fare le condoglianze. E così prese per il gomito Ronald, e gli disse quant'erano stati genti-

* Vangelo secondo Giovanni 11:25 (*N.d.T.*).

li quelli delle pompe funebri, così professionali, no? E i due si avviarono insieme verso il porto sicuro che era la sala dietro la Bethesda, dove il tempo non passava mai, e nemmeno ci provava: i tavoli sui cavalletti con le tovaglie bianche, le teiere d'acciaio, i dieci comandamenti sbavati sotto il vetro chiazzato, opponevano tutti resistenza alla pendola che c'era nella galleria.

Ronald sostò per un attimo sulla soglia e sembrava volesse girarsi per andarsene; ma la folla dei fedeli si divise per fargli spazio, e così la attraversò con un mezzo sorriso, stringendo e lasciando le mani che gli porgevano, arrivando a tempo debito fino a una sedia dietro la quale stava Lorna Greene, con il cappello infilzato da una spilla sormontata da una perla. «Si sieda, caro signor Macaulay», e cominciò a colmarlo di premure con un sussurro penetrante che diceva chiaramente a tutti i presenti che, di tutte le persone in lutto per Anne, lei era quella che soffriva di più, e in modo più generoso. «Avrà fame, immagino» gli disse, con premura melliflua. «Lasci che le porti qualcosa da mangiare» – poi vide Thomas e si bloccò, si premette una mano sul seno ricoperto di raso e disse: «Povera me», sbattendo rapida gli occhi, spandendo scaglie di mascara sulla guancia luccicante. «Povera me» disse con un risolino imbarazzato, come se Thomas avesse trasgredito ogni regola sociale e teologica con il solo fatto di avanzare con una tazza di tè in mano. «Ma le pare che sia il caso – proprio adesso, in questa situazione! – Davvero io mi sarei ben guardata dal...» Poi cambiò tono, all'improvviso più solenne, e tornò a occuparsi di Ronald. «Di sicuro nessuno può essere più dispiaciuto di me per il lutto che ha subito – anche se il paradiso ha guadagnato un'altra santa» – e nel dirlo nascose il crocifisso nella mano, per consolarsi oppure per prevenire l'avversione calvinista che Ronald aveva per la croce. Thomas, da grande osservatore, era portato a ritenere che fosse tutta una messinscena – però le luccicava la guancia, pensò, era umida: dopotutto aveva pianto per Anne con la stessa sincerità degli altri. All'improvviso, e con una compassione sgradita per una donna che aveva disprezzato così a lungo e con tanto entusiasmo, capì quale tipo di solitudine aveva trascinato Lorna alla porta della Bethesda, e alle porte di tutte le altre chiese dopo di quella: e riconobbe, in effetti, la sua capacità di modificarsi per soddisfare chi aveva vicino. E non era forse anche lui un uomo diverso con uomini diversi? In fondo era il peccato più veniale tra quelli di Lorna. «Signor Hart» disse, con le lacrime che si asciugavano sul colletto e sulla guancia. «Lei non si ricorderà di me...» – ma io mi ricordo di lei, era il messaggio trasmesso dai suoi occhietti da merlo.

«Certo che mi ricordo» rispose lui, «eccome»; e la cordialità con cui gli uscì quell'affermazione li sorprese entrambi, così che per un attimo dietro i capelli e le labbra e i seni duri e lucidi di Lorna si scorse una ragazza insicura e spaventata che per tutta la vita aveva solo cercato di farsi benvolere. Quella ragazza sparì, e al suo posto spuntò una donna profumata e costruita che mise una mano sulla spalla a Ronald e si chinò per bisbigliargli all'orecchio: «Mi era sembrato di capire dalla cara Anne che il signor Hart aveva smesso di frequentare la chiesa, e aveva trovato un posto più adatto alla sua natura... Però» – guardò frivola le tavole con i cavalletti, i panini sommessamente luttuosi, gli uomini e le donne che ora la ascoltavano come se fosse un cambiamento meteorologico improvviso – «però la sua cara sorella non avrebbe mai respinto i peccatori alla sua porta! Spero di non essere scortese. Sa che dico le cose come stanno».

«I peccatori?» disse Ronald, che non riusciva a riconoscere malfattori tra la massa degli astanti; poi vide sua figlia: «Ah, certo, Grace, eccola qui».

Grace attraversò la sala, con il corpicino modificato che sembrava qualcosa di alto e macilento scartavetrato dalla vita; aveva abiti scuri e dozzinali, e il ciuffo di capelli dimenticato che si arricciava dietro l'orecchio, il labbro gonfio che ricordava la sua vecchia irritabilità infantile. Ma in quel momento non era infantile, non era irritabile – sfiorò la spalla del padre e disse: «Sì» e sorrise a Lorna, porgendole la mano. «Sì, mi sono sorpresa di vedere qui il signor Hart» – era di una compostezza atroce, non c'era più traccia della sua irascibilità e della sua gioia afflitta – «non è mai stato davvero uno di noi, giusto?» Si fermò accanto a Lorna e le diede qualche pacchetta sulla manica di raso. «Buon pomeriggio» disse con un sorriso al diacono anziano, alle sorelle attempate scese da Colchester con i cappellini fatti a maglia, ai bambini scatenati che mangiavano la torta funebre, «grazie di essere venuti, a mia zia avrebbe fatto davvero piacere vedervi qui».

Dove sei finita? pensò Thomas. Dove sei? pensò, perché non riusciva a trovare la sua bambina infelice dietro quella affabilità malferma; e poi lo sguardo che lo aveva evitato con tanto dolore lo incluse e lo squadrò con vivace disprezzo. «Non sei mai stato uno di noi» disse, usando il trucco di Lorna, parlare con una voce bassa e sibilante che arrivò fino al retro della sala.

«Tua zia sarebbe rimasta sconvolta» disse Lorna, in tono luttuoso; e gradualmente Thomas si rese conto che tutti gli uomini e le donne la stavano ascoltando, in modo palese oppure fingendo di parlottare tra di loro.

«Sconvolta?» ripeté Ronald, scuotendo il capo, e si accigliò cercando di capire quale fosse il problema di Thomas.

«Non aveva capito?» disse Lorna. «Non se l'era chiesto?»

«Grace» intervenne Thomas, «mi merito una cosa del genere?»

«Vorrei che qualcuno mi spiegasse» disse Ronald, facendosi vicino sulla sedia, con i capelli bianchi sottili come quelli di un neonato, «veramente non ho idea» – ma Lorna gli afferrò la spalla e si chinò per parlargli all'orecchio, e spiegò, e rispiegò, con una precisione offensiva che Thomas non aveva bisogno di sentire, perché l'aveva già sentita molto spesso in altri luoghi.

«Grace» disse Thomas, «non ora – non qui»; e gli sembrò che le donne e gli uomini e i bambini di comune accordo si stessero allontanando da lui, e di trovarsi solo sulla moquette marrone sottile sotto i dieci comandamenti sbiaditi – «Grace!» esclamò, e riusciva a vederla a malapena per la distanza che si era creata tra di loro.

«Per tutto questo tempo?» chiese Ronald.

«Per tutto questo tempo!» E avrebbe potuto dirlo Lorna, ma anche Grace, da quanto le due donne erano vicine, da quanto erano simili le loro voci; ora Ronald scuoteva il capo in segno di condanna o di confusione o entrambe le cose, e Grace Macaulay disse, con molta lucidità, facendo la sua affermazione: «E quindi capisci bene che non è mai stato davvero uno di noi» e si girò di schiena con un'alzata di spalle, come se non avesse fatto altro che osservare il maltempo fuori dalla finestra.

Non sono mai stato uno di loro, pensò Thomas, non sono mai stato uno di niente, e fu certo di vedere la comprensione che si faceva strada in un viso dopo l'altro, e le espressioni che andavano da un dolore bendisposto al disagio.

«Ma che importa» disse Ronald, «dobbiamo forse scagliare la prima pietra?» Thomas, in preda allo stupore, vide che di tutti i presenti era Ronald che capiva di più, ed era meno sconvolto. «Signor Hart» disse, «perché non si siede?»

Importa eccome, pensò Thomas, che sulla lingua ora sentiva il sapore di un penny di rame, e aveva dolori al fianco leso: vide il suo ultimo legame con la Bethesda che si recideva, e tutte le Grace che aveva amato, una alla volta, arrivavano a tagliarlo. «Va tutto bene» disse, sentendo di nuovo la stretta gelosa del pugno di una neonata intorno al dito, «va tutto bene. È vero, non sono mai stato davvero uno di voi».

«Guardi come piove» disse Ronald, «spero che guidino con prudenza», e dietro di lui il carro funebre si mosse piano fuori dalla finestra.

«Che bello, dove l'ha preso?» chiese Grace disonesta, armeggiando con un bracciale dorato che Lorna aveva al polso; e a Thomas sembrò di essere stato cancellato da quel momento e da tutti quelli che lo precedevano, e che la traccia della sua mano non sarebbe rimasta su alcun banco o messale. «Be', allora me ne vado» disse, incontrando i cenni indifferenti degli sconosciuti; e così l'ultima cosa che sentì della Bethesda per qualche anno non era per esempio un canto religioso, o l'apostolo Paolo che lo rimproverava nei secoli, ma una falsa risata affettuosa da una bambina alla quale aveva voluto tanto bene: «No, grazie, non posso accettarlo – ah, è gentilissima! Che gentile!»

Le ore piccole. L'alba arriva lenta, non piove più, Aldleigh in preda a un sonno agitato. Silenzio in Lower Bridge Road, dove Thomas Hart guardava invano dietro le tende chiuse, sotto le poltrone vuote, alla ricerca di una donna imbronciata dai capelli neri che si prestasse a castigarlo e consolarlo, ma non trovò nemmeno una perlina caduta o un disegno indecifrabile. Thomas che non si sentiva mai solo, che una volta era soddisfatto – che riusciva a tenere in equilibrio Cristo e Eros in modo così ordinato sulle punte del suo intelletto – era diventato un uomo afflitto, in rapporto familiare con il dolore. Era solo, era sempre stato solo, i vermi fuggivano da lui sotto terra – non c'era nessun vecchio seduto alla sua tavola, nessun cappotto di velluto rosso appeso all'ingresso; nessuna bambina affettuosa e arrabbiata, nessun gruppo di fedeli tetri, nessuno sguardo di riconoscimento da parte di uno sconosciuto amorevole, nessun fantasma della casa: era nato nel peccato e si era plasmato nella malvagità e le luci della Luna si erano spente. Gli venne fatto di pensare che non ci fosse alcun motivo pratico, etico o religioso per cui avrebbe dovuto essere costretto a sopportare una vita che presto avrebbe potuto diventargli intollerabile. Un uomo saggio poteva arrivare in modo piuttosto facile a quell'atto finale, pensò – poi posò la testa sul tavolo e cedette a una stanchezza così penetrante del corpo e dello spirito che pensò di aver subìto un danno fatale – e che gli bastasse solo aspettare, e la morte lo avrebbe trovato.

Poi qualcosa si spostò sotto la sua guancia: un taccuino verde di poco prezzo, con le cuciture che si disfacevano lungo la costola. Thomas alzò la testa e lo guardò. Guardò le decine di taccuini ammucchiati sul tavolo, stupefatto che ce ne fossero così tanti; guardò il portatile argentato con l'impronta della sua mano sbavata sul coperchio. Sospirò, raddrizzò la schiena, e vide una bella mano bianca carica di anelli, ornata da un polsino di seta nera; sentì una voce ben nota, in bilico tra il divertimento e l'ammonizione: *Alzati, Thomas Hart,* gli disse Maria Văduva, raggiungendolo al tavolo, *alzati. Non hai del lavoro da fare?* Ed era vero, pensò Thomas disperato, guardando il taccuino. Aveva provato qualche titolo sulla copertina, poi man mano che i dubbi dello scrittore si erano manifestati aveva cancellato con un tratto di penna quelle maiuscole perentorie – SUL MOTO DEI CORPI IN ORBITA. ILLUMINAZIONE. I BATTISTI ???

Thomas aprì il taccuino. *Lunedì,* aveva scritto: *fine inverno, brutto tempo.* Erano passati dieci anni, forse di più, non aveva mai finito il compito che si era prefisso, dissuaso e distratto dall'amore e dal caso – ma come, andarsene adesso e lasciare le sue frasi incomplete e imperfette, i suoi pensieri confusi e vittimisti? *Povero Thomas Hart,* avrebbero detto, scuotendo il capo, *pensare che la sua ultima opera dovesse essere la sua peggiore, e poi che razza di titolo ci ha messo!* Quel pensiero lo terrorizzava ancora di più dell'idea che ritrovassero il suo corpo sporco e in disordine – «Dio mio» disse, senza irriverenza, «Dio mio – devo trascinarmi ancora un po' per amore di un libro del cazzo?»

Sorse l'alba. La luce scivolò sotto il ponte della ferrovia e sull'orlo del davanzale: arrivò fino alla moquette, ai taccuini, al pane tostato non mangiato; illuminò il muro di fronte con le lingue di fuoco della Pentecoste. Thomas sentì che la sostanza del suo corpo reagiva, indifesa di fronte al miracolo ordinario del mondo che girava e girava rivolto alla stella più vicina. *E allora dai,* disse Maria, picchiettando le dita sul tavolo, poi svanì tra le ombre. *Su, muoviti, Thomas Hart.*

Guardi un po' qui, James. Solo un'altra cosa. La cometa di Maria Văduva tornerà nell'inverno 2017. Si ricordi di guardare il cielo. Non se ne dimentichi. T.H.

Sono andato in pensione e questo indirizzo e-mail non verrà più controllato. Potete scrivermi al mio indirizzo personale.

J. Bower

E le ho mai parlato delle leggi di Keplero? La prima descrive il modo in cui i corpi celesti orbitano intorno al Sole, ed è la legge delle ellissi. La seconda legge l'ho imparata a memoria come facevo con i versetti della Bibbia da giovane: il semiasse maggiore descrive aree uguali in tempi uguali. Significa che i corpi in orbita si muovono sempre più velocemente quando si avvicinano al calore del Sole, precipitandosi verso di lui come un uomo tra le braccia dell'amante. Poi superano il perielio, l'abbraccio finisce e diventano svogliati e lenti nell'oscurità. Ultimamente mi è sembrato che lei sia diventato una specie di sole – che da quando lei non c'è più io mi sia mosso in un mondo senza calore. Ma la mia orbita è chiusa, e tutto ciò che passa a tempo debito tornerà – quindi immagino che presto mi muoverò di nuovo verso un calore e una luce che non vedo ancora – T.H.

Sono venuto in ufficio per ritirare della corrispondenza e ho trovato i suoi messaggi. Sarebbe bello rivedere Lowlands. Ci vediamo lì il 10 dicembre, se le va ancora bene.

J.B.

Thomas si diresse verso Lowlands in dicembre, accompagnato da tutte le possibilità: James Bower che si faceva beffe di lui, James Bower a cui lui faceva pena, James Bower che lo criticava – James che gli porgeva la mano e James che la sottraeva; James l'uomo che Thomas aveva conosciuto, James un uomo che non aveva conosciuto per niente. Davanti a lui sul sentiero illuminato Maria Văduva si legava il pizzo sul collo dell'abito: *Non ti avevo già messo in guardia, Thomas, forse che non te l'avevo detto? Non pensate mai troppo bene di nessun uomo: altrimenti, la vostra nave farà naufragio sui loro scogli!*

«È vero» disse Thomas, «e non ti ho dato ascolto, ma non sono sicuro che me ne importi». Aldleigh in inverno rifletteva il grigio rigore della Bethesda. I marciapiedi erano chiari per il ghiaino che era stato buttato prima delle gelate, e i parchi spogliati fino a ridursi ad aiuole vuote; il colore si vedeva solo tra i rifiuti che il vento scagliava sulle siepi dei giardini, e nei semafori indecisi di London Road. Ho sessantun anni, pensò Thomas, e mi fa male il fianco lesionato, e ho le mani come quelle di mio padre, se me le ricordo bene; ma mi sono lucidato le scarpe e ho passato la mattina dal barbiere, come se avessi di nuovo trent'anni e tutta Londra fosse a mia disposizione – e in che cosa spero? *In una notte limpida,* disse Maria, *una notte buona per andare a caccia,* e arretrò in direzione del lago. Thomas rimase solo. La casa in lontananza brillava tra i faggi rossi e la luna illuminava i pannelli di vetro dell'ala ristrutturata.

Si sentiva della musica, e a Thomas piaceva così poco quel lamento esile e disarmonico che gli si guastò l'umore, e cominciò a non piacergli nemmeno ogni metro quadro di Lowlands Park, James Bower in tutte le sue varianti, e primo e ultimo di tutto sé stesso – e poi sentì: «Thomas Hart? Sono Anna Fonseka. Grazie di essere venuto. È coperto a sufficienza? Tira un vento pigro, avrebbe detto mia madre, di quelli che ti tagliano di netto per risparmiare tempo».

«È meravigliosa» mentì Thomas, esaminando i nuovi gradini di pietra di York, gli inflessibili pannelli di vetro con i segni bianchi per evitare che gli uccelli ci sbattessero contro volando. Dietro il vetro c'erano gli addobbi natalizi, e schiere di bottiglie di vino da quattro soldi sui tavoli con i cavalletti, e gente insignificante con abiti insignificanti che gelava senza scopo. Thomas sentì una nostalgia atroce dei sedili in legno scheggiato sotto le finestre, dei simboli e delle volgarità dipinti sui muri scrostati; e di James Bower, che aveva concupito in modo irresistibile sotto il lampadario senza luci. Estrasse di tasca un taccuino. «Mi ricordi per favore i costi del restauro» le disse, «e il nome degli enti finanziatori, e la data di riapertura al pubblico». Anna Fonseka rispose, e poi, sfiorandogli la spalla con gesti di deferenza ben allenati, gli fece varcare la soglia. «Lui è Thomas Hart» disse, sorridendo scaltra a questa e quell'altra persona, con la mano sinistra schiava delle sue perle d'ambra, «che era presente quando hanno estratto la statua dal lago – e che ha trovato per primo il telescopio! La lascio qui» gli disse, dopo aver visto dall'altra parte della sala una persona più importante; diventò percettibilmente ancora più alta e più scaltra, e lo lasciò in compagnia di Maria Văduva, ripulita dalle canne e dal limo, piazzata su un piedistallo di legno.

«Ciao» le disse Thomas, «hai un bell'aspetto». La sua vecchia amica aveva i piedi scalzi, e i seni piccoli e sodi erano quelli di una ragazzina; aveva la testa un po' più grande del necessario, e una bellezza distante e ieratica nella quale non si riusciva a discernere il suo dolore e la sua indignazione. La mano destra alzata verso l'occhio destro sembrava assurda senza niente in mano, e le sottane di pietra emanavano l'odore salmastro del lago. Al suo fianco, appena fuori dalla portata, il suo telescopio era racchiuso in un'immensa teca di vetro rinforzato che aveva una sfumatura verdognola. Rifletteva gli uomini e le donne ignari che andavano su e giù, e quindi era difficile vedere oltre quei fantasmi luminosi per concentrarsi sul telescopio in quanto tale. Thomas, avvicinandosi e lasciando un'impronta sul vetro in un atto voluto di trasgressione, vide i restauri operati sul tubo e sull'oculare, e le incisioni sui componenti di ottone ripuliti dalla muffa dell'Essex; ma la lente dell'obiettivo era stata lasciata al suo posto per rispetto al passaggio del tempo, ed era incrinata con una crepa che avrebbe spezzato la Luna come un piatto.

Thomas si girò di spalle per esaminare la stanza nella quale una volta si era trovato sotto il lampadario senza luci mentre la nebbia attraversava il parco avvicinandosi. Si sentì avvolto in un attimo persistente che era passato solo per illusione – gli sembrò che tutto quello che era successo a Lowlands stesse ancora accadendo, e avrebbe continuato a farlo per sempre: se stacco quella carta da parati nuova, vedrò un simbolo con la vernice ancora fresca – se guardo in basso vedrò correre un topo dalla coda mozzata. Ecco Grace, che odora di olio di rosa e di sigarette scroccate; ecco Nathan che salta giù per gli scalini – gli uomini stanno entrando per misurare il buco nel tetto, e sento l'odore del corpo di James Bower nel cappotto invernale. Sono il re Canuto il Grande, pensò divertito, che blocca la marea del tempo. Così vide le persone insignificanti vestite da sera che cominciavano a defluire, e le luci di Natale che si affievolivano nella distanza contro i muri che si ritiravano. Non riusciva più a distinguere i dialoghi oziosi o la musica: era solo a Lowlands, e gli faceva male il fianco lesionato. E poi: non era più solo. Un uomo stava attraversando il pavimento vuoto nella sua direzione. La distanza tra di loro era così enorme che impiegò un'ora o due per farlo, e in quel periodo di tempo Thomas non provò ansia né sorpresa. «James» disse, sorridendo con una felicità intransigente che sapeva di breve durata, e cominciando a notare i modi in cui l'uomo si era modificato. I capelli dorati erano più radi e appannati, e tagliati in modo esperto per nasconderlo; il corpo era più stretto ai fianchi e alle spalle, o forse era sempre stato così. Portava un cappotto grigio che gli stava bene; aveva scarpe dozzinali. Si avvicinò. Ora era possibile vedere la pelle cadente all'altezza delle orecchie, come se proprio in quel punto fosse saltata una cucitura essenziale, e che le vecchie ustioni erano guarite diventando chiazze luminose sulla fronte. Ma questo non faceva nulla per nascondere il suo cranio ben scolpito, e se quegli occhi ramati si erano appannati, era con un verde di verderame e così Thomas fu di nuovo colpito dalla bellezza. «Salve» disse ancora, e si chiese se doveva porgergli la mano.

«Salve, Thomas!» Si abbracciarono in modo efficiente. Poi James incrociò le braccia ed esaminò la statua e la teca con interesse professionale. «Hanno fatto un buon lavoro» disse, «deve essergli costato non poco»; e per un po' i due uomini parlarono delle difficoltà di procurarsi finanziamenti bastevoli per i progetti di storia regionale, e dell'inadeguatezza del nuovo parcheggio; e per tutto quel tempo Maria Văduva rimase alla finestra scuotendo solenne il capo, e Thomas notò che James aveva cambiato dopobarba, che aveva i calzini spaiati, e gli aveva sfiorato il dorso della mano. E poi: «Una cometa» disse James, con uno sguardo più serio e più intimo a Thomas, come se avesse deciso di andare finalmente al punto, «una cometa, mi ha detto!»

«Una cometa, le ho detto» – Thomas guardò il telescopio come se, dietro la lente rotta, avesse potuto trovare particelle di polvere cosmica che fluttuavano – «una cometa di corto periodo, che ritornerà nell'anno 2017.

Quando Maria l'ha avvistata dicono che era distinguibilmente azzurra, con una coda che si estendeva di dieci gradi nell'ampiezza più grande – anche se forse stavolta riusciremo a malapena a scorgerla nel cielo, con la sfortuna che ho. Ma una cometa, James, sì – chi mai l'avrebbe pensato? Anche se in un certo senso mi chiedo se non avrebbe dovuto venirci in mente».

«Ma cosa vuole fare ora?» chiese James. «A chi lo vuole dire?» Parlava con tale serietà e attenzione che Thomas reagì nello stesso modo, come se li avessero presentati qualche attimo prima, mentre bevevano vino scadente in bicchieri scadenti. «Mi hanno detto che devo contattare delle istituzioni ufficiali, ma non ho niente che lo dimostri a parte il diario di una donna scomparsa e impazzita per amore, e un telescopio rotto».

«Che peccato» disse James, facendosi ancora più serio. «Che delusione per lei». Che cosa assurda, pensò Thomas. C'è stato un momento nel quale avrei preferito rivedere la tua faccia a tutte le comete in orbita contemporaneamente; e ora sei qui e io ti ho chiesto com'era il traffico sulla A12 – «Sta ridendo di me?» chiese James Bower. «Ho capito male?»

Thomas sentì che il riso cedeva il posto a una tenerezza indicibile. «Senta» disse, toccando la manica all'altro, «usciamo. Non riesco a parlarle qui».

La sala era gremita. Le donne ballavano con movimenti che non c'entravano nulla con la musica. Le luci di Natale si spensero e venne richiesto a gran voce di riaccenderle. Nessuno guardava Maria. «Su, andiamo» disse Thomas, consapevole di avere un tono imperioso e forse adirato.

«Ah» disse Anna Fonseka, arrivando come se fosse uscita dalla teca, «la stavo giusto cercando» – ma Thomas stava già sgattaiolando via con James al seguito. Camminò più in fretta delle sue possibilità, e l'altro lo sorprese che si mordeva la lingua per non lamentarsi, e si strofinava il fianco lesionato; «Sta bene? Mi dispiace» disse James, «immagino che sia una cosa dolorosa per lei» – arrossì. Sembrava si vergognasse.

«Non è per quello» disse Thomas. «È un vecchio dolore. E in effetti dovrei scusarmi per averle scritto in quel modo» disse. «Sono stato infantile e scortese – ogni anno mi accorgo che non invecchio e non divento più saggio: continuo solo a portare in giro lo stesso Thomas Hart di prima in un corpo che dà segni di usura».

«Non sapeva che io avrei letto i suoi messaggi» disse James.

«Era improbabile, ma possibile!»

«Ma mi dispiace. Non ne avevo idea. Non ho capito cosa provava lei. Non lo sapevo».

«Vede» disse Thomas con delicatezza, «secondo me invece lo sapeva». Stava sorgendo la Luna piena. Era immane, e gialla come i lampioni.

«Mi dispiace. Ma non ho mai voluto farle del male – Thomas, perché la Luna sembra così grande e così bassa?»

«È una Luna al perigeo, che attraversa la parte più vicina della sua orbita, e sembra più grande perché è così vicina all'orizzonte – ma anche questo è un trucco: è sempre la stessa Luna di prima. E secondo me lei non deve dispiacersi» disse Thomas. «Non lo dica, non si senta così. È vero che mi ha provocato del dolore. Molto più dolore di quanto ne avessi mai provato prima o dopo di allora, credo, e forse vuol dire che sono un uomo che ha avuto una vita felice. Ma ora credo che il dolore fosse una tassa patrimoniale. Sono grato di averlo provato, sono felice – come avrei potuto scrivere quello che ho scritto se non l'avessi provato? Ma è strano, mi sembra quasi umiliante: dopo tutto questo tempo vorrei toccarla, perché non l'ho mai fatto».

«Non l'ha mai fatto» disse James. Guardava impaurito la Luna sofferente. «Non l'ha mai fatto. Ma vuole davvero farlo, ancora adesso? Prego, si accomodi» – sembrava che si sporgesse fuori da sé stesso – «sono qui». Respirava come se l'aria fosse rarefatta. Aveva le labbra rosse. Gli si erano slacciati i bottoni del cappotto e guardava Thomas con una voglia euforica che non conteneva alcun desiderio. Conosco quello sguardo, pensò Thomas, l'ho già visto, quando Lowlands è andata a fuoco. James ha sempre desiderato un disastro di qualche tipo che lo sollevasse dalla propria vita: avrei potuto essere una ragazzina, avrei potuto essere un debito di gioco.

«È convinto che io provi pietà per lei» disse James, «ma non è così, non è mai stato così».

«La pietà avrei potuto accettarla, forse – l'avrei addirittura preferita, forse. Ma non sono una sciagura. Sono un uomo». L'ho respinto, pensò Thomas, stupendosi di sé, l'ho respinto. Quella Luna agghiacciante stava sorgendo e sollevando il suolo dell'Essex, e Thomas con quello. Però ti ho amato, pensò. Ti ho amato, ti avrei amato, ti amo.

«Arriva qualcuno» disse James. Era più giù, lontano, inintelligibile, si stava allacciando il cappotto. «Chissà se ci rivedremo ancora?»

«Thomas Hart?» Anna Fonseka, che aveva perso le perle d'ambra o se le era tolte, agitò le mani. «Speravo che avrebbe detto qualche parola».

«Non è il caso» disse James, «ci lasci in pace»; e forse fu l'autorità della sua bellezza, che il tempo aveva reso austera, a far sì che lei sbattesse gli occhi per la sorpresa e arretrasse obbediente attraversando il prato. «Non credo che ci rivedremo» disse James. «Non ce n'è motivo».

«Immagino di no» disse Thomas, e per il momento era possibile pensarci senza provare dolore. La musica nella villa era cessata. Uomini e donne si dirigevano alle proprie auto, urtandosi di tanto in tanto; si stava sollevando il vento. «Addio» disse Thomas Hart.

«Addio» rispose James. «Mi ha fatto piacere rivederla». Niente stretta di mano, e niente abbracci; solo un buffo saluto fanciullesco mentre James si allontanava, e i fanalini di stop delle auto che partivano gli infuocavano il tessuto del cappotto. Forse disse qualcos'altro, ma da qualche parte c'era una donna che piangeva rumorosamente e con piacere. «Sì» disse Thomas, «addio». In lontananza sentì un dolore come quello delle fitte al fianco. Sarebbe diminuito; sarebbe ritornato. Volse le spalle alla casa e pensò di riuscire a scorgere le betulle bianche, e il tetto inclinato della Bethesda. Quella Luna terrificante era alla sua sinistra, e la stella polare inchiodava la notte al suo posto. Nick Carleton era nel suo ufficio, Grace Macaulay era sul treno per Londra – James Bower nel sedile del guidatore stava telefonando a sua moglie, e in Beechwood Avenue Ronald Macaulay si stava addormentando. Che cosa assurda, pensò Thomas, e terribile al tempo stesso – tutto continua indipendentemente da questo! Una visibile oscurità! Cielo nell'ordinario! Le luci di Lowlands House si stavano spegnendo.

Caro James,
vedi, ora sono tornato alle mie vecchie abitudini, scrivere lettere di carta che non spedirò, perché non ho bisogno di spedirle. Però voglio dirti cosa ho imparato – di cosa ho raggiunto la piena cognizione con la stessa lentezza, meraviglia e difficoltà delle leggi della fisica. Ho imparato che con il tuo primo sguardo e con il mio primo sguardo è stato l'amore ad arrivare – è stato l'amore, e ha modificato il mondo perché conteneva te!
Ed è vero anche questo, in virtù della predestinazione, del destino o degli scherzi del tempo: ti avevo già amato per tutta la vita, come condizione della mia anima immortale – e così, a suo modo, tu hai modificato Dio.
Ma non voglio che credi che mi si sia spezzato il cuore perché era un uomo che amavo. Mi si è spezzato il cuore perché sono vivo.

THOMAS HART

Terza parte
2017
La legge delle armonie

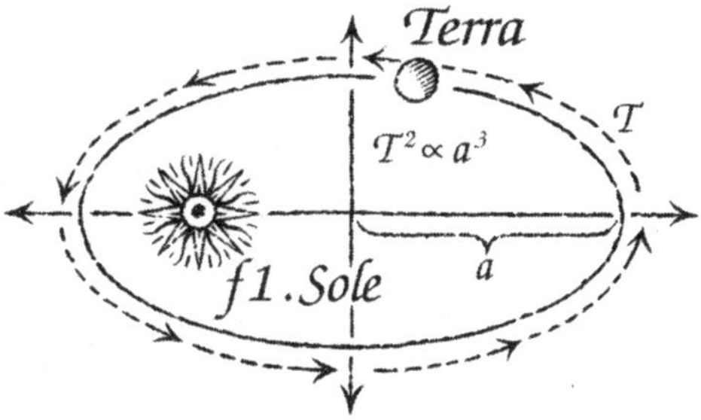

Fig. 3

Una donna usciva dal manicomio in una mattina di mezza estate. Scese malcerta i gradini che portavano a un vialetto di ghiaia, osservandosi i piedi con interesse e preoccupazione, come avrebbe guardato dei bambini lì lì per correre in mezzo alla strada. Il vialetto attraversava un prato morente tagliato cortissimo, tra siepi di bosso curate dagli inservienti e dai ricoverati; all'estremità opposta l'aspettava un taxi con la portiera aperta. La distanza per arrivare al taxi sembrò alla donna una punizione ingiusta. Le faceva male la schiena, e anche i fianchi; il sole del mattino aveva persuaso a uscire degli insetti dispettosi che la pungevano dietro le ginocchia. Di tanto in tanto si fermava per esaminare il cielo, come se lassù si aspettasse qualcosa a parte quel sole ostinato; e poi con un'alzata di spalle, di sollievo o di scoraggiamento, si rimetteva piano in cammino.

Arrivò il taxi. Era difficile entrare. Manovrare il suo corpo richiedeva forza e attenzione: e lei si impegnò. Il tassista non rimase sconvolto dal suo aspetto, o dalla sua lingua che aveva la brutta abitudine di scivolare fuori: «È una bella giornata» disse, e lei assentì in silenzio. Lui si congedò dall'ospedale. L'ospedale si congedò da lei. Una volta ci era stato ricoverato il cugino, disse il tassista, per cinque anni, era una cosa di famiglia ma per fortuna a lui non era capitata, toccando ferro. «Ne è uscito completamente diverso» disse, «ma comunque tutti cambiano in cinque anni, no?» Non era scortese; ma quando lei lo scoprì a guardarla nello specchietto retrovisore si vergognò del suo aspetto e della sua lingua disobbediente.

«È passato un bel po' di tempo, vero?» E il tassista abbassò il finestrino. «È passato un bel po' di tempo da quando sei stata fuori dall'ospedale?»

«Non lo so, ma credo di sì» rispose lei. Esaminò il cielo. Non aveva paura di niente, ed era una cosa fenomenale: aveva avuto paura, più o meno, per vent'anni. Si stavano avvicinando ad Aldleigh e non era cambiato molto. Di sicuro quelli erano i cancelli di Lowlands House: come faceva a non emergere l'antico terrore davanti a quella provocazione? Ai cancelli aspettavano degli scolari con il gilet giallo; i prati oltre l'ingresso erano bagnati e a strisce. Poi, dal pavimento del taxi, dal volante, dal sedile del guidatore sentì un vaghissimo odore di fumo e di acqua, e le si fermò il cuore. Ma passò quasi subito, e tra le costole il ritmo consueto riprese. «Mi può portare in paese?» disse, resa audace dal coraggio.

«Posso portarti dove ti pare, tesoro, non sono affari miei. Dove pensavi?»

La donna guardò la sua borsa, che conteneva tutto quello che le restava nella vita. Spazzolino da denti, sandali, due camicie piegate che le andavano strette; un sacchetto di carta con dei farmaci di cui aveva bisogno e che detestava. Un libro in edizione economica con la costola rotta (*The Virago Book of Women's Life Writing*); e, come segnalibro, una busta nuova che ne conteneva una vecchia. «Va bene se mi porta alla sede dell'*Essex Chronicle*?» chiese lei.

Finalmente Thomas Hart era arrivato a una settantina d'anni, ed era seduto alla sua scrivania. Il dubbioso, diligente, immutabile Thomas; il vecchio e intelligente Thomas, il rinomato Thomas Hart. Non andava più vagabondo sullo Strand e a Bishopsgate, ma non c'erano confini celesti che non provasse ad attraversare, e possedeva un telescopio che, se l'avesse visto Maria Văduva, sarebbe scoppiata in lacrime rompendo una lente. Non dovete pensare che al dubbioso Thomas in quei giorni mancassero i sacramenti: non era forse un cittadino dell'impero della Luna, e un supplice delle sue religioni? E così il cielo di notte gli offriva una liturgia, e lui partecipava devoto alla bellezza imperscrutabile delle sue sillabe e asserzioni: lo spostamento verso il rosso, lo spostamento verso il blu e il moto proprio delle stelle; l'Ofiuco, Andromeda e Perseo; la luce zodiacale e i venti solari e il movimento dei corpi in orbita. Di tanto in tanto cercava di studiare un libro di testo di fisica per la maturità, che lo portava quasi sull'orlo delle lacrime: veniva fuori che era proprio un uomo stupido, e lo era sempre stato, per quella sua tragica mancanza di abilità nei numeri e nei calcoli, e perché non aveva mai capito la natura dello spettro elettromagnetico! A volte richiedeva fede tanto quanto l'amore che gli restava per Dio; e così le sue due fedi religiose non erano in contrasto, ma occupavano uno spazio parallelo. Aveva perso più di un centimetro di altezza, e ne aveva guadagnati forse tre in larghezza; ma in generale gli anni non avevano lasciato segni o danni su di lui, ed era immutato come i banchi della Bethesda. Il suo ufficio aveva più che mai l'aria del salotto di un gentiluomo edoardiano, e nessuno aveva mai pensato di scacciarlo; e poi, Nick Carleton con gli anni aveva sviluppato un caratteraccio, oltre a essersi guadagnato il titolo di Ufficiale dell'Ordine dell'Impero Britannico per meriti relativi alla stampa regionale, avendo salvato il futuro dell'*Essex Chronicle* portandolo online dopo il declino annuale delle copie vendute su carta; e chi avrebbe rischiato la violenza della sua indignazione suggerendo di mandare in pensione Thomas Hart? E così Thomas rimase famoso per le sue buffe rubriche sulle stelle, e i suoi buffi pasticcini rumeni che sapevano di lokum, la sua buffa abitudine di strofinarsi l'anca che gli doleva. Il fatto di avere settant'anni lo sorprendeva ogni mattina nello specchio, e aveva tolto l'orologio dal comodino, perché non gli piaceva quel ticchettio tagliente che riduceva a un moncone il tempo rimasto.

In quel periodo non succedeva molto ad Aldleigh. Gli sembrava che l'Essex avrebbe fatto bene a ricordare la propria storia di martiri bruciati per la gloria di Dio su fascine di legna verde e di serpenti marini che infestavano l'estuario, di gangster morti sparati in una Land Rover in viottoli gelati di campagna e contadini che manifestavano nelle strade. Non succedeva molto: e così si teneva occupato con i taccuini verdi dozzinali impilati sempre più alti sulla sua scrivania, e il manoscritto che aveva preso in mano e abbandonato in quei vent'anni che ora era aperto in mezzo, sconsolato. *Lode e biasimo*, recitava il titolo, e all'improvviso gli sembrò pomposo in modo assurdo – chi ti credi di essere, Thomas Hart – Lev Nikolaevič Tolstoj, che morì per colpa dei polmoni compromessi, e non era mai riuscito a sedersi comodo sugli allori? Cancellò il titolo con un frego, poi sentì con sollievo bussare una sola volta, un rumore autoritario, seguito dall'arrivo di Nick Carleton alla sua porta.

«Thomas, ha visite di nuovo» disse il direttore. Aveva

l'aria contrariata, di quelle che si possono mostrare con sincerità solo agli amici.

«Che ci vuole fare, ormai sono diventato famoso» commentò Thomas.

«Mi dice che vi siete già conosciuti. Entri» disse Carleton, che ora era rivolto a qualcuno che non si vedeva, «entri pure, si accomodi». Arretrò per far passare una donna, e guardò l'altro come per dirgli: adesso che guai mi combini, Thomas Hart? Chiuse la porta; intendeva lavarsi le mani di quella faccenda.

La visitatrice entrò con la padronanza di sé di una persona che capisce di non poter passare inosservata, e non giudica nessuno per essersene accorto. Era alta e grassa in un modo che aveva fatto assumere alla sua pelle l'aspetto gonfio e lucente del raso. Aveva il viso largo sugli zigomi, e morbido sul mento e sul collo, e lì la pelle era bianchissima, priva di pori dilatati o imperfezioni. Aveva gli occhi azzurri con lo sguardo cauto e vigile di una ghiandaia, e continuava a tormentarsi il labbro inferiore con la lingua come se ci fosse qualcosa di dolce sopra. Thomas si sorprese nel notare che aveva abiti dozzinali e trascurati, dato che aveva un aspetto talmente maestoso e un passo così lento e imponente che gli sembrava più adatto a nastri ed ermellini. Si sentì costretto da lei, come se possedesse un campo magnetico al quale tutti i corpi inferiori si dovevano assoggettare, e avanzò con le mani aperte per accompagnarla a sedersi.

«Grazie» gli disse, e per un attimo riprese fiato; poi lo guardò e gli disse: «Sì, sì. Sono proprio io».

Avrebbe dovuto conoscerla? Le guardò di nuovo i capelli, tagliati male, con un bel colore rossastro; guardò di nuovo il suo viso preoccupato e suadente. Non gli ricordava niente. «Vede, incontro così tante persone, e non sono fisionomista» le disse. Ritornò a sedersi al suo posto ed era grato che ci fosse la scrivania a dividerli: non è che lei lo mettesse a disagio, ma era molto consapevole che c'era qualcosa di sopra le righe. Aveva a portata di mano una caraffa d'acqua; ne versò un bicchiere.

«Non sono mai stata molto precisa con il tempo» disse la donna. Si lisciò i leggings dozzinali come se fossero di seta. «Immagino siano passati almeno dieci anni...»

«Dieci anni?» disse Thomas. Li passò in rassegna e non riuscì a trovarla.

«Mi ero seduta proprio qui» gli disse. «Ero seduta proprio dove sono ora, e ho bruciato un pezzetto di carta. Guardi: ho lasciato un segno». Thomas guardò e vide una macchia nera sulla scrivania.

«Ah!» disse Thomas. «No, non dieci anni. Venti». Ed ecco che, sovrapposta sulla sua visitatrice inquietante, c'era la ragazza silenziosa che l'aveva cercato e aveva ridotto in cenere la lettera di Maria; e c'era anche l'incendio di Lowlands, e la figura china e smidollata sul terrazzo che si sollevava dai vestiti bagnati. Si spostò sulla sedia e arretrò ancora un po' per allargare lo spazio tra loro.

«Mi dispiace» disse la donna, alzando subito il tono a uno di infelicità infantile, come se lui avesse iniziato a rimproverarla. Si mise il viso tra le mani, e tremò per lo sforzo del suo dolore, «non avrei dovuto farlo. Non so perché l'ho fatto, solo che ho aspettato tutta la vita che succedesse qualcosa che mi cambiava, e non arrivava mai. Credo che quell'uomo sia rimasto ferito, credo che si sia ustionato – forse è persino morto. Ho chiesto ovunque, e nessuno voleva dirmelo».

«Alla fine è morto» rispose Thomas, «ma molti anni dopo, e non per le ustioni». Provò la sensazione di una corda tesa dietro le costole che veniva pizzicata solo una volta, ed era dolore, e sarebbe passato.

«Ah» disse lei, come se fosse una notizia dolorosa. «Mi spiace. Era un uomo così bello. Me lo ricordo. E sembrava così giovane – di cosa è morto? Che cosa gli è successo?»

Non lo so, pensò Thomas. Non lo so, non lo so, non lo so. «Probabilmente un arresto cardiaco» disse, colto da una strana stanchezza che non era provocata dagli eventi ma da sé stesso, «o qualche tara ereditaria che alla fine si è manifestata. Hanno detto che è morto in fretta, in silenzio, nel sonno. L'ho scoperto due anni dopo. Nessuno me l'ha detto. Nessuno sapeva di doverlo fare».

Il dolore che aveva imparato a trattenere traboccò dentro quella sconosciuta, che emise un unico singhiozzo acuto come se il lutto l'avesse subito lei. «Mi dispiace» disse. «Mi dispiace tantissimo».

Thomas aveva pietà di lei, ma ne era anche irritato. «Prenda il mio fazzoletto» le disse. «Anzi, lo tenga pure. E beva un bicchiere d'acqua».

Lei obbedì. Aveva la pelle bellissima tutta chiazzata, come se il dolore fosse una malattia contagiosa. Posò il bicchiere. «Immagino pensi che sono pazza» gli disse.

«Sì, sto cominciando a pensarlo» disse Thomas. «Anche se la natura della pazzia in realtà dipende dai costumi e dalle condizioni del mondo in cui ci troviamo» aggiunse. «Una volta mandavano i pazzi alla deriva sopra delle navi che chiamavano Navi dei folli, e dato che a bordo non c'era alcuna legge o costituzione che regolasse la mente, come facevano i passeggeri a essere pazzi?»

La donna ci rifletté – e per un attimo sembrò elettrizzata – poi disse: «Mi hanno detto che non ero pazza, solo malata. Indisposta, dicevano a volte, come se fossi una bambina inferma – mi dicevano dei nomi della malattia, che cambiavano ogni qualche anno. In realtà volevano dire che ero pazza, ma a me non è mai sembrata pazzia. Non l'aveva scritto lei sul giornale, e non l'avevo letto anch'io? Stava arrivando la cometa, e c'era un compagno oscuro, e una cometa era sempre un brutto presagio!»

«Ma non volevo dire niente di particolare con quell'espressione – scrivo di tutto. Non era importante, per me era del tutto irrilevante».

«Non crede che quello che fa e che dice sia importante? Lo è sempre. Tutto tocca ogni altra cosa. E così sapevo che stavano arrivando la cometa, e il compagno oscuro, e ho pensato che venissero a prendere me. Ogni sera vegliavo, e aspettavo, e poi ecco che è arrivata, ma era solo una luce. Non si era portata dietro niente. Non aveva cambiato niente. Tutto sarebbe rimasto sempre lo stesso. Allora creerò io il cambiamento, ho pensato, cambierò tutto, e ho appiccato il fuoco» disse. «Lei non sa cosa vuol dire volere qualcosa così tanto, e non ottenerlo mai, e quel qualcosa è la fede. Nessuno lo capisce».

«Io sì, invece» rispose lui. «Lo capisco».

Sprezzante allora, con gli occhi sfaccettati come una gemma. «E allora me lo dica. Mi dica in cosa crede, se crede in una cosa qualunque!» Il suo corpo sontuoso rifiutava di lasciarsi limitare dalla sedia, e la nota risuonò nella stanza, con l'aria di diffondersi da lei, squillando negli angoli più alti e contro la finestra.

Thomas avrebbe potuto costruire la Bethesda sulla sua scrivania e abbatterla di nuovo, per mostrarle le maree della sua fede? Certo che no. «Credo» disse con molta attenzione «che tendiamo verso il bene. Che siamo come navi che seguono il loro corso, alla deriva verso una luce che le guida». Lei era perplessa. «Ovvero» disse lui, «non sono sicuro che noi possiamo farci qualcosa – come se fosse davvero la nave a tendere verso la luce, che il capitano lo voglia o meno». Poi diventò brusco, sicuro che lei avrebbe affossato quella morale informe: «E ora non pensa di dovermi dire perché è venuta?»

Il bagliore sparì. Lei assunse l'aria di un bambino rimproverato a ragione. Aprì piano la borsa, rivelando il contenuto maleodorante. Thomas, con un impeto di riconoscimento, vide un libro tascabile che conosceva bene, perché ne aveva una copia. «Ho anch'io quel libro» disse. Si sentì stranamente frastornato. «Il diario e le lettere di donne che non avrebbero mai dovuto essere dimenticate – un vecchio che conoscevo una volta ha tradotto un diario, io l'ho dato a un direttore che l'ha pubblicato» (e ora dietro di sé sentì frusciare sottane di seta, e si rifiutò di girare la testa: non riesci a lasciarmi in pace per cinque minuti, Maria Văduva Bell?). «Lei l'ha letto? Il traduttore è morto. È morto senza che io lo sapessi, da solo sotto il ponte della ferrovia, sotto la pioggia».

«Non può sapere se era solo» disse la donna. «A meno che non fosse lì anche lei; in quel caso, ovviamente, non sarebbe stato solo». Lo guardò con un vago disprezzo, per quanto benevolo. «Ma sì» disse, «ha ragione, questo libro contiene il diario di Maria Văduva, e lei ha vissuto a Lowlands House, e anch'io». Dalle pagine tirò fuori una busta, ci frugò dentro. Le dita lisce e grassocce erano agili e rapide. Nella stanza c'era un silenzio risoluto. «Lo sa che sono stata a Lowlands per settimane intere prima che arrivasse la cometa? Nessuno mi ha vista. Nessuno lo sapeva, a nessuno interessava e nessuno mi ha mai fatto del male. C'era un topo a cui volevo bene, era senza coda – ho visto tornare i rondoni in maggio, e i loro pulcini tutti in fila. E poi trovavo sempre oggetti: lenti rotte e forcine e pezzi di carta strappati. La gente che abitava lì si nascondeva le cose a vicenda. Questa era nascosta tra uno specchio e un muro e l'ho tenuta con me, anche se non so chi l'ha scritta, o perché». Ora aveva in mano una busta azzurrina, e la esaminava con una specie di attenzione guardinga, come se fosse il disegno di un viso che non amava più. La posò sulla scrivania. «Perché non tira fuori la lettera?» gli chiese. «Perché non la guarda?»

Thomas tirò fuori la lettera. La guardò. Vide un foglio di carta piegato, danneggiato dal fuoco e dall'acqua, con l'inchiostro che in alcuni punti era sbavato. «Una lettera da Londra» disse tra sé e sé, o ai vari fantasmi che ora stavano arrivando a leggere appollaiati sulla sua spalla, «spedita tre giorni dopo la fine del diario di Maria Văduva».

«Me la legga» chiese lei. «Mi piace ascoltarla».

Thomas, obbediente, mise la lettera nel cono di luce. «*Mia amica adorata*» lesse:

> Mia amica adorata, non potete chiedermi una cosa del genere. Non è una prova giusta del mio affetto! Credete che io (proprio io che sono una donna!) possa consegnarvi all'oscurità per il bene di un uomo, per di più! Non mi avete detto che una donna dovrebbe vivere per una luce più forte di quella candela fioca solitaria! – Quanto sono arrabbiata – me ne andrò da Foolish Street a piedi e verrò su fino all'Essex per darvi uno scapaccione personalmente!

Scrivetemi subito e promettetemi che avete recuperato la ragione. Nel frattempo getto perle ai vostri piedi – e sono sempre la vostra devota – C.

«Non ho mai avuto un'amica così» disse la donna, «e lei?»

«Ce l'avevo una volta» disse Thomas. Ma cosa doveva farci con quella lettera? Aveva evocato Maria, aveva evocato James, ed eccoli imperterriti come erano sempre stati – pieni di vitalità, infiniti, che si avventavano su di lui dai prati di Lowlands (aveva evocato Grace Macaulay, a dire il vero: Thomas le diede le spalle). All'improvviso si sentì stanco. «Per me è inutile. Non mi dà ulteriori informazioni. Non c'è un indirizzo. Il timbro postale è sbavato in modo irreparabile. Non c'è nemmeno un nome!»

La sua visitatrice si strinse nelle spalle, e fu un gesto lento e languido. «Ci faccia quello che le pare» gli disse. «La bruci, per quello che me ne importa». Con una grazia volutamente pesante si alzò dalla sedia. «Se fossi in lei, mi chiederei cosa aveva chiesto di fare Maria a questa donna, e se lo ha fatto o meno. Ma» – e di nuovo quell'alzata di spalle eccessiva – «forse lei è troppo vecchio per darsi pena». Stava mettendo via il libro, stava dirigendosi verso la porta.

Thomas le andò dietro: «Ha fatto bene a venire» le disse, facendo riaffiorare le sue vecchie buone maniere, e reprimendo il desiderio di guardarsi indietro a vedere se aveva lasciato delle bruciature sulla sedia. «Sono felice di vedere che sta bene, e la ringrazio di avermi riportato Maria!» Ma non era grato, e non era felice – il fianco gli fu trafitto da un dolore lancinante, che lo fece inciampare, e appoggiarsi sulla spalla in discesa di lei, e il conforto di quella sensazione lo spaventò. Si raddrizzò e ricevette un ultimo sguardo azzurro. «Be', io ho finito, e la questione è chiusa. Addio, Thomas» gli disse.

Thomas rispose: «Addio».

Ora la donna attraversò il centro di Aldleigh con attenzione. L'asfalto si era ammorbidito nelle strade in preda al calore, e nelle buche e sulla soglia dei negozi lontani si stava depositando una foschia color acciaio. Quanto si era modificata Aldleigh. Non aveva mai visto questa banca, o quei bar – non si ricordava la biblioteca, per esempio, o il monumento ai caduti; ma forse quello era solo l'effetto del caldo. Di tanto in tanto infilava la mano nella borsa per cercare la busta, e si stupiva della sua assenza. Ma andava tutto bene – l'ultimo legame era stato reciso – la paura era sparita.

Arrivò al Jackdaw and Crow: ne uscì una donna. La donna era bassa come un ragazzino, grassoccia, con la schiena stretta che sprofondava sui fianchi larghi; aveva le braccia nude esposte al sole, con la pelle raggiante e scura. Portava un vestito rosso che sembrava le si disintegrasse intorno mentre camminava, o che a ogni passo si ricostruisse da una serie di scampoli: aveva un corpetto allacciato con un motivo di stelle ricamate, e una gonna ampia annodata per mostrare una sottogonna bianca. Aveva sandali dozzinali e le dita dei piedi sporche tra le fessure. Era riuscita a guadagnare un po' di altezza in più raccogliendosi i capelli sopra la fronte con una matita, e in mezzo al nero c'era una frezza bianca. Non si riusciva a vederla in faccia, perché era china sul telefono, e molto attenta a quello che vedeva – ma sarebbe stato un viso meraviglioso, senza dubbio: quanto la disprezzo, pensò lei, pizzicandosi la pelle bianca dell'avambraccio. Cosa ne sapevano le donne come quella di desiderare il cambiamento senza mai trovarlo – di ottenere la fede e perderla – di portarsi in giro un corpo che faceva male con qualsiasi clima?

Ora si stava avvicinando alla stazione ed era in arrivo il treno per Londra; era schiacciata da tutte le parti dai passeggeri in partenza. I gradini bassi ai suoi piedi puzzavano di ossa di pollo rubate dalle volpi, e di urina e di bibite dolci rovesciate; li salì con difficoltà e senza paura. Sopra, sul binario, il sole rimbalzava dalle traversine scintillanti e le causò un dolore alla testa come il rintocco di una campana. Lowlands la attirava, come il nord attira l'ago della bussola – vagò dall'altra parte del binario e la vide brillare dai faggi rossi, sotto i binari che sprofondavano e ticchettavano. Sopra il tetto inclinato non si vedevano comete che seguivano il loro compagno oscuro; dalla finestra non si srotolava fumo. Le si depositò addosso una specie di stanca tranquillità. La casa bianca tra i faggi rossi era di una vicinanza impossibile – era solo un paio di centimetri sotto il bordo dipinto dello spigolo del marciapiede: guarda, avevano tolto le assi dalle finestre, la porta tra le colonne bianche era aperta, avrebbe potuto raggiungerla se solo ci avesse provato. Sentì delle voci in lontananza nelle sale al piano basso, e quelle voci la chiamavano per nome, le stavano dicendo di entrare; poi sentì delle trombe che suonavano per darle il benvenuto, e vide striscioni bianchi sventolare dalle finestre ai piani superiori – e così dopotutto qualcuno mi vuole, pensò, qualcuno mi vuole! Era una cosa fenomenale; era quello che aspettava da sempre. Si lanciò in avanti di corsa.

Diciamo che le ghiandaie nel Cimitero dei poveri, che ora erano arrivate alla settima generazione, furono scrollate via dai rami del nocciolo da un tonfo; diciamo che i topi di Lowlands Park fecero una breve pausa nel loro rovistare, poi un'alzata di spalle, e continuarono a occuparsi di cose di vitale importanza, come gli uomini con i giubbotti gialli che si occupavano delle buche di Station Road. Diciamo che Grace Macaulay, che usciva dal negozio «Tutto a una sterlina» nella luce bianca perpendicolare, sentì il grido meccanico senza sangue che seguì il tonfo, e pensò che forse un treno aveva colpito i respingenti, o urtato un daino che era entrato da Lowlands Park. Ma non aveva tempo da perdere a immaginare sciagure, e continuò a passo svelto per la strada verso il Jackdaw and Crow dove una donna che innaffiava piante nei cesti sospesi convenne con Grace che di sicuro faceva più caldo di quello che avrebbe voluto, e che sì: aveva sentito quel botto, ma erano ad Aldleigh, e forse che lì succedeva mai qualcosa? No, rispose Grace, no, non succedeva mai niente; passò sotto i cesti sgocciolanti e accolse con piacere l'acqua, poi salì una scala di ferro legata al muro esterno del pub in caso di incendio. Mentre lei saliva il mondo scendeva, riducendosi a qualcosa di irrilevante ai suoi piedi: non la riguardavano minimamente il tonfo, le buche per strada, i clienti che si radunavano sulla soglia del negozio «Tutto a una sterlina». Si tappò le orecchie per non sentire le sirene che ora arrivavano in Station Road, ed eccola a casa.

Grace era tornata di nuovo nella città dove era nata, e dove pensava che probabilmente sarebbe morta e poi l'avrebbero cremata o sepolta. La marea lenta sulla quale aveva galleggiato fino a Londra si era semplicemente girata e l'aveva riportata nell'Essex: era sembrato tutto inevitabile – era sembrato tutto irresistibile; non aveva scelto né rifiutato la sua vita, l'aveva solo occupata come occupava il suo corpo. Londra non le dispiaceva, per la sua capacità di ridurla a un ingranaggio anonimo di un macchinario immenso, e perché lì aveva ricevuto la sua istruzione sui peccati comuni, nei quali altrimenti avrebbe potuto esercitarsi e perfezionarsi da adolescente. Ma una povertà relativa l'aveva scacciata via, e non le era mai venuto in mente di andare da qualche parte che non fosse l'Essex, e la creta dove aveva coltivato la sua anima. Ora viveva nella soffitta del Jackdaw and Crow, il pub che era stata allevata a guardare con sospetto e paura come una sentina di peccato imbevuta di alcol. La soffitta era stata abbandonata nell'anno della morte della regina Vittoria, e l'avevano lasciata degenerare fino a una cavità umida, sicuramente infestata dai fantasmi (così dicevano i bevitori durante l'ultimo giro di ordinazioni, alzando lo sguardo con piacere e terrore). Ma dato che l'attuale proprietaria era una donna che sapeva fare affari, l'aveva trasformata in una casetta sotto il tetto, e la affittava a inquilini che non potevano permettersi di notare che d'inverno il loro respiro si vedeva anche quando i radiatori sgocciolavano tutta la notte con lo stesso rumore di animali impegnati nel processo digestivo, e che in estate le varie finestre inclinate fornivano un perfetto effetto serra. E così Grace Macaulay, che per tutta la vita non aveva mai avuto il becco di un quattrino, viveva lì da sola per un affitto che spesso non riusciva a mettere insieme, e in cambio di un turno alla settimana al bancone, dove versava da bere con il buonumore convulso di una donna che sguazza nel peccato.

Attraversò la soglia con la gratitudine di un animale che torna nella tana, e spalancò le finestre annerite dallo sporco dei treni e del traffico di passaggio. Fu sopraffatta da una stanchezza per nulla sgradita, e pretese che il suo spirito si sottomettesse al corpo. Si svestì e si sdraiò per terra nel caldo, con gli arti disposti in modo tale da non toccarsi. Era a malapena consapevole delle mosche alla finestra e delle tracce di topi sul tappeto; del suo profumo dozzinale di gelsomino che era venduto in lattina, del burro che si guastava nel piatto, di sé stessa. E poi: il sonno.

Dobbiamo immaginarci una Grace Macaulay felice? Per quanto riguarda le prove necessarie a procedere con il dibattimento, Vostro Onore deve sapere che lei ha solo trentotto anni, ed è di struttura salda per quanto riguarda le ossa, i muscoli, il sistema immunitario eccetera; la si vede raramente starnutire o lamentarsi del mal di testa; ed è dotata di quel tipo di bellezza che il tempo non scalfisce, che non si basa sulla giovinezza ma sulla simmetria delle ossa, insieme alla padronanza di sé e al colore e alla vitalità. Tutti i bambini vogliono essere comuni, e lei non lo è mai stata, ed è stato difficile – ma tutti gli adulti vogliono essere straordinari, e ora lei amplifica la sua stranezza, sguazzando nella sua ignoranza del mondo e nella sua tendenza a parlare a volte con una calata biblica, dicendo agli uomini che incontra di essere nata nel 1887 (l'anno in cui hanno scavato le fondamenta della Bethesda) e nel frattempo lasciando scivolare la spallina del vestito. Quanto a questo: non ha mai amato una donna o un uomo tanto quanto ha amato Nathan, né si aspetta che le succeda; ma parla correntemente diverse lingue amorose, anche se sempre con l'accento straniero. Suo padre non è ancora morto. Nella vecchiaia è diventato infantile, affettuoso e si lascia prendere in giro: è quasi difficile credere che lei una volta l'abbia temuto e abbia sentito l'odore del fuoco eterno nelle pieghe dei suoi abiti. Grace si alza presto d'estate e tardi d'inverno, e fa colazione con il caffè scadente del negozio «Tutto a una sterlina» e dei panini bianchi morbidi che cucina personalmente (alle sue spalle Anne Macaulay la mette in guardia dal far lievitare troppo poco l'impasto, e dal cuocerli troppo). Non è serva di nessun padrone. Occupa le sue giornate con il vestiario: lo aggiusta e lo decora per scopi teatrali ed ecclesiastici, lo stira e lo inamida; a volte costruisce persino nuovi indumenti a partire da quelli vecchi, e li indossa in giro per Aldleigh ben sapendo che la vedono, l'ammirano e si burlano di lei per invidia. A volte le chiedono come è arrivata a fare quel lavoro, e se gliel'hanno insegnato a Londra; ma la verità è che lo ha sempre fatto, e lo ha imparato da sola – le sue mani sapevano già come farlo, le è venuto dalla nascita come il peccato originale. È diventato il suo mestiere un abito dopo l'altro: per via di favori fatti e ricevuti, di teatri disperati che cercavano manodopera extra nella stagione degli spettacoli natalizi. E il lavoro di questi tempi le va bene: borda le cuciture col filo di seta, e i suoi ricami e i lavori con il filo d'oro sono più belli del piviale di un vescovo. Le sono tornati i riccioli, insieme all'odore consolante di animale; mangia e canta mentre cuce, e il suo corpo morbido rifiuta i jeans e insiste a portare seta e sottogonne. Vede le altre donne con affettuoso sospetto, con interesse antropologico: la loro disponibilità a farsi subornare dagli uomini alla meccanica della riproduzione le sembra strana, ma in generale è benintenzionata verso di loro. Piange la perdita di Nathan quando si ricorda di farlo, e si chiede che cosa sarebbe potuta diventare se non l'avesse perso; ma sa a chi dare la colpa di quella perdita. Non è sua, non è perché lei non è stata capace di garantirsi l'amore di Nathan: è stata tutta colpa di Thomas Hart. Nutre la propria rabbia con un'attenzione intima: a volte, quando lo vede in Aldleigh High Street o al binario in stazione viene trafitta dalla rabbia come una corrente, e si ciba di quella scintilla vitale. A proposito di rabbia: Lorna Greene si è trasferita nel distinto Ovest, a Cheltenham o forse a Bath, e di conseguenza è come se fosse morta. Grace perde la fede proprio come a volte perde un paio di forbici da sarta, per esempio, o il suo rossetto preferito; rispunta dietro un cuscino del divano, o nella tasca del suo cappotto invernale. Di tanto in tanto frequenta la Bethesda, e ci sono persino mattine nelle quali si avvicina al propiziatorio e prega con la sincerità dell'infanzia: *Poiché tu sei la mia speranza, Signore, o Eterno; sei la mia fiducia sin dalla mia giovinezza**. Non è sicura delle condizioni della sua anima immortale, ma naviga meglio che può verso una luce che la guida, e non ha bisogno di conoscerne la natura, ma solo di sapere che è accesa.

Forse Vostro Onore si potrebbe persuadere, davanti a prove così convincenti, a ritenerla colpevole di felicità? Forse; ma ciò nonostante si fa avanti, sistemandosi il parrucchino, l'avvocato difensore. Grace Macaulay è povera, e solo una persona ricca e stupida può credere che i soldi non facciano la felicità. Grace immagina che a tempo debito erediterà la casa di suo padre, ma non si sofferma a pensarci e sbarca il lunario pagando in contanti. Ci sono stati inverni in cui si faceva il bagno con l'acqua della teiera versata nella bacinella dove lava i piatti; ci sono stati giorni in cui non si poteva permettere nemmeno il caffè amaro del negozio «Tutto a una sterlina». Ovunque vada, è sola. Al banco del Jackdaw and Crow è la figlia della Bethesda, e deplora le loro bestemmie; nel banco della chiesa è una donna mondana, e deplora il suo stato

* Salmo 71:5 (*N.d.T.*).

di peccatrice. Spesso fa per rigirare il suo anello con scritto CARISSIMA, dimenticandosi che un pomeriggio era scivolato via e per dispetto si era rifiutata di raccoglierlo; spesso pensa: *Lo devo dire a Thomas,* dimenticandosi che non può farlo e non lo farà. Il fatto che il suo corpo stia invecchiando le fa orrore: cosa è successo, per esempio, alla pelle dei seni e del collo, e ha sempre avuto mestruazioni così abbondanti? Dorme male, a intervalli convulsi. Va soggetta alle vesciche e ha un'infezione sul dito che si è punta più spesso mentre lavora. Non trova mai l'ago quando le serve, anche se le sue case sono piene di aghi. Non è mai stata a Venezia. Amava Nathan, e lui non l'amava; e così la sera a letto cercava l'amore dell'anima sua, lo cercava e non lo trovava eccetera. Si sforza di essere buona? Certamente – ma quanto è sfiancante e incerto, quando non c'è nessuno a mostrarle come si fa – *Signore, Dio della mia salvezza, davanti a te grido giorno e notte, io sono colmo di sventure!** Non ho altro da aggiungere, Vostro Onore.

Il lettore assennato potrebbe dire che né l'accusa né la difesa hanno portato prove sufficienti davanti al giudice. E sia. Grace Macaulay, accusata di felicità: la causa è archiviata.

«L'ha saputo?» chiese Nick Carleton, tornando da Thomas quello stesso pomeriggio con lo sguardo avido di un giornalista che fiuta un titolo ghiotto. «L'ha saputo? Una persona si è buttata sotto il treno, non credo che ne rimanga molto: staranno lì per ore con le pale e con i secchi. Ho mandato qualcuno a dare un'occhiata – ma, Thomas, mi sembra indisposto: cosa mai le ha detto quella donna? Vada a casa, è uscito il sole».

Il sole era uscito: la luce filtrava dalle stecche di plastica della veneziana, si rifrangeva attraverso un bicchiere d'acqua e arrivava sulla bruciatura della scrivania. Thomas passò la mano capovolta tra la bruciatura e il so-

* Salmo 88:1-3 (*N.d.T.*).

le. «Guardi» disse, come se stesse mostrando a Carleton dell'acqua luminosa raccolta nella mano a coppa. «Guardi – tutti quei fotoni, nati nel cuore del Sole 170.000 anni fa, che hanno viaggiato otto minuti e mezzo per un compito, come scaldare me alla mia scrivania. Le ho detto che lassù c'è una tempesta in questi giorni, e sul Sole fa brutto tempo? Anzi» disse, lasciando cadere la luce del sole e alzandosi, «forse vado a darci un'occhiata».

«Ci dia un'occhiata e scriva di quello. Cinquecento parole» disse Carleton. «Seicento, se il cielo è limpido».

Nelle notti limpide, nelle notti in cui la speranza parlava più forte delle previsioni del tempo, in quel periodo Thomas piazzava il telescopio nel giardino spoglio dietro la casa di Lower Bridge Road. Maria Văduva, confusa dalla sua tecnologia, si rifiutava di imparare la natura e l'utilità dei satelliti e dei GPS, ma ammirava le lenti dell'obiettivo da dieci pollici, e gli aveva mostrato il Delfino e Andromeda. Il cilindro scintillante aveva sopra una fotocamera, che esplorava le stelle per stabilire la posizione sotto la sfera celeste. Poi – sempre con la sensazione adolescenziale che forse stava facendo qualcosa di sbagliato – prendeva il telecomando che sembrava un vecchio telefono attaccato a un filo a spirale, e chiedeva al telescopio di trovare stelle binarie e galassie e città scintillanti sulla Luna. C'era una pausa, poi un gemito di ricerca come se il telescopio, come Thomas, bramasse di abbandonare questa Terra; si girava lentamente e si sollevava e fissava lo sguardo sull'oggetto desiderato. In alcune notti era tutto invano, le stelle venivano presto coperte dalle nuvole; in altre notti c'era una buona visuale e lui resisteva al freddo che gli pulsava nel fianco dolente, restava seduto per ore in compagnia di Maria: *Guarda, Thomas, vedi che il cielo sembra una pozza nera su cui gioca il sole?*

Ora: il Sole era uscito e il telescopio ricoperto con una pellicola argentata per non danneggiare gli occhi. Era un mezzogiorno di mezza estate e il tubo ottico era quasi perpendicolare alla terra; e quindi Thomas doveva accovacciarsi davanti all'obiettivo per vedere la stella più vicina. Eccole, pensò, estasiato alla vista delle tempeste solari: tre macchie solari che si spostavano verso il bordo orientale del Sole, con l'aspetto di gocce di inchiostro nero che si disperdevano in una pozza di vernice arancione. «Ogni undici anni» disse a un passero incredulo sul muro del giardino, «i poli magnetici del Sole si invertono e allora comincia un nuovo ciclo di attività e di tempeste solari...» Il passero se ne andò con un'alzata di ali indifferente, e il Sole uscì dal campo visivo, e Thomas si sentì solo: quanto gli sarebbe piaciuto veder arrivare Grace Macaulay a passo rapido nel giardino, disposta a farsi stupire.

Abbandonò il Sole e restò per un poco seduto all'ombra, vedendo il giardino popolato dalla ragazza a cui aveva voluto tanto bene in tutte le sue versioni: la bambinetta malmostosa soggetta a scoppi di gioia improvvisi, la ragazza affaccendata che andava a parlargli dei suoi problemi, la creatura vendicativa con il cappello preso a prestito che si rifiutava di incrociare il suo sguardo. E poi c'era anche l'inconfondibile sconosciuta che di tanto in tanto vedeva uscire dal Jackdaw and Crow, o percorrere il binario della stazione con il suo solito passo deciso: una donnina scura quasi sui quaranta, con vestiti sfarzosi ma logori e una frezza bianca tra i capelli. Quanto era caparbia la sua rabbia, e che spreco doloroso era stato tutto quanto. Ho rinunciato alle libertà della mia anima per poter restare nel mio banco tenendo un piede nella porta, pensò, e lei mi ha tradito! L'amore di un padre per il figlio va benissimo, ma è sostanzialmente egoista. Io le ho voluto bene anche se non è mai stato mio dovere farlo – oh, avrei potuto spingerla sui binari, avrei potuto buttarla nel fiume! Ma Maria era china sul telescopio: *E allora perché piangi, Thomas Hart?*

«A volte» disse Thomas, asciugandosi gli occhi «ho la strana sensazione che le cose non succedano una dopo l'altra, ma tutte insieme. L'ho sentito anni fa, a Lowlands House, ed ecco che ci siamo un'altra volta. Non riesco a spiegarlo, ti posso solo dire che oggi pomeriggio sono un giovanotto, è inverno e qualcuno mi ha passato una neonata a un funerale – ma anche che ho cinquant'anni, e l'uomo che amo è qui e il sole sta tramontando – e anche che sono più vecchio di adesso, e Grace sta bussando alla mia porta! Tutto continua a succedere dentro di me – come faccio altrimenti ad avere il senso del tempo? Come faccio altrimenti a spiegare che sono solo, ma non mi sento mai solo – e disprezzo la mia amica ma mi manca – che James Bower mi causa il dolore più grande che ho mai provato, ma nessun dolore al tempo stesso?»

Vieni qui ora, Thomas, per favore, dammi una mano. Abbiamo perso il Sole.

TEMPI SCOMPAGINATI

THOMAS HART *ESSEX CHRONICLE*

21 GIUGNO 2017

Mi chiedo se avete mai avuto anche voi l'impressione che le cose non accadano una dopo l'altra, ma tutte insieme. Immagino che sia solo la sconsideratezza della vecchiaia, ma ultimamente ho l'abitudine di ripetermi: Tutto ciò che accadrà è già accaduto e sta accadendo.

Molti anni fa (o domani, o ieri) mi è capitato di vedere un palinsesto nella British Library. Una liturgia del XV secolo era stata sovrascritta su pergamene che riportavano un Vangelo del IX secolo e uno studio su Platone del XII secolo; e guardarlo era come sentire un coro di voci che cantavano insieme nello stesso luogo, ma non in contemporanea.

Ecco, a me il mondo intero sembra così ultimamente. Ho vissuto ad Aldleigh per tutta la vita e immagino che morirò qui – perciò, quando passo davanti alla piazza del mercato e al monumento ai caduti, o attraverso Lowlands Park verso il fiume, vivo la città non con il me stesso attuale, ma con tutti i me stesso che ho contenuto e che conterrò. A volte incontro me stesso sulle scale, e a volte vedo amici che sono morti o che mi hanno lasciato in altri sensi – e la mia esperienza di loro ora consiste di tutte le esperienze che ho avuto di loro. Quindi, come vedete, ho imparato che è possibile disprezzare e amare un amico allo stesso modo, nello stesso luogo e nello stesso momento.

Da quel momento guardo alla fisica proprio come una volta guardavo alle Scritture, e ho trovato una teoria in particolare che mi attrae.

Si tratta dell'idea dell'universo a blocco e si basa sulla teoria della relatività di Einstein: concepisce la totalità dello spazio e del tempo che esistono insieme in una specie di cuboide tridimensionale. In questo modello non c'è una successione di eventi che si svolge in una sequenza temporale: tutto avviene simultaneamente e l'esperienza che ne abbiamo dipende da come viene tagliato il blocco.

Dubito di averlo capito o spiegato bene, ma comunque questo concetto mi illumina la vita. Se tutto ciò che accadrà è già accaduto e sta accadendo, finalmente capisco come sia possibile innamorarsi a prima vista e conoscere un estraneo come un amante – forse quell'amore e tutti gli eventi che ne sono conseguiti si stavano già svolgendo altrove e in un altro momento. E capisco anche come sia possibile disprezzare coloro che ci hanno fatto un torto, e al tempo stesso sentirsi in pace, che è forse l'eco a ritroso del perdono che non abbiamo ancora visto. Ebbene: mio padre era un pastore, e già lo sento che mi rimprovera dall'oltretomba (o prima di finirci): che ne è della responsabilità morale, Thomas, se l'esercizio della nostra volontà non fa alcuna differenza sugli eventi – che cosa farebbero gli uomini e le donne se potessero alzare le spalle e dire: «È già successo! È già successo tutto!»

Lascerò discutere i fisici e i teologi su questo punto; io invece guardo a T.S. Eliot. «Se tutto il tempo è eternamente presente» ha scritto, «tutto il tempo è irredimibile». Forse, quale che sia il modo in cui lo concepiamo, il tempo è irredimibile e non appena facciamo una cosa, è fatta. Una volta questo mi avrebbe rattristato. Ora perfeziona ogni minuto in mio possesso facendolo diventare così prezioso che non posso sopportare di sprecarlo.

In una sera di mezza estate Ronald Macaulay salì a fatica la scala di ferro del Jackdaw and Crow e Grace aprì la porta della soffitta per farlo entrare. «Mi ha dato un passaggio il signor Hart» disse Ronald, dando alla figlia uno dei suoi baci vecchi e asciutti, «ma ha detto che non si poteva fermare» (e giù in Station Road Thomas Hart era già diretto verso casa, senza alzare lo sguardo sulle finestre). Ronald capiva vagamente che vedeva poco Thomas in quel periodo, ma siccome era confuso, o preferiva autotutelarsi con l'ignoranza, non aveva capito che Thomas aveva abbandonato la Bethesda e aveva abbandonato Grace. Non si chiarì mai che cosa avesse capito il giorno del funerale di sua sorella, mentre stava lì stanco ad ascoltare. Forse aveva accettato la natura di Thomas in modo equanime come conseguenza del peccato originale, e in quanto tale non più sconvolgente della tendenza a superare i limiti di velocità, per esempio, o a essere scortesi sotto pressione. Ma era altrettanto possibile che l'idea che un omosessuale avesse occupato i banchi della Bethesda per tutti quegli anni fosse stata così sconvolgente che l'avesse semplicemente rifiutata, o che nella nebbia del dolore gli fosse sfuggita del tutto. Quale che fosse la causa, si trovava sulla soglia del paradiso, un uomo felice che tendeva ad addormentarsi di giorno, e quando si svegliava si sorprendeva di non essere ancora nella gloria del cielo.

«Entra» disse Grace. Il sole che calava illuminò il cucinino dove lei si puliva le mani su un grembiule di lino. Esaminò il padre, che ora le suscitava una preoccupazione materna che rovesciava l'ordine naturale delle cose. «Sei smagrito» gli disse. «Non so cosa stai mangiando, ma non è abbastanza». Lo accompagnò circospetta in una stanza dove due divani, larghi e bassi come letti, si guardavano da una parte all'altra di un baule da viaggio. Anche lì il sole aveva fatto il suo ingresso, ma nonostante questo c'erano una decina di lampade accese in dieci posti diversi (se le avessero detto che aveva preso le sue abitudini di illuminazione troppo prodighe da Thomas Hart, le avrebbe spente a una a una). Le aveva prese dai cassoni dei rifiuti oppure rubate da teatri di provincia, dato che Grace non aveva mai perso le sue abitudini da gazza ladra, e pensava che quello che trovava bello fosse suo di diritto. Losanghe di luce si proiettavano su tappeti sovrapposti, e sui muri riempiti, nonostante i divieti della padrona di casa, di stampe incorniciate, e brutti quadri a olio in cornici dorate, e varie tappezzerie e vestiti che il tempo aveva reso inutilizzabili ma comunque belli. Contro il muro più lontano erano impilate scatole di plastica, intervallate da cesti aperti dai quali traboccavano bustini d'antiquariato e sopragonne e tournure di crine che aspettavano l'ago di Grace; c'era una lavagna di sughero disordinatissima, ricoperta di ricette, cartoline, schizzi, lettere di sollecito per tributi comunali non pagati, e campioni di tessuti delicati. Appeso a un chiodo di fianco alla porta c'era un violino rotto che lei non sapeva suonare, e ovunque c'erano vasetti di marmellata pieni di cerfoglio selvatico preso ai bordi delle strade, e garofani morenti comprati al mercato all'ora della chiusura. C'erano pochi libri, dato che a Grace non era mai piaciuto leggere; ma la Bibbia di quando era bambina era vicina alla macchina da cucire, come se chiedesse a Ruth o a Ester qual era il modo migliore per completare una cucitura. Chi andava a trovarla, quando si guardava in giro, spesso pensava che il posto somigliava moltissimo alla sua inquilina:

sospesa tra l'epoca moderna e un punto indefinibile del passato, con il computer portatile e il cellulare e la televisione che risultavano anacronistici, e gli arazzi sbiaditi e la biancheria al posto giusto. Era così romantico, dicevano, così bello, ammirando lo scialle con le frange che fungeva da porta della camera da letto, e dicendo meraviglie delle conchiglie di madreperla che aveva schierato sul davanzale della cucina; lei ringraziava; ma in realtà era difficile sbarcare il lunario con il poco che aveva, ed era umiliante pensare che aveva quasi quarant'anni e avrebbe potuto perdere la casa per un semplice capriccio della padrona. In certe mattine, con certe condizioni climatiche, quel posto aveva l'aria sconsolata di un bambino stanco che si sforza di essere felice; ma in quei momenti Grace rivedeva il suo cranio quasi nudo illuminato dai neon in una stanza di Hackney annerita dalla muffa sui battiscopa, e si convinceva a essere soddisfatta di quello che aveva.

Ronald si sedette a fatica su un divano avvolto in una trapunta dalla quale si stavano staccando i quadrati. I rumori della strada filtravano e diventavano indistinti sotto le travi, e fuori c'era qualcuno che cantava Leonard Cohen. Grace posò una tovaglia bianca sul baule, stirata con tanta cura che le pieghe producevano un reticolo di ombre: «Sono ricca, papà» disse. «Il mese scorso non sono riuscita a pagare il tributo comunale, e adesso sono piena di soldi! Ho preparato granchio, e gamberetti, e salmone affumicato – quindi cerca di stare sveglio un po' più a lungo, se ci riesci».

«Molto bene» disse Ronald, vago. «Sì, molto bene. Dio provvede».

«Un nuovo lavoro» disse Grace, «un buon lavoro» – stava portando un piatto di porcellana scheggiato, sul quale i crostacei lottavano con le fette di limone – «avrò uno stipendio per diverse settimane». Posò il vassoio sul baule a fianco di un cestino dei panini bianchi fatti da lei, e indicò un angolo. «Guarda quelle scatole. Nell'Ovest di Londra stanno abbattendo le case singole per costruire condomini, e immagino che una di quelle case doveva essere di un sarto e pulisecco (ecco, prendi un tovagliolo. Prendi questo piatto). Guarda cos'hanno trovato: tutte quelle pellicce, i vestiti, e un cappotto da uomo con una scatola di fiammiferi in tasca. Tutto lasciato lì dimenticato, chiuso nella carta con le palline di canfora, e pezzetti di ali di tarme e polvere, e i biglietti ancora cuciti (ti imburro un po' di pane?). Mi hanno dato i più belli da restaurare, e poi verranno mandati alle case di produzione cinematografiche e alle compagnie teatrali e a donne magre ed eccentriche – non è un lavoro difficile» disse, dimostrando orgoglio professionale, «ma farò del mio meglio, e riuscirò a pagarci l'affitto fino a Natale».

«Sono sicuro che ce la farai» disse il padre, con una vaga dolcezza che esasperava Grace: Thomas, pensò, le avrebbe chiesto quali abiti avevano bisogno di quali lavori, se li sarebbe fatti mostrare, e avrebbe approvato le sue risposte con le sue maniere discrete. Be', era colpa sua se non sapeva di cosa si occupasse Grace ultimamente, e quindi peggio per lui. «Recitiamo la preghiera di ringraziamento?» disse Ronald, e chiuse gli occhi. «*Per questi doni del cielo e per tutti gli altri, Signore, noi ti ringraziamo*»; e Grace guardò Aldleigh fuori dalle finestre, e mangiò il pane imburrato.

Quando ormai restava solo una ciotola piena di noccioli di ciliegia con brandelli di polpa rossa attaccati, Ronald intrecciò le mani sulla pancia e disse: «Sì, molto buono» e scivolò nel sonno. Il cantante era ancora fuori dal pub a suonare per pagarsi gli studi, e ora era arrivato a Bob Dylan con il treno che partiva: *let us pause in life's pleasures*, diceva la canzone, *and count its many tears*; ma i passeggeri erano disattenti e i rondoni serali stridevano e volavano verso Lowlands Park. Di tanto in tanto Ronald annaspava, senza fiato, poi tornava a dormire come un bambino, e un rumore incostante dietro il battiscopa forse era un topo ormai avvezzo al veleno che ogni tanto metteva Grace. La canzone continuava all'infinito – *a pale drooping maiden who toils her life away, with a worn out heart, whose better days are over*[*] – e quanto è buono il busker a cantare per me, pensò Grace. Oh, tempi duri, non tornate più! Le si formò del sudore tra le scapole che corse giù fino alla vita e si fermò lì, e più tardi, al calar del sole, la chiazza umida sugli abiti le fece sentire freddo.

Non c'era nessuno con cui parlare e niente che lei voleva fare – sto dentro la mia vita, pensò, sorpresa dalla disperazione: questa è la mia vita, e io ci sto dentro! In quel momento ebbe una visione della sua vecchia stanza a casa di suo padre, con l'ombra della betulla bianca che dondolava sulla moquette, e lo specchio chiazzato nel quale si era esaminata il corpo ogni sera con inquieta soggezione – rivide il lettino stretto che una volta si era inclinato dalla parte dei piedi e l'aveva scagliata a cadere verso l'alto per sempre, all'infinito. È stato sempre così per me, pensò Grace, cadere verso il nulla – premette una parte che le doleva su un dito che si era punta, e aveva fatto infezione – presto non sarò più una donna che non ha figli, ma una donna che non ha avuto figli – presto nessuno mi vedrà più e non ci saranno più sorprese. Ma di quei tempi la sua autocommiserazione era breve e improvvisa come i suoi scoppi d'ira una volta, e sentì di nuovo il topo che andava in giro, e in lontananza un treno che arrivava da Colchester o da Londra – attraversò la stanza diretta alle scatole nell'angolo, e vide un polsino nero con i pizzi che usciva da strisce di nastro da pacchi con un gesto implorante. «Sì» gli disse, «sì, lo so: anch'io».

Aprì lo scatolone e sentì l'odore che adorava, perché marcava il suo territorio: canfora e cedro per scacciare le tarme, dei funghi ben specifici che prosperavano nel tessuto umido, e quello che restava del sudore e dei pro-

* «Prendiamoci una pausa dai piaceri della vita e contiamo le sue tante lacrime». «C'è una fanciulla pallida e languente che spreca la sua vita con un cuore esausto, e i suoi giorni migliori sono finiti» (*N.d.T.*).

fumi di uomini e donne morti. Sul divano suo padre si spostò con uno sbuffo, e le lampade alla luce del crepuscolo sembravano più luminose. Estrasse il vestito con cautela. La seta nera grattava contro sé stessa, facendo un discorso. Lei ascoltava. Le maniche strette terminavano in polsini lunghi allacciati con bottoni di madreperla fissati con filo argentato, ed erano innestate sulla spalla con pieghe rigide. Grace ammirò la maestria nella fattura, che richiedeva competenze e fatiche simili a quella di uno scalpellino – ore e ore alla luce del giorno e poi delle lampade a gas, pensò, con gli occhi e la schiena che dolevano costantemente – esaminò con reverenza il collo alto bordato di pizzo belga che si stava decomponendo, e la sottana immensa con l'orlo profondo e decorato. La portò al suo banco di lavoro e accese una lampada che riportò l'orologio a mezzogiorno. Di nuovo si sentì grattare la seta, con un suono eloquente e peculiare come una voce – Grace si chinò a esaminare i ricami e vide un filo argentato grosso disposto a spirali, che in alcuni punti si allentavano e si ritorcevano contro sé stesse. Tra le spirali erano cucite perline minute, in quantità tale da generare un peso per cui il vestito poteva essere indossato solo da una donna forte il cui amore per la moda e l'originalità superasse l'esigenza di stare comoda. Passò una mano amorevole sull'orlo e il vestito si lamentò: fili argentati sottili come capelli si disintegrarono e decine di perle caddero a terra. «Scusa» disse Grace, «non volevo farti del male» – distese il vestito e lo esaminò da lontano con sguardo esperto. Creato tra il 1880 il 1890, pensò, a giudicare dal taglio delle maniche: il pizzo andava tolto del tutto, e ne avrebbe cercato un altro pezzo – questo punto qui (passò con affetto un dito in un buco) si poteva rattoppare e riparare – le perle e le spirali di filo argentato si potevano riportare al motivo originario, ci sarebbe voluto del tempo, ma erano tutte ore pagate. E qual era il motivo originario (una manica si spostò: la seta aveva parlato)? Da quel punto di vista si riusciva a scorgere una sequenza di brutti fiori dai petali rigidi su gambi privi di foglie e curvati in modo assurdo, e la mancanza di talento e bellezza spiccava ancora di più davanti a un'abilità artigianale così cospicua.

«Domani» disse suo padre nel sonno, «se Dio vuole» – e sì, pensò Grace, lo riguarderò domani. Si allontanò e la sua ombra passò sull'orlo decorato con le perle, e modificò l'aspetto dei fiori – «Ah!» disse, con una strana sensazione di costrizione al cuoio capelluto: non sono fiori, niente del genere – la seta rigida dell'abito si ammorbidì e si distese, fino a occupare la stanza sotto forma di una volta, e le spirali argentate cominciarono a girare con l'aspetto di acqua che scendeva nello scarico di un lavandino; a ben guardare le perle non erano punti di luce individuali che formavano fiori inanimati, ma si componevano in oggetti luminosi che scendevano lungo l'orlo, strascichi curvi di polvere luminosa: «Comete!» disse Grace, ridendo, quasi convinta che i piedi scalzi si stessero alzando sopra il tappeto, e che il suo corpo fosse in movimento. «Sono comete» ripeté, vedendole con chiarezza, attratte verso il Sole nella loro orbita, e intervallate da galassie.

La sua inerzia svanì. Era vigile, come se stesse reagendo a un richiamo con un suono acuto. Il tempo si fermò – di sicuro era immersa nella foschia di Lowlands fino alle caviglie; di sicuro poteva stendere la mano a toccare la manica di un cappotto di tweed di qualità e dire: «Thomas, che cosa strana – ti ricordi di Maria Văduva, ti ricordi che l'ho trovata dentro il lago?»

«*Perché ti abbatti, anima mia?*» disse Ronald che recitava i salmi nel sonno. «*Perché ti agiti in me?*»* Ma Grace – agitata ma non abbattuta – si occupava con devozione del vestito, e di un biglietto legato con qualche punto approssimativo a una cucitura del vestito. L'aprì. La scritta in corsivo a matita, che era stata tenuta al coperto dalla luce, si leggeva chiaramente – le parole parlavano in modo esplicito attraverso i secoli: *C.S. / Foulis Street /da riti-*

* Salmo 42:11 (*N.d.T.*).

rare. «Ho capito» disse Grace. «Sì, ho capito». Il biglietto si dissolse e al suo posto vide un foglio per appunti consumato sulle pieghe: *all'unica adorata abitante di Foolish Street*... «Maria» disse Grace. «Eccoti qui». Thomas aveva sperato e sperato, pensò, e le venne in mente che poteva telefonargli ora mentre il sole tramontava, e far ripartire quella caccia infantile a una donna scomparsa e alla sua cometa – «Foulis Street, Thomas!» esclamò, abilitando per un attimo un altro mondo possibile nel quale lei poteva star seduta a tavola con lui e sentirsi a suo agio. «Non capisci? C., l'amica di Maria, abitava in Foulis Street, e la chiamava Foolish per prenderla in giro» – provò un impulso istintivo di piacere e orgoglio, ma lo represse in fretta. No, non se lo meritava. Che continuasse a zoppicare avanti e indietro dall'*Essex Chronicle*, o dove che fosse la sua destinazione attuale, senza sapere che Maria Văduva si stava muovendo...

«Devo andare a casa tra poco?» chiese Ronald, alzandosi in piedi e lisciandosi i pochi capelli rimasti. «C'è Anne che mi aspetta?»

«Sì» disse Grace, «ti aspetta. Ma non credo che manchi molto, adesso».

UN PO' DI MUSICA NOTTURNA

THOMAS HART *ESSEX CHRONICLE*

23 GIUGNO 2017

È risaputo che nello spazio nessuno può sentirci urlare, vero? Ma mi sa che il problema del sapere (anche quello risaputo!) sia la sua tendenza ad aprire le porte, non a chiuderle. E se apriste la porta giusta e ascoltaste, sentireste la Terra che canta. Provo a spiegarmi meglio. Il suono ha bisogno della materia: se l'aria e le sue molecole non vengono fatte oscillare, creando onde sonore come increspature in un tessuto, non si sente nulla. Quando queste increspature raggiungono i nostri timpani, anche la membrana inizia a vibrare e così sentiamo qualcuno che ci chiama o la musica in un'altra stanza.

Dato che lo spazio è più o meno un vuoto, non c'è nessun tessuto da scuotere. Ma non dovete mai pensare che nessuno stia urlando solo perché voi non lo sentite. In effetti, i pianeti non stanno mai in pace: irradiano costantemente onde elettromagnetiche e alcune di esse sono onde radio che rientrano nella gamma inudibile all'uomo. Queste emissioni si possono elaborare e si può mostrare che suono avrebbero se la materia dello spazio potesse vibrare di musica e far sì che noi la potessimo sentire.

Se siete curiosi – e secondo me dovreste! – potete trovare queste melodie online e ascoltarvi un po' di musica notturna. Io ho iniziato ad ascoltarla mentre esamino i pianeti con il telescopio e l'effetto è inquietante e bellissimo. Quando sento Giove, mi sembra una campana tibetana; quando sento Nettuno, penso alle onde che si infrangono su una spiaggia di ciottoli, mentre il vento soffia in un edificio abbandonato a pochi metri di distanza. Io, la piccola luna devota di Giove, ha lo stesso suono di un'orchestra nella buca di un teatro, che accorda gli strumenti prima che si alzi il sipario – e anche la Terra, naturalmente, canta: con cinguettii e fischi come i richiami di uccelli sconosciuti spaventati dal passaggio di un treno.

Nel frattempo, il corpo umano – costantemente impegnato nella respirazione e nella digestione – vibra a frequenze molto basse. Il cuore, per esempio, risuona a meno di un hertz, molto al di sotto della gamma udibile dall'uomo. Mi chiedo se da qualche parte ci sia un animale in grado di sentire tutte le attività silenziose che si svolgono nelle cavità del mio cuore. *Tu sei la musica*, diceva T.S. Eliot, *finché la musica dura.*

Il clima cambiò. Ancora niente pioggia, ma nuvole che arrivavano da Gwent e dal Gloucestershire insieme al vento da ovest, e le serate che si accorciavano in modo impercettibile. Una donna che di recente era stata investita dal treno fu cremata tre chilometri a nord della stazione (si diceva che lei volesse far spargere le ceneri a Lowlands Park, ma le autorità si erano opposte). Una gatta bianca si era smarrita in Lower Bridge Road. Dato che in quel periodo le stelle si vedevano male, Thomas che era insonne cominciò a cercarla nelle ore piccole, camminando per farsi passare il dolore al fianco, e recitando la lettera di Foolish Street: *non potete chiedermi una cosa del genere.*

Un venerdì pomeriggio tardi Grace Macaulay si diresse a Lowlands House. Un banco di nuvole color dell'inchiostro stava arrivando sopra l'Essex, e nell'aria che si rabbuiava il convolvolo e la buddleia nel Cimitero dei poveri spiccavano luminosi contro il muro. Lei si fermò lì per un po'. La trascuratezza del terreno ormai era diventata qualcosa di nobile e non di disperato – il muschio aveva fatto presa sui mucchi di mattoni, e tutta la notte tra le ortiche e le felci c'era rumore. È qui che ho trovato Nathan, pensò, è qui che ho trovato Dimitru, e sono scomparsi tutti e due. E nel frattempo ecco la Bethesda, implacabile, immutata, il tetto grigio che si infiltrava nella nuvola grigia. Aspettò di incontrare le ondate melodrammatiche di perdita e dolore che avrebbe evocato una volta, ma provò solo un sereno moto di affetto per la lastra di vetro liscia e trasparente che aveva sostituito la vetrata rotta da un ragazzo disattento. Pensò inevitabilmente a Thomas Hart, ed ecco che rispuntò il suo caratteraccio, dopotutto, in una fiammata rinvigorente: tutta la settimana aveva tolto e ricucito le perle dall'orlo del vestito nero, e aveva il polpastrello del pollice incallito dalle punture: ora si strofinò il callo con un sorrisino vendicativo che, se l'avesse visto da fuori, le sarebbe sembrato spiacevole.

Poi attraversò lo schermo di betulle bianche dietro la Bethesda e si diresse a Lowlands Park. L'estate aveva infittito le siepi sul confine, che opposero resistenza al suo ingresso e le strapparono la gonna – uscì nella radura, e vide i prati che salivano lievemente fino alla casa, di un bianco sgradevole contro il cielo. Stava aumentando il vento e le querce rabbrividirono. Lei continuò a camminare. L'erba non era stata tagliata: era come guardare un fiume. Aveva il lago alla sua sinistra, modificato in maniera irriconoscibile: era stato scavato molto più in profondità e reso quadrato, poi circondato da lastre chiare di pietra di York e quattro panchine di ferro nero, con serpenti marini che fungevano da braccioli. Era bordato su tre lati da un'alta siepe di tasso, che racchiudeva il cielo con esattezza matematica. Maria Văduva, ripulita e a mani vuote, era collocata all'estremità orientale nell'interazione tra le siepi, a guardare la casa in eterno.

Grace pensò vagamente a un racconto che aveva sentito una volta su una ragazza che si era ammaccata il cranio rasato su una statua mentre la tiravano fuori dall'acqua sporca – ma è una cosa che non ha niente a che vedere con me, pensò, disprezzando quella ragazza coi capelli tagliati cortissimi e il caratteraccio. Si avvicinò alla casa, e sul terrazzo scorse gente spensierata che guardava l'arrivo della tempesta, e vide le luci accese nella nuova ala di vetro dove il telescopio di Maria giaceva inutilizzato. Ora l'aria intorno a lei era stranissima, e un buio uniforme si stava chiudendo su di lei come un crepuscolo anticipato. Continuò a camminare, consapevole di una sensazione di pizzicore nervoso, e non sapeva se veniva da lei o se gliela metteva addosso il tempo instabile. Cominciò a piovere. La pioggia le colpì la nuca con una scarica di colpi, e presto l'aria umida sfocò la casa e i faggi rossi e li fece scomparire – tutto era composto di acqua, anche lei; era tutto un'onda che si stava addensando e da un momento all'altro sarebbe esplosa, e la sua materia sarebbe stata per sempre un tutt'uno indistinguibile da quella dei prati, delle querce, dei mattoni dell'intonaco di Lowlands – il vento creava pieghe nella pioggia, e i suoi nervi inaffidabili cedettero a un piacere isterico ricavato dal vento e dall'acqua. E così ci sguazzò dentro, felice, guardando gli uomini e le donne che scappavano dalla terrazza, ridendo e scuotendosi i vestiti. Anche lei aveva il vestito fradicio, come se fosse appena uscita dal fonte battesimale, e inciampò una volta nel tessuto impigliato e fece una pausa per raddrizzarsi.

Per questo non vide il vecchio fino a che non si avvicinò. Era chino, esitante, si appoggiava a un bastone; non sarebbe mai riuscito a correre più veloce di quella raffica di maltempo. Stava attraversando i prati dai margini del parco, e Grace – il cui corpo non l'aveva mai tradita più di tanto – si sentì commossa in parti uguali dalla pietà e dall'irritazione. Era fastidioso quell'intruso nella sua solitudine, e forse se la sarebbe cavata da solo. Quella camminata cauta le fece tornare in mente Thomas Hart; ma in effetti quell'uomo non era per niente alto come Thomas, e nemmeno così vecchio, e non portava abiti così eleganti. Ora l'erba alta e il terreno irregolare gli stavano creando problemi, e le venne in mente che doveva essere buona: così gli andò incontro porgendogli la mano.

Le ghiandaie del Cimitero dei poveri, offese dalla pioggia, svolazzarono con quei loro stridii orrendi, facendo sussultare l'uomo. Alzò lo sguardo. Le ghiandaie non c'erano più. Vide Grace. Si fermò di colpo, cosa che evidentemente gli causò del dolore; emise un suono come se stesse soffocando per il disagio. La stava guardando con la testa inclinata verso il basso in modo circospetto, ed era uno sguardo stranamente intimo, non come quello di uno sconosciuto – poi piantò il bastone nel prato umido e si girò di spalle.

Che cosa sconvolgente aver offerto la mano per gentilezza ed essere stata rifiutata – su di lei si posò una sensazione tetra che era sproporzionata all'allontanarsi di uno sconosciuto, e persino alla pioggia gelata che ora la faceva rabbrividire. Grace si sentì come se stesse per scoppiare a piangere, e anche quello fu uno shock e un'irritazione: era davvero così vulnerabile alla solitudine e al dolore, dopo tutti quegli anni, quando aveva già una frezza grigia nei capelli? Due bambini magri che si assomigliavano in maniera inquietante sfrecciavano qua e là rapidi e senza scopo come gli insetti, entrando e uscendo dalla pioggia per divertimento; si avvicinarono all'uomo e risero di lui e imitarono il suo passo addolorato – spero che cadano e si facciano male, pensò lei, e spero che nessuno vada da loro quando scoppieranno in lacrime.

La pioggia si interruppe. Per un attimo l'aria fu sgombra, e in quella pausa Grace sentì gridare i bambini, e le ghiandaie che si accapigliavano sulle querce; in lontananza un treno che partiva dalla stazione, e il grido sconvolto di un uomo, più familiare di quello che avrebbe dovuto essere. Il suo corpo ricambiò quello shock. Il cuore iniziò a pulsarle nelle orecchie. Ora l'uomo era supino sull'erba, con il bastone fuori dalla sua portata. La giacca, annerita dalla pioggia, era spalancata: era a pancia in su. Due volte si alzò e ricadde. Ricominciò a piovere. Grace avanzò verso di lui. Inciampò nel fango e si raddrizzò: era un animale rapido e forte. Raggiunse l'uomo, che si distolse da lei. I capelli chiari e piuttosto lunghi gli coprivano il viso. Grace si accovacciò nel fango. Gli prese il polso: lui strattonò via la mano. «Non faccia lo stupido!» gli disse. Le venne voglia di dargli un ceffone. Le venne voglia anche di affondare insieme a lui. L'uomo emetteva i rumori soffocati di una persona a cui è stato insegnato che non deve piangere. Le ghiandaie li sorvolarono:

cos'è questa storia? chiedevano. Cosa succede, e perché? Lowlands House faceva capolino dai faggi rossi, imperturbata e per nulla sorpresa.

«Non se ne può stare lì sdraiato» gli disse Grace. «Se si ostina a farlo, mi sdraio anch'io qui con lei. Perché non mi vuole guardare?» Avrebbe bisogno di tagliarsi i capelli, pensò.

Lui girò un poco la testa. Portava degli occhiali a cui la pioggia aderiva in chiazze luminose che lo accecavano. Se li tolse. Grace provò una sensazione di sdoppiamento, come se la sua coscienza fosse corsa avanti e avesse compreso tutto, mentre il suo corpo restava indietro nel fango – «Si alzi e basta, cazzo!» gli gridò. Adesso lo prendo a ceffoni, pensò, lo faccio sul serio.

Lui rispose: «Non ce la faccio». Si puntellò sui gomiti. «Vede bene che non ce la faccio». Ricadde indietro, indicò la gamba sinistra. «Non funziona come dovrebbe» disse, «e mi fa male la schiena». La guardò. La pioggia scendeva. Lui continuò a guardarla, senza sbattere gli occhi per scacciare la pioggia. Sospirò e si rassegnò al fango.

Grace prese in considerazione il suo viso. Era magro. Sarebbe stato giusto dire emaciato; le guance erano più infossate del dovuto, era troppo pallido, e aveva una carnagione cerea, senza pori. Eppure lei lo trovava bello. Alzò le mani. Aveva gli occhi molto azzurri, con ciglia più fitte delle sue. «No» disse.

«Ho provato ad allontanarmi» le disse. «Ci ho provato».

«Nathan». Non era una domanda. «Ti ho cercato» disse, «ti ho cercato per tutta la vita». Voleva toccarlo, ma non sapeva come fare. Si tenne le mani in grembo. Ma lo desideravano e si mossero con vita propria: gli diede due colpetti sulla spalla. «Tutta la vita!» disse.

«Tirami su» le disse, sbattendo rapido gli occhi. È arrabbiato con me, pensò, e ne fu grata, perché era una forma di intimità, tutto quello che aveva per il momento. «Prendimi il bastone» disse. Lei si allungò a raccogliere dall'erba quel brutto tubo di metallo. Era bagnato e scivoloso. Le cadde. Lui imprecò. Glielo passò: avrebbe voluto dargli un altro pugno. «Ti toccherà aiutarmi» le disse. «Vai alla mia sinistra». Lei capì che per lui era normale: la caduta, l'umiliazione e la necessità. Lui impallidì fino alle labbra. Si alzò a sedere, facendo leva sul bastone; poi alzò il braccio sinistro e lei ci si rifugiò sotto e si fece carico del suo peso. Lui emise un grido acuto ed eccolo in piedi.

La mano gli tremava sul bastone. Disse: «Un minuto». Lei contò in silenzio sessanta secondi, obbediente. Pensieri stupidi: aveva il trucco colato sulla faccia? Aveva i capelli brutti e umidi, gli sarebbe piaciuto come era vestita? «Vieni, allora» le disse. Nathan manovrava il suo corpo come se fosse un veicolo di cui non si fidava e che non gli avevano insegnato a guidare. La pioggia stava diminuendo, ma non la nuvola. Lei era attenta a lui in tutti i particolari: i jeans fradici, il piede che trascinava, la camicia infilata nei calzoni senza cintura, il profumo di sapone e di fango, il fatto meraviglioso e implausibile del suo peso che reggeva. «Tutta la vita!» disse.

«Sì» disse lui. «Sì, lo so».

«Nathan» gli disse.

«Sì» disse. «Grace».

Erano arrivati alla terrazza. Le finestre che una volta erano tappate dalle assi ora guardavano placidamente i prati. I bambini, che avevano finito di giocare, vigilavano l'ingresso.

«Sei pesante» disse Grace. Arrivarono a un tavolo e Nathan depositò il corpo su una sedia. Le mani gli tremavano sul bastone; emise un grido, e sbiancò. Chiese qualcosa da bere, e Grace andò a prenderlo. Aveva la sensazione di vertigine di una donna su un davanzale alto. Era tutto incredibile – era tutto inevitabile. Portò del tè e dell'acqua su un vassoio, e lo trovò intento a togliere medicine dai blister; le prese con l'aria di una persona che era sott'acqua e aspettava di risalire a respirare. Aveva gli occhi chiusi. Grace in segreto gli esaminò il viso e trovò il ragazzo che aveva amato.

Era uscito il sole. Si indurì contro il vetro. Nathan aprì

gli occhi, e studiò il tè nella tazza. Il pallore cereo stava arretrando. «Che coincidenza. Eccoti qui».

«Eccomi qui che ho fatto di nuovo il giro completo di tutta la mia orbita» disse. «Ti ho cercato ovunque e non ti ho mai trovato. Dove sei stato, Nathan, dove sei andato?»

«Nel Kent». Ecco il sorriso spontaneo e sereno che si ricordava.

«Fin laggiù! Quei bambini ci guardano. Occhio».

«A quell'età è tutto interessante». Ora non respirava più in maniera affannosa e affrettata. «Anche mia figlia fa così» disse, addolcendosi ancora di più.

Grace guardò il suo tè. Vi si era depositata della polvere e un capello di uno sconosciuto. L'ho avuto tutto per me per mezz'ora, pensò, solo per mezz'ora. «Nathan» disse, «raccontami cosa ti è successo» (ed ecco che era innamorata del giubbotto che si asciugava sullo schienale della sedia, della confezione di farmaci vuota sul tavolo, dei peli che lui aveva sul polso, degli occhiali che pulì con una salvietta).

«Sono andato a sbattere con la macchina a venticinque anni» disse. «Non è stata una cosa terribile. Non mi sono rotto niente, vivevo solo sotto la minaccia di farmi male, come avere a che fare con un cane che a volte può mordere. Poi due anni fa mentre camminavo sono caduto e si sono rotti due dischi qui, in questo punto». Si diede una pacchetta, mesto, poi le sorrise. «Avevo trentasei anni ed è stato l'ultimo giorno della mia giovinezza».

Grace, con il suo corpo che le aveva risparmiato sofferenze, e la sua testa che non le doleva mai, era sconvolta. «Tutto qui?» disse. «Sei caduto?»

«Tutto qui. Me ne stavo sdraiato su un materasso per terra e contavo i minuti fino a che potevo prendere di nuovo gli antidolorifici» disse. «Mi sarei ucciso, ma tenevano nascosti i farmaci. Poi mi hanno operato ed è andato storto qualcosa. Succede piuttosto spesso, e non era niente di grave, ma hanno danneggiato il nervo, e ora il piede si rifiuta di funzionare. Non occorre che tu pianga, su».

«Invece sì». Le venne il pensiero orribile che forse piangeva perché in realtà non voleva questo Nathan vero, con il suo corpo rovinato. Era questo che aveva tanto aspettato? Aveva barattato la sua anima per un uomo emaciato con moglie e figlia e un piede zoppo?

«Questa è una brutta giornata» le disse, «mi hai visto al peggio»; ed era talmente evidente che lo diceva per rassicurarla, e somigliava così tanto alla sua antica gentilezza, così spontanea, che sì, sì: era questo che aveva aspettato per tutta la vita. Ci fu un attimo in cui lui la guardò. Ho i suoi occhi addosso, pensò, li sento che si spostano sulle braccia e sul collo, e mi chiedo come l'avrò deluso.

«Dimmi perché sei qui» gli chiese. «Perché venire così lontano, dal Kent?»

«Un lutto in famiglia» disse. Continuava a guardarla. Era uno sguardo nuovo: intento, giudicante, quasi divertito. «Mio nonno. Funerali, e scartoffie, e omologazione del testamento».

«Mi dispiace. Non avremmo mai dovuto crescere!»

«Non sono certo che siamo cresciuti. E non sono certo che sia possibile». Poi chiese: «E tu? Sei ancora...» E con un gesto indicò le Bibbie e il fonte battesimale, le preghiere prima dei pasti, i cappelli flosci da portare in chiesa.

Istintivamente lei guardò le betulle bianche dall'altra parte del prato, e la Bethesda alle loro spalle con i cancelli di ferro aperti. «A volte penso di sì, perché non riesco a farne a meno. Ma non credo più in quello a cui credevo da bambina» – anche se, persino mentre lo diceva, non era sicura che fosse vero.

«In cosa credevi?»

Adesso è una persona autorevole, pensò Grace, e non riesco a resistergli. «Credevo di essere una eletta – di appartenere a Dio. Che mi avrebbero perdonato qualsiasi cosa facessi».

«E allora in cosa credi adesso?»

Lei rise, e vedendo che lui si illuminava per reazione, ne fu grata. «Se mi sveglio convinta che Dio non esista» disse, «a ora di pranzo l'avrò ritrovato. Ma se vado a letto e prego per la salvezza della mia anima, a colazione so che non avrò alcuna anima da salvare». I bambini erano rientrati dal giardino e stavano tra i tavoli a sgocciolare, guardando Grace. Una donna lagnosa diede dei colpi sul vetro. La ignorarono. «Ero venuto, sai» disse Nathan, con una forza improvvisa. «Ero venuto in chiesa. Eri in piedi davanti a tutti con degli strani abiti bianchi; poi successe qualcosa e ti inginocchiasti».

«Lo so».

«Thomas mi vide e mi mandò via».

«Sì, so che lo fece».

«E io fui felice che mi avesse mandato via. Avevo sempre avuto paura di te, di tuo padre, delle cose che dicevi e di come le dicevi: non c'era nessuno come te allora, non c'è mai stato nessuno come te da allora. Non capivo quello che facevi. Non capivo perché volevi farlo. Credevo che volessi essere normale – credevo che volessi essere come me».

Le venne in mente allora che avrebbe potuto dire: ho fatto una trattativa con Dio, gli ho dato la mia anima, e credevo che tu saresti stato la mia ricompensa. Ma si vergognava della sua teologia infantile, e si vergognava di avere perso la trattativa; e ne sarei troppo sminuita, pensò, o svilita persino, se quest'uomo che ha una vita da un'altra parte scoprisse che avevo dato un prezzo così alto al suo amore! E così restò in silenzio, forse persino un po' imbronciata, e sembrò che quel silenzio lo allontanasse. La sua attenzione così intima sparì, come se fosse un oggetto che lui aveva tolto dal tavolo e si era rimesso in tasca; si infilò gli occhiali e le chiese gentilmente cosa faceva in quel periodo, e come stava la sua famiglia. Sua zia era morta, spiegò, ma suo padre no; e avrebbe voluto tanto raccontargli del letto di ospedale nella sala da pranzo, della coperta azzurra sottile per terra.

«E che mi dici del tuo amico Thomas?»

«Ah, credo che sia in giro da queste parti» disse, con una vaghezza studiata che secondo lei lui non si era bevuto. «Ma non lo vedo. Era così strano, così innaturale, non credi?, che volesse passare del tempo con dei bambini». Poi ci fu di nuovo per un attimo quello sguardo perspicace e giudicante – cosa mai può essere successo, Grace Macaulay? Che cosa hai fatto? – e Grace arrossì per quella sua calunnia.

Poi di nuovo Nathan si allontanò per nascondersi dietro la naturalezza: «Sai» disse, guardando il telescopio nella teca, i tavoli puliti con le piazzette sul pavimento spazzato di fresco, «è dall'incendio che non vengo qui. Vent'anni – ho pensato che potesse essere difficile, ma in verità mi ricordo a malapena – o, se me lo ricordo, è come se fosse qualcosa che qualcuno mi ha raccontato su un altro ragazzo. Senti, hai mai scoperto cosa è successo a quella donna? Maria, si chiamava: ti ricordi che siamo venuti qui dentro prima dell'incendio, quando le finestre erano ancora chiuse con le assi e non c'era la luce, e c'erano insetti morti dappertutto, e vecchie carte che cadevano dal tavolo e si smarrivano» – si guardò intorno nella stanza luminosa e pulita, come se sperasse di trovare della polvere su un mobile e un topo che attraversava di corsa il pavimento.

«Che strano che tu me lo chieda – ritorna di tanto in tanto, come una specie di fantasma: a volte vorrei quasi che ci lasciasse in pace. Dicono che ha scoperto una cometa. E dicono che la cometa tornerà quest'inverno – ci credi?» E c'è dell'altro, avrebbe voluto aggiungere: credo di avere qualcosa di suo a casa, credo che le mie mani odorino dei suoi vestiti. Ma aveva paura che Nathan si stancasse di lei.

«Sì» rispose, «ci credo. Potrei credere a qualsiasi cosa mi racconti» – ma il suo sorriso era affascinante, facile, non gli costava nulla; di nuovo lei ebbe il sospetto che lui le parlasse come avrebbe potuto fare con le amichette di sua figlia, con un affetto che era istintivo e non speciale.

Ma comunque: per mancanza di nutrimento, il suo spirito banchettò con quelle briciole. «Ora abito sopra il Jackdaw and Crow» disse, sorridendo e scostandosi i capelli dal collo, «e a volte faccio qualche turno al bancone. E quindi passo la vita nella sentina di immoralità in cui mio padre non sarebbe mai entrato!»

Ma Nathan stava guardando l'ora. «Scusami tanto» disse, «non posso perdere il treno, devo andare. Mi perdoni?»

No, non ti perdono, pensò lei, proprio no. Le arrivò il malumore, rapido e ingovernabile: come osava liquidarla? «Nathan» disse, «qui non ci sono uffici, e nemmeno notai – non avevi alcun motivo per venire a Lowlands. E allora che cosa facevi qui: stavi solo passando il tempo?»

Si alzò senza mostrare dolore. «Ogni volta che vengo ad Aldleigh vengo qui» rispose, «a cercare te». Stava abbottonandosi la giacca e allontanandosi. Aveva del fango secco sui vestiti. Si stava aprendo una distanza assurda tra quello che avrebbero dovuto essere e quello che erano. Lui prese il bastone: «Vado in stazione a piedi» disse, «ma con lentezza. Tu vai da quella parte?»

Dieci minuti di chiacchiere! Preferiva rinunciarci. «Resto qui, non ho finito il tè» disse. Guardarono insieme la tazza e la pellicola chiara che si stava formando sulla superficie.

«Dammi il tuo numero» le disse, «io ti do il mio».

Grace obbedì. Il potere era sbilanciato verso di lui. «Se allora avessimo avuto questi non avremmo avuto alcun problema» disse, tirando fuori il telefono. Risero con gentilezza. Nessuno che li osservava, pensò Grace, si sarebbe mai fatto un'idea di dove era stata la bocca di Nathan.

«Bene, allora» disse. Appoggiò il bastone e alzò le braccia.

«Bene» disse lei. Lui la abbracciò, un abbraccio goffo e sgraziato; Cristo, pensò lei, si romperà una costola. Tornò a sedersi. «Vai, dunque» disse, «torna a casa». Il suo tè era denso e freddo: lo bevve. Lui restò lì guardando il telescopio accecato come se avesse potuto fornirgli la visuale sulla saggezza; poi fece spallucce, rassegnato e senza speranza, e se ne andò.

Più tardi quella stessa sera, mezzo ubriaca sul divano con i piedi scalzi sul baule, Grace aggiustò una galassia che si stava scucendo dal vestito di seta nera, e scoprì che le dita le tremavano e non riuscivano a fare il loro lavoro. Questo è come la paura, pensò, è come se temessi per la mia vita – e in effetti era vero che temeva per la sua vita, che aveva creato a partire dai pochi avanzi che aveva a portata di mano, e che a volte amava. Era piccola, strana, decurtata e povera, ma ogni giorno veniva rinnovata dalla bellezza che Grace scopriva nella tovaglia strappata, negli steli morenti di garofani di cortile, nei nastri di seta venduti a una sterlina nei cesti dei negozi di beneficenza: era libera di pensare come le pareva, di dire quello che le pareva, di fare quello che voleva – a volte nel giorno del Signore andava alla cerimonia mattutina alla Bethesda e piangeva durante l'ultima strofa dell'ultimo canto, sentendo per un attimo la presenza del figlio di Dio, e poi tutta la sera versava dosi doppie dietro il bancone del Jackdaw and Crow, dove nessuno la supplicava di considerare le condizioni della sua anima. Ma Nathan era rimasto seduto con lei per un'ora, tutto lì, ed era già insoddisfatta della propria vita, e stava ricostruendo con gelosia quella di lui basandosi sugli scampoli che aveva a portata di mano – chi gli apriva la porta quando arrivava a casa? Chi gli prendeva la giacca e gli chiedeva se aveva mal di schiena – di chi era il viso che rivedeva in quello di sua figlia? Con astio si immaginò una donna felice, intelligente e capace e gentile – si punse un dito, e ne fu felice.

Thomas avrebbe capito, pensò, con orribile fedeltà, Thomas avrebbe saputo – finì il bicchiere di vino cattivo. Per un attimo le venne in mente che avrebbe potuto chiamarlo – che se c'era un uomo che avrebbe potuto lasciare invariato il numero di telefono negli anni quello era di sicuro Thomas Hart.

Infilzò una cometa con l'ago, e per un po' restò a sfogliare oziosamente internet sul cellulare. Arrivò a poco a poco all'*Essex Chronicle*: un incidente mortale sulla A12, una donna uccisa a Billericay, mai una bella notizia. E

Thomas Hart avrebbe senza dubbio scritto qualcosa di recente – i suoi minisermoni, pensò, le sue parabole senza Dio – vide il titolo «Tempi scompaginati» e alzò gli occhi al cielo. Com'era tipico di lui, essere convinto di avere l'autorità! *Mi chiedo se avete mai avuto anche voi l'impressione che le cose non accadano una dopo l'altra, ma tutte insieme.* Sì, Thomas, pensò, è successo anche a me, mi succede. Quindi continuò a leggere e si sorprese a essere d'istinto meno risoluta nella sua antipatia: sentì la voce di lui nella stanza, precisa e gentile e senza inflessioni – «Quindi, come vedete» diceva, chiarendo il suo punto di vista, «ho imparato che è possibile disprezzare e amare un amico allo stesso modo, nello stesso luogo e nello stesso momento».

Grace posò il telefono, posò il vestito: aveva un dolore straordinario dietro il seno sinistro, e le mani le tremavano come se soffrisse di nervi. Si piegò su sé stessa e si abbracciò, perché non c'era nessun altro che potesse farlo. «Ma che peccato» ripeté più e più volte in modo infantile. «È proprio un peccato».

La cometa 1899 III du Lac, che ha un nome usurpato, si trova a cinque mesi dal perielio. Sta attraversando l'orbita di Giove. Obbedendo alle severe e perfette leggi di Keplero, il semiasse maggiore descrive aree uguali in tempi uguali, il che significa: diventerà sempre più veloce. È eccitata. Il suo carapace duro e freddo si muove già fremendo verso il Sole e si sta sublimando in gas; si è dotata di una piccola atmosfera e le particelle di polvere vengono attratte verso l'esterno dal debole campo gravitazionale della cometa. Alcuni diligenti osservatori nell'emisfero meridionale, i cui telescopi da dodici pollici individuano qualcosa di sfocato nella costellazione del Lupo, la avvistano; ma nessuno a occhio nudo ha speranza di vederla fino a quando la Terra non si sarà allontanata un po' di più dalla sua orbita.

Nel frattempo ad Aldleigh: l'estate contiene l'autunno, che contiene l'inverno. C'è un accenno di incendio nei faggi di London Road, e i bordi della A12 sono più neri che mai. Ronald Macaulay diminuisce di età e non ha ancora raggiunto l'infanzia, ma spesso scambia sua figlia per sua moglie, anche se in realtà Grace assomiglia a Rachel non più di quanto potrebbe assomigliarle un bambino rapito dalle fate.

In Lower Bridge Road la gatta non è ancora stata ritrovata. Thomas va su e giù per i vicoli di notte, alla ricerca di un frammento di bianco che esce da sotto un'auto. Mentre cammina, compone frasi per il suo libro sul moto dei corpi in orbita, le memorizza e torna a casa per digitarle – e tutto ciò che accadrà è già accaduto (pensa) e sta accadendo. Però non riesce a trovare una conclusione per il libro – è tutto domande e niente risposte. Cosa può dire ai suoi lettori se non «mi chiedo»?

Grace Macaulay arriva in ritardo ai suoi turni al Jackdaw and Crow: è scortese con la padrona di casa, che a sua volta è scortese. Non riesce a concentrarsi. Si punge e sanguina sull'orlo della gonna di Foulis Street, a volte mangia troppo poco e a volte troppo. È su un davanzale alto e nessuno riesce a farla scendere. «Dammi il tuo numero» le aveva detto, «io ti do il mio»; e dopo aver lasciato passare due giorni di tormentato silenzio per decenza, lui aveva illuminato il telefono sul suo cuscino: *Come va?* Ora comunicano quasi tutti i giorni e non programmano mai di vedersi. Lei finisce la carica del cellulare a mezzogiorno. Guarda lo schermo alla ricerca di un segno. Si illumina: fa' che sia lui, fa' che sia lui! Spesso è davvero lui (ma più spesso è lei). Come vanno le cose? Piove anche da te? Ho visto questo e ho pensato a te. Questa foglia sprecata. Questo gabbiano illuminato quando tutto il resto era buio. Questi pezzetti di vetro rotto. Quella canzone. Questa. E poi questa. Hai letto questo articolo? Lo sapevi che il diario di Maria Văduva è stato pubblicato in un libro? Quando scrive messaggini lui non è cortese e gentile, ma ha un modo di parlare felice e spontaneo come aveva sempre avuto. È facile a mandare baci. Parla raramente della famiglia. Lei se lo immagina solitario, zitto, in una stanza vuota seduto su una sedia dallo schienale rigido ad aspettare che lei arrivi scintillante dalla finestra. Poi nomina una famiglia – nomina sua figlia, lascia intendere di avere una moglie, ma non dice come si chiama nessuna delle due – e questo le porta una sensazione di sdoppiamento doloroso: c'è una vita intera che non può vedere e che non abiterà mai, una serie di amori e di lingue che sono tutti incomprensibili per lei, è del tutto periferica, una parte che si può aggiungere all'occorrenza, ma i suoi giunti si stanno allentando.

Scoppia in lacrime nelle corsie del negozio «Tutto a una sterlina»: se lui morisse nessuno glielo direbbe, perché mai dovrebbero, non lo verrebbe a sapere per giorni. E perché lui non nomina mai la madre di sua figlia, che si suppone l'abbia curato quando le cose andavano male, gli abbia passato le medicine dai blister quando ne aveva più bisogno, l'abbia lavato, abbia sostenuto il suo corpo quando era reso arrendevole dal sonno, abbia visto i punti che si dissolvevano sulla colonna vertebrale? A volte a mezzanotte, quando ha il collo scivoloso per il sudore, gli manda un messaggio ozioso e aspetta una risposta e nel frattempo si tocca e pensa: lui mi toccherebbe così? E succederà mai? Il tempo (ha detto Thomas Hart) non è quello che crediamo, e tutto ciò che accadrà è già accaduto e sta accadendo. Per tutta la vita, pensò. Ed eccoci qui. Thomas occupa sempre più spazio nella sua coscienza: sentiva quello che sento io, sa quello che so io. A volte Grace pensa che le sarebbe possibile perdonarlo. Dopotutto (il telefono si illumina di nuovo con il nome di Nathan) forse quel giorno nel fonte battesimale la sua vita non è stata distrutta, solo modificata…

La seconda sera di agosto Thomas abbandonò il suo manoscritto con un grido di disgusto – per la sua fantasia, il suo lessico, la sua saggezza, i suoi giri di frase, la capacità di costruzione dei personaggi, e in sostanza tutta l'impresa assurda che è la letteratura – e andò in cucina. La radio trasmetteva brutte notizie, e nel frigo e negli armadietti non c'era nulla che fosse degno della sua attenzione; non riusciva a leggere e nemmeno a scrivere, e sulla lente del telescopio si era depositata una pellicola di polvere. Il fianco cominciò a dolergli con lo spregio insistente che di solito riservava all'inverno, ed era l'effetto della noia: non aveva nient'altro che gli occupasse la mente. E così fu un sollievo sentire qualcuno che bussava alla porta, con il suono esigente e scortese di un uomo che è nei guai, o li vuole provocare – qualcosa che riguardava la gatta smarrita, pensò percorrendo veloce il corridoio, o Nick Carleton ha bisogno di me per qualche articolo – aprì la porta e l'aria umida della sera entrò in casa come un respiro.

«No» disse Thomas al passerotto diligente sul muro del giardino. «No, non può essere» – era solo un caso di sfacelo temporale, si disse, una specie di eco: di sicuro non poteva essere Grace Macaulay lì sul vialetto del giardino. Ma l'immagine non si dissolse nella memoria come avrebbe dovuto, anzi, semmai insisteva per essere vista: Grace, mutata e immutata, con abiti bianchi e larghi che le lasciavano scoperte le braccia; portava con sé un'altra donna vestita di nero. Quest'altra donna era così magra e fragile che il suo corpo si era più o meno disintegrato dentro le maniche e il corpetto, e ci fu un momento spiacevole in cui il suo braccio destro si slogò e si trovò a dondolare staccato dalla spalla.

«Ciao» disse Grace, e questo causò un'improvvisa modifica di prospettiva: con suo grande sollievo, Thomas vide che il vestito era vuoto.

«Cosa ci fai qui?» le chiese, con la sorpresa e il disagio che gli aguzzavano le parole in punte evitabili. Quanto era difficile non dire: sembra pesante quel vestito, bambina infelice. Entra, siediti. Ma poi gli comparve l'immagine di lei con lo sguardo duro che sfuggiva al suo, e della sua mano affettuosa sul polso di Lorna. «Non è mai stato davvero uno di noi, giusto?»

«Non ho bisogno di entrare. Ti voglio solo mostrare una cosa. Devi vederla. Guarda» – aprì la gonna – «vedi questo? Che cosa vedi?» Qualcosa si staccò dall'orlo e tintinnò sul vialetto.

Thomas alzò le spalle e disse che vedeva solo un vecchio abito che aveva bisogno di rammendi; ma non era vero, e dietro di lui nel corridoio ci fu un movimento e una voce che protestava: *Guarda meglio, Thomas Hart.*

«Guarda meglio» disse Grace, con un tono autoritario e severo che aveva acquisito negli anni in cui non si erano visti. Guardò. Il cerchio della gonna si scomponeva in un'orbita lungo la quale si muoveva una serie di comete luminose, con tanta insistenza e con tanta lucentezza che cadde la notte, e Thomas vide in una parata celeste le comete di Halley, Hale-Bopp, Hyakutake, McNaught. Gli fu impossibile reprimere un grido di sorpresa e piacere, o ignorare il bagliore che rapidamente comparve nello sguardo della sua visitatrice. «Ecco» gli disse. «Adesso lo vedi».

«Dove l'hai preso – e che cosa hai combinato in questi anni?»

«Lasciamo stare» – qui chiuse volutamente la sua porta – «ma ora è nelle mie mani. No, è meglio se non lo tocchi, la seta è molto vecchia – ma volevo che vedessi questo». Con cautela, come se si avvicinasse un cane vecchio e inaffidabile, avanzò e gli porse un quadratino di carta ruvida piegata. «Questo è lo scontrino del pulisecco. Aprilo».

Thomas obbedì: *C.S. / Foulis Street / da ritirare.*

«Non era Foolish Street» disse Grace, con pazienza voluta, come se si vedesse davanti un vecchio che annaspava davanti ai fatti. «Era solo una battuta tra di loro: il nome vero era Foulis Street, che è una via di Kensington – e questa era la sua amica C., immagino che questo vestito gliel'abbia regalato Maria». Piegò la gonna, spegnendo le comete. «Sono venuta a dirti questo, niente di più. Conserva lo scontrino». Ora se ne stava andando, e lui vide quell'andatura precipitosa, e i capelli neri lucidi alle radici e legati con un nastro sfilacciato – e vide anche, pensò, il suo caratteraccio, la sua cleptomania, la sua gioia ingovernabile.

Lascia che vada, si disse Thomas, mentre si chinava a raccogliere le perline dal vialetto. Non hai imparato niente in tutti questi anni? Lascia che quelle forze la muovano come devono, e la facciano ritornare in buone condizioni.

Mio caro James (ora sei così, non meno di quanto tu lo sia mai stato: sia caro, che mio).

Sono passati nove anni dall'ultima volta che ti ho visto e dieci dall'ultima volta che ti ho scritto. E sono passati tre anni, due mesi e quindici giorni da quando ti hanno trovato (così mi dicono) per terra in camera da letto, e io non ne avevo idea – non ho visto un'ombra sconosciuta sulla luna, non ho sentito alcuna frattura nell'aria: ho solo vissuto la mia solita giornata, mentre il cuore che non aveva spazio per me rendeva la sua anima tormentata al Signore. Ma questa sera penso che da morto non sei più distante da me di quanto tu non lo sia sempre stato – anzi, più vicino semmai, dato che ora non c'è nessuno che mi possa dire: Lui non è tuo. Lui non è caro.

James, ti manca Aldleigh? Qui è autunno. La foschia risale dalle rive dell'Alder e arriva quasi fino alla strada principale. Non ci sono rondoni ora. Le more sul ciglio della strada sgocciolano zucchero sulle ossa dei daini. Orione è tornato come sempre, e i bambini hanno ricominciato la scuola. Ci sono state delle tempeste solari, che ora si sono dissolte. Ora, quando mi fa male l'anca lesionata, sento un'eco del dolore nell'anca buona, nelle articolazioni delle ginocchia – a volte sembra che il cuore stia cedendo e ogni mese ho i capelli sempre più radi. Non ho bisogno di molte ore di sonno ultimamente. A volte esco e mi sembra di sentire il ticchettio del mondo.

James, mi puoi aiutare? Sono nei guai. Capisco ora cosa si

intende per blocco dello scrittore: ho tra le mani il libro che credo sarà il mio ultimo, ma se lo affronto mi tremano le mani e mi accorgo che tutta la lingua, il coraggio, la bellezza e la verità mi hanno abbandonato. Questo libro è troppo mio – mi chiede troppo. Non riesco nemmeno a scrivere la mia rubrica sul giornale. Non ho nulla da dire. E questo non è solo un blocco della scrittura – è un blocco della vita – sento il corpo in preda a una specie di inerzia, come se fossi malato di nervi. Non mi piace cucinare, e quando cucino non mi piace mangiare – i libri mi annoiano o mi confondono – non riesco nemmeno più a vedere le città sulla Luna. Conto una perdita dopo l'altra e piango quello che ho ancora, perché presto lo perderò. Persino Maria Văduva sta scomparendo – si assottiglia, non mi parla, vedo un luccichio vicino alla finestra o un'ombra nel corridoio, ma non ne viene mai fuori nulla. Tu mi hai reso tanto infelice, ma non mi avevi mai portato a una situazione di stallo – semmai mi avevi spinto a scrivere. Ora invece sto in una specie di limbo. L'unica cosa degna di nota che ho fatto ultimamente è stato ritrovare una gatta smarrita in Lower Bridge Road e riportarla dal suo proprietario – ma si è persa di nuovo la settimana dopo, e così siamo daccapo. E quanto mi manca la mia vecchia amica, la mia bambina infelice. Credevo di cavarmela molto bene senza quella responsabilità che non ho mai chiesto, ma l'altro giorno è venuta alla mia porta e il tempo si è piegato e mi ha gettato a terra come un'onda... – eccola lì, con Maria Văduva tra le braccia – e l'amore ha spostato il mio corpo di tre passi lungo il vialetto. Riuscirò mai a liberarmi di queste donne fastidiose – riuscirò mai a liberarmi della mia speranza di libertà? E secondo te dovrei perdonare e chiedere perdono? Ora ho con me un foglietto di carta. L'ho spiegato e ripiegato una volta di troppo, e si è crepato come un piatto sulla piega. Ma le parole sono ancora così chiare che, se ascoltassi abbastanza bene, sentirei l'autrice che posa la matita – *C.S. / Foulis Street / da ritirare.* Vorrei che tu fossi con me ora – vorrei poterti spiegare tutto questo e vedere il tuo viso illuminarsi di piacere e tornare a essere il volto del ragazzo

che non ho mai conosciuto e che avrei certamente amato se l'avessi visto...
Cosa devo fare ora, James? Ho visto Foulis Street sulla mappa di Londra, ho guardato come sono fatte le case...
– Potrei andare lì ora e guardare in tutte le cassette delle lettere, e vedere se ne esce la luce di una cometa. Ma dopo tutto questo tempo non ho un nome e un numero civico, e sarei solo un vecchio scemo che torna in Liverpool Street a mani vuote e da solo, su strade lastricate di tutti gli uomini e i ragazzi che sono stato una volta, e che una volta ho amato?
È assurdo, questo mio inseguimento – è sempre stato assurdo – mancano tre mesi al perielio e la cometa du Lac è diretta verso il Sole. Forse è meglio che io deponga le armi e abbandoni il campo di battaglia dove ho sempre e solo perso – forse è meglio vivere con la speranza che con la delusione: salutare la cometa e pensare con malinconia a come sarebbe potuta andare a finire, piuttosto che sopportare il dolore del fallimento?
Quindi sono qui seduto e non riesco a fare altro: Thomas Hart, un uomo indolente, per il quale la vita ha esaurito tutte le sorprese –

Thomas Hart, preparandosi a firmare, fu disturbato da un movimento vicino al gomito – dall'odore di profumo e di carne in un vestito di seta nera troppo pesante per essere indossato con comodità; dallo sferragliare delle perline che cadevano dall'orlo. *Ma Thomas,* disse Maria Văduva, evocata dagli stenti del suo spirito, imbronciata e incorporea, *ma Thomas: ti dimentichi i principi del moto proprio! Non capisci che non puoi evitare di muoverti? E poi* – dalle pieghe della gonna tirò fuori un volume di Tennyson, con la costola screpolata, e le pagine con gli angoli piegati in modo vergognoso – *ciò che siamo, siamo! – Fiaccati dal tempo e dal fato, questo te lo concedo – non ti fa male il fianco lesionato? Non ti svegli troppo presto, e ti addormenti troppo tardi? Ma è solo un martedì di settembre, non sono nemmeno le dieci e mezzo – forse che non siamo forti nella volontà,*

Thomas Hart, forse che le valvole del nostro cuore non si aprono e si chiudono come dovrebbero – forse che non teniamo le lenti dei nostri telescopi protette dalle impronte e dalla polvere? Su, Thomas, che altro dobbiamo fare se non combattere, cercare, trovare, e non cedere?

SUL MOTO PROPRIO DELLE STELLE

THOMAS HART *ESSEX CHRONICLE*
13 SETTEMBRE 2017

Voglio che vi immaginiate in piedi vicino al fiume Alder, a guardare una quercia sull'argine opposto. Dietro questa quercia ci sono altri alberi: tre salici alla sua sinistra e tre salici alla sua destra. Ora immaginate di passeggiare un po' lungo la riva, e guardare di nuovo la quercia. Si è spostata, o sembra che lo abbia fatto – ora a sinistra ci sono solo due salici, ma quattro a destra. Questo effetto si chiama parallasse, e astronomi molto migliori di quello che io sarò mai usano questo principio per giudicare il moto proprio delle stelle.

Il moto proprio non è per nulla simile al movimento che crediamo di vedere quando le stelle girano a ovest sopra l'Essex. Questa è solo l'illusione della prospettiva, mentre la Terra ruota intorno alla sfera celeste. Ci piace rassicurarci del fatto che, anche se sembra che le stelle si muovano, sono fisse al loro posto – così abbiamo qualcosa a cui poterci attaccare. Ma purtroppo non è assolutamente così. Nell'universo non c'è niente di fisso, e tutto è mutamento: le stelle hanno il loro moto proprio e anche la stella polare va alla deriva. Parlando in generale, le stelle sono così distanti che il loro viaggio attraverso lo spazio ci appare di una lentezza straziante, e visibile solo nel corso di decine di migliaia di anni. Ma alcune stelle sono piuttosto vicine, e possiamo vivere abbastanza a lungo da vederle muovere solo un pochino: la Stella di Barnard, per esempio, ha percorso una certa distanza nei settant'anni della mia vita.

Ora tornate con me sulla riva dell'Alder. È una notte fredda e limpida e siamo insieme sull'argine. Su di noi c'è la cupola nera del cielo, e tutte le stelle sono visibili. Immaginate anche che il tempo corra veloce: che per noi ogni ora sia diecimila anni. E così, mentre stiamo lì a guardare, le querce e i salici diventano rapidamente immensi, muoiono, perdono i semi e ricrescono – e sopra di noi le stelle danzano con il loro moto proprio: Orione che scaglia la lancia, Delfino che salta fuori da un mare infinito.

Ho trovato consolante il moto proprio delle stelle. Mi ricorda che siamo tutti in moto, e che non siamo mai immutati. Spesso sembra che siamo fermi e soli, totalmente solitari nel mondo che gira. Ma, nonostante questo, ci muoviamo.

Grace Macaulay
Carrozza D
Treno delle 6:30 da Liverpool Street
27 settembre 2017

Thomas, non credere che ti perdoni. Non l'ho fatto, non posso farlo e non lo farò mai. Ti scrivo così adesso solo perché se ti chiamo o ti scrivo un'e-mail mi risponderai, e non voglio che tu mi chieda come sto e che mi dica cosa fare per essere buona. Ma devo dirti una cosa e poi non dobbiamo parlarci mai più. Finirà qui.

Sto tornando a casa da Londra dove ho riportato gli abiti che mi hanno dato da aggiustare. Non volevo dare via il vestito con le comete, così mi sono rubata delle perle dall'orlo e le porterò finché non cadono (ecco, vedi: sono una peccatrice). Ma Maria mi ha seguita. L'hai vista andare via? Portava il vestito e quando era in metropolitana ho sentito delle perle che rotolavano sotto il treno dove correvano i topi. E per questo ho pensato a Foolish Street. Ho pensato allo scontrino sul biglietto, a C. e alla cometa. Ho pensato a te. Sono arrabbiata con te ma non sono mai stata arrabbiata con Maria, mi è sembrato di sentire la sua mano nella mia. Così siamo andate in Foulis Street.

È una strada larga e ci sono trentadue case dietro cancelli di ferro con arbusti di alloro vicino alle porte. L'ho percorsa su e giù e Maria camminava con me, senza però dirmi niente. Le case sono grandi e bianche come torte nuziali, e dato che nessuno poteva essere così ricco senza essere malvagio, sapevo che non sarebbero stati gentili con una sconosciuta che portava un abito fatto a mano. Era una perdita di tempo, e mi facevano male i piedi, e volevo tornare a casa, ma Maria non me lo permetteva. Mi ha ricordato un uomo che conoscevo una volta, che mi ha raccontato che tutti i censimenti mai effettuati erano conservati negli archivi a Kew, e che se C. avesse abitato in Foulis Street avrei trovato il suo nome nei registri. Dev'essere stata Maria, no? Sai che io non sono mai stata abbastanza intelligente da pensare a qualcosa del genere. E così ecco che Maria mi ritrascinava in metropolitana e all'improvviso mi sono ritrovata all'archivio nazionale, pensando quanto somiglia a una prigione, come se avessero paura che tutti i nomi morti possano evadere e impadronirsi di Londra.

Ebbene, questo è quello che ho scoperto. Il 5 aprile 1891 si è tenuto un censimento, e un uomo ha annotato i nomi di ogni persona che abitava quel giorno in Foulis Street. Mi hanno lasciata consultare le copie, le ho portate a un tavolo vicino alla finestra e le ho lette con attenzione perché la scrittura era più brutta della mia, più brutta persino di quella di Maria. E sono arrabbiata con te e non ti voglio parlare, ma era come se anche tu fossi lì. Avevo Maria che leggeva da dietro la mia spalla sinistra e tu da dietro la destra, e ho memorizzato le frasi come una volta imparavo a memoria i brani della Bibbia. Guarda, adesso riesco a scrivertelo pari pari: *Le case summenzionate sono situate all'interno dei confini...*

Nel 1891 in Foulis Street abitavano tre donne che avrebbero potuto chiamarsi C.S. Naturalmente si tratta di due anni dopo la scomparsa di Maria, e forse non significa nulla. Ma ho annotato tutto e quando scenderò dal treno ti infilerò i fogli sotto la porta. Facci pure quello che ti pare. Non è la mia cometa, non è il mio mistero. Non lo è mai stato.

GRACE

Mentre si firmava con una biro di plastica che perdeva, Grace si immaginò Thomas a casa, nel posto che lei aveva adorato. Era un'immagine talmente vivida che si sovrappose alla periferia di Londra mentre scorreva veloce dai finestrini – vide il tappeto persiano, e i preziosi vetri Moser; sentì il profumo dei lillà cacciati in caraffe semitrasparenti, e quegli strani pasticcini rumeni spolverizzati con tantissimo zucchero. Tutto ciò non diminuì la sua rabbia, semmai l'amplificò: mi ha tolto anche questo, pensò, ritornando grata al sentimento di vendetta, mi ha tolto la mia seconda casa.

Il treno non era molto pieno. Shenfield arrivò e svanì: il sole stava tramontando sopra l'Essex. Ripiegò la lettera e le copie del censimento – sì, pensò, non permetterò a Thomas di dirmi di essere buona – e poi come faccio a essere buona, per quanto riguarda Nathan? Evocò l'uomo che amava, ricomponendolo dal ragazzino bramoso sotto la quercia di Lowlands, dall'uomo nel fango, dallo sconosciuto beneducato che beveva il tè – aveva sempre contenuto tutte e tre le cose, pensò, erano state tutte dentro la mano che aveva rotto la finestra della Bethesda. A Chelmsford lesse e rilesse i loro messaggi, che non avevano l'affetto facile dell'infanzia, e nemmeno la diffidenza compressa del loro ultimo incontro, ma un nuovo modo di parlare che era possibile in quanto incorporeo – *Credo di avere bisogno di te che mi tieni vivo,* le aveva detto un martedì pomeriggio mentre lei stirava i polsini della camicia da notte di una morta; *con affetto tua,* gli diceva a volte lei, e lui diceva *sì, tuo.*

Ora il treno stava entrando nella sera. Sorta una luna calante, le stelle impetuose uscite per prime – scrisse rapida: *Notte limpida da te? Cerca l'Orsa Maggiore dopo. Ha una stella binaria sulla coda. Due stelle legate insieme perché non possono fare altrimenti.*

Non arrivò niente. Nessuna luce, nessuna prova del filamento che univa quel sedile rigido in quella carrozza sferragliante e il punto in cui Nathan era seduto con la moglie buona e gentile che lì vicino preparava la cena, e sua figlia china sui compiti. Com'era fragile tutto quanto, com'era quasi inesistente: qualsiasi cosa ci fosse tra loro due era slegata dalla vita, incorporea come un pensiero annoiato – improvvisamente fu stanca del treno, di Nathan, di sé stessa: si appoggiò al finestrino e si assopì.

La svegliò un cambiamento d'aria. Arrivò come la primavera. Non sapeva spiegarlo, scoprì solo che era eretta al suo posto, riposata e imbronciata, e si guardava intorno alla ricerca della causa. Davanti a lei una ragazza magra e spenta vestita di grigio, intenta a leggere un libriccino spento, alzò lo sguardo dalle pagine con l'aria vigile e stupida di un coniglio. Il treno stava partendo da una stazione. I neon sul soffitto si replicavano nei finestrini e gettavano una luce spietata sui visi dei passeggeri rivolti verso l'alto. La ragazza magra posò il libro. Qualcuno aprì e chiuse la porta di uno scompartimento. Un uomo passò nel corridoio. Quelli rivolti nella sua direzione alzarono lo sguardo e continuarono a guardare. Grace si girò e lo vide, e stava quasi per ridere: l'uomo era giovane e immenso. I capelli fitti rossicci sul cocuzzolo a momenti sfioravano i neon; con le spalle avrebbe fatto ombra a due uomini. Portava una camicia bianca che non riusciva a contenere la stazza del suo petto e la massa dei suoi bicipiti; aveva le maniche arrotolate al gomito che mostravano la pelle brunita. Il mondo si piegava al suo volere: lui pretendeva di essere ammirato. Aveva il viso impassibile di una divinità minore. La ragazza magra arrossì e si rimise a leggere. Grace sentì la reazione del proprio corpo e fu un piacere – era solo un animale, non si poteva disapprovarla.

Il ragazzo si sedette di fianco alla ragazza che arrossiva, di fronte a Grace. Aveva le cosce curve allargate sul sedile. I capelli erano in fiamme. La ragazzina si scostò da lui nervosamente. Grace rise, coprendosi la bocca; il ragazzo, che stava esaminando la carrozza, la incluse nel suo campo visivo e scagliò un'occhiata nera e luminosa sul suo corpo. Che facesse pure. Era un piacere guardare ed essere guardata. Grace guardò inquieta il telefono. Nessuna luce, nessuna traccia. Il suo umore, che ora dipendeva molto dai capricci dell'affetto di Nathan, cominciò a guastarsi.

«Biglietti» – il controllore stava percorrendo il corridoio, equilibrandosi esperto nella carrozza, guardando da una parte all'altra. «Qualcuno è salito a Ingatestone?» La gente tirò fuori i biglietti e li esibì. Il controllore – che aveva una pancia che prorompeva dalla cintura e corti baffetti grigi – arrivò al posto del ragazzo e si piazzò dietro di lui. «Biglietti» disse. Esaminò la schiena del giovane, la coscia dura e ricurva spaparanzata nel corridoio. «Qualcuno è salito adesso?» chiese, e si forbì i baffi. La schiena indifferente non si mosse; il ragazzo stava guardando il telefono. Ora l'atmosfera era carica, come prima che cada un fulmine. Una donna con la giacca viola si sporse dal suo posto, bramosa di dargli un'altra occhiata. «Signore» disse il controllore con voce più acuta, agganciando i pollici nella cintura. «Biglietto, prego». Ancora niente. Il bel passeggero si scrutava le unghie. La ragazza magra, stupefatta da una disobbedienza così mirabile, posò il libro. Il controllore, che sembrava si fosse fatto più piccolo, guardò l'ora come se il meccanismo del tempo avesse potuto mettergli fretta per pietà. Avanzò un po' lungo il corridoio, si girò per guardare in faccia il passeggero e sbatté rapidamente gli occhi, come se gli stessero puntando una torcia in faccia. «Non mi ignori, giovanotto» disse, cercando il tono di un professore esasperato il cui affetto per gli allievi è stato messo a dura prova, ma non ci riuscì. «Le farò la multa». Mise la mano sulla spalla del trasgressore, che alzò lo sguardo, e con un'alzata di spalle sorridente si tirò indietro un ciuffo di capelli mostrando un apparecchio acustico. Su quel corpo eccezionale aveva l'aspetto di un miglioramento, non di una correzione; ma il controllore comunque arrossì, si addolcì, diventò indifeso. «Mi scusi, signore» gli disse, «non me ne ero accorto». Si ripeté, pronunciando le parole attentamente e troppo forte: «Mi scusi».

«Non c'è problema» disse la divinità minore, «non c'è problema». Era imperturbato; mentre parlava aggiungeva i gesti con la lingua dei segni. Si frugò in tasca e ne uscì a mani vuote, poi alzò gli occhi sul controllore, che aveva assunto un'espressione vigile e paterna: va bene, figliolo, abbiamo tutto il tempo che vuoi. Il ragazzo tirò fuori il portafoglio e perlustrò tutti gli scomparti con un dito. Niente. I passeggeri assistevano, con la venerazione di prima amplificata e intenerita dalla loro empatia: nessuno gli voleva del male. Ora il ragazzo stava cercando sotto il sedile, forzando i passeggeri a osservare l'articolazione dei muscoli che non erano nascosti dalla camicia – con un movimento rabbioso si alzò, e allargò le mani in una scusa disperata. «Scusi!» disse. «Non so cos'è successo».

Tutti gli occhi erano fissi sul controllore, tutti i corpi aspettavano la scintilla – lascialo in pace, lascialo tornare a casa, dagli tutto quello che vuole! Il controllore fu cordiale. Strinse le mani. Dove scendeva il signore? A Colchester. Ah, non c'era problema dunque. A quell'ora i tornelli sarebbero stati aperti, per via dello scarso traffico di passeggeri. Così si fa più in fretta, ha presente? La divinità minore annuì, dalla sua altezza torreggiante. Lo sapeva: ovvio che lo sapeva. «Passi tranquillo» – il controllore con riverenza esitante gli posò la mano sulla spalla all'ingiù, e la trattenne per un attimo – «andrà tutto bene».

«Ottimo. Grazie». Alzò il pollice maestoso e timido. Tutto bene: giustizia nella carrozza B, e pietà sui binari. Il controllore, consapevole dell'approvazione dei suoi passeggeri, si incamminò beato verso la carrozza ristorante. La donna con la giacca viola si stava leccando le labbra; la ragazza spenta sorrise al suo libro spento. Sembrò che il ragazzo stranamente perdesse importanza, come se volesse liberare gli altri passeggeri della soggezione verso di lui. L'interesse si rivolse altrove. Grace guardò il telefono: ancora niente Nathan, ancora niente luce. Poi vide il ragazzo che si chinava verso la ragazza al suo fianco. Lei arrossì e alzò il libro per ripararsi. Ma lui voleva parlare: infilò il dito nel libro e lo abbassò. La ragazza restò a bocca aperta davanti all'enormità di quella trasgressione, e a quel viso raggiante. Il ragazzo sussurrò: «Credi che io avessi il biglietto?» Fece un sorriso enorme: aveva denti piccoli e bianchi. «Mai avuto il biglietto!»

Poi, dopo averle trasferito il fardello della sua colpa, incurvò le spalle e guardò fuori la cittadina che arrivava lungo i binari – parco, lago, campo di cricket illuminato a giorno, stazione degli autobus, negozi di scarpe, l'Essex che tirava giù le serrande per la sera. Il treno rallentò e si fermò. Il ragazzo si alzò e dopotutto non era così immenso e nemmeno così bello: forse era stato tutto un inganno della luce. Sorrise alla ragazza. Sorrise a Grace, che gli fece un sorriso complice – il suo desiderio era occupato altrove, ma era disposta ad ammettere che il suo corpo lo aveva desiderato. Lo guardò scendere dal treno e attraversare rapido il binario mentre i passeggeri mortali si aprivano davanti alla sua velocità e alla sua potenza; lo vide risalire e andare a sbattere di colpo sui tornelli, che dopotutto non erano aperti. Lui si fermò. Il treno ticchettava sui binari; le luci della stazione gli colpivano raggianti le spalle, il cocuzzolo della testa. Senza alcuno sforzo e senza guardarsi indietro, saltò i tornelli al volo e scomparì giù per le scale strette.

Grace Macaulay, che per tutta la vita si era sforzata di essere buona – che ci provava anche quando non aveva idea di cosa consistesse la bontà, o dove trovarla – provò un disagio strano ed esaltante. Era una trasgressione così lieve, pensò, un peccato così infinitesimale, che non dovrei essermene accorta – ma immagina, immaginati solo cos'è sapere qual è il bene e scegliere semplicemente di non farlo! Di nuovo provò la sensazione di essere in piedi su un davanzale alto dal quale poteva vedere il mondo – di nuovo aveva quella sensazione vertiginosa di capacità, quella paura di poter mettere il piede in fallo. Cercò Nathan, guardò il telefono. Niente. Nessuna luce.

Il giorno seguente – mattina presto; bel tempo, limpido – Nick Carleton uscì dal suo ufficio triste e, come spesso faceva, andò a parlare con Thomas Hart. Ora gli uffici erano la metà di quello che erano una volta, e le scrivanie più o meno senza carta, fatto sconcertante. Peggio di tutto era il silenzio penetrante dove una volta c'era stato il chiasso tonificante degli squilli di telefono ignorati o delle cornette afferrate con esaltazione, delle tastiere percosse fino a tarda notte, e di tanto in tanto (ricordò con affetto) di qualcosa scagliato contro il muro. In quel periodo i membri del suo personale erano giovani, diligenti, malvestiti e gentili; abitavano con i genitori, inoltravano gli articoli dal cellulare, non bevevano, non conoscevano l'ortografia e non ne avevano bisogno. E così Carleton si avviò verso l'ufficio di Thomas con una sensazione di gratitudine, come se fossero gli ultimi esemplari di una specie solitaria della quale restava solo una coppia.

All'estremità opposta del corridoio, dove le finestre alte davano su Aldleigh e a volte si macchiavano per le impronte degli uccelli, la porta era spalancata e la luce che ne usciva era diffusa come quella di una lampada a gas. Insieme alla luce arrivava anche della musica, del tipo malinconico che Thomas prediligeva in quel periodo – restava in ufficio fino a troppo tardi, e scriveva troppo poco rispetto agli accordi contrattuali; non era più possibile riuscire a farlo irritare in modo elegante insistendo, per esempio, perché smettesse di usare una qualche parola desueta, o si limitasse a una sola citazione biblica l'anno. Nelle ultime settimane persino la raffinatezza dei suoi abiti zoppicava (una volta Carleton aveva intravisto una macchia di caffè sul polsino, e l'aveva ignorata come avrebbe fatto con la nudità), ed era palese che era passato un po' di tempo dalla sua ultima visita al barbiere – in effetti a volte aveva avuto l'impressione che lo strano macchinario che era Thomas Hart si stesse scaricando.

Poi Carleton sentì la musica che si fermava e ricominciava in una specie di danza selvaggia che lo scuoteva senza il suo consenso. «E adesso cosa succede» si disse. «E adesso cosa succede?» – Entrò e scoprì il Thomas di una volta: eretto, meticoloso, composto, con un fazzoletto di seta verdina piegato nel taschino di una giacca sportiva in lino color antracite, i capelli troppo lunghi non ancora tagliati ma comunque imbrillantinati e pettinati. «Salve» disse il direttore, avvicinandosi circospetto alla scrivania: questo improvviso ritorno era inquietante tanto quanto il lento declino.

«Giovane Nick» disse Thomas, tornando ai suoi vecchi vezzeggiativi e sistemandosi un gemello d'argento, «stavo pensando proprio di venire da lei. Ho delle novità. Si sieda».

Carleton si accomodò. «Può spegnere quella, per piacere? Mi fa venire mal di testa».

Thomas, con solennità e buonumore, spense la musica. Silenzio nell'ufficio e nel corridoio; silenzio sul fiume, la ferrovia, la piazza del mercato: «Si direbbe che non succeda niente» disse Thomas. «Ma sta succedendo tutto, Carleton – ha sempre continuato a succedere: guardi qua». Sulla scrivania, a fianco dei taccuini verdi dozzinali che si erano accumulati in un mucchio vicino alla finestra, erano sparse tre pagine strappate da un blocco per appunti a righe, coperte di scrittura disordinata con una penna che perdeva. Thomas le spinse da parte quasi con disprezzo e passò invece a Carleton un foglio di carta che era la fotocopia di un vecchio documento.

«*Le case summenzionate*» lesse Carleton, girando il foglio come se sperasse di trovare qualcosa di più interessante sul retro. «Che cos'è?»

«È la registrazione di ogni anima viva che abitava in Foulis Street a Londra una sera precisa dell'aprile 1891. È l'eco di un passo che mi ha seguito per vent'anni, Carleton – è il suono della speranza!»

«Thomas. Sono stanco – per favore cerchi di dire cose sensate: riguarda quella donna infelice?»

«Se intende Maria Văduva Bell, già di Lowlands House – astronoma, rumena, spirito inquieto e amica – allora sì: riguarda quella donna infelice, e quella bambina infelice. Grace Macaulay – ah, ma lasciamo perdere lei – mi ha dato quel foglio. Guardi: vede quei nomi sottolineati?»

Carleton, nonostante la stanchezza, attinse da Thomas Hart un po' di quell'energia che emanava scintille dal dito che seguiva la pagina. «E va bene, mi faccia dare un'occhiata» disse, mentre affiorava l'istinto innato per un articolo. Guardò. Il documento mostrava una pagina di quello che, pian piano, capì trattarsi dell'ultimo censimento del XIX secolo, eseguito in Foulis Street a Londra nel 1891. C'erano tre nomi sottolineati e un appunto in un pezzo vuoto del foglio:

Tre possibilità in Foulis Street?
(Donne / nome con iniziali C.S. / sposata.)
Al n. 3: Christina Susannah Lord, 78. Troppo vecchia?
Al n. 17: Cora Seaborne, 24. Michael Seaborne (padre?), 51
Al n. 29: Clementine Louisa Stanton Yates, 23 (un marito, Eric Stanton Yates, 41)

«Ho capito» disse Carleton, che cominciava davvero a capire (anzi: può essere che sentisse frusciare degli abiti nell'angolo dell'ufficio dove Thomas ultimamente aveva montato una macchina da caffè?). «Sta cercando la sua amica».

«Sto cercando la sua cometa!» disse Thomas. «È chiusa in una di quelle case, in attesa di essere liberata! Sappiamo che Maria ha affidato le sue carte all'amica. Sappiamo che l'amica viveva in Foulis Street. Sappiamo che era giovane e sposata. Deve per forza essere una di queste donne».

«Ma il censimento è di due anni dopo la scomparsa di Maria...»

«Lasciamo stare quello. Per una volta la fortuna dovrà arridermi, buon Dio. Deve essere una di quelle. Non la signora Lord, credo, era troppo vecchia. Immagino che Cora Seaborne fosse una zitella intelligente che abitava con il padre. Invece Clementine era arrivata a centodue anni, e suo figlio è stato nominato membro della Royal Astronomical Society poco dopo la guerra, e mi sembra promettente».

«Cora Seaborne» disse Carleton (e dall'angolo della stanza – scalzando la gonna di seta e la macchina da caffè – arrivò il profumo di una marea che arretrava e forse di gusci di ostrica). «Che nome interessante».

«Aspetto da vent'anni la fine di questa storia» disse Thomas. «Ora finalmente ci stiamo arrivando e proprio quando il tempo sta per scadere: la cometa du Lac sta arrivando, è già visibile dai telescopi migliori del mio».

«Io sono molto fiducioso. Ma nel frattempo mi è in debito di tre rubriche». Carleton evocò a fatica la propria autorità. «Sarà anche un grande uomo di lettere, sarà il nostro fiore all'occhiello, ma se prende lo stipendio...»

Thomas ripose i documenti. «Sì» rispose. «Sì – è che in testa non ho altri pensieri che Maria».

«Le verrà in mente qualcosa. Cinquecento parole e meglio ancora seicento se le vengono. E meno fisica quantistica, Thomas, più Essex. I nostri lettori sono persone comuni».

«Le persone comuni non esistono» rispose Thomas.

«Esca da Aldleigh. Vada verso Maldon. Prenda una chiatta sul Tamigi per raggiungere l'estuario, si mangi un'ostrica. Scriva qualcosa su Aldwinter. Vada a vedere cosa tirano fuori dagli scavi di Colchester ultimamente».

Thomas esaminò il suo superiore: «Se vuole posso

occuparmi dei Nodi di Aldwinter» disse con cortesia immensa e voluta.

«I Nodi di Aldwinter? Dicono che è una faccenda strana». Carleton rifletté sulla faccenda strana e gli piacque. «Va bene, allora. Ci scriva un articolo. Stia attento a non mettersi nei pasticci: sono dei veri fuorilegge, lì sul Blackwater».

Verso la fine di settembre il sole attraversava l'equatore celeste e per un breve periodo le forze opposte della notte e del giorno erano più o meno uguali nell'Essex. Una falce di luna crescente sorgeva presto in quella tregua tra due amanti, e c'era bassa marea ad Alwinter, dove una rapida volpe bruna corse fuori dalle felci sulle zampe posteriori. Si fermò e girò il muso vigile da una parte all'altra, poi boccheggiò e gridò e fuggì. La seguirono altre volpi – e anche lepri, daini, un tasso infelice con la pelliccia strappata; un gufo cieco che non poteva volare e una capra dagli occhi stretti. Cantavano tutti. Pausa: per un po' niente, nessun animale zoppicante o precipitoso, poi uscì un coniglio di corsa con il codino bianco appeso a un filo, che gridava mentre cantava. Thomas Hart guardava dalla sua posizione privilegiata a fianco dell'albero delle tombe, dove erano stati disposti banchi di chiesa e sedie di plastica in schiere ordinate, che ogni mezz'ora affondavano un po' di più nell'erba: per poco Aldwinter era di nuovo abitata. Uomini e donne erano scesi da Maldon e Colchester e Billericay, e da luoghi remoti come il Suffolk e il Norfolk e il Kent; dato che era il giorno dei Nodi di Aldwinter, tutti i partecipanti si erano legati al polso o intorno al collo un pezzo di corda, o un nastro, quello che avevano a portata di mano.

Covoni di grano tenuti da parte dal raccolto erano stati impilati tra le lapidi che sfioravano l'albero delle tombe, e qua e là avevano piazzato bambole di paglia intrecciata piegate e legate con il nastro rosso, e cadevano, ma venivano subito rimesse a posto. La quercia spezzata non aveva ancora perso le foglie, che brillavano e fremevano durante le folate di vento; aveva due rami morti bianchi come corna di un cervo che sorgevano dalla cima. L'estate sembrava poco incline a liberarsi del verde, che nell'erba aveva ancora la sua bella dose di trifoglio e mazza d'oro punteggiata, e nelle siepi le rose canine erano in fiore un po' più tardi del dovuto. Thomas aprì il taccuino: *Duecento partecipanti,* scrisse, *è una bella giornata. L'autunno osa a malapena farsi vedere. L'aria è piena di sale.*

Il canto si avvicinò, a volte stonato e a volte armonioso, spesso interrotto da uno stridore senza parole di una volpe o una lepre in preda al panico. Un grosso pesce di chissà quale razza, snello come un serpente, saltò su dietro una coppia di daini e li fece inciampare apposta; poi proseguì, lasciando una scia di scaglie d'alluminio. *Laddove si dica,* scrisse Thomas (pensando a Carleton e al suo odio per le parole desuete), *che questo è un antico rito dell'Essex che celebra l'equinozio di autunno, ho i miei dubbi, dato che quando ero giovane nessuno ne aveva mai parlato.* Il pesce si avvicinò scivolando. Thomas scrisse: *NODI?* E lo sottolineò tre volte. Esaminò il pezzo di spago da giardino legato stretto intorno al polso dell'uomo seduto alla sua sinistra. *I nodi,* scrisse, *interessavano molto ai sassoni, le cui ossa probabilmente sono ammucchiate in fila per tre molto a fondo nella terra di Aldwinter –*

«Ho sentito dire che se lo sono inventato di sana pianta» disse il tizio seduto di fianco a lui, osservando un daino che si era dato alle danze sfrenate lasciando pezzi di pelliccia sugli anelli di rovi. «Ho sentito dire che esiste solo da vent'anni».

«Ne sono certo» disse Thomas, «questo rito e ogni altro – inventato, rielaborato, frainteso, ricordato, amplificato – che importanza ha? Tutto inizia da qualche parte».

«Sapevo che l'avrebbe detto» disse l'uomo, con una timida dolcezza ingiustificata. «Sapevo che avrebbe detto qualcosa del genere». Thomas, accogliendo quella dolcezza con confusione e piacere, si girò per guardare lo sconosciuto. Aveva un bastone da passeggio appoggiato al ginocchio destro e Thomas sentì una fitta all'anca di solidarietà.

I cantori fecero una breve pausa, poi dall'estuario di Blackwater uno stormo separato di oche selvatiche volò altrove per l'inverno, e Thomas guardò di nuovo quell'uomo. Sentì uno strano ticchettio dietro le costole, come una chiave che gira in una serratura. Riconosceva quei capelli chiari, lasciati troppo lunghi, quegli occhi azzurri stupefacenti. «Ah!» disse Thomas. «Nathan, eccoti qui!» disse, come se per tutta la mattina avesse cercato il ragazzo che aveva saltato con agilità tra le tombe e non riusciva mai a stare fermo. Eccolo lì – con un moto di sofferenza Thomas vide che il piede dell'uomo puntava vagamente verso l'interno; vide quant'era magro e quanto si era scavata la guancia liscia sotto gli zigomi alti del suo viso, e sapeva riconoscere il dolore.

«Eccomi qui» disse Nathan, porgendogli la mano. «Signor Hart. Thomas. L'avrei riconosciuta tra mille. Credo che lei e Grace siate le uniche persone al mondo che non cambiano mai».

Non era ancora mezzogiorno. In alto nell'atmosfera della Terra la luce si rifrangeva sui cristalli di ghiaccio, obbedendo a leggi specifiche, e descriveva un cerchio perfetto intorno al Sole, solido e ininterrotto come le mura di una città. «Hai visto quello?» disse Thomas, relegando Grace e l'eco del suo nome nei vestiboli del cuore. «Si chiama parelio». Mi chiedo se Grace lo può vedere, pensò, mi chiedo se c'è un parelio sopra Aldleigh. E così a quanto pareva non era in grado di relegarla, e nei giorni precedenti gli era costato uno sforzo titanico non salire la scala di ferro sopra il Jackdaw and Crow, per andare a chiamare la sua bambina infelice e dirle: guarda qui, la cometa sta arrivando – mancano tre mesi poi la vedrò con i miei occhi. Ma continuava a rivedere l'immagine della sua mano sul polso di Lorna, e insieme a quella il completamento di una vita intera di vergogna – e c'era anche l'altra vergogna, per la sua crudeltà mentre lei era inginocchiata al fonte battesimale. Ora era consapevole che l'uomo al suo fianco lo stava guardando con aria intelligente e giudicante. Come se fosse in un confessionale, Thomas si sentì obbligato a dire: «Non l'ho vista di recente. Ultimamente non frequento molto la Chiesa. Dimmi, sta bene?»

L'altro uomo restò in silenzio. Il parelio diventò più luminoso. Poi: «L'ho vista solo una volta in vent'anni» rispose, «ed era identica, e mi ha fatto credere che anch'io lo fossi. Sta venendo qui» disse, con un'aria stranamente circospetta, come se stesse confessando un peccato senza colpa. «Mi ha detto che non c'era mai stata, e che ci saremmo trovati vicino alla quercia» – prese fuori il telefono dalla tasca e passò il pollice sullo schermo come se stesse carezzando una creatura vivente – «è per strada. Deve davvero andarsene?» Thomas, per istinto e con un suono di rifiuto, si stava alzando dalla sedia. «Deve davvero andarsene? Non eravate amici?»

Questa era la sua semplicità schietta che Thomas si ricordava, ed era bello vedere i tratti del ragazzo mantenuti diventando uomo. Ma come faceva a spiegare, dato il fascino di quello sguardo azzurro ora rivolto su di lui, la disgrazia successa tra lui e Grace, e la malagrazia con cui l'avevano gestita? «Vedi» disse Thomas, dando una pacchetta sulla tasca dove teneva il taccuino piegato a metà. «Devo andare a vedere cosa succede laggiù, se no non avrò niente da scrivere».

«Ma guardi: eccola che arriva» disse Nathan, con più ammirazione di quella che aveva provato per l'albero delle tombe, gli animali che si smontavano, l'anello luminoso intorno al Sole. «Eccola che arriva» ripeté, e infatti eccola che stava arrivando, fendendo la folla, e come al solito non era uno stinco di santo. Era splendida. La luce dell'equinozio era splendida sul suo abito bianco, sul collo abbronzato chino. L'abito era semplice come una camicia da notte, anche se Grace aveva cucito delle pinces raffinate con le perle sulle maniche, e il corpetto era tagliato in modo da mostrare le ossa fini delle clavicole e delle scapole, e la scollatura profonda della curva della schiena. Sulla pelle aveva ancora l'estate; si era grattata la puntura di un tafano e aveva sollevato la crosta. Il vestito era già sporco: caffè sulla gonna, fango sulla manica. La puntura di tafano sanguinava. Sembrava più che mai una donna che non aveva un posto da nessuna parte, e nessuna epoca. Ai lobi delle orecchie aveva perle immense e irregolari, mentre aveva infilato perline su un filo di seta che si era legata in vita. Aveva la bocca chiazzata di rosso, come se si fosse messa il rossetto, si fosse pentita del suo peccato e avesse strofinato la vergogna sul dorso della mano.

Nathan si alzò. Il bastone cadde per terra. Grace, che era cieca a Thomas per il desiderio o per la vendetta o per entrambe le cause, aprì le braccia. Nathan vi entrò, chinandosi, e Thomas capì che i movimenti di quei due corpi avevano molto poco a che vedere con il pensiero. «Ti ricordi» disse Grace, ritraendosi, «ti ricordi il mio compleanno, e la quercia che spuntava fuori dalla nebbia?»

«Me lo ricordo» disse Nathan. Era cortese e gentile; arretrò con attenzione e frappose della distanza tra loro. «Fu una bella giornata» disse, e si sedette con un rumore incontrollabile che sembrava indicare non tanto la debolezza del suo corpo, ma semmai la sua tremenda potenza.

«Poi andammo a casa e c'era Dimi sulla strada di Aldleigh con il cappotto di velluto» disse Grace. «È morto» disse, sfiorando la spalla a Nathan mentre si sedeva, senza notare Thomas lì vicino. «È morto e noi l'abbiamo scoperto solo mesi dopo».

Ora gli animali si erano radunati intorno all'albero delle tombe, e guardavano il pubblico con lo stesso sguardo vacuo. A un segnale il loro canto sfrenato e senza melodia si trasformò in una melodia dolce e ripetitiva: «*Western wind*» cantavano, «*when wilt thou blow? The small rain down can rain*»*. Thomas vide Nathan che si muoveva sulla sedia e aumentava ancora la distanza tra lui e Grace;

* «Vento dell'Ovest, quando soffierai? La pioggerella può arrivare...» (da *Westron Wynde*, poesia tradizionale) (*N.d.T.*).

vide anche lo sguardo ferito e sconcertato di lei, che fu rapida a nascondere. Ecco di nuovo l'eco, che risuonava contro le pareti divisorie che aveva eretto contro di lei, del suo vecchio istinto a proteggere e consolare: «Ma non è morto» disse, «non proprio: ogni volta che qualcuno legge i diari di Maria Văduva sente anche la voce di Dimi».

Se aveva sperato di addolcirla in qualche modo, non fu così. «Ma cosa ci fai qui» disse Grace, rivolgendo il suo dolore su Thomas. Sopra di loro il parelio si fece più rigido e luminoso. Ai lati opposti del cerchio, nei punti in cui su un orologio stanno le tre e le nove, apparvero due luci vivide che mostravano debolmente il colore dello spettro.

«Thomas ha detto che è un parelio» disse Nathan, e la rabbia di Grace vacillò davanti al tono gentile e ammonitorio. «Siediti, Thomas» gli disse lei. «Dove vai? Non puoi restare seduto e basta?»

«Maria Văduva» disse Nathan. «Ogni tanto mi veniva in mente quel nome – quando ero in ritardo al lavoro, o aspettavo una ricetta medica – e mi chiedevo di te».

«Sì» rispose Grace, splendida, bramosa – per un attimo si appoggiò a lui – «sì, anch'io».

Nathan, seduto eretto al suo posto, praticava un'immobilità che lo metteva a disagio perché era contro la sua natura. E cosa succederà, pensò Thomas, se non si tiene a freno? Una fitta di dolore, immagino. Il prato era pieno di donne e uomini in costume da ballerini di Morris dance con i bastoni di legno; altri erano vestiti da festa. Una signora nelle vicinanze aveva allestito una bancarella di ostriche di Pyefleet e le apriva senza farsi del male. Sulla quercia c'erano pezzi di corda o spaghi legati dappertutto sui rami, e qualcuno avrebbe potuto credere che l'erba fosse piena di serpenti appena nati. Gli animali erano radunati a fianco dell'albero. Cominciò a suonare un tamburo. Gli occhi vacui dei daini e delle volpi erano fissi su qualcosa che non si vedeva. Da qualche parte arrivò una nota acuta e lagnosa che scacciò le ghiandaie dalla quercia; poi si sentì di nuovo il tamburo, e gli animali alzarono le zampe e si strapparono via la faccia. Maschere di carta vennero scagliate sul prato; apparvero le teste di bambini emozionati, che cercavano i famigliari tra la folla.

«Che cosa strana» disse Grace, rivolta a Nathan o a Thomas o a nessuno in particolare, tenendo la mano destra sul seno sinistro, «percepisco il suono del tamburo più di quanto non lo senta con le orecchie».

Sì, pensò Thomas, accogliendo il suo vecchio sguardo di gioia attonita con una reazione di gioia a sua volta, sì: è come se tutto l'Essex avesse un ritmo – è la vita, la vita, la vita eterna!

Il ritmo accelerò. I bambini battevano le mani abilmente con un tempo irregolare, e cantavano parole così antiche da non avere più senso. Era mezzogiorno. Ai bordi del campo c'erano uomini che allestivano tavoli con barilotti di birra, e gli uomini della Morris dance si legavano nastri alle ginocchia. Uno alla volta i membri del pubblico si unirono al canto come se lo conoscessero, e a tempo debito anche a Thomas sembrò di conoscerlo – di averlo sempre conosciuto, di averlo sentito mentre sua madre lo allattava. Cominciò a cantare, e anche Grace, perché la Bethesda aveva reso abituale il canto per loro; ma Nathan restò seduto eretto, con un sorriso gentile, interessato e imperturbato, con il bastone che affondava nell'erba.

Una creatura scrollò il codino bianco strappato e si mosse tra le lapidi sovrapposte per andare a legare un nastro all'albero, e quando il nastro si slegò e cadde scoppiò in lacrime. Poi arrivarono altri bambini, che annodarono le loro sciarpe e pezzetti di spago: era come se la quercia fosse stata invasa da una qualche pianta parassita che le avrebbe fatto cadere tutte le foglie prima del tramonto. Il pubblico dondolava e batteva le mani, e vicino ai tavoli c'era odore di birra rovesciata, e della marea che cambiava sul Blackwater. Il parelio incoronò d'argento la quercia. Brillavano tre soli.

Ora c'era una musica solo strumentale, con tamburi e cornamuse, e donne e uomini che appendevano pezzi di filo e di nastri, stando attenti alle lapidi e ai covoni. Un ragazzo che portava una corda si avvicinò a dove erano seduti: era immenso, con riccioli rossicci; si era tolto la maglia, e i peli del corpo erano altrettanto rossi e si infittivano verso l'ombelico, così sembrava un animale ritto su due zampe. Thomas avrebbe voluto ridere di piacere e di scherno per quanto era mostruosamente bello; poi Grace disse «Ehi!», con un tono di soddisfazione e di critica che infastidì Nathan, che ebbe un soprassalto sulla sedia come se l'avesse colpito un fulmine. «Sei tu!» disse Grace, ridendo, e per un attimo sembrò che si dimenticasse l'uomo che aveva accanto; «Sei tu!» ripeté, e catturò il suo sguardo con un gesto imperioso. Poi il ragazzo si fermò, e spostò la corda sulla spalla, e le scoccò uno sguardo indagatore talmente lungo che Thomas arrossì come se l'avessero sorpreso a spiare. «Lo conosco» disse Grace, che ora sorrideva a Nathan, e guardò con schietta soddisfazione mentre il ragazzo avanzava, lanciava la corda su un ramo alto, e rideva mentre una ragazza lì vicino si avvolgeva la corda tre volte intorno alla vita. Quello scambio aveva acceso gli occhi a Grace, come se avesse cominciato a farle effetto una qualche sostanza; nel frattempo Nathan occupava il proprio corpo come se avesse paura di romperlo. Sarebbe potuta succedere qualsiasi cosa, pensò Thomas, lì non c'era dottrina o governo – e cosa può fare un vecchio se non combinare birichinate? «Beviamo qualcosa» disse. «Andiamo a prendere qualcosa da bere».

«Io non posso» disse Nathan, «proprio no, con tutti gli antidolorifici che mi danno – e devo tornare a casa in auto».

«Su, dai» disse Grace, gli mise una mano sulla coscia e la tolse subito, «dai»; e per un attimo tra lei e Thomas ci fu uno sguardo complice che lo commosse in modo insopportabile. Da un tavolo lì vicino comprò della birra scura in bicchieri di plastica che traboccavano facilmente mentre lui glieli passò; e per un attimo tutti e tre bevvero per smorzare vari tipi di sete.

«Ma cosa significa tutto questo?» chiese Nathan. «Perché lo fanno?» Dalla quercia ondeggiavano lane e nastri simili a una tillandsia e musicisti con abiti assurdi tiravano fuori gli strumenti da custodie nere lasciate aperte sull'erba. I tamburi continuavano a pulsare.

«Tu cosa vuoi che significhi?» chiese Grace. «Che cosa vuoi?» Gli occhi accesi lo esaminarono; e si riusciva a vedere il ragazzo che Thomas aveva conosciuto che la guardava, divertito e perplesso dalla sua strana accompagnatrice, e reso irrequieto dalla sua vitalità. «Non lo so» rispose, sorrise, scosse il capo. «Come faccio a saperlo?»

Cambiò il vento. Dall'estuario entrarono delle nuvole chiare e basse che coprirono il parelio. Il cielo di Aldwinter prese l'aspetto perlaceo di un'ostrica capovolta.

«Voglio farlo» disse Grace, che aveva finito la birra. «Voglio legare qualcosa – voglio legarmi anch'io e lasciarmi qui». Si era alzata e si stava avvicinando all'albero. «Come si può andare via se non lo facciamo? Ci attireremo addosso la sfortuna».

Nathan la seguì piano, lasciando il bastone sull'erba. Il piede debole si trascinava e si sollevava. Il pubblico ai piedi della quercia si stava diradando, e qua e là tra le lapidi c'erano dei bambini che cercavano di arrivare ai rami più bassi.

«Non ho niente» si lamentò Grace, «non ho niente da legare. Potrei strappare il vestito, certo. Ah, rieccoti» disse, ridendo e facendo la splendida con il ragazzo immenso dai capelli rossi, la cui corda ora pendeva come un palo da un ramo. Nathan si fermò lì vicino; osservò. Esaminò il ragazzo con un'espressione perplessa di invidia, soggezione, disprezzo. Il ragazzo dai capelli rossi prese l'estremità della corda nel pugno e la agitò senza parole in direzione di Grace. «Vieni, allora» le disse, «vieni qui, tu»; e Grace avanzò con la gonna tra le mani: «Ma so che non mi posso fidare di te» disse. «So che non sei affidabile». Lui le offrì la corda e lei la prese. Il pubblico vicino ballava, e i loro movimenti erano precisi e lenti perché si erano legati insieme ai polsi o alla vita o a volte, stupidamente, alle ginocchia. Il ragazzo unì i polsi e li offrì a Grace, che – accigliata come un bambino diligente e ligio – li legò con la corda. Poi arrivarono i ballerini e per un attimo coprirono la visuale: anziani e ragazzi giovani, mezzi ubriachi o completamente andati; ragazze a braccetto che giravano in circolo maestose; vecchi amanti che ballavano affiatati il quickstep. Thomas, intontito dalla birra e dalla musica, vide tutti i fili che li legavano in varianti della schiavitù umana: nodi fatti di abitudini, sangue, risentimento, desiderio offerto e sottratto, amore ricambiato e non ricambiato, tutti che si legavano mentre lui li guardava. Ebbe il pensiero tetro che in tutta Aldwinter solo lui e Nathan erano soli. Con la pietà amplificata dal ricordo del desiderio, si avvicinò all'uomo più giovane e si mise la mano in tasca, sperando di trovare un pezzo di corda per unire i loro corpi rovinati. Poi i ballerini si separarono, e Thomas vide Grace piccola e scura a fianco del ragazzo, le cui spalle erano larghe metà del tronco della quercia. Lei si appoggiava indolente a una lapide di marmo, e tirava pigra la corda legata intorno alle mani del ragazzo, come avrebbe fatto con il guinzaglio di un cane. «Vieni qui, allora» disse, come se avesse in mente un peccato o una punizione specifici.

«Che succede?» chiese Nathan. Strinse forte la mano destra sulla sinistra. «Cosa stanno facendo?»

«Stanno solo giocando» disse Thomas. I tamburi continuavano. Sul prato cominciarono a radunarsi le cornacchie. Grace sotto la quercia era immensa, splendida, con il vestito bianco che si mostrava stagliandosi sulla luce che diradava. Sembrava che il ragazzo si fosse fatto sempre più piccolo, fosse diventato umile; di tanto in tanto Grace scagliava uno sguardo nero a Nathan, valutando la sua distanza, il suo portamento, la composizione dell'aria tra di loro. Nathan si era irrigidito, e la linea lunga della sua gola era contratta e pulsava con i tamburi; non gli piace questa cosa, pensò Thomas, non la sopporta, il potere si è spostato, dopo tutto questo tempo. Ridendo, Grace strattonò improvvisamente la corda e il ragazzo inciampò in avanti con un grugnito, e il suo corpo coprì quello di lei contro la lapide, che dondolò tra le radici della quercia. «Guarda quelli» dissero due signore che passavano piano con il collo cinto da un nastro bianco. «Ma guarda quei due. Tutto è permesso!» Grace era nascosta dal corpo immenso del ragazzo, ma sembrava che, celati alla vista, fossero in atto movimenti intensi. «Smettetela» disse Nathan, che sembrava lo stesse implorando prima di tutto a sé stesso. «Smettetela!» ripeté, includendo ora la folla, i tamburi, i bambini vaganti, il sole che calava. «Lasciala stare!» disse, precipitandosi più in fretta che poteva, cioè non abbastanza. Raggiunse il ragazzo e gli tirò la spalla. «Cosa fai?» gli disse. «Lasciala stare!» Che cosa penosa, pensò Thomas intontito, che cosa assurda: non puoi imporre i tuoi modi qui, dove tutto obbedisce al mare turbolento.

Il ragazzo si girò e lo guardò con sorpresa e senza rancore. Sorrise, fece spallucce, si allontanò; altre donne avide lo reclamarono. Grace stava appoggiata alla lapide, sorridendo. Aveva i seni e il collo avvolti dalla corda: sembrava che il boia avesse sbagliato tutto e se ne fosse andato a cercare un altro lavoro. «Guarda cosa hai fatto!» disse Nathan. Era crudele come un padre. «Guarda cosa ti sei fatta fare!» Ma Grace non voleva scrollarsi di dosso la corda come avrebbe richiesto la decenza, e Nathan, che la rimproverava con parole inudibili a Thomas, non riusciva a farlo; poi Grace si liberò scrollandosi come un cane, e si appoggiò alla lapide come se fosse sfinita.

Le cornacchie si levarono in volo dal prato in una massa densa e nera e si accomodavano sulla quercia per la notte. «Alzati» disse Nathan, e lei obbedì. Aveva una manica strappata. Chinò la testa, muta e umile; poi esaminò la lapide e vide che ora era inclinata nelle radici della quercia.

«Cosa ho combinato stavolta?» disse. La spostò. «Guarda cosa ho fatto. Non volevo».

«Lascia stare» disse Nathan. «Non è una tragedia. Tanto è morta». Senza pensarci, le prese la mano. Grace la accettò. Thomas vide contro il crepuscolo due creature incaute, sospese in eterno tra l'infanzia e la maturità e innocenti e peccatrici come il giorno in cui erano nate: vi volevo davvero bene, pensò. Vi ho voluto bene.

Grace cominciò piano a carezzare la lapide come se fosse un essere vivente. Era una lastra di marmo, coperta da un muschio fitto; era inclinata in direzione dell'estuario, come se fosse in cerca dell'acqua. Grace ripercorse la scritta con il dito. Non faceva ancora buio. Sul prato c'erano piccoli falò. Parlava con Nathan, che si era chinato con lei per leggere. Gli si accoccolava addosso con un impulso di affetto e piacere. A Thomas sembrava che persino guardarli fosse un'infrazione, e nessuno, pensò, con un pezzo di vecchia corda in mano, nessuno sulla terra è mai stato solitario come me. Ma Grace lo stava chiamando, ed era una cosa straordinaria, e Nathan stava alzando il braccio: «Thomas!» dicevano. «Thomas Hart! Vieni qui!»

Thomas attraversò Aldwinter com'era, come era stata e come sarebbe stata. «Ecco, lì» disse Grace. «Lì, vedi?» Si fece da parte. Thomas era davanti alla lapide. Era difficile leggere alla luce del fuoco. Dall'erba si sporse il muso di una volpe sorridente. Poi a Thomas sembrò che le lettere si formassero da sole perché lui le voleva – che le avesse evocate mentre leggeva:

CORA SEABORNE FGS
1867-1921
AMICA E MADRE

«Guarda più da vicino» disse Grace. Alta marea sul Blackwater, nebbia dal mare ad Aldwinter Green. «Guarda!» esclamò. Thomas si chinò a guardare il lavoro dello scalpellino, e con l'indice rintracciò sul marmo un fossile di ammonite, avvolto a spirale come il corno di un ariete. E a fianco, fioca e inconfondibile nel tramonto astronomico, vide una cometa con la coda curva e doppia: smaniava per la luce, ma era rinchiusa nella pietra.

«Portatemi alla Bethesda» disse Grace Macaulay dopo che si fece buio. Nathan, stordito dalla birra e dagli antidolorifici, si lasciò convincere a lasciare lì la macchina fino al mattino per rispettare la legge, e se ne stava ritto e garbato nel sedile accanto a lei. Thomas li guardava sereno nello specchietto retrovisore, e pensava a Cora Seaborne.

«Portatemi alla chiesetta» disse Grace, facendo la splendida con lui.

«Ti sto portando a casa» disse Thomas.

«Non è quello che ho detto?» Un altro sguardo: solo tu capisci quello che intendo, Thomas Hart.

Il Blackwater scompariva alle loro spalle; e così anche i fuochi accesi sull'Aldwinter Green, i ballerini di Morris dance, i tamburi pulsanti. Presto si cominciò a vedere l'Essex normale: il traffico dell'ora di punta alla periferia di Colchester, gli aerei low cost che fuggivano da Stansted; le querce che sorpassavano, e le auto morenti piazzate sui mattoni fuori da porte d'ingresso appena riverniciate. «Non vuoi rivederla?» disse Grace. «Non ti chiedi mai chi si siede nel tuo banco?»

«Cora Seaborne, amica e madre» disse Thomas. «FGS. E quindi era membro della Geological Society. Morta a cinquantaquattro anni, che ora a me sembra un'età precocissima. E sulla lapide c'è una cometa» disse, con tanto piacere come se la du Lac avesse appena attraversato la eclittica, e fosse apparsa alla vista sopra le doppie corsie della A12, «il che secondo me risolve la faccenda. Quello che dobbiamo fare è: stabilire cosa è successo quando le tombe di Aldwinter sono state riesumate, e se questa signora Seaborne aveva dei discendenti che conservavano le sue carte e la sua corrispondenza. Non credo fosse molto importante» disse, e in quel momento, per nessun motivo in particolare, sentì una fitta di dolore all'anca, «non credo che compaia nei libri di storia, anche se avrebbe dovuto».

«Per favore portaci in chiesa, Thomas» disse Grace, «ti prego» – in quel periodo nel cuore non aveva abbastanza spazio per i morti – «quello che abbiamo fatto laggiù era davvero da miscredenti, e vorrei andare a sedermi in chiesa per un po'».

«Non sono sicuro che tu abbia in mente Dio e la fede» disse Thomas; poi prese una buca con l'auto, e Nathan gridò. «Scusami» disse Grace, come se fosse stata lei a danneggiare l'asfalto e la sua colonna vertebrale. «Scusami, tesoro» – il vezzeggiativo passò inosservato.

«Sarà chiusa» disse Thomas. Voleva solo andare a casa, all'ombra del ponte della ferrovia, con i suoi taccuini verdi dozzinali a portata di mano, a scrivere una lettera a degli impiegati statali: *Mi chiedo se potrebbe aiutarmi a rintracciare alcuni documenti*... «Sarà chiusa» disse, «e io ho un libro da finire». (Ma erano arrivati ad Aldleigh, e sopra il rumore del motore sentì il vecchio armonium che suonava, e il ritmo delle preghiere.)

«Guarda» disse Grace, «eccola lì, ecco la Bethesda, come se stesse navigando verso di noi lungo la strada».

«Eccola lì» disse Thomas, e si sorprese a farle un cenno come se fosse un conoscente: ecco la chiesetta austera, stipata nel parcheggio a fianco del Cimitero dei poveri, e tutto era come sempre. Il semaforo di London Road era rosso; e così aspettarono il punto in cui James Bower aveva aspettato, e videro quello che aveva visto lui.

«A che ora è l'ultimo treno?» chiese Nathan, con la buona educazione di un uomo che aveva dei doveri a casa – e che, per esempio, non aveva mai srotolato una corda dai seni di una donna che aveva rovesciato una lapide; e che non aveva mai permesso alla sua gola di pulsare a ritmo dei tamburi. «Domani lavoro, devo tornare, ho il telefono scarico».

«Ti ha fatto bene» disse Grace. «Ti ha fatto bene uscire

dalla tua vita ed entrare nella mia – vai dentro, Thomas» disse. «Guardate, eccoci qui». Thomas vide i cancelli della Bethesda aperti, e l'alloro che prosperava nella sua piccola aiuola di terra nera; e per un attimo un miscuglio di risentimento e affetto lo lasciò senza parole.

«Entra» disse Grace, «per favore, entra». Thomas, indifeso davanti a forze che non riusciva nemmeno a identificare, entrò dai cancelli di ferro; poi: «C'è qualcuno» disse Grace. «C'è qualcuno che pulisce i banchi». Dietro la vetrata sporca si vedeva una sagoma nera. Non c'era alcuna musica.

«Una volta giocavo sempre lì» disse Nathan, guardando il terreno vuoto a fianco della chiesetta. «Vi guardavo tutti mentre entravate. Non ci va più adesso, Thomas?» chiese, con l'interesse sincero che aveva una volta. «Avete abbandonato tutto entrambi?»

«Non è quello» rispose Grace, «non capisci, è come chiederci se abbiamo abbandonato le nostre ossa».

«Non sono un fedele di quella religione in particolare» disse Thomas, «non lo sono più da circa dieci anni. Mi è stato reso molto chiaro che un uomo come me non era benvenuto, e non avrebbe mai potuto esserlo». (Un breve sguardo in direzione di Grace; e lei brevemente in preda alla vergogna.) Thomas spense il motore e si slacciò la cintura: «Ma sono ancora credente, penso». Aveva un'immagine nella mente: delle piccole navi, con la luce guida nebbiosa sul molo. «Quando mi chiedo in che cosa credo, come posso fare a continuare a crederci, alla fine arrivo a questa conclusione: che il fatto di volere Dio è Dio in quanto tale. Lui esiste nelle stelle non perché le ha create il quarto giorno, ma perché noi abbiamo la tendenza ad alzare lo sguardo e a porci delle domande».

«Sì» disse Nathan, «capisco, o almeno spero» – era appoggiato al muro e guardava il Cimitero dei poveri. Gli spuntò piano un sorriso. «Ricordo il mio giubbotto verde» disse, «e quando ho rotto la vetrata. A volte penso che non ho ricordi di quell'anno che non contengano te». Grace andò ad appoggiarsi al suo fianco sul muro, e lui impercettibilmente scostò il corpo.

Nel frattempo Thomas era sulla soglia, in piedi sul solito tappeto ispido. Quant'era singolare il fatto che Anne Macaulay non avrebbe più attraversato l'atrio con il messale in mano; che Dimi non avrebbe più bevuto dalla sua bottiglia nell'ultimo banco vicino alla porta. Chi suonava l'armonium adesso? Chi faceva girare i piatti d'argento della comunione? Guardò indietro verso il Cimitero dei poveri e vide che Grace posava la testa sulla spalla di Nathan, non con la sua antica spinta dell'amore, ma con una specie di vergogna quiescente. Poi vide che Thomas entrava, e lo seguì. Nathan seguì lei. L'alloro verde era rigoglioso. Si aprirono le porte dell'atrio, ne uscì una donna che salutò Grace – era passato molto tempo, vero, e avevano sentito la sua mancanza: suo padre stava bene? Sì, rispose Grace, abbastanza bene, sia lodato il Signore; potevano fermarsi un po', in memoria dei vecchi tempi, e richiudere la porta quando andavano via?

E così Grace, trionfante, agitò le chiavi di ferro della chiesetta, e i due uomini obbedienti la seguirono all'interno. Furono racchiusi dal ciclo del tempo: qui come sempre le lune bloccate stavano sospese sotto il tetto bianco spiovente, e come sempre i muri verdi erano freddi al tatto; qui il tulipano del pulpito fioriva ancora contro il muro. Maria Văduva era in piedi vicino al tavolo della comunione, fate questo in memoria di me; nella navata laterale c'erano dei vetri rotti. La donna delle pulizie aveva sollevato della polvere che viaggiava sulle correnti d'aria, e Thomas la vide partire dalle vetrate aperte e salire sopra l'Essex fino all'alta atmosfera, e a tempo debito trasportata dai venti solari sulla coda della cometa du Lac.

Grace, senza parlare, toccò il suo vecchio banco, macchiato dell'unto delle sue mani e di quelle di generazioni di credenti prima di lei – toccò l'armonium chiuso e per un po' si fermò nel punto in cui era stata battezzata. Nelle vetrate strette apparivano le luci posteriori delle auto distorte. Aldleigh passava loro accanto. «Tu eri lì» disse Nathan, «dove sei adesso, e anche quel giorno avevi un vestito bianco». Aveva un'aria stranamente sognante. I suoi modi da padre capace erano spariti, e riaffiorò la vecchia leggerezza strafottente come qualcosa che riemerge dal fondo di un lago. «A dire il vero eri ridicola» disse, «ma d'altro canto lo sei sempre stata».

«Per tutto il tempo» disse lei, «in ogni canto e ogni versetto ho cercato di pensare alla mia salvezza, ma stavo solo aspettando che tu entrassi».

«Sono entrato» disse lui. Insieme i bambini si girarono verso Thomas e lo fissarono.

Per Thomas era difficile vedere il corpo piccolo e bianco di Grace premuto contro quello di Nathan, che aveva appoggiato il bastone sul tavolo della comunione; e vedere l'espressione grata e frastornata sul suo viso. E così si girò verso l'armonium e schiacciò maldestramente i pedali e i tasti, e nelle canne salì, insieme all'aria di mare, il vecchio filo di un vecchio canto.

«È stato qui che mi hanno insegnato che dovevo essere buona» disse Grace. «Ma forse che l'amore non è la bontà, e non sono stata buona ad aspettare tutto questo tempo senza vederti prima?» Rideva – era tutto un gioco, privo di significato.

Per Nathan era difficile stare in piedi così a lungo senza bastone. Arretrò, ma vacillò; così si aggrappò al suo vestito sul fianco e lo tenne stretto. «Devo andare» disse. «Qualcuno sa quando parte l'ultimo treno?»

«Avrei dovuto portarmi dello spago» disse Grace. «Avrei dovuto portarmi della corda, ti legherei a me. Vedi?» disse, e scosse la gonna nel punto in cui lui la stringeva. «Non vuoi lasciarmi andare».

Thomas avrebbe pregato per entrambi se ne fosse stato capace. Ma è inutile, pensò: non posso sporgere la mano e fermare un corpo in orbita, non con il dolore all'anca. «Era quello» disse. Si alzò. «Era quello l'ultimo treno.

L'avete sentito partire?» Grace non aveva sentito niente. Ora aveva due mani sui fianchi, e il bastone cadde vicino al fonte battesimale; di nuovo un abbraccio rapido e indifeso, un suono che avrebbe potuto essere dolore, e il piccolo corpo forte che si rannicchiava premendo contro l'uomo che desiderava. Thomas Hart era non visto e non desiderato. Se ne andò di nuovo dal suo banco.

Grace Macaulay, non uno stinco di santo, era allacciata all'uomo che amava e non voleva lasciarlo andare. Presto anche questo gli causò del dolore, e Grace sentì quel gridolino, e lo compatì, e per quello lo desiderò ancora di più. «Non possiamo restare qui» disse. «Perché non vieni con me?»

«Che altro posso fare?» disse. Nessuna risposta. Le luci si spensero alla Bethesda; i fuochi si estinguevano in Aldwinter Green.

Lentamente e senza parlare superarono il Cimitero dei poveri e proseguirono sulla strada principale con il fiume Alder che scorreva alla loro destra; e per tutto il tempo Grace aveva la sensazione inerme di essere un oggetto che si piegava alle leggi del moto. Non disse nulla, perché tutto quello che le veniva in mente le sembrava ridicolo: lo sapevi, Nathan, che puoi sapere quello che è essere buoni, e scegliere semplicemente di non farlo? A volte lui parlava con i toni urbani di un collega che diceva banalità sul tempo – quando faceva caldo, quant'era cambiata Aldleigh ultimamente; e c'era sempre stata così tanta gente al Jackdaw and Crow? Poi lei si imbatteva in un suo sguardo intenso che la soppesava, perplesso e quasi divertito, e restava senza fiato.

Per lui fu difficile salire le scale di ferro. Lei non gli offrì aiuto: l'avrebbe rifiutato. Grace aprì la porta e la richiuse alle loro spalle; e dopo ci fu un momento di conversazioni futili, in cui erano imbarazzati di sé stessi e dell'altro, sentendo quanto era scomodo, umiliante, essere impastoiati a dei corpi che insistevano a fare tutto questo: sì, faceva freddo lassù d'inverno, sì, a volte i treni la svegliavano. «E così è qui che dormi» disse lui, come se fosse tutto fantastico, «è qui che ti siedi, quando parliamo di notte». Lampade rubate accese, cesti di abiti che si rovesciavano sul tappeto; e il tessuto bianco sul baule da viaggio, il letto disfatto con l'odore del suo corpo. Lui aveva l'aria arrabbiata e infelice. Si tolse la giacca. Si mise la mano sulla fibbia della cintura e fu agghiacciante scoprire quanto quel gesto la annullò. Lui si sedette con attenzione sul letto e lei si spogliò e si inginocchiò ai suoi piedi, sorridendo: vedi quanto sono abietta – vedi che mi riduco in ginocchio per la pietà e il desiderio? Gli tolse le scarpe e i calzini, e poi fu lui a sottomettersi; ma a Grace sovvenne che c'era un'altra donna che sapeva aiutarlo nel modo migliore, e fu sopraffatta dal dolore. Perché non te ne vai, pensò, perché non sparisci e mi lasci in pace; ma aveva in grembo il suo piede malato e toccava i calli, e li amava, e amava il passo zoppo che li aveva generati.

«Alzati» le disse lui. Lei obbedì. Si mise la mano destra sulla pancia dove cedeva, e lui la strappò via con malagrazia. «Fammi guardare». Quando ebbe finito di guardare, si sdraiò. «Vieni quassù» le disse, «vieni sopra di me, devo guardare, devo vedere tutto» e ora lei era di nuovo docile, e si inginocchiò su di lui, atto che sembrava umiliarla ed elevarla al tempo stesso. Premeva le mani sul muro, o a volte la fronte, e a volte emetteva rumori che le sembravano quelli di una pazza, e in quei momenti si sollevava dalla bocca di lui in preda a un'estasi disperata. Ma sembrava che lui prevedesse sempre il distacco e la tirava giù, afferrandole i fianchi e reagendo con forza straordinaria; e dopo, quando riuscì di nuovo a parlare, le chiese: «Ti fa male? Ti ho fatto male?» – perché dopotutto i suoi movimenti non erano delicati, e le avevano causato quello strano dolore che la spaccava, come le capitava a volte quando passava molto tempo senza sesso; e lei rispose: «Sì, fa male. Puoi rifarlo?» E così continuò, in modo insopportabile. Tutte quelle piccole morti (lei aveva la bocca legata a un segno sulla spalla di lui; si era prefissa l'obiettivo di ottenere ogni singola parte del corpo che aveva desiderato per tanto tempo), tutte quelle piccole morti – ma questo è annientamento, mi ucciderà, non resterà niente di me. E così dopo tutto quel tempo – dopo gli anni di perdita e di invidia e di coincidenza, e tutto quel terribile districarsi tra santità e desiderio – alla fine si riduceva a questo: distruzione reciproca assicurata, e la luce dei lampioni che si induriva sul muro della camera da letto.

Oggetto: Albero delle Tombe di Aldwinter
9 ottobre 2017
Gentile dottor Syed,
le scrivo in qualità di giornalista dell'*Essex Chronicle*. Vorremmo pubblicare un articolo sulle lapidi trasferite dal cimitero della chiesa di Aldwinter alla quercia sul prato del paese. Mi risulta che i corpi siano stati nuovamente sepolti nel cimitero municipale di Colchester nel 1952, in seguito all'alluvione del Mare del Nord, e sto cercando qualsiasi documento relativo all'asportazione che potrebbe essere conservato presso i Servizi Museali dell'Essex. Sono particolarmente interessato alla lapide di Cora Seaborne, 1867-1921.
Le sarei molto grato se potesse fornirmi qualsiasi informazione in merito.
Cordialmente – Thomas Hart

Re: Albero delle Tombe di Aldwinter
14 novembre 2017
Caro Thomas,
perdoni il ritardo. Spero che le faccia piacere sapere che abbiamo scoperto alcune informazioni sulla tomba Seaborne che potrebbero esservi utili. Un certo numero di oggetti sono stati spostati da Aldwinter durante la riesumazione del 1952 e, ove possibile, restituiti alle famiglie dei defunti. Nella tomba di Seaborne avevano scoperto un oggetto intatto, che è stato donato al Museo nel 1965 dal parente più prossimo.

L'oggetto in questione era una scatoletta di piombo piuttosto elaborata di fattura dell'Europa orientale, forse progettata per proteggere il contenuto dall'umidità. Una nota fatta al momento dell'acquisizione nel 1965 elenca quanto segue:

A/1952.65.CS 1: Un libro di preghiere della Chiesa Anglicana, contenente –
1(a). Una lettera datata 26 aprile 1915 (da un certo Rev. Ransome, cappellano dei carristi e artiglieri dell'Essex di stanza a Ypres)
1(b). Un quadrato di tessuto blu, forse un fazzoletto
A/1952.65.CS 2: Un grande fossile di trilobite di qualità eccezionale
A/1952.65.CS 3: Quattro documenti in una scatola di pelle

La scatola è in esposizione permanente a Chelmsford, e il trilobite è stato acquisito dal Museo di storia naturale di Londra. Il tessuto, insieme al libro di preghiere e alla lettera, purtroppo sono andati perduti. Tuttavia, dai registri amministrativi risulta che nel marzo 1997 il mio predecessore James Bower ha requisito una serie di documenti relativi ad Aldwinter, tra cui i rimanenti documenti Seaborne. A quanto mi risulta, da allora sono conservati presso il Museo di Aldleigh. Ho avvisato i miei colleghi che lei si sarebbe messo in contatto con loro e sono certo che saranno lieti di aiutarla. Attendo con ansia l'articolo. Buona fortuna!

S.S.

Caro James – mi permetti di scriverti solo un'altra lettera, un'altra volta? Non posso permettere che la tua ultima immagine di me sia quella di un vecchio che si piange addosso e che marcisce nella sua vita miserevole.

Sono seduto al tavolo dove un tempo io e te mangiavamo, parlavamo ed evocavamo Maria dal regno dei morti. La luna passa sotto il ponte della ferrovia, dalla casa accanto proviene una musica brutta. È mezzanotte. Grace Macaulay sta dormendo in una poltrona qui vicino, consumata dalla sua stessa infelicità. A volte parla nel sonno, ma non riesco a capire cosa dice.

È venuta di nuovo a casa mia oggi pomeriggio. Ho riconosciuto il suo modo di bussare. Chi altro si è mai scagliato addosso alla mia porta? Ho aperto e la sua rabbia è entrata come il vento. «L'hai rifatto, vero?» stava dicendo. «L'hai mandato via di nuovo». James, hai mai pensato di essere colpevole di qualcosa perché qualcuno ti ha detto che lo eri? Per un attimo ho pensato: sì, sì, devo averlo fatto – l'ho fatto, e me ne pento! Poi la sua rabbia si è dissolta e la mia bambina infelice ha risalito tutti questi anni ed è arrivata da me: piccola, scura, tutta amore e rabbia, con le lacrime che colavano. «Entra» le ho detto, così ha fatto, e per un attimo non ero un uomo complesso: la mia amica era di nuovo in casa mia.

Ha attraversato il corridoio ed è entrata in questa stanza come se fosse padrona delle lampade, della credenza, del tappeto, dei piatti e forchette della cucina, del telescopio

lunare sul davanzale della finestra, e si è seduta dove sta dormendo ora. «Sei stato tu? L'hai mandato via?»
«No» ho detto. «Stavolta no».
Siamo rimasti in silenzio per molto tempo, o almeno così mi è sembrato: suppongo che ognuno di noi stesse riflettendo su quello che l'altro aveva tradito. Ho rivisto la sua mano sul polso di Lorna e l'ho rivista svilire la battaglia della mia natura contro la mia anima a qualcosa di piccolo, clandestino e dozzinale – ma ho visto con più chiarezza e con più dolore Nathan alla porta della Bethesda e quello sguardo di sollievo perplesso quando l'avevo allontanato. Ero responsabile del suo dolore allora, ed ero responsabile del suo dolore adesso; ed era come quel primo giorno alla Bethesda, con la neonata sconosciuta nella cesta di vimini e un nuovo dovere nel mio cuore. «Cos'è successo, Grace?» le ho chiesto. «Che cos'hai fatto?»
Mi ha chiesto qualcosa da bere e gliel'ho offerto. Poi mi ha raccontato che per un breve periodo e dopo tutti quegli anni, Nathan era stato il suo amante – per una sola notte, nella sua stanza sopra il Jackdaw and Crow, dopo la cerimonia dei Nodi ad Aldwinter. Era completamente cambiato rispetto all'ultima volta, disse, ed era completamente lo stesso – era stata una sorpresa agghiacciante trovarlo a Lowlands, era stato inevitabile. Ma lui aveva una moglie e una figlia – la sua vita era già definita, non c'era modo di entrare. «All'inizio» ha detto, «mi sono convinta che avrei potuto averlo e che sarei stata comunque buona. Mi sono detta: amare un corpo e l'anima che contiene e non toccarlo mai, nemmeno una volta, sarebbe un reato contro l'amore, sarebbe una menzogna! Ma poi ho capito che c'era un altro modo: che potevo sapere come essere buona e scegliere di non farlo. Solo tu puoi capire quanto sia stato spaventoso, come se mi fosse stato dato un potere che non avevo mai chiesto e che non sapevo come usare!»
Ora, lei soffre. Lui si è allontanato da lei, dice, quel tipo di deriva che una donna sente più di quanto la veda. «È come se mi avesse tenuta per mano» ha detto, «e l'avesse lasciata andare un dito alla volta, fino a quando non mi sono

ritrovata aggrappata all'aria». Conoscevo quell'espressione. Sapevo quanto fosse sconcertante amare e sapere che il proprio amore non è ricambiato e non è corrisposto. È la legge delle armonie, pensai, è tutto come diceva Keplero, ed è questo che abbiamo in comune: i nostri corpi sono mossi da forze a cui non è possibile resistere. Poi ha detto: «Se n'è andato di nuovo, e ora sarò triste come te».

A quel punto ero arrabbiato con lei. Che bisogno avevo mai avuto della sua pietà? Che bisogno ho mai avuto della pietà di qualcuno? Sono un uomo che ha vissuto, come tutti gli uomini devono vivere: tutto qua.

Quindi le ho detto questo: che è vero che sono stato felice solo raramente, e forse sono stato più spesso triste. Ma sono stato appagato. Ho vissuto. Ho provato tutto ciò che avevo a disposizione: sono stato miscredente, devoto, freddo, passionale, diligente e disattento; pieno di speranze e delusioni, sconcertato dal tempo e dal destino o confortato dalla provvidenza – e tutto questo mi scorreva dentro mentre di ora in ora il pendolo della mia vita perdeva ampiezza.

Per tutto il tempo lei è rimasta seduta a piangere nel suo modo infantile. Volevo consolare la bambina a cui avevo voluto tanto bene, e così le ho detto questo: che di solito amiamo perché siamo amati, e diamo più o meno quello che ci viene dato. Ma amare senza essere ricambiati è più strano e meraviglioso, e non è la cosa umiliante che credevo una volta. Dare amore senza riceverne in cambio significa capire che siamo fatti a immagine di Dio – perché l'amore di Dio è immenso e incondizionato e non si può ricambiare nella stessa misura. Se continui ad amare quando il tuo amore non è ricambiato, le ho detto, sarai solo di un po' inferiore agli angeli. A quel punto lei si è messa a piangere più forte. «Mi hai rovinato la vita» ha detto. «Non ti perdono e non lo farò mai».

«Be'» dissi, «tu hai rovinato la mia. Volevo andarmene dalla Bethesda da giovane, sarei stato libero: poi sei arrivata tu, e per colpa tua ho portato la mia vergogna sul pulpito ogni settimana, e per colpa tua ho lasciato la consolazione che a volte mi dava. E non ti perdono» ho detto, «nessuno è mai stato così crudele con me».

Vorrei poter dire: James, alla fine ci siamo perdonati a vicenda. Vorrei poter dire: lei ha appoggiato la testa sulla mia spalla e io l'ho accolta e abbiamo riso e detto che andava tutto bene. Ma in realtà siamo rimasti in silenzio per molto tempo, e abbiamo sentito il rumore di una televisione che rideva dall'altra parte della strada e il treno che partiva per Liverpool Street, e poi lei ha detto: «Credi che possiamo volerci bene e non perdonarci mai?»

Non lo sapevo, ho risposto. Ma secondo me avremmo dovuto provarci.

THOMAS HART

Il pomeriggio seguente, mentre Thomas camminava in città, si sorprese a pensare non a Grace, o a Maria, ma a Nathan. Pover'uomo, pensò, immaginandosi di nuovo il bastone nell'erba, il piede che trascinava, quegli occhi notevoli che il tempo e il dolore non avevano guastato. Pover'uomo, non dimenticare mai quella ragazza strana con i suoi abiti strani, mentre il mondo girava e prima che se ne accorgesse lo trascinava in un lavoro fisso, e in mutui ottenuti e rinnovati; e gli portava una figlia che senza dubbio doveva amare suo padre, e la cui madre senza dubbio doveva essere saggia e gentile (in quel punto, di nuovo e come sempre in London Road in autunno, James Bower stava distrattamente baciando sua moglie). E poi a tempo debito il dolore, e il trascorrere del tempo, e la Bethesda che si ricordava soprattutto come un sogno – ma il problema è che, mentre nei sogni non si può rientrare, c'erano dei treni che partivano dal Kent verso l'Essex via London Bridge ai minuti zero di ogni ora – povero Nathan! Povero ragazzo!

Passò davanti al monumento ai caduti e arrivò al vecchio municipio. Lì l'Aldleigh Museum, definanziato e depresso, occupava stanze squallide accessibili solo due pomeriggi alla settimana, e Boadicea era stata slogata da maestranze disattente. Nonostante questo Thomas sentì uno spostamento nel cuore come l'ago di una bussola che cerca il nord, come se James Bower avesse potuto essere ancora alla sua scrivania, a compilare quei moduli di richiesta rosa e sottili, avendo per le mani la soluzione di un problema che non aveva ancora nemmeno previsto. Forse stava arrivando in quel momento, alle sue spalle, porgendo la mano. Oh, è possibile, pensò Thomas, è tra le cose probabili… che forse James Bower continui a vivere intatto in un filone del tempo che scorre parallelo al mio. In effetti sentì dei passi, era sicuro di averli sentiti, e di sicuro nessuno sconosciuto si sarebbe avvicinato così tanto – tutto stava succedendo, e il tempo non era mai quello che lui credeva che fosse! Aveva il respiro rapido e superficiale per la sua folle speranza: si girò e (era una cosa assurda; era improbabile) trovò un uomo ben noto che camminava dietro di lui, e ora lo guardava con uno sguardo intimo dalle ciglia lunghe. «Salve» gli disse.

«Salve» disse Thomas, e per un attimo sentì il cuoio capelluto che si staccava dal cranio: poi riprese la ragione e il respiro rallentò. «Oddio» disse, cedendo al riso, «possibile che l'Essex sia così piccolo? Non riusciamo proprio a evitarci?»

«In una delle tue rubriche» disse Nathan, né sorpreso né scocciato, «avevi detto che tutto questo ha a che vedere con i campi magnetici e le orbite». Portava un completo scuro di stoffa dozzinale, troppo largo, con l'effetto di sminuirlo: sembrava uno scolaretto che non riusciva ancora a riempire la divisa scolastica.

«Probabilmente sì. Ma che ci fai qui, Nathan?»

Nathan indicò un edificio anonimo lì vicino, spiegò che aveva dovuto recarsi dal notaio per un testamento, sbattendo rapidamente le palpebre dietro gli occhiali, come se si vergognasse di essere stato colto in fallo. «Mi dispiace» disse, e diede l'impressione che, se si fosse messo a elencare i motivi per cui doveva scusarsi, sarebbero rimasti lì per tutta la settimana. Come è giovane, pensò Thomas, improvvisamente più indulgente, come saranno giovani per sempre tutti e due: fermi fuori da Lowlands con le sigarette rubate, a sbirciare tra le assi rotte, innocenti come il giorno in cui erano nati e con intenzioni lubriche. «Dimmi» gli chiese, «hai da fare?»

«No, ho finito, e ho il treno fra un'ora» – aveva uno sguardo mezzo speranzoso e mezzo vergognoso, come quello di un cane.

«No, non si tratta di Grace» disse Thomas, con il tono più gentile che poteva. «Ma voglio che tu venga con me – per tutti questi anni ho rincorso la cometa di Maria, e non c'eri anche tu all'inizio? Non trovi che dovresti vedere la fine?»

A Thomas sembrò che l'altro uomo fosse sollevato e disperato in parti uguali. «Sì, grazie» disse, con la sua vecchia spensieratezza nel partecipare a qualsiasi cosa gli si presentasse davanti. E così i due si incamminarono, facendo attenzione alle parti doloranti del corpo, e Thomas spiegò che forse – dopo tutto quel tempo! – quello che avrebbe voluto trovare più di tutto si trovava ad Aldleigh, ma non avevano mai pensato di cercarlo lì.

«Dovrebbe sembrare strano» disse Nathan, «dovrebbe essere difficile da credere. Ma in questi giorni penso solo: ovvio». Ora l'ingresso del museo era relegato sul fianco del municipio, la porta era chiazzata di manifesti strappati e chiusa a chiave per evitare i passanti curiosi.

«Guarda» disse Thomas, improvvisamente malizioso, «guarda, c'è della luce che viene da sotto la porta, e della polvere all'ingresso – la cometa ci aspetta lì dentro».

Bussarono una volta. Uscì una donna; e davvero, pensò Thomas, era poco più che una bambina. Esaminò la situazione meteorologica instabile, poi li fece entrare nella sala buia con la gentilezza che, sospettava Thomas, era dovuta più alla sua età che alla sua fama. Il dottor Syed era in ferie, gli disse, conducendoli lungo corridoi in cui le luci artificiali sfarfallavano in plafoniere piene di mosche, e gran parte delle porte erano chiuse, ma era tutto pronto. Passarono in una stanza più grande nella quale le teche erano lucide e in perfetto ordine, ma nessuno guardò il loro contenuto. «Eccoci qui» disse la ragazza, con un sorriso indulgente verso Thomas, e uno più intrigato a Nathan, «posso offrirvi del tè?»

«Grazie, è gentile» disse Nathan, che si era tolto gli occhiali.

«Entrate» disse, arrossendo davanti ai suoi occhi azzurri. «Entrate». Li diresse timidamente verso una porta aperta. Sulla soglia c'era una luce debole che conteneva particelle di polvere sospesa.

Thomas entrò e si guardò cautamente intorno, come se si aspettasse di provare dolore. Le luci deboli sul soffitto non rischiaravano di molto l'aria, e dalla moquette emanava un odore come quello delle foglie ammuffite in autunno. Il soffitto era macchiato di muffa. Lo stemma dell'Essex aveva perso una delle spade scramasax e c'erano mobili in disuso avvolti in lenzuola che si spostavano con la corrente d'aria. Restava scoperta solo una bella scrivania con una superficie di pelle decorata in oro, e due sedie di plastica. Una lampada da tavolo con una lampadina bianca fredda illuminava una scatola di cartone dalla quale si staccava un'etichetta di plastica. C'era incollato un foglietto di carta con scritto: C.A. THOMAS HART.

«Che cos'è?» disse Nathan. «Che cos'hai visto – ti senti bene?» Avanzò rapido e circondò l'uomo più anziano con una forza così efficiente che Thomas si accorse con vergogna che si era messo a dondolare sul posto, instupidito dalla scrivania con le macchie di tè, dalla polvere che svolazzava nella luce del mattino, dallo stemma rotto. «Sto bene» rispose, e avrebbe voluto scrollarsi di dosso con orgoglio quel braccio, ma non ci riuscì – in realtà non riusciva a vedere per niente Nathan, o le scatole impilate contro il muro e i fogli che si spostavano: la stanza conteneva solo James Bower.

Nathan disse: «Siediti» e lo piazzò nella sedia, poi accolse la ragazza che arrivava con il tè sul vassoio: sì, andava benissimo, grazie – no, non gli serviva nient'altro. Thomas guardò il vassoio, le tazze verdi sui piattini verdi, e tutto il coraggio con il quale aveva configurato la sua perdita in un atto di clemenza si dissolse, e si sentì di nuovo inginocchiato sul marciapiede di London Road, paralizzato dalla vergogna e dalla confusione. Per un po' ci fu silenzio, e la sensazione, che accolse come se venisse da molto lontano, di Nathan che gli dava pacchette sulla schiena con un affetto diffidente e insicuro che non faceva che amplificare la sua solitudine. Poi lentamente Thomas divenne consapevole dei movimenti ai margini della stanza, tra i fogli sconsolati e le sedie dozzinali impilate, e alzando lo sguardo scoprì il suo fantasma preferito, che si toglieva una perla dall'orlo del vestito, arrabbiata: *Che cosa ci fai qui, Thomas Hart? Non puoi lasciare che la questione riposi ai miei piedi, dove sta il mio cuore?*

«Vedi, non sono mai stato solo» disse Thomas, «non del tutto». Poi: «Grazie» disse, prendendo la tazza verde che gli offriva Nathan. Estrasse di tasca un taccuino e lo mise a fianco della scatola di cartone. Le tende picchiavano sulle finestre. In lontananza giù per il corridoio la ragazza parlava al telefono. «La difficoltà è che se quello che stavo cercando è qui, è tutto finito» disse Thomas. «Allora cosa resterà per me? Che cosa avrò per tenermi in movimento?»

Maria Văduva stava arrivando alla scrivania, e per terra c'erano delle perline; e c'era una donna con lei che aveva le unghie piene di creta dell'Essex: *Su, muoviti*, dissero, *muoviti*, e bussarono sul tavolo tre volte. Thomas obbediente spostò la lampada per vedere meglio, ed estrasse dalla scatola una cartellina che conteneva dei documenti. Il primo era un modulo di richiesta rosa, sbiadito, e chiedeva di trasferire una serie di oggetti da Chelmsford ad Aldleigh, per essere catalogati ed eventualmente esposti al pubblico. *James Bower*, era firmata, *marzo 1997*; e Thomas, tra estasi e sofferenza, vide il giorno in cui era arrivato nel suo ufficio, e lo sconosciuto ben noto seduto alla scrivania.

«Thomas» disse Nathan. «Sei sicuro di non sentirti male?»

«Sono sicuro. Stai indietro, non coprirmi la luce». Poi c'era una lettera, dattiloscritta e corretta con grafia minuziosa e pignola:

Non sono sicuro di cosa significhino questa scatola e i suoi contenuti, ma mi pare che mia madre abbia peccato con le sue azioni, come aveva la tendenza a fare di tanto in tanto. Quindi li affido alle vostre cure.

FRANCIS SEABORNE

«Ma non c'è nessuna scatola» disse Nathan. «Quale scatola, Thomas, e dov'è?»

«È una scatola di piombo, di fabbricazione rumena» rispose Thomas. «La conservavano al museo di Chelmsford, ma è vuota». Con attenzione estrasse una cartella per documenti in pelle, annerita dalle mani che l'avevano tenuta, contrassegnata con un monogramma dorato: C.S. È la fine, pensò, è finita: preferirei bruciarla e buttare le ceneri nel fiume! Ma le donne lo guardavano dall'angolo della stanza, e Nathan tratteneva il fiato; e forse che l'anello della tua orbita non si sta chiudendo, Thomas Hart? Non è forse vero che la tua fine incontra il tuo inizio? Il tempo passa, Thomas, la luce ticchetta sul muro –

Maria Văduva Bell
Lowlands, Essex
giugno 1889

Adorata Cora – bimba mia – queste sono le ultime notizie che avrai di me – non ti scriverò mai più! Non è che intendo far morire il mio corpo – anche se forse succederà, ora che il mio sangue è diventato praticamente acqua salata – è solo che alla fine la mia forza d'animo mi ha abbandonata. Ho ricevuto delle notizie da Bucarest – e mi hanno rattristata, proprio come a volte si trova nel bosco un albero solitario colpito dal fulmine, che sembra ossa morte – l'uomo che amavo è morto. È già sotto terra – e così la mia luce si è spenta! Non riesco a vedere le stelle – oppure non lo farò – e quello che non vedremo non ha né forma né entità! Ho coperto il mio telescopio – cosa me ne faccio ora? Dovevo avere una cometa a mio nome – dovevo sopravvivere a me stessa – ma tutto quello che vedevo, lo vedevo per lui – era la sua cometa, non è mai stata la mia – tutto è stato fatto solo perché io potessi rendermi degna della sua ammirazione e del suo amore. Mi sono comportata proprio come un cane, che ha scavato nel cielo cercando un bastone da portare al padrone!
Ho acceso un fiammifero. L'ho accostato alla carta che conteneva le mie osservazioni. Ma mi rendo conto che non riesco a bruciarla – ha fatto prima a bruciarmi le dita – e così le lascio a te. Forse potrai ricavarne del piacere, grazie

alla tua passione per la conoscenza – e ti lascio anche il mio abito con le comete, che una volta avevo detto di voler usare per la mia sepoltura – ma cosa me ne faccio ora delle stelle, anche se sono stelle morte fatte di perle –
Hai detto che mi vuoi bene. Bene: metterò alla prova il tuo affetto, come un musicista prova il suo strumento! – Se mi vuoi bene, accetterai le modalità del mio dolore. Quando questa cometa verrà falsamente battezzata con il nome del suo falso scopritore tu non dirai nulla – e quando morirai, seppellirai la cometa con te – così la profondità del mio amore si potrà misurare dall'altezza di quello che ho perduto: diranno, che amore era, in cui lei lo ha amato più della sua cometa e più del suo stesso nome!
E Cora mia, lasciami dire questo prima di andarmene – dai troppa importanza a questa questione di amare e di essere amati – è una causa persa! Credi che l'atto di amare garantisca di ricevere amore in cambio? Non è così! Non è possibile! Devi imparare a dare più importanza alla mente che al cuore – devi cercare la tua cometa dove vuoi, e stupirti a guardarla – che sia sopra la tua testa, o sotto i tuoi piedi! Per amor mio, compi qualche bel fatto che alle future genti porti il tuo nome!
E perdona la tua amica –

MARIA

23:12 17 giugno 1889
a Lowlands House, Aldleigh, Essex
Ascensione retta 0h42m30 / Declinazione 58° 45' 12
Oggetto in Cassiopea con nucleo luminoso e coda doppia che si estende di quattro gradi a nord-est, di colore azzurrino

Maria Văduva Bell

«Ora cosa farai?» chiese Nathan. Stavano uscendo dal municipio a braccetto, e nessuno dei due era molto sicuro di chi avesse bisogno di aiuto e chi lo desse. «Cora Seaborne ha fatto quello che aveva chiesto la sua amica – e tu?» Il cielo plumbeo aveva acquisito lustro in loro assenza, e Aldleigh contemplava l'idea di chiudere per la notte. Qua e là le decorazioni natalizie in anticipo pungevano le strade con luminarie inverosimili, e il vento si era stancato; dietro di loro la ragazza stava chiudendo a chiave il museo cantando una canzone stonata.

«Se Maria avesse voluto tenere i suoi segreti» disse Thomas, distogliendo lo sguardo dalla donna che gli camminava accanto in un silenzio minaccioso, «avrebbe dovuto essere più scaltra e non confidarli a uno scrittore, per il quale tutto il mondo è solo un magazzino di frasi. Stasera scriverò all'Unione astronomica internazionale a Parigi e chiederò che venga aperta un'inchiesta: manca meno di un mese al perielio, e non c'è speranza che la cometa venga rinominata come dovrebbe per allora – ma non se ne va mai senza cominciare il suo ritorno, e dopotutto c'è sempre tempo, no? Ma senti» disse, parlando ora con l'autorità che gli conferiva la sua età, «voglio parlare con te».

Nathan, tutto rosso, era tornato il ragazzino che aveva rotto la vetrata della Bethesda: aveva un'aria briccona e colpevole al tempo stesso, sapendo che meritava di essere punito, ma non gli importava più di tanto. «Lo so» disse. «Grace parla così facilmente d'amore, lo ha sempre fatto!

Ma come fa a sapere cosa intende dire? Se mi ha mai amato era vent'anni fa, ed eravamo due bambini. Sono un uomo diverso – sono un uomo normale, ho una vita mia! E non sono mai stato quello che lei ha immaginato. Io stesso fatico a ricordarmi il ragazzo che lei ha conosciuto. Thomas, amo mia moglie. Mia figlia. Credi che Grace possa modificare quello stato di cose? No. Non potrebbe mai farlo».

«Non capisco bene tutto quanto» disse Thomas. «È tutta la vita che mi chiedo cosa devo io all'amore. C'è stato un momento in cui sentivo che, siccome amavo un uomo, lui era in debito con me – perché lui aveva fatto sì che io lo amassi, quindi in cambio mi doveva il suo amore. E ora lui è morto, e non posso ricevere nemmeno una parte di quello che ho dato! Ma il mondo cambia e sono arrivato a credere che tutto quello che dobbiamo all'amore è l'umiltà e la gratitudine per essere stati amati. Tu credi che sia un atto di umiltà dire che non può essere vero – che lei si sbaglia, perché tu non sei libero. Ma è una specie di superbia. La vera umiltà e sottomettersi con meraviglia e gratitudine all'atto di essere amati – avere saggezza e capire quanto è incredibile, quanto è improbabile e davvero assurdo, che lei sia stata evocata dal nulla, come tutti noi, e per puro caso respiri quest'aria nel momento in cui lo fai anche tu, e veda questo mondo quando tu lo vedi, e che di tutti i milioni di viaggiatori suoi contemporanei, siano le tue parole quelle che lei aspetta mentre se ne sta da sola nella sua stanza! Ebbene: è una responsabilità, e probabilmente è tremenda, e io non ti posso aiutare. Tu devi trovare da solo la tua salvezza, pauroso e tremante, e lasciare che io trovi la mia».

Sopra di loro una volta di nuvole si era divisa da est a ovest; e all'estremità più lontana di Aldleigh – sopra l'edicola e i negozi di calzature e il tizio con gli stivali vecchi che sgombrava le foglie morte dal marciapiede – fasce di corallo splendente si facevano più intense e robuste mentre guardavano, e l'effetto era quello di camminare verso delle vene di quarzo che attraversavano il muro di una miniera. Il sole stava tramontando: per il momento.

N, Thomas mi ha raccontato che vi siete incontrati per strada. Ha detto che eri con lui quando ha trovato la cometa di Maria. Non riesco a credere che sia rimasta ad Aldleigh per tutto questo tempo. Ma posso crederci. In qualche modo sembra giusto. Sono felice che tu fossi con lui. Vorrei esserci stata anch'io

– G.

Ma mi amerai, Nathan? Mi permetterai di amarti? Forse non è terribile per te quanto lo è per me? Forse che non ti amo e non ti ho amato per tutta la vita? Forse che non ho bisogno di te per mantenermi in vita e tu non hai bisogno di me?

Vieni qui, Nathan. Vieni qui. Incontriamoci a Lowlands quando arriverà la cometa. La guarderemo e io ti metterò la testa sulla spalla e non parlerò. Non dirò che ti amo, te lo prometto, non dirò una parola.

Vieni e basta.

Poco prima del perielio della cometa du Lac, Thomas Hart stava studiando un'immagine ritagliata da una rivista con l'attenzione che un devoto dedica alla sua Bibbia. Era arrivata nella posta di quella mattina, segnata con un bacio impercettibile da Grace, e un biglietto che diceva che sì, sarebbe venuta a Lowlands il giorno dopo, avrebbe guardato la sua infelice cometa; e che aveva visto quella cosa e aveva pensato a lui.

Thomas confessò a sé stesso di non essere in grado di comprendere appieno l'immagine, solo la sua bellezza e la fiducia nel suo significato. Era (diceva il testo che l'accompagnava) la mappa della galassia Superammasso Laniakea, che significa «cieli immisurabili»: emissioni radio dell'universo vicino riassunte in una nuvola dorata che galleggiava su uno sfondo azzurro, con puntini bianchi che sembrava si muovessero come particelle d'acqua nella nebbia. La forma di questa nuvola era la stessa di un cuore umano, ed era tutta segnata da filamenti luminosi che scorrevano verso l'esterno dal centro, con l'aspetto di capillari che trasportavano sangue vitale. I puntini bianchi erano galassie alla deriva, e i filamenti luminosi l'afflusso verso il centro della massa; e all'estremità – disposta come una città alla foce di un fiume – c'era la via Lattea, c'era casa. Un puntino rosso la contrassegnava, come se fosse una mappa nel parcheggio municipale di Aldleigh: TU SEI QUI. Thomas posò la testa sul tavolo e la mano sull'immagine. Il cuore dorato batteva contro il suo palmo: tu sei qui, tu sei qui, tu sei qui.

Poi, riscosso da sé stesso, o dal suo fantasma diligente o dal passaggio del treno per Londra, Thomas si versò del caffè al cardamomo e si occupò dell'altra posta che aveva ricevuto: buone cause, rimproveri dei lettori, bollette delle utenze vennero tutti messi da parte con versi di noia o di disgusto; e poi buona ultima, in una busta azzurra sottile, una lettera con timbro postale di Parigi. Thomas la guardò con la sensazione di un uomo sul banco degli imputati che guarda negli occhi la giuria: eccolo qui, il verdetto di sconosciuti disinteressati dal capriccio dei quali dipendevano i risultati di vent'anni di speranza e scoraggiamento. Presto si manifestò la sensazione di dolore e preoccupazione che provava spesso alla fine dello svolgimento di un compito: il manoscritto era quasi completato, la cometa era a due passi da casa sua; tutto quello che importava stava arrivando alla fine – e poi cosa avrebbe fatto del poco tempo che gli restava? Il barometro scende ora per ora, ma non sarebbe sceso per sempre – *Su, muoviti,* disse Maria Văduva, piazzandosi sul davanzale, con gli stivali sprofondati in cinque centimetri di fango dell'Essex.

«Non farmi ombra» le disse Thomas. Sollevò la lettera alla finestra e si immerse nelle frasi tradotte in modo barocco, che sulle prime lo divertirono e poi gli diedero sommo piacere:

> Gentile signor Hart,
> l'Unione astronomica internazionale mette molta enfasi sulla collaborazione proficua tra nazioni, istituzioni e persone singole, sia professionisti che dilettanti.
> Quindi ci ha fatto molto piacere ricevere sue notizie sulla cometa 330P/1889 (du Lac). Avendo esaminato l'orbita della cometa e la posizione nell'anno della sua scoperta, consideriamo sia probabile che Maria Văduva Bell, di Aldleigh nell'Essex, sia stata la prima a identificare l'oggetto il 17 giugno 1889 alle 23:12 nella regione di Cassiopea.

La regola dell'Unione è dare il nome a una cometa con un massimo di due osservatori primari, e quindi la nostra proposta è che d'ora in poi la cometa assuma il nome di 330P/1889 (Văduva-du Lac). Siamo spiacenti che questa decisione arrivi troppo tardi per il perielio attuale, ma siamo certi che lei sarà soddisfatto di questo risultato.
Amitiés sincères

PROFESSOR DAVID LANE

Thomas posò la lettera e guardò per un po' il muro di fronte. Il barometro scendeva ora per ora, e adesso era sceso un altro po' – posò la testa sul tavolo e insieme alla confusione e alla vergogna sentì che arrivavano le lacrime. Aveva previsto di provare gioia e soddisfazione: e invece arrivò un senso di perdita. E ora, Thomas Hart? Cosa farai con il tempo che ti resta?

Adesso alzati, Thomas, disse Maria Văduva, in piedi alla finestra, dopo avergli scagliato via la tazza di caffè in un moto di rabbia: *sono le dieci passate e hai da fare.* Sono le dieci passate e ho da fare e nel frattempo Grace Macaulay gemeva per il lutto nella stanzetta fredda nel sottotetto. Thomas, pensando al suo dolore, sentì quel vecchio moto del cuore, e gli tornò alla mente la neonata alla Bethesda, portata all'ingresso in una cesta di vimini, come una valigia. In quel momento aveva firmato un contratto dal quale non si sarebbe mai liberato, e le condizioni della sua assunzione erano regolate e circoscritte dall'amore, e ora esigevano che lui agisse. Maria cercò il suo sguardo, e annuì una volta: *Fai quello che devi, Thomas Hart.*

Nathan, Grace ti ha detto che la cometa sta arrivando? Perielio domani. Fai un piacere a un vecchio. Vieni a Lowlands alle 20:00. Promettono cieli sereni – e poi mi hai aiutato tu a scoprirla. Forse è quasi tua, no? T.H.

Arrivò una risposta oscenamente rapida:

Grazie. Non sono sicuro di essere libero, controllo, spero di vederti lì. – N.

Non sei libero, pensava Thomas, e non lo sei mai stato. Poi prese dell'altro caffè, e pane tostato con troppo burro, e un altro biglietto (Maria lo lasciò in pace):

Caro Nick,
le scrivo per rassegnare le mie dimissioni dal mio incarico presso l'*Essex Chronicle* con tristezza e con effetto immediato. Ora sorriderà e si dirà: Alla buon'ora, Thomas.
Le allego la mia ultima rubrica. Spero che le piaccia.
Dio la benedica e la protegga!

THOMAS HART

Sentì di nuovo quella pace spaventosa che minacciava di lasciarlo immobile seduto al tavolo; ma gli venne in mente che in quel periodo le notti erano fredde, e Grace si sarebbe aspettata che lui portasse qualcosa da mangiare. Quindi si riscosse, come per liberare il corpo dalla polvere, e andò in cucina, dove versò del latte in una ciotola con una striscia azzurra e ci sbriciolò dentro un cubetto di lievito fresco. Non si sentiva profumo di panini freschi, ma di champagne. Poi Anne Macaulay percorse il corridoio, e uscì dall'ombra dell'attaccapanni cucendosi un bottoncino di plastica sulla camicia da notte: «Mettici un po' di zucchero» disse, «dagli una mano». E così, un pizzico di zucchero per aiutare il lievito e Thomas, poco sorpreso dal suo arrivo, aspettò vicino alla finestra. Non era ancora buio, ma già una volta di nuvole si stava avvicinando da ovest, estinguendo le sue speranze. «Ancora niente sereno, vedo» disse Anne, controllando il lievito. «Ma forse arriverà domani: abbi fede».

«Al momento si trova nella costellazione di Perseo» disse Thomas, «e mentre arriva gira e rigira su sé stessa. Ti ricordi di Hale-Bopp, la Grande Cometa del 1997, e della ragazza che ha appiccato l'incendio? Non ce n'è mai stata un'altra come quella, in tutti gli anni che sono passati, e non vivrò abbastanza a lungo da rivedere quella di Halley – e così ho tutte le speranze puntate su questa».

Tagliò dei pezzi di burro freddo in una ciotola di farina setacciata e sale di Maldon. «Sì» disse Anne. «Mi ricordo. Strofina piano, signor Hart: solo con i polpastrelli, e ricordati sempre che il calore è il nemico della buona pasticceria». Dentro il latte schiumoso, con il tuorlo di quattro uova grandi e un cucchiaino di vaniglia del Madagascar. «Sta girando e rigirando mentre attraversa Perseo» disse Thomas, «alla velocità di mille chilometri all'ora; e, a quanto capisco, lo spazio si spalanca intorno a lei – si piega, se vuoi: è come se una rete sottile venisse spinta da parte». Nessuna risposta: Anne Macaulay aveva cominciato ad assottigliarsi, a spostarsi verso la porta – non aveva mai approvato il fascino che le stelle esercitavano su di lui. Ora Thomas formò l'impasto e lo lavorò; lo spianò fino all'altezza di una vecchia sterlina e lo ripiegò intorno a frammenti di lokum, come gli aveva insegnato un uomo che lo aveva imparato dalla propria madre.

Il forno era pronto. Lo zucchero a velo aspettava in una ciotola. Era l'ora del tramonto astronomico, ed era buio in Lower Bridge Road. Thomas si aggirava per la cucina e gli venne il pensiero stravagante che il moto del suo corpo smuoveva l'universo – che si faceva da parte per fargli posto; che si poteva dire che lui non era meno importante, ma nemmeno di più, di una cometa che distribuiva i suoi giorni di grazia. Il cuore dorato batteva sul tavolo. Tu sei qui, Thomas Hart. Eccoti qui.

LA LUNA SULL'ACQUA

THOMAS HART *ESSEX CHRONICLE*
12 DICEMBRE 2017

Nei vent'anni passati da quando ho iniziato questa rubrica ho scritto molti articoli sulle stelle, e sui pochi principi della fisica che sono riuscito a studiare e comprendere solo in parte con le mie capacità limitate. Non ho mai scritto nelle vesti di esperto, ma da dilettante; e dato che un dilettante è una persona che ama la sua materia, rimango tale: spero solo di essere perdonato nei punti in cui ho sbagliato.

Dato che questo è il mio ultimo articolo, ritornerò alla Luna perché è quella che ho amato per prima e di più. Qualche settimana fa passeggiavo la sera tardi dopo una giornata di pioggia che aveva lasciato delle pozzanghere per strada, e camminando ho scoperto che in certi momenti, quando la posizione della pozzanghera e l'angolazione della luce erano adatti, la Luna arrivava ai miei piedi.

Ho guardato molto a lungo quei riflessi banali, e li ho trovati meravigliosi. Non erano la Luna e nemmeno l'acqua, ma una terza cosa, separata: la «Luna sull'acqua», nata come un figlio dal rapporto tra le due.

Ora: ho sentito dire che il primo sorso dal bicchiere delle scienze naturali rende atei – ma in fondo al bicchiere c'è Dio che ci attende.

C'è chi dice che sia una citazione del fisico Werner Heisenberg, e chi dice che lui non ha mai detto nulla del genere – ma mi ha affascinato a sufficienza dall'indurmi a cercarlo sugli scaffali, e scoprire come sempre che la mia comprensione e il mio stupore erano in lotta, e mi lasciavano nello sconcerto. A me sembra che Heisenberg proponga questo: che anche se l'elettrone sicuramente è reale, niente di quello che possiamo dire della sua posizione attuale può dire dove si troverà probabilmente in futuro. È una cosa misteriosa, che non esiste del tutto separatamente da altre cose, e comincia a esistere pienamente nel momento in cui si verifica un collegamento.

In quel caso mi chiedo se il mondo e tutto quello che contiene – voi, me, la Luna e l'acqua – consista di esseri solitari, oppure del modo in cui ogni cosa è in relazione con un'altra, così che alla fine il mondo intero si fonda solo sui collegamenti.

Cari lettori: vi sono grato di avermi fatto compagnia per tutti questi anni – di essere esistiti insieme a me su questa pagina. Ora vi devo lasciare, ma il caso vuole che mentre io me ne vado stia arrivando una cometa: la Văduva-du Lac, scoperta nel 1889 da Maria Văduva Bell di Lowlands House ad Aldleigh, in una limpida nottata dell'Essex. Se mai vi ho regalato un momento di piacere e di interesse, potete fare una cosa per me? Uscite. Guardate in alto. Vivete con me quest'atto di grazia che abbiamo in comune. Non possiamo guadagnarlo o dominarlo: è un dono, e sarà meraviglioso grazie alla vostra meraviglia. Guardate in alto insieme a me, promesso? Guardate in alto – e nel momento in cui guarderemo ci sarà quest'unica cosa meravigliosa, che risplende nel tempo, per grazia condivisa: la «cometa dentro di noi».

Perielio

Ora: il perielio. La cometa 330P/1889 Văduva-du Lac ha attraversato l'eclittica; sorgerà a est nella regione dei pesci, facendo una capovolta per la fretta. Negli osservatori di Parigi e di Kielder e Pulkovo la sua magnitudine apparente è giudicata di –1: con una notte serena nel giro di un paio di giorni supererà la Grande Cometa del 1997 e tutti i prodigi e disastri correlati.

Aldleigh aspetta con una pazienza da santi. Non ha scelta. Fili d'argento nel negozio «Tutto a una sterlina», sciatto nelle corsie strette; luci bianche appese su siepi di tasso e ligustro che cominciano a fare l'occhiolino quando la batteria finisce. Cori che si esercitano nelle sale municipali e nei salotti e nelle piccole navate della cattedrale: Gloria a Dio nell'alto dei cieli, e poca aspettativa di pace agli uomini. Ronald Macaulay dorme con le ciabatte con le iniziali R.M., così si ricorda del suo nome – e per affermare che sì, esisteva, era sempre esistito: un uomo per il quale non c'è stato alcun amore naturale che potesse pareggiare il suo amore per il paradiso. I bambini tornano a casa ad Aldleigh sul treno da Londra, guardando i visi enormi illuminati dalle lampade su Stratford, Shenfield, Chelmsford: siamo dei giganti sulla terra, pensano, potremmo occupare le città – e nel frattempo i loro genitori, che si portano dietro un mal di testa eterno, calcolano i costi della giornata. Le rive dell'Alder sono schiarite dal gelo, e piatti rotti e fedi nuziali ammaccate stanno a mollo in carrelli della spesa pieni di limo; nella cantina del vecchio municipio i seni smontati di Boadicea sono circondati da corone di agrifoglio che li pungono forte.

I campanelli delle casse trillano al Jackdaw and Crow, dove studentesse e donne e uomini a turno sono arrabbiati o calmi senza mai sapere perché; formano un corpo unico che ondeggia verso il bancone, prende fiato e canta che vorrebbe che fosse Natale tutti i giorni. Preghiere sante e neutre e a volte profane sorgono come rondini dai bungalow e dagli uffici dove i festoni argentati si stanno già staccando: Dio mio, guarda che roba e Cristo, mi ha fatto paura e Signore, fammi diventare buono (ma non ancora)! Gocce di neve si depositano sulla tomba che contiene tutto quello che poteva morire di Anne Margaret Macaulay, e lei si mette in comunicazione tramite i rifiuti trasportati su e giù dal vento tra le lapidi: ho vissuto eccome, Thomas Hart, e vivo ancora, ma penso che l'armonium sia sempre stato scordato. Le coppie sono sdraiate nel Cimitero dei poveri e non riescono a credere di essersi trovate, non riescono a credere a quanto sono state fortunate. Sono amplessi rapidi e bruschi per via del freddo ma pazienza, e pazienza per le ghiandaie ammonitrici tra i rami nudi al confine, è tutto bello e fatto e la serata può continuare come al solito: sia ratta la mia anima a risponderGli, esultanti siano i piedi! Il Southend United perde due a zero e l'eroe nato di donna ha schiacciato il serpente col tallone. I fusti del Jackdaw and Crow si sono svuotati e Thomas a momenti pensa che il suo Redentore sia vivo. Sul pulpito della Bethesda la Bibbia è aperta e il pannello rotto della vetrata si sta staccando; così il vento entra e gira le pagine passando per la Genesi e l'Esodo e il Cantico dei cantici: Benedici, anima mia, il Signore e non dimenticare nessuno dei suoi benefici, e nel frattempo a un chilometro da lì l'*Essex Chronicle* sta andando in stampa.

Sono passate le otto di sera. Thomas Hart è seduto su una panchina di ferro a fianco del lago di Lowlands, e nonostante il cappotto buono invernale ha freddo. L'aria si sta indurendo per diventare gelo, in particelle luminose che maltrattano i ciclamini spuntati intorno alle radici della quercia di Aldwinter. Le stelle appaiono e scompaiono tra banchi di nuvole impastoiati come continenti perduti all'altezza dell'orizzonte, ma lo spazio sopra la testa è limpido. Thomas guarda verso est, nella breccia tra i tassi, ma ancora non si vede nulla.

C'è Nathan. Nathan è arrivato in anticipo e si è tagliato radendosi. Si siede muto a fianco di Thomas con le mani sul bastone e il corpo gli trema a volte di dolore, o di dicembre, o di ansia. «Verrà» disse Thomas, «verrà», ma in effetti con ogni momento che passa diventa sempre più incerto: potrebbe essere meglio se Grace restasse in camera sua in vestaglia vicino alla stufetta, potrebbe essere meglio se fosse dotata di orgoglio? Thomas fruga nel cestino che si è portato e che ha posato tra i piedi: tira fuori tovaglioli di stoffa bianca, un barattolo pieno di pasticcini avvolti nella carta, panini bianchi che gli sporcano il cappotto di farina. Il corpo dell'uomo al suo fianco è tutto tensione, attesa e compostezza: «Thomas, è quella?» chiede. «È arrivata?»

È arrivata. È sorta. Sale piano sopra la sagoma puntuta della città, ed emerge nel cielo che si fa buio come qualcosa che affiora sulla superficie dall'acqua profonda. Thomas si alza. Il barattolo gli cade dal grembo, si apre e sprigiona profumo di rose. «Oh, guarda» dice Thomas con una gioia inseparabile dal senso di perdita. «Guarda». Ha gli occhi incollati alla cometa come se fossero agganciati: sta soffrendo. Il cielo si fa buio per gradi, e la cometa si staglia sempre più luminosa, e come farò mai a renderle giustizia, pensa Thomas, andando a sbattere forte contro la propria incapacità, e l'irreparabile mancanza di parole – è il raggio di un riflettore, è una perla schiacciata e sbavata, è la notte che si è consumata e la gloria della Shekhinah che la attraversa – non è niente di tutto ciò ed è inutile cercare di descriverla a parole.

Nathan si alza ed è fermo e silenzioso – fa per toccare Thomas, e lo trova: «Non sapevo che cosa aspettarmi» gli dice, aggrappandosi a lui tanto forte da fargli male, «non l'ho mai saputo». La cometa, estatica in compagnia del Sole dopo il suo periodo di solitudine, comincia a mostrare la doppia coda: ecco il getto di gas, azzurro come era una volta la Luna, ecco il flusso di polveri illuminate dal Sole, trasportate dai venti solari e ricurve come la lama di una scramasax sullo stemma dell'Essex; è indifferente a ogni dottrina e legge, e la sua luce universale non è sacra né profana.

Ora c'è del movimento oltre il lago, nella breccia tra gli alti tassi neri, e Nathan emette un suono che somiglia molto a quello del suo dolore: ecco Grace Macaulay con un cappotto di velluto rosso, che arriva rapida come un animale che vuole una cosa sola, e con tutta una compagnia di gente alle spalle. Arrivano dalla breccia, si radunano vicini al lago – tutte le anime che Thomas ha mai amato: ecco Anne Macaulay con la camicia da notte di cotone, che si stupisce della coperta azzurra: *O mio cuor, calmo sta' in Gesù!* Ecco James Bower che incontra il suo sguardo con affetto e vergogna: Lo sapevo, lo sapevo, ha ragione. Ecco Richard Dimitru Dines ubriaco di whisky con lo zaino sulla spalla, che cinge col braccio il diacono anziano, che ha la barba più nera che mai; ecco Maria Văduva Bell e con lei c'è anche Cora Seaborne. «Cara bambina» sta dicendo, «non lasciarti mai distogliere dal tuo percorso» e tutte le perle sono sparite dal bordo del suo vestito. Ecco Grace Macaulay con un cappotto scarlatto, il profumo di rose che le sale dalle braccia e tradisce la sua gioia incontenibile, che prima di tutto va dal suo nemico e amico; lo spinge con affetto, con un gesto che somiglia a quello di un animale; quanto è immenso l'amore, pensa Thomas, quanto è sorprendente che prosegua inflessibile e intatto. Ora se n'è andata, sta andando dal suo amato, e preme il corpo forte contro il suo: sono materia sparpagliata dal tempo e dal caso, riunita per questo momento secondo le leggi naturali.

«Voi siete qui» dice Thomas, esaminando la compagnia, «voi siete qui». È incontenibile, non lo sopporta: la cometa non farà che sorgere, e dispensare in parti uguali la sua luce perlacea sull'amore offerto e ricambiato e rifiutato e frainteso, con la legge delle armonie che funziona immancabilmente sul cuore umano. Thomas sente ticchettare l'orologio, e la musica che arriva da Lowlands House: tutto quello che sarebbe mai potuto succedere era successo, e stava succedendo, e i cieli stavano raccontando la gloria di Dio. Sente tutti i cani dell'Essex che abbaiano, e tutti i treni che partono da tutte le città – sente il primo discorso di tutti i tempi, e l'ultima sillaba registrata – vede le prime costellazioni che danzano, e la stella più vicina alla Terra spenta: è tutto un unico motore di moto perpetuo, spinto da Dio o dal destino o dal tempo immotivato, che continua a girare dal guadagno alla perdita al guadagno, e ogni sua parte è notevole ed è essenziale all'intero. Che cosa del tutto improbabile, pensa, mentre sta lì tra la cometa e l'acqua, che miracolo è il solo fatto che io sia qui – che sia stato fatto di materia, che sia qui con un bottone che manca dal cappotto, e il cuore spezzato da qualcosa che è solo polvere illuminata!

E adesso che farai, Thomas Hart, alla luce del perielio? Quale fede e quale consolazione riuscirai a improvvisare per i tuoi amici, ora che hai riempito tutti i taccuini?

Forse è questa la meraviglia, Thomas, e questa è tutta la legge, per intero: tu sei qui. Tu sei qui. Tu sei qui.

Ringraziamenti

Ringrazio i miei genitori, che mi hanno cresciuta contemporaneamente nella luce di Dio e in quella della scienza.

Grazie a Robert Perry, che ha ascoltato così a lungo, con tanta pazienza.

Grazie a tutta la mia famiglia e i miei amici, la cui pazienza e il cui affetto devono essere stati messi a dura prova nei molti anni che ho impiegato a lavorare su questo libro. Non riuscirò mai a ricambiare tanta gentilezza.

Grazie a Jenny Hewson, Hannah Westland, Katherine Nintzel, Suzanne Dean, Sarah-Jane Forder e Graeme Hall. È difficile che esista un autore che abbia più motivi di me per essere grato ai suoi agenti ed editor della loro competenza e saggezza: senza di loro questo libro sarebbe dimezzato, e la sua autrice sarebbe un quarto di quello che è. Grazie a tutti alla Jonathan Cape per aver messo in contatto questa storia con i suoi lettori.

Grazie a Kate Devlin, Chris Gribble, Mark Haddon, Sarah Hall, Caoilinn Hughes e Louisa Yates per avere letto le prime pagine nel momento in cui avevo più bisogno di lettori. Grazie alla Gladstone's Library per essere stata di nuovo il mio rifugio.

Grazie a Dorian Jessu per l'aiuto con il rumeno. Grazie a Marilyn Sher e Adam Sheppard per avermi aiutata a restare più o meno intera.

Grazie a David Butler, Paul Behrens e Nathan Yanasak per l'aiuto con le questioni di fisica e di stelle. David, mio padre, mi ha cresciuta con un occhio incollato al telescopio e mi ha insegnato le leggi di Keplero, espandendomi la mente e la vita; Paul, con gentilezza, mi ha aiutata a pensare in modo più chiaro e piacevole. Sono particolarmente grata a Nathan, che è stato così prodigo del suo tempo e della sua conoscenza: l'ho citato testualmente per quanto riguarda la rotazione sincrona. I libri di Carlo Rovelli sono stati fondamentali sia per me che per questo libro. Nei punti in cui il romanzo fa errori di fisica, sono tutti di Thomas Hart, o miei.

Grazie a S.G. delle orbite. Questo libro è dedicato a lui.

Nota

Le citazioni nel testo sono tratte da:

p. 225: John Bunyan, *Il pellegrinaggio del cristiano*, trad. di S. Cecchini, Parole d'Argento Edizioni, 2020

p. 245: W.H. Auden, *Poesie scelte*, trad. di O. Fatica e M. Bocchiola, Adelphi, Milano 2016

p. 274: John Milton, *Il paradiso perduto*, trad. di P. Rolli, a cura di F. Longoni, Salerno, Roma 2003; George Herbert, *Cielo nell'ordinario*, a cura di F. Falcone, prefazione di G. Iannacaro, GBU, Chieti 2020

pp. 300 e 310: T.S. Eliot, *Quattro quartetti*, introduzione e note di A. Brilli, trad. di F. Donini, Garzanti, Milano 1994

p. 385: adattato da *Musica di cornamusa* in Louis MacNeice, *Poesie*, a cura di F.R. Paci, introduzione di A. Lombardo, Mondadori, Milano 1974